KB154737

진도비전 IV
流 미래의 지도

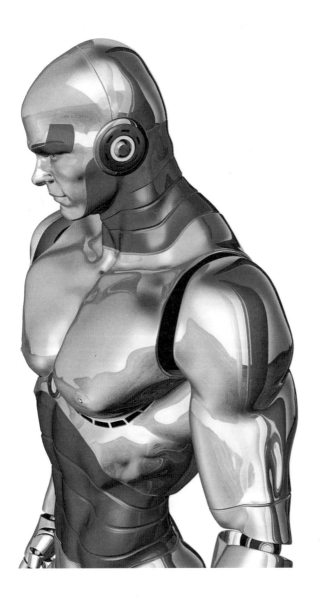

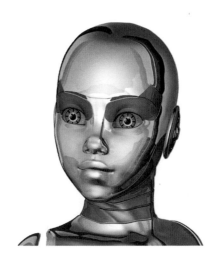

그러나 네가 나를 길들인다면 우리는 서로 필요하게 되
지. 너는 나한테 이 세상에 하나밖에 없는 것이 될 거야.
나는 너한테 이 세상에 하나밖에 없는 것이 될 거고……

어린 왕자

앙투안 드 생텍쥐베리 著, 황현산 譯

진도비전IV 流 미래의 지도

초판 1쇄 인쇄_ 2018년 5월 4일 | **초판 1쇄 발행_** 2018년 5월 10일
지은이_ 명량한 진도 | **엮은이_** 강은수 | **펴낸이_** 오광수 외 1인 | **펴낸곳_** 꿈과희망
디자인 · 편집_ 김창숙, 박희진 | **마케팅_** 김진용
주소_ 서울시 용산구 백범로 90길 74, 대우이안 오피스텔 103동 1005호
전화_ 02)2681-2832 | **팩스_** 02)943-0935 | **출판등록_** 제2016-000036호
e-mail_ jinsungok@empal.com
ISBN_ 979-11-6186-029-9   43810

진도비전 IV

流 미래의 지도

명량한 진도 지음 | 강은수 엮음

꿈과희망

진도비전, 네 번째 이야기

펴내는 글

　지금 여기서 우리는 헤어진다. '헤어짐'이란, 깊은 결여의 예감을 이미 충분히 맛보고 난 후 이제는 담담해진 짧은 인사말을 교환하게 되는 순간일 것이다. 매년 한 권씩 완결되어온 진도비전(珍島秘典)의 네 번째 이야기라니, 준비기간까지 고려한다면 오 년간의 긴 만남이 바로 이 지점에서 끝나려 한다.

　진도비전은 선의가 선의로 이어진 좋은 프로젝트였다. 궁벽진 좌표의 한 점에서 발견해낸 어떤 아름다움을 세상과 만나게 하려는 시도가 있었고, 비록 결과물이 초라할지라도 그 안에 침전된 슬픔과 소박한 꿈과 알아봐 주는 이들이 있었다. 모든 필요한 재료들이, 사람들이 함께하는 행운을 누렸다.

　네 번째 책 역시, 진도고등학교 책쓰기 동아리 '명량한 진도' 학생 저자들과 사제 동행으로 만든 작품집이다. 진도의 역사, 생태, 문화를 다룬 1권, 2권, 3권에서 우리는 진도라는 지점을 둘러싼 시간과 공간을 훑어, 더불어 숨쉬는 생태의 음조(音調) 안에서 사람들이 살아가는 어떤 방식에 대해 이야기했다.

　제1권, 史, 역사의 지도

　제2권, 土, 생태의 지도

　제3권, 風, 문화의 지도

　제4권, 流, 미래의 지도

　'헤어짐'은 짧은 순간 과거의 한 점으로 편입되고 만다. 이 시간의 지점은 다시 새로운 시간의 터널로 이어진다. 그런 까닭에 우리는 '헤어짐'을 앞두고 여기 잠시 멈추어 미래를 그려 나갈 도구를 찾아보았다.

　결국 우리가 이 책에 담아낸 것은 거대한 뿌리의 기록이다. 미래의 묵시록 속에도 여전히 현재가, 과거가, 그 거대한 뿌리가 살아 숨 쉬고 있음을 깨닫고 말았다.

아포칼립스의 나침반
Compass of Apocalypse

  무엇인가 변해간다, 급격하게. 높고 낮은 파동이 쉼 없이 몰려온다, 끝없이 원형을 복제하며 순환하는 프랙탈(Fractal)의 양상으로 파동은 요란하게 온 세상으로, 시스템의 시스템으로 퍼져 나간다.

  누구도 흐름의 전체를 볼 수 없다. 누구도 흐름의 종착지를 알 수 없다. 그보다는, 종착지의 방향감각을 잃어버렸다는 것이 오늘을 살아가는 우리들의 솔직한 소감이다. 시스템의 고난은 우리 자신의 고난을 닮았고 우리의 두려움은 시스템의 두려움을 닮았다.

  '미래'라는 표제를 나누어 갖는 순간, 10년을 넘지 않을 근접 미래에 진도에서 살아가는 사람들의 삶을 건강하게 그려보자던 최초의 공감은 작가들의 머릿속에서 빠르게 잊혀졌다. 나침반. 잃어버린 방향감각을 되살려줄 나침반. 세계의 플로우가 도달할 지점을 찾아갈 나침반은 이미 우리 안에 똬리를 틀고 들어앉아 있음이 어느 순간 분명해 보였다.

  애초 밝게 빛나는 미래를 아이들과 함께 보듬으려 시작한 프로젝트인 만큼 우리가 할 수 있는 일들을 찾아보는 계기가 되기를 바랐지만, 소위 '4차 산업혁명'이라는 표지가 대변하는 커다란 흐름의 줄기들은 우리를 다른 방향으로 이끌었다. 지난 일 년간 우리가 찾아낸 나침반의 바늘은 끝없이 가늘게, 가늘게 진동하면서도 일관된 한 방향을 가리키고 있었다. 각자의 이야기는 무수히 변주될지라도, 그 안의 메시지는 두려운 지향점을 보여준다. 아포칼립스(Apocalypse)는 스스로 지형을 드러내기 시작했다.

  '심판의 날'. 아마도 그것은 그저 알레고리에 불과할지 모른다. 아포칼립스는 '날'의 감각이 아니다. 영원히 지속될 것 같은 극한의 구간이다. 우리는 종착지인지, 경유지인지 알 수 없는 그 구간에 남아 홀로 결정한다. 바늘의 방향을 따라야 할 것인가를.

序文 강은수

차례

아이덴티티 Identity

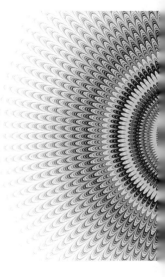

도약 Quantum Leap

통제 Control

지배/저항 Power

내가 누구인지 물을 자유가 나에게 있는가

아이덴티티
Identity

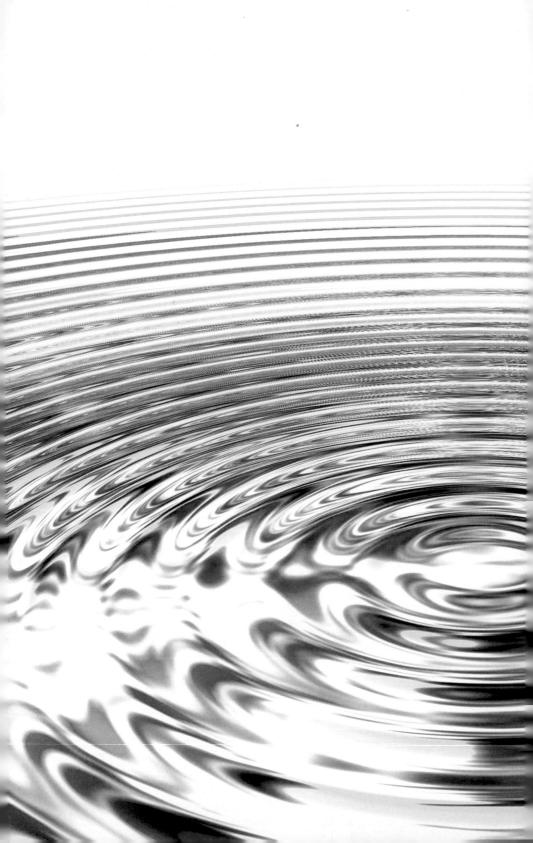

Ebony Eye

마수연

에보니 아이 시술로 감정을 성형하는 시대
인생의 중요한 한 순간을 공유한 리혼과 구원의 이야기

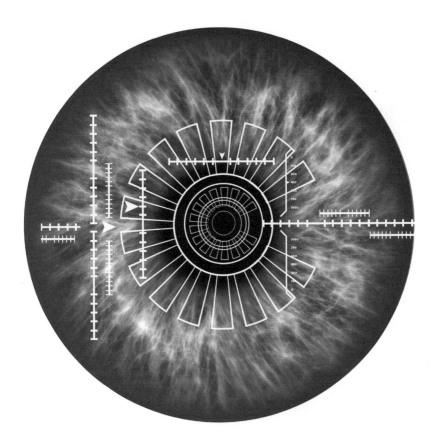

0. Prologue

지금 창밖의 모습과는 대조적이던 그곳의 풍경을 떠올렸다. 그와 함께 너의 마지막 모습도 떠올랐다. 습관처럼, 자연스럽게 뺨에 손을 가져다 댔지만 예상했던 미적지근한 눈물은 만져지지 않았다. 대신 어색하게 올라간 입꼬리만이 존재했다.

아, 행복하다. 어찌할 수 없이 내뱉은 말이 입김처럼 의미 없이 흩어졌다.

1. 이름은 학습하는 것

"음, 학생 이름이……?"

"연구원입니다."

"그래, 연구원 학생. 에보니 아이 수술을 받은 게 몇 살 때였니?"

"2살이라고 들었어요."

"꽤 이른 편이었네."

나는 고개를 끄덕였다. 수술은 보통 대여섯 살쯤에 하기 마련이다. 그러니 2살 때 수술한 나는 정말 빠른 편이었다.

"……음, 그러니까, 아마도 학생 눈에 렌즈가 없는 것 같은데."

"……그렇군요."

"수술 기록이 멀쩡히 있는데 이게 어떻게 된 일인지는 모르겠지만, 유감이구나. 네가 비에보니라는 거 알고 있었니?"

나는 조금 망설이다가 몰랐다는 의미로 고개를 저었다. 사실대로 말하자면 어느 정도 짐작은 하고 있었다. 나는 에보니인 보통 아이들과는 조금 달랐으니까. 그냥 내 성격이 독특한 편이거나 어쩌면 에보니 아이 수술이 뭔가 잘못되었을지도 모른다고 생각했다. 그렇지만 아예 수술조차 받은 적이 없었다고는 예상하지 못했다.

"저기, 선생님-."

의사 선생님이 밖에서 반 아이들에게 무어라 말하고 있던 담임 선생님을 불렀다. 선생님은 심각한 표정을 짓고 있는 우리를 보고는 급하게 들어오며 물었다.

"구원에게 무슨 문제가 있나요?"

그 질문에 의사 선생님은 친절하게 지금 내 상태에 대해 이것저것 설명해 주었고 그 설명을 다 들은 선생님은 창백해진 얼굴로 부모님께 전화를 걸었다. 그 상황을 보며 나는 일이 점점 더 커지고 있음을 직감했다.

사람들은 다른 무엇보다도 행복해지기 위해 산다고 생각한다. 그리고 가장 쉽게 행복해지는 방법은 에보니 수술일 것이다. 이 수술은 사람들에게 행복한 감정을 강하게 느끼고 슬픔이나 속상함 같은 부정적인 감정을 거의 느끼지 못하게 만들어 준다. 세상은 이제 '에보니 아이'인 사람과 그렇지 않은 사람으로 나뉜다. 그리고 그것은 새로운 차별의 기준이 되었다. 물론 그렇다고 이전에 차별하던 기준들이 사라진 것은 아니다. 그저 기준이 하나 더 늘었을 뿐. 전 세계적으로 에보니가 80%, 비에보니가 20%에 가깝다고 하는데 우리나라는 에보니가 95%다. 다시 말해 비에보니의 비율이 아주 낮은 편이다. 내가 그 낮은 5% 중 한 명이고.

병원 기록을 보면 내가 2살일 적 수술을 받았다고 나타나 있는데, 이건 아마 누군가가 수술을 해야 하는데 나를 빠뜨렸다거나 전산 오류일 거라고 생각한다. 보통 그런 일은 절대 없지만 그게 아니면 설명할 길이 없으니 아마도 내 가정이 맞을 것이다. 에보니가 되는 거의 유일하다시피 한 방법은 어릴 적 수술을 받는 것으로, 부모 두 사람 중 한 명이라도 에보니라면 국가에서 자식도 수술을 시켜준다. 그러니까 나는 아주 드문 케이스인 것이다. 우리 가족은 나를 제외하고는 모두 에보니니까. 엄마도, 아빠도, 낙원이도.

이제 막 초등학교에 들어가는 낙원이와 나를 주위 사람들은 남매라곤 전혀 생각도 못했다. 그도 그럴 만한 게 나이 차가 10살이나 나는 여동생 낙원이는 나와는 머리부터 발끝까지 닮은 구석이라곤 찾아보기 힘들었기 때문이다. 특히 낙원이의 눈동자는 조금 옅은 갈색이어서 렌즈가 삽입된 왼쪽 눈과는 확연히 구분되었다.

에보니 아이 수술은 칩이 심어져 있는 렌즈를 한쪽 눈에 삽입하는 수술인데 이로 인해 렌즈가 있는 쪽의 눈동자는 아주 검은, 새카만 색으로 보인다. 그래서 다른 쪽 눈과 색이 다르면 마치 오드아이가 된 것 같다. 지금까지 내가 수술을 받지 않았다는 사실을 아무도 몰랐던 이유 중 하나는 내 눈이 정말 검기 때문일 것이다. 그런 의미에서는 내 수술 유무를 한눈에 알아본 의사 선생님이 대단하다고 해야 할까.

집에 돌아와 거울 앞으로 갔다. 거울 속에 웬 남자애가 우울한 표정으로 서 있었다. 어느새 많이 자라서 눈을 덮으려 하는 머리가 꽤 길었다. 곧 잘라야겠다는 생각을 하며 앞머리를 쓸어 넘긴 채로 거울에 더 가까이 다가갔다. 머리도 검은색이었지만 특히 거울에 비춰진 눈동자는 홍채와 동공을 구분하기 힘들 정도로 짙은 먹색이었다. 마치 렌즈의 색처럼.

내가 전학 가기로 한 학교는 진도라는 섬에 있는 '진도예술고등학교'였다. 꽤 큰 학교인데도 불구하고 왜 그곳에 지었는가 하면 비에보니인 사람이 가장 많이 살았기 때문이다. 그 학교를 설립한 사람도, 이사장도, 선생님들도 단 한 명도 빠짐없이 모두 비에보니다. 겉으로는 학생이 되기 위한 자격에 제한 같은 건 없는 것 같지만 암묵적으로 비에보니만을 받는 학교란다. 세워진 이래로 단한 명의 에보니 학생도 존재하지 않았으니, 이는 누구나 다 아는 공공연한 사실이었다.

전국에 이런 학교는 진도예술고등학교 하나뿐이다. 비에보니만을 받는 것도, 예술고등학교인 것도 말이다. 또한 그만큼 이름도 알려졌고 많은 인재들을 배출해 낸 유명한 학교다. 내가 에보니인 줄로만 알던 때에는 정말 가고 싶어도 갈 수 없는 학교였는데, 이제는 가능해진 것이다.

나는 그때 무척 들떠 있었다. 내 꿈은 작가가 되는 것이었기 때문이다. 아주 어렸을 때부터 책 읽는 것을 좋아하고 글을 쓰는 것도 좋아했다. 다른 또래 아이들이, 특히나 에보니인 아이들은 고전 소설 같은 걸 싫어하는데 반해 나는 재미있게 읽었다. 그러다 보니 자연스럽게 동화나 소설을 쓰는 작가가 되고 싶어졌다. 이렇게 생각해 보니 내가 에보니와 정말 많이 다르다는 게 새삼 느껴졌다.

"네가 구원이구나? 우리 학교는 전학 오는 사람이 거의 없는데. 나는 네가 들어가게 될 반의 담임이야."

"아, 잘 부탁드려요."

담임 선생님은 부드럽게 웃으면서 나에게 기숙사와 학교 구조를 어느 정도 알려주었다. 그러면서 들은 이야기인데, 이 학교의 학생들은 대부분 진도 출신이라서 서로 잘 알고 친하다고 한다. 선생님은 멀리서 전학 온 내가 반에 잘 섞이지 못할까 봐 걱정이 되는 듯했다. 학교에 공부하러 온 거지, 친구를 사귀러 온 것이 아니니 상관없다는 내 대답에 선생님은 또다시 짧게 웃었다. 다시 생각해 봐도 그건 분명 비웃음이 아니었나 싶다. 지금 내가 생각해 봐도 우습긴 하지만.

나는 문예창작과에 입학하기로 했다. 전에 다니던 학교에서는 내가 바라는 수업은 전혀 하지 않았고, 특히 교과목 중에도 음악과 미술 같은 것들은 형식적으로 시간표에만 나와 있는 과목일 뿐이었다. 예체능 쪽으로는 신경도 쓰지 않는 분위기였기에 그 속에서 나는 겉돌기만 했었다. 그렇지만 이 학교는 다르지 않을까 하는 기대감이 들었다.

2. 감정은 깨닫는 것

선생님과 함께 반으로 들어가자 왁자지껄하던 교실이 순식간에 조용해졌다. 어느 학교든 이런 점은 비슷하구나, 하는 생각이 들어 문득 웃음이 났다. 선생님은 내게 자기소개를 부탁했다.

"연구원입니다."

내게 가장 자신 있는 과목은 국어였다. 그중에도 고전 시와 소설 같은 문학. 대부분의 아이들은 전혀 이해할 수 없다며 전부 외워서 시험 보는 게 당연하다고 말했지만 내게는 별로 어렵지 않았다. 나에게 필요한 건 공감해 줄 수 있는 무언가였다. 그게 지금까지는 책이었을 뿐이다.

물론, 사람일 수도 있겠지.

사실, 그날의 기억은 내게 흐릿했다. 내가 배정받은 자리 옆에는 지루한 얼굴의 남학생이 앉아 있었다. 나는 널 보면서 이 학교는 잘 적응할 수 있을 것 같다고 생각했고, 역시나 내 감은 잘 맞아떨어졌더랬다. 옆자리에 앉아 있던 네가 만나서 반가워, 내 이름은 우리혼이야, 같은 말을 하며 내게 먼저 인사를 하고 내가 그 인사를 받아주고. 그런 가벼운 몇 마디가 전부였다. 한참 지난 후, 너는 내가 그때 정말 들떠 보였다고 말했지. 후련하기도 하면서 기쁜 표정이었다고, 그렇게 말하던 네 말을 마지막으로 우리는 서로를 다시 만난 적이 없다.

딱, 딱, 딱……

시끄러운 교실에서의 소리와 동시에 일정한 박자의 소리가 겹쳐 들려왔다. 옆자리의 리혼이 팔에 턱을 괴고 손가락으로 책상을 두드리고 있었다. 그것이 내 손목에 채워진 시계의 초침과는 미묘한 엇박인지라 마치 돌림노래 같다는 생각이 들었다. 내가 읽고 있던 책을 덮으며 리혼 쪽으로 얼굴을 돌렸다.

"심심해?"

내 물음에 리혼이 내게 고개를 돌렸다. 그는 대답 없이 그저 내가 읽던 책 쪽으로 시선을 주었다.

"이 책? 왜?"

"그거 재밌나?"

내가 책을 들어 표지를 보여주자 그가 시큰둥하게 물었다. 나는 뭐라고 대답을 해야 할까 곰곰이 생각하다가 대답할 타이밍을 놓치고 말았다. 별로 재미는 없는데 한번 읽어볼 만은 해, 하고 대답하려는 순간 리혼이 다시 말했기 때문이다.

"그거 우리 엄마가 쓴 책인데."

나는 하려던 말을 꾹 삼키며 아직 말하지 않아서 다행이라고 생각했다.

"…… 그래? 재미있더라. 너희 어머니 글 잘 쓰시네."

약간 거짓이 섞인 나의 칭찬에 리혼은 불퉁한 표정을 지으며 다시 고개를 돌렸고, 나는 그의 표정에 의문을 가지며 아까 덮기 전에 기억해 두었던 페이지를 펼쳤다. 128쪽, 세 번째 줄. 별로 재미는 없어도 나는 이 작가의 문체가 마음에 들었다. 문장 하나하나에 담긴 열정을 엿볼 수 있었기 때문이다. 다른 사람들이 이 책을 좋아하는 이유를 알 것만 같았다. 글에 담긴 에너지가 나에게까지 전해지는 기분이 들어서, 그래서 일 것이다.

"-우리혼."

선생님이 반 출석을 부르던 때였다. 학생 한 명씩 이름을 부르며 출석을 확인하고 있었다. 그리고 리혼의 이름이 불렸을 때, 유일하게 대답이 들리지 않았다.

"우리혼? 또 없어?"

선생님은 미간을 찌푸리며 물었다. 아침에는 있었는데 사라졌어요, 반 아이들 중 누군가가 대신 말했다. 선생님은 옅은 한숨을 내쉬었다. 나는 내 옆자리를 내려다보았다. 점심을 먹은 이후부터 통 보이지 않더니, 어디로 간 것일까. 익숙한 듯 고개를 돌리는 선생님과 이런 일이 한두 번이 아니라는 듯이 반응하는 반 아이들을 바라보며 출석을 부르는 목소리에 답했다.

"연구원."

"네."

학교가 끝날 때가 돼서야 어슬렁거리며 교실로 들어온 리혼은 자리에 늘어졌다. 나는 조금 머뭇거리다 물었다.

"…… 어디 다녀왔어?"

리혼은 나를 잠시 쳐다보다가 이상한 표정으로 오히려 내게 다시 물었다.

"그런 건 왜 물어봐?"

"궁금해서?"

그래서 나도 의문형으로 답했다. 음, 사실 뭐라고 할 말을 찾지 못해서 일지도 모른다. 리혼은 내 대답에도 계속 낯을 바꾸지 않다가 집에 다녀왔어, 하고 작게 말했다.

"집은 왜?"

"숙제를 두고 와서, 가지러."

"그렇지만 수업은 이미 다 끝났잖아?"

"그래? 그럼 어쩔 수 없는 거지, 뭐."

이상한 말이었다. 내가 그 말에 인상을 쓰자, 리혼은 웃으며 말했다.

"너 지금 되게 이상한 표정이야."

"기분도 그래."

나는 투덜거리듯이 대답했고, 리혼은 또 혼자서 웃었다.

리혼이 집에 숙제를 가지러 다녀왔다고 했었나? 나는 교실에 들어오던 그의 손에 아무것도 들려 있지 않았다는 걸 알고 있었다.

"지금 뭐 해?"

"아, 저리 좀 가."

리혼이 손을 휘적휘적 저었다. 보나마나 시 쓰기 숙제일 터였다. 전에 있던 학교에서는 이런 숙제는 눈 씻고도 찾아볼 수 없었는데 전학을 오고서는 반대로 이런 류의 숙제가 대부분이었다. 그는 항상 숙제를 마지막까지 미루다가 귀찮다는 얼굴로 대충 하곤 했다.

"그거 잘 쓴 사람 한 명 뽑아서 학교 벽에 걸어놓는다던데, 잘 해봐라?"

"됐어, 그런 거 필요 없어."

리혼이 생각만 해도 끔찍하다는 듯이 고개를 저었다. 그리고 얼마 후에 벽에 걸린 시는 리혼의 것이었다.

리혼은 자신의 시가 벽에 걸린 뒤로 그쪽 길로는 절대 지나다니지 않았다. 아마 내가 그 옆을 지나갈 때마다 장난스럽게 소리 내어 시를 읽은 뒤부터 였을 것이다. 솔직히 그 시는 꽤 괜찮았다. 리혼 자신은 대충 썼지만. 자신조차 왜 자기 시가 뽑힌 건지 이해하지 못해서 선생님께 찾아갈 정도였다. 책상에 엎어져 5분 만에 끄적인 것이었으니까. 그에 돌아온 대답은 숙제나 열심히 하라는 소리였지만 말이다.

리혼은 그 뒤로도 숙제와 강요로 인해 많은 시들을 써야 했고, 모두 괜찮은 반응을 얻어냈다. 그 녀석이 평생 동안 가장 시를 많이 쓴 시절을 꼽으라면 단연 학창시절일 것이다. 그만큼 이 학교는 전체적으로 숙제를 많이 시켰다. 특히나 글을 써오라는 숙제를.

"시 쓰는 거 재밌어?"

"딱히. 그냥 시, 소설, 수필 중에 골라서 쓰라니까 시 쓰는 건데. 시는 짧아서 좋잖아."

그러나 나는 그 대답이 완전한 진실은 아님을 알았다. 내가 입꼬리를 끌어올려 장난스럽게 씩 웃자 그는 옆에서 한숨을 내쉬었다.

내 생각에, 리혼은 문예창작과에 가장 잘 어울리는 사람이었다. 다른 이들은 걸핏하면 학교를 빠지려 하고 숙제도 제대로 안 하는 문제아라고들 이야기했지만 그건 리혼을 잘 모르고 하는 소리였다.

"나중에 졸업하면 뭐 할 거야?"

"글쎄다, 딱히 생각해 본 적 없는데."

"으음, 그거 거짓말이지?"

리혼은 웃으면서도 그 말을 부정하지는 않았다. 아마 생각해 둔 무언가가 있겠지만, 지금의 대답으로 보건데 절대 말해 주지 않을 것 같았다.

"생각해 둔 것 없으면 졸업 하고도 이대로 시 쓰는 건 어때?"

리혼은 무언가 말하려 입을 뗐지만 잠시 망설이더니 다시 입을 다물었다. 그를 곤란하게 만드는 것 같아 미안한 마음이 들긴 했지만 이대로 물러서기엔 그의 능력이 아까웠다. 그리고 나는 그가 시인이 되면 좋겠다고 생각했다.

"너 하면 잘 할 거라고 확신하는데. 넌 안 그래?"

"고려는 해볼게."

그러니까 그 이야기는 그만해. 리혼은 미래에 대한 이야기를 꺼려 했다. 아마 주위 사람들이 주는 부담감 때문일 것이다. 저번에 시험 하루 전날 말하길, 그의 부모님은 두 분 모두 유명한 소설가와 시나리오 작가란다. 그 말을 듣고 리혼이 어째서 글을 쓰지 않으려 하는지 조금 이해할 수 있을 것 같았다. 그가 태어나고서 아마 주위의 사람들은 모두 훌륭한 작가가 될 거야, 같은 말을 자기 딴엔 칭찬이라고 해줬을 테니까. 그 말을 17년간 듣고 자라면 어느 인간인들 질리지 않겠는가. 물론 리혼의 반항적인 성격도 한몫했겠지만.

'비에보니는 에보니에 비해 범죄율이 높다.' 이 사실은 모두가 알고 있다. 아마도 비에보니가 에보니에 비해 형편이 훨씬 어려운 경우가 많기 때문일 것이다. 그러니까, 그들이 저지르는 범죄는 생계형 범죄가 많았다. 하지만 그렇다고 해서 에보니와 비교했을 때 비에보니의 강력범죄 비율이 낮은 것도 아니었다. 사실 에보니 아이 수술이 없던 시절, 그러니까 60년쯤 전과 비교하자면 오히려 조금 낮아졌다고 말할 수 있지만 현재 에보니인 사람들과는 비교도 할 수 없다. 정부가 에보니 아이 수술을 최대한 많이 받도록 홍보하는 이유도 여기에 있는 것이다. 에보니들은 행복을 너무나 쉽게 느끼고 분노, 불안, 슬픔과 같은 감정을 거의 느낄 수 없기 때문에 강력범죄를 포함한 모든 불법적인 일들을 저지르는 경우도 훨씬 적었다. 최근에 발표된 자료 중에는 에보니의 범죄율이 비에보니의 50%도 채 안 된다는 조사 결과도 있을 정도이니 말이다.

그러다 보니 사회는 비에보니를 편견 어린 시선으로 바라본다. 극단적으로는 그들을 잠재적 범죄자로 보는 무리도 존재했다. 본래도 비에보니는 거의 도시 하층민인 경우가 많았다. 게다가 에보니와 비에보니, 두 무리는 섞이기 아주 어려운 존재들이었다. 생각하는 사고회로부터 다를 뿐더러 느끼는 감정도 달랐기 때문이다. 비에보니의 인권을 위해 노력하는 사람들도 있었지만, 세상에서 에보니와 비에보니는 서로 완벽히 반대의 입장에 서 있었다. 세상에서 비에보니는 약자였다.

가장 처음에, 모든 사람들이 받을 수 있도록 에보니 아이 수술이 합법화되었을 때 수술비용은 그렇게 비싸지 않았다. 겨우 렌즈 하나를 삽입하는 것뿐이었으니. 수술 하나면 모든 이들은 영원히 행복할 수 있었고, 그것은 사람들이 바라 마지않던 일이었다. 행복, 사람들은 그 단어에 취해서 간절하게 에보니 아이 수술을 받고자 했다. 그렇지만 수술을 받을 수 있는 사람은 초등학교에 들어가기 전인, 미취학 아동들뿐이었다. 어느 정도 자아 정체성이 확립되고 머리가 굵어진 후라면 수술을 받고 나서 갑작스러운 감정 변화를 너무 크게 느껴 정신적으로 불안해질 수 있기 때문이었다. 수술을 받기 위해 드는 돈은 일반 사람들에게 조금 부담스럽긴 했지만 내 아이의 미래를 위해서라면 이 정도야, 할 수 있는 수위였기에 형편이 많이 어렵지 않은 이상에야 다들 자식들에게 수술을 시켰다.

그러나 그렇게 십 년쯤 흘러 수술을 받고 에보니가 된 아이들은 점점 커가면서 그들의 부모에게 그들 세대가 알던 보통 아이들과는 큰 괴리감을 느끼도록 만들었다. 렌즈를 이식하는 가벼운 수술만으로 아이들은 예상보다 너무 많이 바뀐 것이다. 비에보니인 부모와 에보니인 자식 간에 세대차이가 너무나 큰 문제가 되자 곧 정부는 정책을 하나 내놓았다. 지금까지 에보니 아이 수술을 받은 가정은 어쩔 수 없지만 앞으로 에보니 아이 수술을 받으려면 부모 둘 중 하나라도 에보니인 경우만 가능하다는 내용이었다. 세대차이를 줄이기 위한 대안이었다. 그러면서 정부는 그 조건을 충족시킨 사람들은 모두 수술에 필요한 비용을 대주겠다고 약속했다.

그렇게 에보니인 사람들이 만나 태어난 자식은 계속 에보니이고, 비에보니인 부모 아래서는 비에보니만이 태어났다. 처음에 비에보니였던 사람들은 어려운 가정형편의 사람들이 대부분이었기에 세대를 거듭할수록 에보니와 비에보니 사이의 부의 차이는 점점 커지기만 했다. 빈익빈 부익부, 정말로 딱 그랬다. 비에보니들이 사회에서 그닥 좋지 못하게 인식되는 이유들 중 하나도 이것이었다.

"정말 모순적이지……."

정말로, 모순적이야. 나는 작게 중얼거렸다.

비에보니들을 편견 어린 시선으로 보면서 사람들은 단 한 분야에서만큼은 그들을 우러러보았다. 그게 바로 예술분야였다. 미술 작품과 시, 소설, 수필 같은 문학 작품들은 무조건적으로 비에보니의 것만을 좋다고 생각하며 비에보니의 것이 아니라면 사람들은 재대로 대우조차 해주지 않았다. 에보니들이 나아갈 수 있는 선은 그저 신문 기사를 쓰는 기자 정도였다. 그게 그들에게는 최선이었다.

"이런 사회가 만들어진 이유는 에보니인 사람들이 그들도 비에보니들만이 느끼는 감정을 알고 싶어 하기 때문이 아닐까? 사람은 원래 자신이 가질 수 없는 것을 더 열망하기 마련이잖아."

나는 컵 속에 빨대를 휘휘 저으며 말했다. 아래 가라앉아 있던 가루들이 물에 섞이면서 음료의 색이 탁해졌다. 내가 하는 짓을 빤히 바라보기만 하던 리혼이 입을 열었다.

"그들에게 행복을 제외한 감정들은 가질 수 없는 게 아니라 가지고 싶지 않은 것에 가깝지. 자기들이 느끼고 싶지 않은 감정을 제거하려 수술 받았으면서 왜 또다시 갖고 싶다는 거야?"

"글쎄, 비에보니한테 물어봐야 답은 안 나올 것 같은데."

나는 나른한 기분 속에서 턱을 괴었다. 유리를 통해 보이는 밖은 비가 내리고 있었다. 오늘은 주말이라 리혼과 함께 학교 근처 카페에 나온 참이었다. 기상 청에 따르면 1시간 정도 뒤에 비가 그칠 테니 그때까지는 여기에 머무를 생각 이었다. 해가 지기 전까지만 기숙사로 돌아가면 되겠지 뭐.

시에서 교통사고로 인해 한쪽 눈을 잃게 된 김 모 씨가 결국 자살했다는 소식입니 다. 본래 에보니이던 김 모 씨는 이웃 주민들의 말에 따르면 평소 밝은 성격이었으 나 사고로 에보니 칩이 이식된 눈을 잃게 된 이후부터 심한 정신 질환을 앓으며 고 통스러워했다고 전해집니다. 시민들은 정부에게 이와 같이 사고로 에보니 아이를 잃게 된 사람들을 위한 정책을 내놓을 것을 요구하고 있으며

리혼과 기숙사로 돌아와 TV를 켜자마자 나온 것은 뉴스였다.

"와, 에보니 아이가 사라지니까 사람이 자살할 정도네. 하긴, 한평생 행복한 감정만 느끼다가 더 이상 그러지 못하게 되니까 그럴 만도 하지."

뉴스를 본 리혼이 혀를 차며 고개를 저었다. 에보니 아이였던 사람이 사고로 인해 눈에 삽입된 에보니 아이를 잃자 자살했다는 소식이었다.

"구원 너, 그거 알아? 에보니 아이가 우리의 뇌에 어떤 영향을 끼치는지?"

"뭐, 대충 행복을 잘 느끼고 슬픔은 못 느끼도록 해주는 거 아냐?"

"맞아. 하지만 더 정확히 말하자면 뇌에서 슬픔을 느끼는 부분을 망가뜨리는 거야, 완전히."

리혼의 말에 따르면 눈에 삽입된 에보니 아이는 처음에 뇌에 전류를 흘려 보내서 슬픔이나 비관적인 생각, 괴로움 등의 감정을 느끼는 부분을 마비시킨단다. 다시는 그 부분을 쓸 수 없도록 만들어 버리는 것이다. 그리고 뇌의 행복을 관장하는 부분으로 지속적인 자극을 보내서 계속 행복을 느끼도록 만든다. 그러니 불의의 사고로 에보니 아이를 잃어버린다면 행복을 더 이상 인위적으로 느끼지 못하고, 당연히 항상 크게 느껴지던 행복에 익숙해져 버린 뇌는 일상의 작은 일들로는 충분히 행복하다고 받아들이지 못한다. 그런데다가 슬픔도 느낄 수 없으니 거의 모든 감정이 느껴지지 않게 된다. 삶에서 아무런 것도 느끼지 못하게 된 사람들은 대부분 아무런 감정 없이 살게 되거나 뉴스에서 나온 사람의 결말처럼 자살을 시도하기도 한다는 것이다.

"에보니 아이를 잃은 사람들은 그렇게나 고통 받는데 에보니 아이 수술은 어릴 때만 가능하니까 수술을 다시 받을 수도 없고, 그냥 그렇게 사는 거지. 어쩔 수 없긴 하지만. 안타까운 일이야."

리혼이 말했다. 나는 그 말에 동의 한다는 듯이 고개를 끄덕였다. 에보니 아이에 대해 이렇게 자세히는 알지 못했는데, 집에 가면 낙원이에게 눈에 렌즈 조심하라고 말해 줘야지.

3. 하지만 어째서

항상 바쁘시던 아버지가 진도까지 왔다. 아마 그만큼 중요한 할 말이 있다는 거겠지.

"구원아, 에보니가 되는 것에 대해 어떻게 생각하니?"

"…… 네?"

갑작스런 아빠의 질문에 나는 당황했다. 내가 에보니가 된다는 것은 생각해 본 적도 없고 애초에 가능하지도 않았으니까.

"나라에서 연구를 하나 하는데, 그 연구가 에보니 아이 수술 가능 시기가 지난 비에보니가 수술을 받으면 어떻게 될 것인가 하는 연구란다. 그리고 그 연구를 이용하면 너도 에보니 수술을 받을 수 있어. 수술 가능 시기가 지났지만 수술을 늦게 받는다고 해서 실제로 잘못될 확률은 낮으니까. 네가 원한다면 아빠가 힘을 써볼게."

"저는, 그게, …… 아직 잘 모르겠어요. 조금 더 생각해 보고 결정해도 될까요?"

"물론이란다. 사안이 사안인 만큼 신중하게 생각해야지. 우리는 전적으로 네 의견을 존중할 거야."

나는 뭐라 할 말을 찾지 못했고, 아빠는 이해한다는 듯이 나에게 몇 마디 더 해주고 돌아갔다. 내가 수술을 받아 에보니가 되면……, 그러면 모든 것은 어떻게 되는 거지? 문득 리혼의 생각이 났다.

날들은 순식간에 지나가 어느덧 2학년의 끝자락에 도달했을 무렵, 우리는 진로 상담을 하게 되었다. 방학을 겨우 며칠 남겨두곤 각자 담임 선생님과 면담을 했다. 나는 전학을 온 터라 가장 마지막 번호였고, 진로 상담 순서는 번호순이었다.

"어디 보자, 구원이는 역시 성적이 좋네? 여러모로 열심히 하는 모습, 보기 좋다. 앞으로도 이만큼만 해줘라."

선생님은 내 성적을 보며 칭찬하듯 말을 꺼냈다. 나는 학교 수업을 열심히 듣는 편이었고, 성적도 이 정도면 좋다고 말할 수 있었다.

"그런데 너, 성적은 괜찮은데 공모전이나 대회에서 상 받은 경력이 없네. 알다시피 직업 작가가 되려면 실적이 중요하잖니. 여기저기 대회를 많이 나가봐. 요즘엔 우리 학교 학생들 말고는 그런 대회에 글 쓰는 사람이 별로 없어서 상 받기도 어렵진 않을 거야."

그렇게 말하며 선생님은 내게 여기저기서 가져온 대회들에 대한 자료를 넘겨주었다.

"…… 네, 감사합니다."

"그래, 공부 열심히 하고!"

나는 선생님이 건네준 자료들을 말없이 받아 들고는 인사와 함께 상담실을 나왔다. 아마 선생님은 모를 것이다. 그가 나가보라고 추천해 준 대회들은 모두 나갈 생각으로 이미 접수를 마쳤다는 것을. 나는 이렇게 글을 쓸 수 있는 기회가 생겼다면 어디든 다 글을 보냈다. 글을 쓰는 건 즐거웠으니까.

"구원, 넌 쌤이 뭐라 하시든? 넌 성적도 좋으니까 칭찬만 받았겠지."

"어, 별말 없으셨어. 그냥 지금까지 한 만큼만 공부하라고 하셨지."

"좋겠다, 야. 난 잔뜩 혼났거든. 학교생활에 좀 충실해 보라고."

그렇지만 이제는 잘 모르겠다는 생각이 들었다. 글을 쓰는 게 정말로 재미있는 건지, 아니면 사실 그렇지는 않지만 그냥 재미있다고 스스로가 생각하는 건지. 1년을 넘게 많은 곳에 글을 보냈지만 지금까지 우호적인 답장이 오거나 상을 받은 적은 단 한 번도 없었다.

"그럼 너도 이거 받았어? 글 쓰는 대회에 관련된 자료들인데, 이런 대회들 선생님이 한 번 나가 보라 하시던데. 그러면서 너랑 엄청 비교하시더라? 구원이는 그렇게 성실한데, 어째서 너는 매일 놀기만 하고 어쩌고저쩌고……, 되게 뭐라 하셨는데."

그럼에도 불구하고 나는 글을 보내는 걸 포기할 수 없었다. 혹시 이다음에는 잘 될지도 몰라, 하는 기대감 때문이었다. 그러나 그건 그저 희망고문일 뿐이었다.

"안 받았으면 이거 네가 가질래? 난 어차피 이렇게 많이 받아봤자 다 나가지도 않을 테고, 별로 나가고 싶지도 않으니까."

내가 대답이 없자 리혼이 종이를 살짝 흔들며 말했다. 나는 고개를 저었다.

"네가 나가. 받은 건 너면서 왜 나한테 주냐?"

"그야, 네가 나보다는 이런 데에 관심 많으니까……."

리혼이 머쓱한 듯 대답했다. 나는 별로 하고 싶지 않다는 리혼을 억지로 끌고 가 대회에 신청하도록 했다. 그는 귀찮은 일을 떠맡았다는 듯이 굴었지만 나는 이게 다 네 미래에 도움이 되는 거야, 하며 달랬다.

"자, 그럼 2주 뒤까지 형식에 맞춰서 글 써오는 거야, 알았지?"

"휴우, 그래. 알았어."

내 말에 리혼이 한숨을 내쉬었다. 사실 내가 그를 이 대회에 나가도록 한 건 리혼의 대회 실적을 만들어 주고 싶어서이기도 하지만 마지막으로 그와 나의 격차를 확인하고 싶은 마음이 더 컸다. 이번 한 번만 내가 장려상이라도 받는다면 앞으로 글을 쓰는데 원동력이 되어줄 수 있을 것 같았다. 내 실력이 그렇게 형편없지는 않다는 걸 증명 받고야 말겠어. 나는 마음속으로 중얼거렸다.

나는 남은 2주 동안 정말 열심히 글을 썼다. 그곳에 글을 낸 누구보다 노력했다고 자신 있게 말할 수 있을 만큼 최선을 다했다. 나도 그와 같은 공모전에 나간다는 걸 모르는 리혼은 그저 요즘 많이 바빠 보인다고 말할 뿐이었다. 오히려 그는 내 곁에서 글을 써야 하는 게 싫다면서 투덜거렸다.

공모전 기한의 마지막 날까지 나는 글을 고치고 또 고쳤다. 몇 번이고 문장을 가다듬으며 이번에는 반드시 좋은 결과를 내겠다며 다짐했다. 마감이 끝나고 2주 뒤에 결과가 각자에게 통보된다고 들었다. 나는 결과가 나오는 날 유난히 초조해 하며 내게 올 연락을 기다렸다. 그러나 내 기대와는 달리 연락은 리혼보다 훨씬 늦게 왔다.

"어? 구원아, 결과 벌써 나왔나 보다. 나 최우수상이라고 떴어."

리혼이 신기해 하는 목소리로 내게 알렸다. 이런 공모전은 처음이라고 들었는데 최우수상이라니, 역시 리혼다웠다. 만약 그가 입상하지 못했다면 나는 더 이상하게 생각했을 터이나 최우수상까지 받을 줄은 생각지 못했기에 나도 놀라워했다.

"와, 최우수상? 축하해! 내가 한 번 나가보라고 하기를 잘했다니까?"

"흠, 네가 꼭 참가하라고 하길래 평소보다 신경 써서 준비했는데, 최우수상일 줄은 몰랐는 걸."

나는 겉으로는 웃으며 축하해 주고 있었지만 속은 타들어 갔다. 내 결과는 아직까지도 나오지 않았다.

내 결과는 마감 이후 딱 2주 후에 나왔다. 그때까지 통보가 없으면 수상하지 못하는 것이었기 때문에 나는 마지막 날에 거의 포기한 상태였다. 역시 이번에도 틀린 건가, 시무룩하게 중얼거렸을 때 연락이 왔다. 내가 장려상이라는 소식이었다.

나는 하루 종일 싱글벙글, 웃고 있었다. 담임 선생님마저 내게 무슨 좋은 일 있냐고 물을 정도였다. 그 정도였으니 리혼은 당연히 이상함을 눈치채고 내게 물었다.

"무슨 좋은 일 있어?"

"아니, 별일 없어."

내가 웃으며 말하자 리혼이 어이없다는 표정을 지었다.

"그래, 네가 그렇게 실실 웃고 다닐 정도면 별일 정도가 아니겠지."

리혼은 코웃음 치며 걸어갔지만 내게 더 이상 캐묻지는 않았다.

"너 혹시 조울증이냐?"

리혼이 진지한 목소리로 물었다.

"응?"

"사실대로 말해 봐, 역시 공부 때문에 스트레스를 너무 많이 받아서 그런 거지? 난 이해할 수 있어."

"…… 정색하고 그런 말 하지 마. 진심 같잖아. 그리고 네가 무슨 스트레스를 이해해? 내 공부량의 반의반이나 해놓고 그런 말을 해라."

진심 맞는데, 작게 중얼거리는 리혼을 무시한 채로 나는 다시 책상 위에 엎드렸다. 휴우……. 또다시 한숨이 나왔다. 봐, 조울증 맞다니까? 어제는 그렇게 기분이 좋아 보이더니. 옆에서 리혼이 혼자서 투덜거렸다.

어젯밤에 장려상을 받았다는 것이 잘못 연락된 거라며 정말 죄송하다는 사과와 함께 수여된 상은 없다는 소식을 받았다. 아, 너무너무 우울해……. 기분이 땅을 파고 들어가 내핵에 도달한 것 같았다. 결국 지금까지 받은 상은 단 하나도 없게 되었다. 하루 만에 결과가 바뀌다니, 이럴 거면 차라리 기대하게 만들지를 말았어야지. 정말 우울했다.

나는 결국 인정할 수밖에 없었다. 나는 글쓰기와 맞지 않는 인간이었다. 나와는 동떨어진 세계인 것이다. 어쩌면 그런 재능은 유전되는 것일지도 모른다. 에보니 속에서 태어난 비에보니와 비에보니들 사이에서 태어난 비에보니는 처음부터 출발선이 다른 것이다. 한번 인정하고 나니 그 뒤는 쉬웠다. 나는 내가 이제 무엇을 해야 하는지 잘 알고 있었다. 아빠에게 전화를 걸었다.

"아빠, 저 결정했어요."

"리혼."

기숙사로 향하는 길에 내가 리혼을 불렀다. 왜, 하고 대답하며 웃는 낯으로 날 돌아보던 리혼은 내 표정을 보고는 조심스럽게 물었다.

"무슨 일인데 그런 표정을 해?"

나는 내가 어떤 표정을 짓고 있을지 알 수 없었다. 그렇지만 리혼의 얼굴로 대충 짐작은 되었다. 그냥 가볍게 지나가듯이 물어볼 생각이었으나, 확실히 실패한 것 같았다.

"음, 여기 학생들은 전부 비에보니잖아. 만약 학생들 중 누군가가 에보니가 된다면 그 사람은 더 이상 학교를 다닐 수 없게 될까?"

내가 조금 주저하면서 물었다.

"으음, 만약, 정말 아주 만약이지만 비에보니였던 사람이 에보니가 된다면 당연히 학교를 나가게 되지 않을까? 애초에 이 학교에 다녀봤자 졸업하고서 예술 쪽으로는 나아가기 힘드니까 미래에 전혀 도움도 안 될 텐데. 그 사람한테도 그냥 다른 학교로 가는 게 더 낫지 않나?"

"응, 그렇겠지……."

"그렇지? 그런데 그건 갑자기 왜 물어?"

"그냥 궁금해서. 여기에 전학 오거나 가는 사람이 거의 없다고 들었거든."

"누구한테?"

"담임 선생님."

아, 리혼이 탄성 비슷한 소리를 내뱉으며 우리의 대화는 종료되었다. 나는 전학에 대한 고민에 빠져 있었고, 리혼은 아마 별 생각이 없었을 것이다. 기숙사에 도착할 때까지 우리 둘 중 누구도 말을 꺼내지 않았지만, 그 침묵은 자연스러웠다. 나는 기숙사에 도착해서야 그때까지 아무런 대화도 없었다는 걸 깨달았다. 그리고 그 사이에 전혀 어색함이 없었다는 것도.

나는 사람들의 관계 사이에서 가장 이상적인 관계는 서로를 편안하게 느끼도록 만들어 주는 사이라고 생각한다. 자연스러운 침묵이란 웬만한 친분으로는 불가능한 것이다. 그리고 그 순간 우리 사이는 이미 그 이상이었다.

과연 내가 말할 수 있을까. 나는 겁쟁이었다. 아마 최대한 미루다가 마지막의 마지막 순간이 돼서야 겨우 말을 할 터였다. 그와의 우정을 최대한 오래 유지하고 싶으니까. 곧 있으면 끝날 관계라는 걸 알고 있으면서도 말이다.

그에게 말할 기회는 아주 많았다. 우리는 학교에서부터 기숙사까지 거의 항상 함께 있었으니까. 학창시절 친구 관계가 중요하다는 이유를 알 것만 같았다. 그야 하루의 가장 많은 시간을 함께 보내는데 당연하지 않겠는가.

"학교로 전학 서류는 보내 놓았다. 그런데 …… 정말 갈거니?"

아빠가 조금은 망설이는 내 마음을 아는 것처럼 물었다.

"네."

나는 단호하게 대답했다. 아니, 그렇게 보였으면, 하고 간절히 바랐다.

"구원아, 전학가게 되었다고 아버님께 말씀 들었단다. 혹시 왜 그렇게 마음을 정했는지 물어봐도 되니?"

나는 그 질문에 무엇이라고 대답해야 하는 건지 알지 못했다. 그래서 그냥 아니요, 하고 답했다. 선생님은 알았다며 고개를 끄덕였지만 내심 서운한 눈치였다.

"죄송해요."

선생님은 고개를 저으며 이제 가보라고 했고 나는 곧장 교실을 나왔다. 교실 안에도 그랬지만, 밖에 또한 아무도 없었다. 아마도 다들 집으로 돌아갔거나 기숙사로 갔을 터였다. 인기척이 느껴지지 않는 조용한 복도를 걸었다. 복도는 교실과 다르게 무척이나 추웠고, 그래서인지 불안함에 심장이 불규칙하게 뛰는 게 더 잘 느껴지는 것만 같았다.

4. 지금의 나는

3학년으로 올라가고 얼마 지나지 않아서였다. 전학을 하루 앞둔 날이었다.

"있잖아, 리혼. 그게…… 나 전학가게 됐어."

"응?"

한참을 망설이다 꺼낸 내 말에 리혼이 무척 당황스러워 하는 걸 알 수 있었다. 그는 잠시 입을 꼭 다물고는 할 말을 고르는 듯했다.

"언제?"

아마도 저 말이 많고 많은 하고 싶은 말들 중 고른 말일 것이다. 이럴 때까지

리혼 그다웠다.

"아마도 내일."

"뭐? 내일?"

그의 말투에 어처구니없어하는 느낌이 묻어 나왔다.

"왜 가는 거야? 그리고 당장 내일 간다며, 왜 여태껏 얘기 안 했냐? 요새 바빠 보이더니, 그것 때문이었나 보네."

"최근까지 갈지 말지 고민해서, 정해지지도 않았는데 말해서 괜히 쓸데없이 생각하게 하고 싶지 않았어."

그것은 진심 반, 거짓 반 섞인 대답이었다. 나는 일부러 첫 번째 질문에는 대답하지 않았다. 그리고 리혼이 눈치채지 못하기를 바랐다.

"그럼 왜 가는 건데?"

그러나 리혼이 모를 리가 없었다. 그는 의외로 집요한 면모가 있었다.

"내가 에보니 아이 수술을 받게 되었거든. 그러면 더 이상 이 학교에 남아 있기 힘드니까……."

"에보니 아이 수술을 받는다니, 그건 또 무슨 소리야?"

"말 그대로야. 이번에 정부에서 진행하는 정책 있지? 내가 그 대상자들 중 하나야. 수술을 받고 아마…… 전 학교로 돌아가려고."

리혼은 이유를 알 수 없는 배신감 섞인 눈으로 나를 노려보았다. 나는 꿋꿋이 의연한 척을 했다. 그리고 그런 내 모습이 오히려 그의 화를 북돋은 것 같았다.

"어떻게 말 한마디 없이 이렇게 결정할 수 있어? 이전에 나와 상의해 볼 수도 있었잖아!"

"내가 말했으면, 넌 뭐라고 대답했을 건데?"

"그야 당연히 수술 같은 거 받지 말고 여기 남으라고 했겠지."

"왜?"

"왜냐니? 당연한 거잖아?"

그건 더 이상 내게 당연하지 않아진 일들 중 하나였다.

"구원 네가 글쓰기를 좋아했잖아. 작가가 되고 싶다고 그랬으니까. 그런데 에보니가 되면 거의 불가능해진다는 거 알잖아?"

"맞아, 알아."

"아는데 왜……."

리혼이 말끝을 흐렸다. 그 스스로가 내 대답을 알게 되어서일지도 모르겠다. 그리고 그 대답을 듣고 싶지 않아서.

"난 더 이상 글을 쓰고 싶지 않아."

"거짓말 하지 마."

리혼이 말도 안 되는 소리라는 듯이 쏘아붙였다.

"거짓말이 아니야. 우리도 이제 3학년이라고, 리혼. 진지하게 진로를 정해야 할 시기란 말이야. 내가 작가가 될 수 있을 것 같아?"

"못될 건 또 뭔데?"

"그렇게 말하지 마. 나도 나름대로 고민하고 내린 결정이라고. 내게 글을 쓰는 건 처음부터 안 맞았을 뿐이야. 단지 그것뿐이라고."

그런 게 어디 있어, 리혼이 힘없이 말했다. 그 목소리에 나 또한 힘이 빠져 벽에 기대어 섰다. 한참 동안 우리 둘은 아무 말도 하지 않았다. 나는 그 침묵을 깨고 물었다.

"너는 어떤데?"

"뭐가?"

"넌 시 쓰는 거 좋냐고. 너는 원래 그런 거 싫어했잖아. 지금은 어때? 아직도 싫어?"

"나는……."

리혼은 그 뒤로 말을 잇지 않았다. 나는 벽에 기대있던 몸을 다시 바로 세워서 그와 시선을 맞췄다. 질문에 대한 답을 종용하는 의미였다.

"휴, 어쩜 너랑 나는 이렇게 정 반대냐. 처음 네가 전학 왔을 적에 너는 글에 대한 열정에 가득 차 있었는데. 나는 열정은 무슨, 정말 재미없어했지, 귀찮고. 안 그래?"

리혼이 자연스럽게 내게서 시선을 돌리며 말했다.

"지금은 어때? 나는 더 이상 열정을 가지고 있지 않고……. 너는?"

"우리는, 지금도 여전히 반대야."

"그거 정말 다행이네."

적어도 리혼은 이제 생각이 바뀌어서 다행이다. 나는 속으로 안심했다.

"글쎄. 나는 이게 다행인 건지 잘 모르겠다."

리혼은 고개를 저으며 말을 이었다.

"나는 너에 대해 가장 잘 알고 있다고 생각했는데, 지금 보니까 전혀 몰랐던 것 같네."

"…… 그럴지도."

내 긍정 섞인 대답에 그는 상처받은 눈을 했다. 쓸쓸한 무언가를 입에 한가득 머금은 것 같은 느낌이 들었다. 입이 썼다.

기숙사에서 짐을 빼고 진도를 떠날 준비를 했다. 기숙사에서 같은 방을 쓰던 리혼은 짐을 정리하던 내내 보이지 않았고, 나는 마음이 조급해졌다. 아마 이 이후로 진도에 다시 올 일은 없겠지. 그 전에 리혼을 봐야만 했다.

나는 짐을 챙기면서 조금 난감한 일들을 맞닥뜨렸다. 리혼과 내가 같이 쓰던 물건들, 공동으로 소유하고 있던 것들을 어떻게 처분해야 하는지 애매했기 때문이다. 우리가 함께 쓰던 컵, 우리가 돈을 모아 산 책들, 우리 둘이서 돌려쓰는 가방……. 그러다 문득 나는 '우리'라는 단어가 익숙하다는 생각이 들었다. 내가 칭하는 '우리'는 항상 나와 리혼을 뜻했다. 그렇지만 앞으로는 그럴 일이 없을 터였다. 나는 주인이 누구인지 애매한 물건들은 다 두고 나오기로 결정했다. 그렇게 오롯이 나만이 혼자 남았다.

기숙사를 빠져 나와 학교 밖을 향해 걸어갔다. 아빠가 데리러 온다고 한 시간이 거의 다 되었다. 내가 마지막으로 학교를 바라보고 있을 때, 리혼이 나타났다. 나는 망설이는 그의 모습에 우연히 마주친 것이 아니라 그가 나를 기다렸다는 걸 알아차렸다.

"리혼!"

내 부름에 대답 없이 리혼이 나에게 가까이 다가왔다. 나는 그에게 무슨 말을 해야 할지 감조차 잡을 수 없었다. 그때 리혼이 먼저 말을 꺼냈다.

"너가 처음 전학 왔을 때, 엄청 들떠 보였어."

"…… 내가?"

"그래, 후련하기도 하면서 기쁜, 그런 표정이었어."

내 기억 속의 전학 온 첫날은 이미 흐릿해져 있었다. 드문드문 바랜 기억 속에 남아 있는 몇 안 되는 장면들 중 하나에는 리혼도 포함되어 있었다. 가장 처음부터 바뀌었다면 지금은 어떤 모습이 되었을까, 말도 안 되는 생각이 들었다. 그렇지만……

"내가 만약 비에보니란 걸 평생 모르고 살았으면 어떻게 되었을까?"

나는 물었고, 리혼은 아무런 말도 하지 않았다. 나는 이유 모를 다급함을 느꼈다.

"뭔가 달라졌을까?"

또 한 번 묻는 질문에도 그는 대답 없이 교실로 돌아갔다. 리혼이 가고 그 자리에 남은 것은 내 미련뿐이었다. 그걸 알고도 나는 리혼을 쫓아가기보다는 뒤돌아 걸어갔다. 나는 쓸데없이 이럴 때만 겁이 많았다.

진도를 떠나 집으로 돌아와서도 그 기분은 계속되었다. 마치 일생일대의 선택의 순간 오답을 골라버린 것만 같았다. 나는 차라리 수술을 빨리 받기를 바랐다. 그 이후엔 이런 기분을 느끼지 않을 것임을 알았기 때문이었다.

전문 기관에 가서 심사를 마치고 내 수술 날짜가 확실히 정해졌을 때가 돼서야 내가 곧 에보니가 된다는 사실을 체감할 수 있었다.

내 바람처럼 수술 날은 빠르게 다가왔다. 하루하루가 스치듯이 지나간 것만 같았다. 수술을 하루 앞두고 나서야 전부터 일기를 써왔으면 좋았을 걸, 하는 생각이 들었다. 어차피 이미 늦은 후회였지만. 에보니가 되고 나면 이전에 가졌던 감정은 희미해지거나 느끼기 힘들게 될 테니까, 그래서 그것들을 글을 통해서라도 보존하고 싶었다. 내가 에보니가 되기로 마음을 먹은 이유는 스스로가 불행하다고 느끼곤 행복해지기 위해서가 결코 아니었으니까. 오히려 잊고 싶지 않은 순간들이 더 많았다.

수술을 하러 들어가기 직전까지도 불안함과 두려움은 나를 잠식하고서는 놓아주지 않았다. 만약 깨어났을 때 내가 치른 대가만큼의 보상이 놓여 있지 않으면 어떡하지, 하는 생각이 자꾸만 들었다. 내가 이 수술을 받기 위해 놓아버린 것들이 너무 컸기 때문이었다. 나의 꿈과 유일했던 친구, 그리고 어쩌면 그 친구의 꿈까지.

5. 행복한 걸까?

수술이 끝나고 막 깨어났을 때 기분은 몽롱했다. 그 후로도 눈에 렌즈를 삽입했다는 것을 스스로 상기시키지 않으면 자각하기 힘들 정도로 수술은 내게 아무런 영향을 끼치지 못한 것 같았다. 오래지 않아 그 생각이 틀렸음을 깨닫게 되었지만.

외관상 수술로 인해 바뀐 점은 전혀 없었다. 늘 그렇듯이 내 눈은 양쪽 모두 검은 눈이었다. 단지 그 눈에 비춰진 세상만이 달라졌을 뿐이었다.

수술 후 부작용은 없는지, 제대로 수술이 되었는지 같은 부분을 확인하기 위해 점검차 병원에 들렀다. 내가 병원을 다녀오느라 집에 없는 사이에 리혼으로부터 연락이 왔었다고 한다. 그는 어째서 내게 연락을 한 것일까.

"너 병원에서 오면 다시 연락 준다고 했는데, 지금 연락할까?"

"…… 아뇨, 괜찮아요."

리혼에게 연락하고 싶지는 않았다. 그가 내게 하고자 한 말도, 그 말에 내가 어떻게 반응할지 또한 알지 못했으나 그에게 다시 연락해도 결국에 아무것도 바뀌지 않으리란 것은 알고 있었다.

"어차피 이젠 상관없는 걸요."

내 말에 엄마가 나를 걱정스러운 눈으로 바라보며 정말 괜찮겠니, 하고 물었다. 나는 엄마의 그 눈빛을 의아하게 생각했는데, 그도 그럴 것이 나는 정말 괜찮았기 때문이다. 정말로, 아주 괜찮았다.

괜찮다는 말은 어찌 되든 상관없다는 의미이지, 결코 좋다는 긍정의 뜻이 아니다. 나는 이 사실을 알고 있었음에도 가볍게 간과했다. 수술 이후에 나의 감정과 함께 잊은 걸지도 모른다. 중요한 것은 나는 괜찮았다는 것이었다. 그리고 내 상태는 딱 괜찮은 정도에만 한정되어 머물러 있었다. 어쩌면 지금까지도 말이다.

사실 전체적인 내 삶에서 그 녀석은 그다지 큰 비중을 차지하지 못했다. 나의 무의식 속의 회피본능으로 그렇게 생각하는 것뿐일 수도 있겠지만, 어쨌든 그랬다. 그가 나에게 많은 영향을 준 것은 오직 내가 리혼의 학교로 전학을 갔을 때부터 수술을 받기 전까지 뿐이었다. 에보니가 된 이후부터 나는 조금씩 비에보니였던 시절의 일들을 잊어나갔다. 그 이유는 알지 못한다. 그저 내가 기억하고 싶지 않아서일 수도 있고, 아니면 수술이 원인일 수도 있을 테지만 딱히 알아내야겠단 생각이 들지는 않는다. 어쩌면 이것까지도 에보니 아이 수술의 영향일지도 모르겠다.

수술을 받은 후에 나중일지라도 리혼에 대해 찾아볼 수 있었다. 원한다면 지금 당장이라도 가능하나 그러지 않는 건 무엇 때문일까. 아마, 그가 돌아선 마지막 순간에서의 나와 지금의 내가 여전히 같은 존재이기 때문일 것이다. 바뀐 것 하나 없이.

마지막 순간에 내가 뒤돌아 그를 붙잡고 무슨 말이라도 하며 변명하지 못한 이유는 무서웠기 때문이었다. 내가 에보니가 되고 싶다고 말했을 때 그가 내보인 감정에는 이유를 알 수 없는 배신감이 포함되어 있었고, 그의 상처받은 눈초리에 나는 슬퍼졌다. 그러면서 동시에 겁이 났다. 내가 리혼에게 마지막으로 어떻게 기억될지 결국에 깨닫고야 말았기 때문이다.

"너는 진짜 네 이름이랑 잘 어울리는 것 같아."
2학년 여름 방학을 겨우 며칠 앞둔 때였다. 리혼에게 이 말을 듣고 나서 나는 몇 초 동안 깊이 생각해 봤지만 무슨 의미인지 전혀 이해할 수 없었다.
"어째서?"
그래서 내가 물었을 때, 그는 대답 없이 웃었다. 나는 속으로 '연구원'과 나의 공통점을 생각해 봤지만 찾지 못했다. 굳이 꼽으라면, 사람이다? 몇 번의 시도 끝에 알아내기를 포기한 내가 리혼에게 다시 한 번 물어보려고 했을 때, 그는 또 숙제를 빼먹고 선생님에게 끌려가 자리를 비운 후였고, 나는 되물을 수 없었다. 잠시 후 다시 만났을 때는 묻는 것을 완전히 잊어버렸지만. 어째서 이제야 다시 생각나는 것인지 알 수 없지만, 지금은 이것 하나만은 안다. 그가 말한 내 이름은 연구원이 아닌 '구원'이었음을.

∞. Epilogue

「시인 우리혼, 그의 발자취를 따라간 곳엔 구원이 있었다!」

길을 걷다가 우연히 서점 맨 앞 칸에 놓인 광고판이 눈에 들어왔다. 그가 유명한 시인이 되었다는 것은 알고 있었지만 이 정도일 줄은 몰랐는데. 광고판을 보면서 조금 낯간지러운 말이라고 비죽 웃으며 지나쳤지만 몇 걸음 가지 못해 곧 다시 서점 앞으로 돌아왔다. 어릴 적 헤어진 이후로 한 번도 만나지 못했기에 호기심이 든 탓일까. 시인 우리혼, 역시 기대했던 만큼 잘 어울리는 수식어라고 생각하며 서점 안으로 들어가 가판대 위에 놓여 있는 시집을 한 권 집어들어 구매했다.

책을 사자마자 그 자리에서 조심스럽게 앞장을 폈다. 오랜만에 만지는 종이의 질감에 기분이 좋았다. 서너 장 정도 넘겼을까, 목차가 나오기 바로 전 페이지에 작은 글씨로 헌사가 적혀 있었다.

"앗, 죄송합니다."

"아뇨. 괜찮아요."

책장 사이가 좁은 탓에 지나가던 사람과 부딪혀 책을 떨어뜨렸고, 부딪힌 사람은 사과를 하며 책을 주워주었다. 일단 집에 가서 시를 읽든 말든 해야겠다고 생각하며 집으로 향했다.

집에 도착해서 곧바로 팔랑팔랑 종이를 넘기며 시들을 읽었다. 시집 안의 시들은 모두 한 번쯤 읽어본 것들이었다. 그가 학창시절 내게 보여줬던 시였기 때문이다.

"괜히 산 건가, 어차피 다 읽어본 거."

마음에도 없는 말을 중얼거리며 시집에서 눈을 뗐다. 그러다 문득 아까 읽으려 했으나 책을 떨어뜨려 읽지 못했던 헌사가 생각나 다시 첫 장을 넘겼다.

역시 아내나 부모님 같은 가족한테 쓴 거려나. 요즘 헌사 쓰는 사람도 거의 없는데 역시 특이하다고 생각하며 그 글을 읽고 나서, 나는 책을 다시 덮을 수 없었다. 그는 내가 예상한 사람들 중 그 누구에게도 헌사를 쓰지 않았다. 그것은 바로, 나에게 바친 헌사였다.

구원,

내가 시를 쓰도록 구원한 너에게 이 시를 바친다.

나에게 시는 너로부터 시작했으니, 끝도 너여야 당연하지 않을까.

감정의 조정은 어디까지 허용되는가

우울증은 감정을 조절하는 뇌의 기능에 변화가 생겨 '부정적인 감정'이 나타나는 병이며, 전 세계 1억 명 이상이 앓고 있는 질환이다. 우울증의 본질은 생리학적, 해부학적 문제이고 부정적인 감정은 그런 인체 구조의 변화에 따른 결과에 해당한다. 일시적으로 우울한 기분을 느끼는 것은 '우울감'이라고 한다.

우울감의 원인은 대인관계 스트레스, 경제적 문제 등이 있다. 과학자들은 우울증의 원인을 밝혀내기 위해 노력하고 있지만 아직까지 정확한 발병 원인은 밝혀지지 않았다. 세로토닌과 멜라토닌은 우울증의 원인으로 지목되는 대표적인 물질들이고 이들뿐 아니라 도파민, 노르에피네프린 등 신경과 관련된 여러 가지 호르몬이 우울증에 영향을 미친다.

항우울제는 주로 이러한 우울증을 완화하기 위해 사용된다. 그 뿐만 아니라 조울증, 공황 장애, 강박성 장애, 섭식 장애, 기타 특정 불면증, 만성 동통 등에 투여된다.

느끼는 대로 느낄 자유를
되물어야 하는 시대
감정의 자율성,
인간다움의 기준에 대하여

감정을 어디까지 조작할 수 있는가? 이 질문을 하기 전에 우리는 인위적으로 감정을 손댈 수 있는지부터 살펴보아야 할 것이다. 이것은 현재 여러 가지 방법을 통해 가능하다. 약을 복용하거나, 심리 치료를 받는 등 사람들은 불안한 심리 상태를 개선시키려 노력한다. 하지만 이보다 훨씬 더 직접적이고 지속적이며 큰 효과를 가져올 수 있는 방법이 생긴다면 어떨까? 우리에게는 느껴지는 감정을 그대로 느낄 감정의 자율성이 있다. 그렇다면 원하지 않는 감정을 전혀 느끼지 않을 권리도 있을까? 그리고 그렇게 된다면 본래의 감정을 갖지 못하는 나도 완전한 '나'로 볼 수 있을지, 일부 혹은 대부분의 감정을 느끼지 못하는 사람과 발달한 로봇 사이에 큰 차이가 있을지 우리는 판단할 수 있을까? 앞의 이야기에서는 만약의 일들이 실제로 벌어진다면 어떻게 될지 생각해 보고 있다. 에보니 아이라는 렌즈로 인해 슬픔이나 절망과 같은 감정을 느낄 수 없게 된 사람들과 고스란히 본래의 감정을 유지한 사람들 사이의 이야기를 바탕으로 앞으로 감정의 조작이 가능해진다면 일어날 일들에 대해 상상해 볼 수 있기를 바란다. 그리고 그런 일이 일어난다면 과연 우리는 구원의 입장에 서게 될지, 리혼의 입장에 서게 될지 또한 말이다.

지워지지 않는 것

박지유

인간의 감정을 가진 안드로이드의 기억을 지우는 행위의 정당성을 묻는 작품.
AI의 존재론에 대한 뜨거운 고찰

　커다란 컴퓨터 모니터가 가득한 방은 삭막하기 그지없었다. 블라인드가 내려진 창문 바깥에서는 달빛인지 가로등 불빛인지 모를 옅은 불빛이 스며들었으나 방 안을 밝히기에는 부족할 뿐이었다. 벽면을 가득 메운 모니터들을 뒤로하고, 책상 위에 놓여진 상대적으로 작은 컴퓨터 모니터 두 대만이 불빛을 내어 남자의 얼굴을 비추었다. 짧게 다듬어진 머리는 엉켜 있었으며 얼마나 물어뜯은 건지 모를 입술은 터져 피딱지가 앉아 있었다. 얇은 안경알 너머로 무기력한 눈꺼풀이 깜빡였다. 한 번, 두 번. 의미 없는 느릿한 움직임의 끝에 뉴스 화면과 인터넷 기사 여러 개가 어지러이 걸렸다.

　뉴스 화면에서는 머리카락이 어깨까지 걸린 여성이 카메라를 응시하며 또박또박 화면 바깥의 대본을 읽어 내리고 있었다. ‘최근 지능과 감정의 제거 작업 이후 재보급된 안드로이드 중 한 구가 오류로 인해 제거 작업이 끝나지 않은 채로 보급되어 관리자의 신변 보호에 대한 우려의 목소리가……’ 어느 한 곳에 시선을 정착하지 못하고 멍하니 화면을 바라보던 남자가 자세를 고쳤다. 뉴스가 흘러나오던 모니터의 바로 옆에 위치한 모니터에 그의 시선이 머물렀다. 초점을 되찾은 눈이 글을 읽어 내리기 시작했다.

최소 십 년 전의 기사들이었다. 〈정부, 안드로이드에 대한 지능·감정 부여 금지 법제화〉, 〈3D 직종의 소멸? 안드로이드 3D 직종 투입〉 등 그 당시 화제가 되었던 안드로이드에 관한 법률에 대한 이야기들이 주를 이루었다. 남자는 반쯤 뭉개진 목소리로 기사 내용을 읽어 내렸다.

"정부가 계속 되는 안드로이드의 관리인 공격에 따른 안전 대책으로 안드로이드에게 주어진 지능과 감정을 제거할 것을 법제화 하였으며, 지능과 감정이 제거된 안드로이드들은 반복 노동 부문, 특히 팜관리나 공장직 등에 투입될 것으로 보여……"

남자가 팔을 움직였다. 마우스를 붙잡고서는 켜져 있던 창 중 몇 개를 종료시켰다. 최소화된 창으로 가득 덮여 있던 푸른 바탕화면이 드러나고 나서야 남은 몇몇의 기사들 중 하나의 기사를 골라 창을 키웠다. 〈진도의 스마트 팜 콜로니〉, 짤막한 타이틀을 내건 기사화면이 점점 내려간다. 남자의 사진이 내걸린 기사는 묘한 위회감이 들었다. 처음 기사를 집했을 당시 느꼈던 쑥스러움과는 조금 다른 느낌이었다.

'정부는 폐기 안드로이드의 처리를 위해 새로운 방식을 택했다. 거주 인구가 희박해진 지역을 위주로 스마트 팜 콜로니를 조성하는 프로젝트를 시작한 것이다. 그 첫 번째 지역은 진도가 되었다. …… 남은 거주인은 지원비를 받고 타 지역으로 이동하여 문화적인 기회를 넓히는 방식을 …… 진도의 팜은 모두 '안드로이드'가 관리한다. 그 안드로이드를 관리하는 사람이 존재하나 한 건물 당 1~2명이면 충당이 가능하다. 현재 임시 시행될 팜은 1부지 하나로 그 총 책임자로는 젊은 연구원 '이인호'가 발탁되었다.'

자신의 이름이 시야에 박히는 순간 남자는 창을 종료시켰다. 이제 남은 기사는 단 하나 뿐이었다. 〈'안드로이드의 국가 리콜 사태' 바깥으로 터져 나온 반발〉 거리를 가득 메운 사람들의 사진이 눈에 들어왔다. 가족을 돌려달라, 그들도 인간의 종류다. 다양한 말이 적힌 피켓을 들고 있는 사람들을 하나하나 차근차근 살폈다. 한참을 생각 어린 눈빛으로 화면을 바라보던 남자는 모든 화면을 닫았다. 그의 컴퓨터 모니터 안에는 이제 구식이 되어버린 문서 창 하나 위에 커서가 깜빡일 뿐이었다. 남자는 다른 것을 제쳐두고 굳이 이 프로그램을 고집했다. 현재에 대한 일종의 반항과 비슷한 것이었다.

사직서.

  사직서라는 이름을 내건 이 이야기는 저의 오랜 아픈 기억과 무책임에 대한
회고서이자 반성문이며 여러분의 잔인한 행보에 대한 고발서이기도 합니다.

  문장의 끝에서 커서는 계속해서 깜빡였다. 남자는 다시금 피가 고인 입술을
깨물었다. 타자기 소리가 방 안을 채워갔다.

제가 처음 진도에 왔을 때의 이야기부터 하지 않으면 안 될 것입니다. 꽤나 추웠던 한 겨울날, 저는 진도로 내려왔습니다. 사람들이 모두 떠나고 기계들에 의해 돌아가는 도시가 된 진도는 아직도 시끄러운 소리를 내며 공사가 이루어지고 있는 2부지와 3부지, 완공이 된 1부지 즉 제가 일하게 될 곳을 빼고는 모두 휑한 곳이었습니다. 1부지는 섬의 중앙에 위치하여 내심 기대했던 바다가 보이지 않아 더욱 그렇게 느꼈는지도 모르겠습니다. 팜의 외부는 제가 생각한 것보다 거대했으며, 5층밖에 되지 않으면서 높이는 보통 5층 건물의 높이보다 훨씬 높아 이런 곳에 혼자 남겨졌다는 것이 위축될 정도였습니다.

팜에 도착하면 가장 먼저 부지 내를 전부 둘러보자는 저의 결심이 불가능하게 될지도 모른다는 생각과 함께 제가 이곳에 배정받을 만큼 대단한 사람은 아니라는 초라한 기분 역시도 부정할 수 없었습니다. 앞에 서기만 했음에도 순순히 문을 열어주는 건물이 아니었더라면, 저는 무언가 잘못 되었다 느끼며 돌아가려 마음먹었을지도 모릅니다. 건물 내부는 제가 생각한 것보다 더욱 굳어 있었습니다. 제가 머물 1층은 제가 머물 곳, 시스템 관리실, 자재실과 찾을 사람은 없으나 여러 개의 자리가 만들어져 있는 황량한 로비, 그리고 아직 채우지 못 한 방들, 그게 고작이었습니다.

간소한 짐을 풀어놓고 소독실을 지나 들어간 팜 내부는 황량하다 느껴진 1층보다도 더욱 위화감이 느껴지는 곳이었습니다. 창문 하나 찾아볼 수 없는 흰 방 내부를 강한 빛이 채웠으며, 안드로이드들이 전담하여 팜을 맡는다는 말이 무색하게도 재활용된 안드로이드의 수도 매우 적었습니다. 아마 대부분은 기계화되어 인간형 안드로이드의 손이 필요한 곳도 찾기 어려웠던 탓이었겠지요. 당시는 제대로 느끼지 못했으나 감정 없는 눈으로 팜을 돌보는 그들에게서 느낀 것은 돌이켜본다면 기괴함이 아니었을까 싶습니다.

팜에 대한 개인적인 인상을 제쳐두고, 우선 저는 일을 해야 한다 생각했습니다. 손에 들린 기계 장치에 쭉 적혀 있는 안드로이드의 수는 얼마 되지 않았기에 저는 오늘 내로 모든 안드로이드를 점검할 요량이었습니다. 아마 그날 그 아이를 만나지 않았다면 저는 제 계획대로 모든 일을 끝마칠 수 있었을 거라

확신합니다. 점검이라고 해봤자 이름(코드번호)을 부르고, 눈으로 간단한 점검만을 하고 돌아서는 것이 끝이었으니 말입니다.

"ATP-48."

"YES."

짧게 오가는 부름과 답변들은 제 하루가 올바르게 짜맞춰져 가고 있었다는 것을 의미했기에 나름대로의 만족감을 느끼며 팜 내부를 오갔습니다. 물론 그때의 기억이 이렇게 생생할 수 있었던 것은 모두 2층 온도 조절실에서 그 아이를 만난 덕이겠지요. AFJ-3827. 어디서 부여받았는지도 명백하지 않은 이 코드번호는 그 아이의 두 번째 이름이었습니다.

아이는 온도 조절실에서 자신의 앞에 놓인 조절 장치를 멍하니 바라보고 있었습니다. 온도 조절실은 각 층마다 팜으로 들어가는 입구 쪽에 위치한 작은 방으

로, 팜과 맞붙어 있는 곳의 벽면은 절반 이상이 큰 유리로 메워져 있었습니다. 관리자가 전체적인 상황을 점검할 때, 이곳에서 확인하라는 요량이었겠죠.

"AFJ-3827."

첫 번째 부름에 그 아이는 답하지 않았습니다. 똑같이 내뱉은 두 번째 부름에도 대답은 돌아오지 않았습니다. 제가 잘못 부른 것은 아닐까 몇 번이고 목록을 확인해 봐도 제가 틀리지 않았다는 것을 확인하고 나서야, 그 아이가 다른 로봇들과는 조금 다르다는 것을 알 수 있었습니다. 해봤자 오작동이겠거니, 오류 코드 작성을 위해 화면을 뒤적이던 차에 들려온 대답은 제가 바라던 것과는 상당히 다른 답이었습니다.

"AFJ-3827, 그거 아니에요."

"어?"

"그거 제 이름 아니라고요. 주샛별인데, 제 이름."

상당히 불만족스러운 말투는 감정이 없는 안드로이드의 것이라 생각할 수 없었습니다. 그제서야 저는 이것이 저 혼자 처리할 만큼 간단한 문제는 아니라는 것을 깨달았습니다. 당황할 수밖에 없었습니다. 당연히 제가 이곳에 오기 훨씬 전부터 매체에서는 안드로이드들을 언제 폭발할지 모르는 폭발물처럼 다루고 있었으며, 한 번도 가정용 안드로이드를 들어본 적 없는 저에게는 매체가 알려주는 그것들이 전부였기 때문이었습니다. '제거가 다 돼서 안전하다더니.' 인상을 찌푸리고서 할 수 있는 생각은 딱 거기에서 멈췄습니다.

이성을 잡고서 신고를 위해 차트 화면에 열심히 현재 사항을 적는 저를 바라보며 그 아이, 주샛별은 궁금증 가득한 목소리로 무엇을 하냐 물었습니다. 저는 대답하지 않았습니다. 특별한 이유가 있어서는 아니었고, 그러해야 할 가치를 느끼지 못했다 말하는 게 가장 맞는 표현이겠지요.

"왜 대답 안 해줘요?"

"……."

"나 영문도 모르고 여기까지 왔어요, 이상한 곳들―아마 제거가 될 때 가끔 전원이 켜졌던 곳들이었겠죠.―을 거쳐서 왔는데, 정신을 차리고 사람을 보는 건 오랜만이라 그래요."

"……."

"한 번만 대답 해주면 안 돼요?"

짐짓 진지한 표정으로 저를 바라보는 눈길이 순간 불안하여 저는 결국 그 말에 짧게나마 대답을 뱉을 수밖에 없었습니다.

"국가에 신고해야지. 이런 거 하는 게 내 일이니까."

"그럼, 이제 저는 죽어요?"

그 무덤덤한 말에 머리를 크게 맞은 기분이 들었습니다. 차트에 열심히 적어 내리던 손길을 멈출 수밖에 없었고 그 아이의 눈을 무심코 바라볼 수밖에 없었습니다. 이는 제가 가지고 있는 가장 아픈 기억과 연관되어 있음을 말할 수밖에 없을 것입니다. 모두들 제가 15년 전 있었던 도로 전산 다운 사건을 아실 겁니다. 저와 조금 친분이 있으시다면 그 끔찍한 참사에 제가 휘말렸다는 것도, 그 때문에 제가 반바지만을 고집하는 것도 아시겠지요. 전산 시스템에 의해 운영이 되던 도로가 순간의 오류로 인해 마비되어 수많은 사람이 죽었던 그 사건 말입니다.

평범하던 귀갓길에 저는 동생을 잃었습니다. 갑자기 버스의 불이 꺼지고, 앞쪽에서 큰 충돌음이 들리는가 싶더니 버스는 사거리의 중간에 멈췄습니다. 버스의 좌우로 달려오던 차량들이 오류를 인식하고 멈추는 데 걸리는 시간은 버스와 차량이 부딪치는 시간보다 조금 늦었습니다. 버스의 철판이 찌그러지고, 안전을 위해 설치되어 있던 봉이 부러졌습니다. 뒤쪽에서 다시 한 번 충돌음이 울리는가 싶더니 그 봉은 제 다리에 박혔습니다. 버스 창밖을 구경하는 게 좋다며 창가에 앉았던 동생은 제가 몸을 일으키면 간신히 얼굴이 가까이 닿을 정도에서 눈만 끔뻑이고 있었습니다.

"형, 나 이제 죽어?"

너무나 또렷한 말이었습니다. 다섯살짜리 어린 아이가 죽음이란 말은 어디에서 배워왔는지 그 말을 툭 내뱉는 순간을 저는 잊을 수가 없습니다. '아니, 아냐, 안 죽어.' 그 말을 주문처럼 되뇌었으나 마법 같은 일은 일어나지 않았습니다. 구급대원이 그 끔찍한 현장에 도착했을 때 그 자리에 살아 있는 사람이라고는 저, 그리고 저와 비슷한 처지에 놓인 제 또래의 여자아이 한 명 뿐이었습니다. 저는 다리를 잃었으나 그 어린 아이는 목숨을 잃었습니다. 그 아이가 죽지 않고 살아 있었더라면 딱 제 눈앞에 있던 주샛별만큼 자랐을 테죠.

순하게 내려간 눈꼬리, 멀뚱히 바라보는 진갈색 눈동자와 자기와는 달리 깔끔히 내려와 이마를 덮는 생머리까지. 주샛별은 그대로 내치기에 너무나 제 동생과 닮아 있었습니다. '이제 저는 죽어요?' 그 말이 아니었다면 아마 평생 눈치채지 못했을 것을, 고작 한 문장만으로 너무 많은 것을 알아버린 기분이었습니다. 삶을 살아오며 몇 번 정도는 큰일에 휘말린 경험이 있어도 자신의 선택으로 큰 위험부담을 안는 짓은 해본 적이 없음에도 저는 순간의 감정으로 위험한 도박을 걸었습니다.

　다들 예상하시겠지요. 저는 주샛별을 숨기게 되었습니다. 정확히 말해 그 당시에는 오늘 할 일을 내일을 미루자는 생각이었습니다. 혼란스러운 마음에 일을 할 수 없었던 것이 절반, 제 동생과 너무나 닮아 있는 이 아이를 보내고 싶지 않은 마음이 절반이었습니다. 혼란스러운 머릿속을 정리하려 돌아서는 저를 잡아세운 것은 주샛별의 목소리였습니다.

　"갈 거예요?"

　"여기 있어봤자 더 할 것도 없으니까."

　"나랑 이야기해 주면 되잖아요."

　바쁘다며 짧게 대답하려던 목소리는 그 아이의 얼굴을 마주하니 슬금슬금 안으로 집어 삼켜졌습니다. 주샛별은 온도 조절 장치 앞에 있는 자신의 의자를 저에게 내어주더니만 어떻게 알았는지, 사물함 안쪽에 있는 작은 간이의자를 꺼내와 제 옆에 털썩 앉았습니다.

　"어제 이것저것 만져봤거든요."

　"기계가 잘못 되면 어쩌려고 뭘 만져."

　적응되지 않은 상황에 말투가 퉁명스럽게 나갔던 것에 주샛별은 그저 웃어보였습니다. 걱정 마요, 기계 다루는 법은 알아요. 왜 그런지는 모르겠지만. 덤덤히 말하며 그 아이는 커다란 몸을 간이의자 위에 꾸역꾸역 집어넣더니 자신의 무릎을 접어 끌어안은 자세로 저를 물끄러미 바라보았습니다. 머쓱한 정적이 흘렀고, 차트를 의자 옆에 내려놓는 저를 바라보던 주샛별은 대화를 하자던 말이 무색하게 제 행동 하나하나를 그저 바라볼 뿐이었습니다.

　"뭘 그렇게 봐. 이야기하자면서."

　"사실, 누군가와 대화하는 건 오랜만이라서요."

　"널 여기다 데려다 준 사람들에게는 말 안 걸었어?"

"전원이 들어와보니까 여기던 걸요. 사람은 없었어요. 로봇들도 대답을 안 해주고."

말 안 걸어서 다행이네. 그렇게 말하려던 것을 꾹 삼켰습니다. 전혀 다행인 일이 아니었고 되레 여러가지가 꼬여가고 있다는 것을 알면서도 그런 생각이 들었다는 게 스스로 역시 놀라울 따름이었습니다. 로봇들이 대답을 해주지 않는 게 서운하다며 조잘거리는 이 아이에게 안드로이드들의 지능 제거에 대한 이야기를 해주어야 할까, 만약 네가 누군가에게 말을 걸었더라면…… 이런저런 것들을 생각하자니 머리가 지끈거리는 느낌에 인상을 찌푸리자니 그 아이는 슬 제 눈치를 살피기 시작했습니다.

"제가 너무 투정만 했나요?"

"어? 아냐. 괜찮아."

"그럼 어디 아파요?"

저는 손을 대충 휘저으며 자세를 바로 했습니다. 여전히 걱정스러운 눈초리로 바라보는 것에 저는 곧장 말을 돌렸습니다.

"너는 어쩌다 여기까지 왔어."

강제 리콜이었으니, 당연히 끌려왔을 것을 알면서도, 말을 돌리려 툭 내뱉었습니다.

뻔히 눈에 그려지는 장면들을 뒤로하고서, 저는 아이의 대답을 기다렸습니다.

"원래는 어떤 애 집에서 일을 했어요. 책을 읽고, 글을 가르치고, 같이 놀고, 자고. 교육 및 친화 목적으로 만들어졌으니까요."

"어떤 애?"

"이름은 기억이 잘 안 나요. 여기 오고부터 기억이 띄엄띄엄해서."

고민이라도 하는 듯이 앓는 소리를 했으나, 여기 오고서부터 계속해서 생각해내려 했으나 끄집어내지 못했다면 그것은 결국 지워진 것일 게 분명했습니다.

"괜찮아. 안 알려줘도 돼."

"아, 그건 기억나요."

제가 고개를 들어 눈을 맞추자 주샛별은 말을 이었습니다.

"내가 여기 오는 걸 좋아하지 않았어요. 그래서 사실 나도 오기 싫었어요. 애가 엄청 울었거든요. 어디 가냐고……, 죽으러 가는 건 아니냐고."

가슴이 덜컥 내려앉았습니다. 어느새 조금 내려가 제 발치를 바라보고 있는 눈길이 어딘가 처연히 느껴질 정도였습니다.

"결국 죽지는 않았지만, 아까 그쪽이 뭘 열심히 적을 때 이제 진짜 죽으려나 싶었어요."

"아무렇지 않게 말하네."

"그러게요. 생각보다 감각이 무뎌요."

"그것도 잊어버렸나."

"여기까지 오면서 너무 오래 잤나 봐요. 너무 많은 게 기억이 안 나더라고요."

장난식으로 말하며 그 아이는 웃었지만, 저는 차마 웃을 수 없었습니다. 그 이야기가 자꾸 목에 걸렸습니다. 그와 함께 기괴할 정도로 운명적이라는 생각 역시 들었습니다. 그래 봤자 한낱 로봇에게 운명이라는 단어를 붙이는 것이 우습게 보일지라도, 전혀 관련 없는 두 가지의 상황이 얽혀 제 인생의 전환점이라 할 만한 상황을 이끌어냈으니 말입니다. 어쩌면 저는 이때부터 그 아이를 하나의 인간으로 여겼는지도 모릅니다.

그날의 짧은 대화를 끝으로, 우리는 얼마간 더 이야기할 기회를 얻지 못했습니다. 샛별이가 일하고 있는 곳은 각 계절별로 구분되어 있는 팜 내의 겨울동으로, 상대적으로 소등 시간이 이른 곳이었기 때문이었습니다. 그와 함께 샛별이에게 빼앗긴 하루를 처리하느라 정신없었던 것 역시 한몫을 했지만요.

샛별이와 다시 이야기를 하게 된 것은 첫 이야기 후 나흘이나 지난 후였습니다. 계속 신경이 그쪽으로 쏠렸지만, 그렇다고 제 일을 미룰 수는 없는 노릇이었으니까요.

여섯시 반이면 벌써 느릿한 소등이 이루어지는 그곳에 발을 들였을 때, 그 아이는 저를 무척이나 반가운 눈초리로 바라보았습니다.

"바빴어요?"

"온 지 일주일도 안 됐으니까……, 앞으로는 조금 여유로워지지 않을까."

"나는 하나도 안 바빴는데. 왜 여기에 있는지 잘 모르겠어요. 온도도 습도도 알아서 파악해서 알아서 조절하는 것 같고, 이상이 있으면 알아서 알리는데."

"그냥 너를 둘 곳이 없었던 게 아닐까. 아직 진도의 팜은 여기 하나뿐인데, 놀고 있는 기계는 많으니까."

주샛별은 아무런 말도 하지 않았습니다. 어딘가 불만스러운 표정으로 온도 조절 장치를 노려볼 뿐이었습니다.

"여긴 곧 완전히 어두워지겠네. 나도 이제 가야겠는데."

"불이 전부 꺼지면 너무 깜깜해요. 내가 있는 쪽이라도 조금만 켜두면 안 돼요?"

"안 돼. 그건 기본적으로 고정된 시스템이라, 내 재량으로 어떻게 하기는 힘들어."

"그래요……?"

말끝을 흐리면서 주샛별은 고개를 들어 점점 더 어두워지는 천장을 바라볼 뿐이었습니다. 실제로 안드로이드가 울 수 있는지에 대한 것은 알지 못하지만 금방이라도 울 것 같은 표정을 두고 매정하게 돌아서기가 어찌 그리 힘들었는지.

"할 일 없으면 내려가자."

"네?"

"특별히 없어도 문제 될 거 없잖아. 1층은 내 생활공간이니까……."

"그래도 돼요?"

사실 잘 몰라. 그렇게 말하고 싶은 것을 꾹 참고서 고개를 끄덕였습니다. 순식간에 밝아지는 표정을 보며 발걸음을 서둘렀습니다. 타박타박 따라 나오는 발소리가 불안했지만 이미 뱉은 말이었습니다. 이렇게 충동적으로 행동해도 되는지, 저조차도 확신이 없었습니다. 그럼에도 그리 행동했던 것은 제가 기계 연구직을 희망하게 된 계기가 동생의 죽음이기 때문이었던 것이 아닐까 싶습니다. 저는 그날부터 밤 동안만 관리실에서 주샛별과 같이 지내게 되었습니다.

"어두운 거 싫어해?"

"같이 지내던 아이가 좋아하지 않았어요."

"나도 곧 자야 해. 어두워질걸."

"애가 어두운 걸 싫어하니까, 항상 같이 있어줬거든요. 그러다 보니 어느 순간부터 어둠 속에서 혼자인 게 어색하더라고요. 그래서 싫어해요. 그쪽 있으니까 괜찮아요."

"위쪽에도 다른 안드로이드들도 있잖아."

"제 말에 대답도 안 해주고, 계속 할 일만 해요. 혼자 있는 것만 못해요."

"나도 잠들면 똑같지⋯⋯."

그 말에 주샛별은 그저 웃기만 했습니다. 유일하게 팜 내에 창문이 존재하는 관리실은 불을 끄더라도 바깥의 가로등 불빛과 달빛이 섞여 들어오고는 했습니다. 그 창가에 놓인 침대에서, 첫 날의 대화보다 조금 더 긴 이야기를 나누었습니다.

"이름이 뭐예요?"

"알려준 적 없던가?"

"없어요."

"이인호. 여기에 와서 누구한테 이름을 알려주는 일이 있을 줄은 몰랐는데."

"사람 사는 게 원래 전부 예상대로 흐르는 건 아니잖아요."

자기는 사람도 아니면서. 입 밖으로 내는 대신 속으로 중얼거리며 그 우스갯소리에 장단을 맞추었습니다. 친화를 위해 만들어진 로봇이어서인지, 오래 사람과 생활을 해서인지는 몰라도 샛별이와의 대화는 생각보다 즐거웠습니다. 쓸모없는 이야기를 하고, 영양가 없는 소리를 하며 웃는 것이 꽤나 오랜만이어서 그랬는지는 몰라도, 그날 새벽이 다 되어서야 이야기가 끝이 났습니다. 정확히는 제가 잠들어버림으로써 어쩔 수 없이 멈춰진 것이겠지만요.

다음 날, 늦게 잠든 만큼 저는 평소보다 늦게 일어났습니다. 일어났을 때 이미 주샛별은 없었기 때문에 혹시나 하는 마음에 안경도 챙기지 못하고 부랴부랴 점검에 나섰습니다. 혹여나 팜 바깥으로 나갔다면 무슨 일이 있을지 모르는 노릇이니 말입니다. 제 걱정이 쓸모없었다는 것을 그대로 증명하듯, 주샛별은 자기가 맡은 장치 앞에 앉아 이것저것 확인해 보고 있었습니다.

"이거⋯⋯ 어떻게 다루는지 적당히는 알겠는데 말이에요. 아마도 이상 없었던 것 같죠?"

"장치 너한테 맡기면 오히려 잘못되는 거 아니야? 왜 나는 안 깨우고 혼자 나왔어."

"피곤할까 봐 그랬죠."

"쓸데없는 걱정을 하네."

그럼에도 누군가 자신을 챙겨주었던 경험이 흐릿한 저로서는, 그 사소한 배려 역시 고맙지 않을 수 없었습니다. 쉼 없이 달려온 지난 생활들을 뒤로하고서 맞는 주샛별과의 대화는 오랜만에 찾은 휴식과 같이 여겨졌습니다. 이것이 매일 밤, 겨울동의 소등 직전 내려와 새로울 것도 없는 이야기들을 하는 게 일상이 된 계기였습니다. 그 뒤로 그 아이와 급속히 가까워졌습니다. 대화할 것이라고는 하나밖에 없는 공간에서, 당연한 일인지도 몰랐습니다. 기계화된 이 농업도시에서 홀로 생활하는 데에는 문제가 없을 것이라는 처음의 다짐과 달리, 그 아이와의 대화가 없었다면 어떻게 이곳에서 지냈을지는 상상하기도 어려운 일이었습니다.

기계들은 바쁘게 돌아가는 데에 여념이 없지만 저만은 상대적으로 느긋한 토요일, 저는 그 아이를 찾아갔습니다. 그 아이는 그날따라 저를 유심히 쳐다보았습니다.

"늘 반바지만 입는데, 안 추워요? 저는 추위는 못 느끼니까 얇은 옷도 괜찮지만."

"별로 안 추운데……."

"그래도 저 때문에 겨울동을 더 자주 들르잖아요."

"괜찮아. 한쪽 다리는 의족이거든."

샛별이는 괜한 이야기를 했다는 듯이 입을 꾹 다물었습니다. 생각과는 다른 대답에 어떻게 대답해야 할지 궁리하는 모양새였습니다.

"그래서 상의만 따뜻하게 챙기면 별 상관없지만……, 내 이야기를 너무 안 했나 보네."

"안 하셔도 괜찮아요. 별로 달갑지 않은 이야기라면요."

"글쎄. 이제 입 밖으로 꺼내는 것 자체는 무덤덤해. 꽤 오래돼서. 거의 이십 년이 다 되어가니까. 너는 모를지도 모르는데, 큰 교통사고가 있었고."

샛별이는 저를 멀뚱히 쳐다봤습니다. 다음 말을 기다리는지, 아니면 다른 생각을 하고 있는지 모를 아리송한 표정을 똑바로 마주하고서는 전 말을 이어나갔습니다.

"왼쪽 다리도 못 쓰게 되고, 동생도 잃었어."

"……"

"너를 엄청 닮았어, 눈매나, 느낌이나. 만약 컸다면 딱 너만하지 않을까?"

잠깐 동안의 침묵이 이어졌습니다. 괜한 옛 이야기를 꺼내 분위기를 무겁게 한 것이 마음에 걸려 다른 이야깃거리로 화제를 돌리려 했을 때 샛별이가 먼저 입을 열었습니다. 괜한 것을 물어보았다며 우물쭈물 하는 모습에 오히려 제가 더 미안해지는 기분이었습니다.

"그럼, 차라리 나를 동생으로 생각해요. 불편하지 않다면요. 다른 이름으로 불러도 되고, 편한 대로 대해도 괜찮아요."

"널?"

그 말에 당혹스럽기도, 저를 생각해 주는 것에 고맙기도 했습니다. 순간적으로 튀어나온 웃음을 그 아이가 어떤 의미로 받아들였는지 몰라도 사뭇 진지한 목소리로 제게 말을 계속해서 건넸습니다.

"어차피 저는 그런 빈자리를 채우려고 만들어진 기계니까요. 저는 특별히 상관하지 않아요. 그리고……."

그리고, 웅얼거리듯이 샛별이의 말을 따라 하며 한 템포 쉬고서 말을 덧붙이는 그 아이를 저는 천천히 기다렸습니다.

"절 남겨둔 것도 그런 이유실 테니까."

순간적으로 머리를 세게 얻어맞은 느낌이었습니다. 그 아이가 한 말은 악의가 없었으며 무척이나 순수한 의도로서 자신이 파악한 사실만을 말한 것일 뿐이었겠지만, 그 말은 제게 상당한 죄책감을 안겨다 주었습니다. 물론, 첫 시작은 비슷한 의도인 게 맞을 것입니다. 주샛별은 동생과 닮았고, 동생을 잃었을 때와 비슷한 일을 반복하게 되는 게 싫었던 것이니까요. 하지만 샛별이가 이곳으로 오게된 사정을 들었던 관리실에서의 대화 이후, 제가 그 아이에게서 동생을 보는 일이 드물어졌으며 이제 설령 그 아이가 동생과 닮지 않았다 하더라도 제가 이후로도 주샛별을 내칠 수 없다는 것을 그 짧은 한마디를 통해 깨달을 수 있었습니다.

"네가 나 처음 봤을 때 뭐라고 했었지?"

"어……, 제 이름은 주샛별이라고. 그랬었죠."

"그럼 주샛별이지, 어떻게 이제 와서 다른 사람으로 생각하고 살아. 아예 처음부터 그런 말을 하지 않았으면 몰라. 그래도 생각해 준 건 고맙네."

장난조의 말이었지만 속은 타들어갔습니다. 제 과거의 이야기가 샛별이에게 괜한 무게를 떠넘긴 것 같은 느낌이 들었습니다. 제 생각보다도 아이는 훨씬 착했고, 자신보다는 남을 우선시했습니다. 놀랍게도 그 당시의 저는 주샛별이 가지고 있던 성품이 모두 프로그래밍에서 비롯되지만은 않았을 것이라고 생각했습니다. 그 생각은 지금도 변함이 없습니다. 제가 이곳에 오기 전, 몇 번이고 반복적으로 읽었던 안드로이드의 관리자 공격에 대한 기사들이 몇 개고 머릿속으로 밀려들어왔고, 그 기사들과 주샛별을 저울질하며 다다른 결론이었습니다.

그날 이후로 저는 주샛별 뿐 아니라 다른 안드로이드들도 신경이 쓰이기 시작했습니다. 그들은 부르는 코드명에 재깍재깍 답했고, 주샛별처럼 남을 배려하거나 대화를 하는 행위는 일체 하지 않았으며 맡은 일을 열심히 해 낼 뿐이었습니다. 다만 무표정으로 일에만 열중하는 모습을 가만히 지켜보고 있을 때면 그들이 웃는 모습을 상상하거나, 그들이 잠깐씩 쉬어가며 도란도란 이야기를 나누는 모습을 내심 기대해 보기도 했습니다. 물론, 그런 일은 단 한 번도 일어나지 않았습니다.

저 아이들도 누군가에게는 샛별이 같은 존재가 아니었을까 하는 생각이 든 이후로는 머릿속이 복잡했습니다. 저는 주샛별을 숨기는 엄연한 범법 행위를 하면서도 그 행위에 대한 죄책감보다는 할 수 있는 것이라고는 작물의 관리 뿐 남지 않은 그들을 관리하는 것에 대해, 더욱 죄책감을 가지게 되었습니다. 하지만 그렇다고 해서 어찌 손써볼 방법도 없어, 나날이 머릿속은 어지러워져갔습니다.

저의 과거를 주샛별에게 들려준 지 사흘 정도 지나고, 다른 안드로이드들에 대한 생각으로 머리가 한창 복잡했던 밤, 결국 저는 샛별이에게 안드로이드의 지능 및 감정의 제거에 대한 이야기를 알게 되었습니다. 자신과 함께 있던 아이의 이름이나 몇몇 개의 추억을 기억하지 못하는 것도, 이곳에 있는 모든 안드로이드들이 대화를 해주지 않는 원인도 모두 하나하나 고백했습니다. 의외로 샛별이는 담담했습니다. '그럴 거라고 생각했어요, 왜 그랬는지는 이제 처음 알았지만요.' 하는 짧은 말을 내뱉고 그저 웃을 뿐이었습니다. 털어놓으면 그나마 덜어질 것이라 생각했으나 되레 마음은 무거워질 뿐이었습니다.

하지만 달라지는 것은 없었습니다. 일을 하는 안드로이드를 지켜보는 제 마음이 조금 더 무거워졌을 뿐이고, 일을 하는 데 더 힘을 들여야 했지만 그것과는 별개로 일상은 평화로이 흘러갔습니다. 주샛별도 별다른 말없이 언제나 웃었으며 언제나 이야기를 하며 잠에 들었습니다. 단조로운 일상 속에서 별로 특별한 일도 없을 텐데. 아주 사소한 일까지 즐겁게 이야기하는 덕에 지루한 적은 없었습니다.

 그러던 중, 팜에 작은 사고가 생겼습니다. 제가 이곳에 온 지 사 주쯤 되었던 날이었습니다. 가을 구역에서 일하던 안드로이드가 급방전 되어 쓰러진 사건이었습니다. 팜 전체를 관리하는 시스템은 문제없이 돌아가고 있었고, 그 하나가 잠시 충전을 위해 자리를 비운다 하더라도 여러가지가 망가지는 것은 아니었습니다. 다만 그 쓰러진 안드로이드를 1층까지 데리고 와 충전을 하는 과정에서 저는 새로운 감정들을 느꼈습니다. 일종의 혐오감과 두려움이었습니다 눈을 뜬 채로 그대로 멈춰버린 안드로이드는 마치 정말 사람이 죽은 것처럼 느껴졌습니다. 꼭 안드로이드 하나가 들어갈 만한 카트 위에 그 몸을 올려놓고 끄는 제 모습이 마치 장의사라도 된 것 같은 감각이 끔찍했습니다.

 기계 자체에는 문제가 없어 임시 충전 장치로 다급히 수습한 이후 다시 위로 올려 보낼 때까지, 불안한 박자로 심장이 쿵쿵 뛰었습니다. 그리고 문득 주샛별이 머릿속에 떠올랐습니다. 아마 그 아이도 언제든 이런 상황에 처할 수 있을 거라 생각하니 소름이 끼쳤습니다. 시체를 본 경험은 없지만 아마 이와 비슷한 감각일 것이라는 확신이 들었습니다. 그날 부로 저는 머릿속에 한 가지 확실한 생각을 가지게 되었습니다. 한때 인격을 가지고 있던 그들도 우리와 다를 법 없는 인간이었습니다.

 그것을 깨달은 이후부터 죄악감과 불안함에 발목이 묶였습니다. 일을 그만두고 싶다는 생각에 빠졌지만 그만둘 수는 없었습니다. 제가 그만두고 나면 주샛별이 어떻게 될지는 불 보듯 뻔한 일이었습니다. 진도에 오고, 이 팜에서 일하게 된 이후로 타인과 이야기를 나누며 조금은 여유 있게 지내는 인간적인 삶을 살고 있었지만, 아이러니하게도 제가 이곳에서 하는 일은 그 순간부터 비인륜적이었습니다. 손쓸 도리가 없다는 것이 저를 더욱 힘들게 했습니다.

 정신 없이 이곳에서 지내며, 년도의 끝에 이곳에 내려온 제가 진도에서 새로운 해를 처음으로 맞았습니다. 찾아갈 가족도 본가라는 말을 입에 올릴 만큼 거창한 장소도 없었던 탓에 저는 이곳에서 새해를 맞았고, 통상적으로 말하는 첫눈은 아니지만, 올해의 첫눈 역시 팜 안에서 맞았습니다. 제가 주샛별에 대한 정보를 숨기는 것 이후, 또 하나의 큰 결심을 하게 된 것은 바로 그날이었습니다.

팜의 2층부터는 작물의 효과적 관리를 위해 빛은 천장에서 내려오는 전등의 것 이외에는 모두 차단되어 있었습니다. 즉, 창문이라고는 1층 관리실에 있는 큰 창문을 포함하여 몇몇 개밖에 되지 않았습니다. 첫눈은 밤부터 내리기 시작했습니다. 샛별이와 제가 듣는 사람도 없는 이야기를 괜히 목소리를 낮추어 나누고 있을 때, 바깥으로 눈이 내리기 시작했습니다. 눈이 내리는 것을 먼저 눈치챈 것은 주샛별이었습니다.

"눈 내려요."

"눈? 벌써?"

"인호 씨도 계속 이 안에서만 살아서 시간에 대해 무감각해진 것 아니에요?"

"나갈 일이 없으니까……, 나가봤자 별것도 없고."

우리는 잠시간 내리는 눈을 멍하니 바라보았습니다. 가로등 빛을 맞아 하얗게 내리는 눈은 쌓일 정도는 아니지만 꽤 많이 내리고 있었습니다.

"특별히 눈을 좋아해 본 적은 없는데, 이렇게 가만히 보고 있으니까 또 신기하네."

"그러게요. 분명 작년에도 내렸을 텐데, 엄청 신기하게 느껴지네요."

그 말을 끝으로 우리는 잠깐 동안 또 침묵을 가졌습니다. 아무런 의미 없는 침묵이었지만 특별히 어색한 기류가 돌지는 않았습니다. 무언가 말을 해야 할 필요성도 느끼지 못했습니다.

"위쪽에서 아직도 일하고 있는 애들은 이런 것 못 보겠죠."

"노동 문제로 어디에 고발할 수 있다면 좋을 텐데."

농담 아닌 농담에 주샛별은 작게 웃었습니다. 입꼬리가 묘하게 올라갔지만 눈썹이 살짝 찡그려져 있어 마냥 유쾌해 보이지만은 않았습니다.

"봐도 아무런 느낌도 못 받을 테고요."

가끔 주샛별은 아무렇지 않게 마음이 내려앉는 말을 하고는 했습니다. 특별히 제게 들으라고 하는 말이 아니라는 것도 알았고, 본인에게도 그리 큰 의미를 지니지는 않을 것이란 것을 알았지만 마음이 무거웠습니다. 주샛별은 창 바깥에서 내리는 눈을 여전히 그 애매한 표정으로 바라보고 있었을 뿐입니다. 저는 그 얼굴을 그저 찬찬히 뜯어보며 죄책감에 휩싸였습니다. 이전까지는 무감각했던 자신에 대한 원망감과 함께 티는 내지 않으려 했으나 속이 곪아가고 있음을 느꼈습니다.

"눈이 오면, 그 애랑 놀러가기로 했어요. 올해였는지, 작년이었는지, 아니면 그 전보다 훨씬 전이었는지는 모르겠지만요."

그러면서 이번에는 소리를 내어 멋쩍게 웃었습니다. 늘 옛날이야기만 하네요. 그렇게 말하고서는 그 아이는 입을 꾹 다물었습니다. 리콜 사태가 일어난 것은 지금으로부터 몇 년 떨어져 있으니, 주샛별이 그 약속을 어기게 된 것도 아마 오래 전의 이야기가 되었을 것입니다. 기억하지 못하는 시간 동안 주샛별의 기억 속의 아이는 훌쩍 자랐을지도 모르는 일이었습니다. 그런 주샛별이 안타까웠으며 그 아이에게 미안한 감정이 들었습니다. 하지만 굳이 입 밖으로 꺼내지는 않았습니다. 그 아이는 분명 제 잘못이 아니라며 저를 위로하러 나설 테니까요. 대신 조금 다른 말을 그 아이에게 건넸습니다.

"그럼 나랑 놀러 가면 되지."

"네? 팜 내부에 놀이터라도 만들려고요?"

짐짓 놀라는 표정으로 저를 바라보던 아이는 장난기 가득한 목소리로 제게 물었습니다.

"일은 휴가 내면 되니까……. 어차피 완전한 무인화가 목표인 곳이니까 하루 정도 자동화는 문제없을 걸. 여지껏도 문제없었고."

"그 문제가 아니잖아요. 제가 들키기라도 하면 난리가 날걸요."

그렇게 말하면서 그 아이는 쓸쓸한 표정을 지어 보였습니다. 저는 그 표정을 보면서 고민하기 시작했습니다. 주샛별을 단지 로봇이 아닌 사람으로서 살게 할 방법을 말입니다. 대부분 숨어 지내는 한이 있더라도 이곳에서 같은 행동만 반복하며 의미 없이 낡아가는 것만은 막고 싶었습니다. 아주 가끔이라도 좋으니 창 너머로 바라보는 바깥이나 눈이 아닌, 정말로 눈 속에서 그것을 바라볼 수 있었으면. 그런 생각이 들었습니다. 폐기 신고를 하고 숨길 수는 없을까, 개인 연구 개발을 핑계로 국가로부터 이 아이를 살 수는 없을까. 여러 방법을 생각해 보았지만 실질적으로 무리가 있었기에, 시간이 필요했습니다.

하지만 한 번도 시간은 저를 기다려준 적이 없었습니다. 주샛별을 만나고, 저녁의 대화가 일상이 된 이후로 더욱 그랬습니다. 시간은 본연의 감각보다 더욱 빠르게 흘러 두 달에 한 번 있는 안드로이드 감사 및 충전일이 코 앞으로 다가온 것입니다. 제가 첫 날, 안드로이드들을 짧게 점검했던 것처럼, 간단하고 빠른 검사가 될 것 정도는 알고 있었기에 잘 넘길 수 있을 것이라 생각했습니다. 저는 우선적으로 샛별이가 평범한 다른 안드로이드처럼 보이게 하기로 했습니다.

잘 넘길 수 있을 것이라는 생각과 다르게 마음이 불안해지는 것은 제가 어떻게 할 수 있는 일이 아니었습니다.

"금방 검사가 끝날 테니까."

"이름 대신에 코드번호, 웃지 말고 무표정으로 응대, 이름과 네, 아니오를 제외하고는 말하지 않으며 일에만 열중하기."

"그래도 불안해."

"며칠 동안이나 지겨울 정도로 말해놓고도요?"

느릿하게 고개를 끄덕였습니다. 감사일이 며칠 안 남은 이후로는 더욱 그랬습니다. 시도 때도 없이 샛별이에게 주의 사항을 이르고, 안심을 해 봤려 했지만 쉬운 일은 아니었습니다. 아마 주샛별 역시도 마찬가지였을 것입니다. 언제나처럼 웃는 얼굴로 장난스럽게 제 걱정에 대답하고는 있었으나, 혹시 잘못하게 된다면 지금까지의 생활이 더 이상 없다는 것을 그 아이도 무척이나 잘 알고 있었을 것입니다. 감사일을 얼마 앞두지 않고서는 밤에 이야기하는 시간이 평소보다 훨씬 길어진 것도 아마 그런 이유에서였을 것입니다.

이야기가 끊기면 어떤 말이라도 꺼내어 이야기를 이어나갔습니다. 덕분에 하루가 피곤할 때가 있었으나 특별한 일은 아니었습니다. 만약 이곳이 자동화 시스템이 체계적으로 이루어지지 않은 곳이었다면, 저는 분명 커다란 실수를 만들었을지도 모릅니다. 그게 유일하게 다행인 점이었습니다. 그날들을 보내며, 저는 더 서둘러야 함을 느꼈습니다. 이번에 들키지 않는다 하더라도 시간은 또다시 흘러 같은 날이 계속해서 반복될 테니까요.

제가 생각을 하는 사이, 감사 당일이 되었습니다. 공사장 소리와 안드로이드들이 일하는 소리, 간혹 주샛별의 목소리 외에는 들리지 않던 곳에 사람이 찾는다는 건 생각보다 어색한 일이었습니다. 그날 아침, 그 아이는 저를 달래며 자신의 자리로 돌아갔습니다. 사람들이 도착한 것은 점심때가 가까워져서였습니다. 검사를 위해 온 것은 대부분 얼굴이 익숙한 사람들로, 이곳에 오기 전 함께 했던 사람들이 대부분이었습니다.

"식사는 하셨어요?"

"간단히요. 인호 씨는 하셨어요?"

"네. 저도 간단히……."

"일은 어때요?"

"괜찮아요. 당연한 말인지도 몰라도, 여기가 할 일이 훨씬 없어요."

"그래도 다들 오랜 공을 들인 프로젝트였다고 하니까요. 그 몫을 하는 거겠죠. 그나저나, 인호 씨 옛날보다 오히려 밝아진 것 같아요."

"어, 그래 보여요?"

"보통 같으면 식사 같은 거 잘 묻지도 않으셨고, 일상적인 대화가 더 느신 것 같아요."

별것 아닌 개인의 간상이었겠지만 괜히 그들이 무언가를 알고 있는 듯한 착각에 긴장할 수밖에 없었습니다. 제가 멋쩍게 웃자 그 사람은 다행스럽게도 그 이후로 특별한 것을 묻지 않고 공기가 덜 나쁜 곳에 있어서 그런 걸까요? 하고 농담조로 웃어넘길 뿐이었습니다. 그것 때문일까요? 늘 팜 안에만 살았는데. 인호 역시 농담조로 받아치며 대답하고 나자 어색한 침묵이 맴돌았습니다. 문득 눈이 오던 날에 가졌던 주샛별과의 침묵이 떠올랐습니다. 그 이후로 더욱 저는 불안해졌습니다. 자료를 넘겨주면서도, 안드로이드의 충전 이전, 전체 시스템에 대한 감사를 받으면서도, 엘리베이터를 타고 봄 구역으로 올라가면서도 긴장감은 사라지지 않았습니다.

감사는 예상대로 별것 없었습니다. 이름을 묻고, 답하고, 이상 여부를 묻고 일하는 모습을 잠깐 확인했습니다. 그러고는 전원을 꺼 픽 쓰러진 로봇을 충전시키고나면, 일이 모두 끝나는 것이었습니다. 꼭대기의 봄 구역부터 시작된 감사는 여름 구역까지 끝내고나자 꽤 늦은 시간이 되었습니다. 저는 그들에게 1층에 있는 방을 몇 안내해 주고는 관리실로 돌아왔습니다. 하루 만에 끝나면 참 좋으련만, 관리실은 언제나와 달리 어두웠고 조용했습니다. 그 고요한 분위기에 적응하기가 어려웠고, 어두운 게 싫다던 그 아이가 떠올라 더욱 잠에 들기 어려웠습니다. 한참을 뒤척이다 잠깐 선잠에 들었다 깼을 때는 이미 아침이었습니다. 로비는 약간 부산스러웠습니다. 급하게 간단한 준비만을 마치고 바깥으로 나갔을 때, 다른 연구원들은 어제의 자료를 정리하고 가을동과 겨울동을 확인할 준비를 하고 있었습니다.

"일찍부터 하시네요?"

"아, 어제 도착한 시간이랑 비슷하게 올라갈 예정에 있어서요."

저는 가볍게 고개를 끄덕이고 일을 도왔습니다. 이상 없음. 지금껏 작성된 보고서에는 모두 그렇게 적혀져 있었습니다. 오늘도 이렇게 무사히 끝나기를 마음 속으로 간절하게 바라면서 서류 분류와 준비를 끝마치고 나서야 사람들은 자리에서 일어섰습니다. 맨 앞에 가는 사람의 카트 안에는 오류가 있을 시 바로 임시 교체를 위한 안드로이드들이 놓여 있었습니다. 투명한 박스 안에 들어 있는 그 모습이 장난감 가게에서나 팔 것 같은 장난감같이 느껴지다가도 사람과 별반 다를 것 없어 소름이 끼쳐왔습니다. 아무렇지도 않은 듯 보이는 다른 사람들이 신기할 정도였습니다. 샛별이를 만난 이후 생긴 변화였습니다.

교체용 안드로이드들은 입구 근처에 세워 놓여졌습니다. 어쩐지 꺼림칙한 기분에 시선을 그쪽으로 잠깐 놓았다가도 곧 떼어냈습니다.

"인호 씨."

"아. 네."

"어제 주신 자료 중에서 가을 구역 차트 자료가 안 열리는데요."

"네? 어제 컴퓨터로 확인했을 때는 이상 없었는데요."

"옮기는 과정에서 오류가 있었나 봐요. 먼저 겨울 구역에 올라가서 그쪽 먼저 진행할 테니 컴퓨터에 있는 자료 가지고 올라와주실래요?"

눈앞이 깜깜했습니다. 그나마 눈앞에 있으면 조금 마음이 놓일 것 같은데. 하지만 그렇다고 해서 그 부탁을 거절해야 할 이유가 없었습니다. 저는 3층의 가을동에서부터 관리실이 있는 1층으로 내려가는 시간이 이곳에 와서 보낸 어떤 순간보다도 길게 느껴졌습니다. 불안함에 발을 동동 굴러보았자 엘리베이터가 더 빨리 내려가지는 않았습니다. 켜져 있는 컴퓨터에서 자료를 태블릿 차트로 옮겨 담는 것은 그리 오래 걸리는 일이 아니었으나 마음은 다급했습니다. 혹여 이상이 있을까, 태블릿에서 차트를 확인하고 나서야 겨울동으로 향할 수 있었습니다.

"어."

짧은 탄성의 뒤로 요란한 소리를 내며 교체용 안드로이드가 박스 채로 넘어졌습니다. 간발의 차로 제 옆에 쓰러진 덕에 다치지는 않았으나, 그런 것보다 더욱 큰 문제가 생겼다는 걸 알 수 있었습니다. 발치에 넘어져 있는 안드로이드 박스에서 시선을 떼고 주위를 살폈습니다. 이목을 끌 만큼 큰 목소리도 아니었건만, 아무런 표정 없이 일에만 집중하는 안드로이드들을 제외한 모든 사람들의 시선은 모두 주샛별에게 꽂혀 있었습니다. 이곳에서 일하는 안드로이드들은 저런 짧은 한마디를 뱉는 것조차 불가능하다는 걸 모르는 사람은 없었습니다.

사람들은 당황했습니다. 물론, 주샛별과 저도 마찬가지였습니다. 아이는 당혹감 서린 눈길을 제게 잠깐 주었다가 이내 거두었습니다. 그와 동시에 머릿속이 아득해졌습니다.

아주 사소한 일 하나로 지금까지의 노력이 모두 물거품이 되어버린 것입니다. 후회가 몰려왔습니다. 만약 제가 주샛별을 조금만 더 믿었더라면, 괜히 조급해 하지 않았더라면 이런 일은 없었을지도 모른다는 생각이 밀려들어왔습니다. 소란스러운 머릿속과는 다르게 안드로이드가 쓰러질 때 냈던 요란한 소리의 여운만이 침묵 속에 눈치채지 못할 정도로 옅게 남아 있었습니다.

아주 잠깐, 조금은 침착해질 만한 시간을 가지고 나서야 그들은 주샛별의 근처로 다가와 전원을 껐습니다. 그 아이는 아무런 저항을 하지 않고 갑작스레 잠이라도 자듯이 픽 쓰러질 뿐이었습니다.

"알고 계셨어요?"

짧은 질문이지만 저는 대답하지 못했습니다. 그저 당혹스러운 눈으로 그쪽을 바라봤을 뿐이었으나, 아마 그들은 그렇다는 대답으로 받아들였던 듯 싶었습니다. 아직도 넘어져 있는 제가, 너무 놀라 아무 말도 하지 못한다고 생각했을 수도 있고, 어쩌면 그저 눈감아주었던 것뿐일 수도 있습니다. 몇몇 사람들은 어딘가로 급하게 전화를 하고, 어떤 사람들은 급하게 검사를 마쳤습니다. 어떤 사람은 저를 필요도 없는 부축으로 일으켜 1층으로 데려와 말을 걸었습니다.

"놀라셨죠." 하는 말부터 "정말 모르셨어요?" 하는 의심의 말까지. 다양했습니다. 저는 그저 아무 말도 하지 않았습니다. 삼십 분 정도 아무 말을 할 수 없었던 것 같았으나, 결국 제가 꺼낸 말은 '정말 몰랐다.'는 한 마디였습니다. 비겁하게 느껴질 수도 있으나, 그것이 그 당시 제가 할 수 있는 최선이었습니다. 적어도 주샛별과 마지막 이야기라도 나누기 위해서 말입니다.

삼십 분쯤 더 있어서, 주샛별은 예비 안드로이드가 실려 있던, 언젠가 방전된 안드로이드가 실렸던 그 카트에 놓여 내려왔습니다. 기분이 착잡했습니다.

"올려보내서 완전히 수리하고나서, 다시 이 팜으로 내려보낼 것 같아요."

"그때도 제거가 안 되면요?"

"이번에는 그런 일 없이 확실히 한다고 하니까요. 데이터는 따로 백업해서 올려보내달라고 하시는데……."

"제가 하겠습니다. 괜찮아요. 확인하지 못했던 것도 제 불찰이고, 걱정하지 않으셔도 됩니다."

"그럼 저도 도울게요. 혹시 모르잖아요."

"괜찮아요. 어차피 전원도 꺼져 있는 상태고, 금방 끝날 거예요."

카트를 잡아 이끄는 제게 사람들의 시선이 꽂혔습니다.

"인호 씨는 책임감이 강하시네요."

뒤로 들려오는 목소리를 뒤로하고 저는 관리실 안쪽으로 들어서 문을 닫았습니다. 그들은 분명히 저를 의심했을 것입니다. 제가 안쪽에서 주샛별의 전원을 다시 켜고, 그 아이를 기다리는 동안 바깥에서는 조용한 설전이 벌어졌을지도 모릅니다. 아마 정말 몰랐을 것이다, 혹은 알았다 하더라도 눈감아주자. 하는 쪽으로 결론이 난 모양이지만요. 전원이 켜진 주샛별은 조심스럽게 몸을 일으켰고, 언제나처럼 웃어보였습니다.

"미안해요."

"표정은 별로 미안해 보이지는 않는데. 네 잘못 아니니까 사과하지 마."

"인호 씨도 혼났어요?"

저는 고개를 저었고, 그 아이는 안심이라는 듯이 소리 내어 웃어보였습니다.

"무섭지 않아?"

"……이제 죽는 거나 마찬가지니까 무섭죠. 그래도 괜찮아요. 그 아이랑 헤어지고나서는 계속 무서웠는데, 요즘에는 편했으니까."

"만약 내가 죽는다면 나는 그 정도로 괜찮다고 말하지는 못할 것 같은데."

그 아이에게 화낼 것은 아니었지만 괜히 말투가 퉁명스러웠습니다. 이야기를 꺼낼 때마다 목이 메어오는 느낌이었습니다. 주샛별의 데이터를 컴퓨터로 복사하면서, 더없이 착잡한 기분을 느꼈습니다.

"너는 너무 착한 게 문제야."

"어쩔 수 없어요. 그러라고 만들어졌잖아요."

"아니, 넌 그냥 착한 것 맞아."

우리는 항상 이야기를 하며 잠들던 그곳에서, 그 짧은 이야기를 끝마쳤습니다. 복사 완료. 그 글자가 그렇게 원망스러울 수 없었습니다. 제 손으로 샛별이의 전원을 꺼 다른 사람에게 조그마한 USB 하나와 함께 넘길 때는, 다른 것은 생각이 나지 않을 정도였습니다. 그저 막막했을 뿐입니다. 나에게 심심한 위로의 말과 어울리지 않는 앞으로는 이런 불찰이 없어야 한다, 징계가 있을지 모른다는 딱딱한 고지를 함께 남기고, 주샛별도 그들도 진도를 떠났습니다. 그 뒤로는 주샛별을 볼 수 없었습니다. 얼마간의 기간 이후 돌아온 것은 주샛별이 아닌, AFJ-3827였으니까요.

오랜만에 이야기 없이 잠드는 밤은 어색했고, 표정 없이 온도장치 앞에만 앉아 있는 그 얼굴이 그리 아프게 다가올 수 없었습니다. 뉴스에서는 그 아이가 저를 위협이라도 한 마냥 떠들어대며 관리인의 안전에 대하여 왈가왈부하였기 때문에 뉴스도 제대로 볼 수 없었습니다.

이제서야 하는 이야기지만, 여러분, 여러분은 사람을 죽였습니다. 웃을 줄 알았고, 다른 사람을 배려할 줄 알았으며 두려움 역시 알고 있는 우리와 다를 것 없는 평범한 사람을 말입니다. 사람을 만들었다는 것을 알면서도 우리는 모두 눈을 돌리며 '그들은 로봇일 뿐이다.'라는 말로 우리의 잔인함을 합리화 했을 뿐입니다. 어릴 적, 동생의 죽음 이후 다시는 그런 일이 없었으면 하는 바람으로 택한 직업이었으나 오히려 저는 더 많은 사람을 죽였습니다. 아마 이 사실은 영원히 제 뒤에 꼬리표처럼 따라붙을 겁니다.

❖ ❖ ❖ ❖ ❖

모니터 불빛은 여전히 남자의 앞에서 깜빡이고 있었다. 컴퓨터 모니터를 가린 어깨가 흔들렸다. 간간이 들려오는 작은 울음소리는 한참을 그 문장 앞에서 머물렀다. 얼마나 울었을지 가늠도 안 될 정도가 되어서야 남자는 다시 타자기 위에 손을 올려놓았다.

마지막으로 다시 한 번 적으려 합니다. 저도, 여러분도 여지껏 사람을 죽여왔습니다. 그 사실을 잊지 말기를 바라며 저는 이 자리를 그만두려 합니다.

그 문장을 남자는 한참을 들여다보았다. 이 자리를 비워도 얼마 지나지 않아 다른 사람이 채우고, 아무런 문제없이 돌아갈 것이다. 이미 이름을 잃어버린 그 아이와 남자, 혹은 그들과 비슷한 사람들을 제외하고는 아무런 문제없이. 남자는 머릿속에 보았던 뉴스 기사를 떠올렸다. 그들도 인간의 종류다. 머릿속에서 그들이 들고 있던 피켓의 문구가 떠나가지를 않았다. 컴퓨터 모니터가 점점 어두워지더니 대기화면을 띄웠다가 검게 변했다.

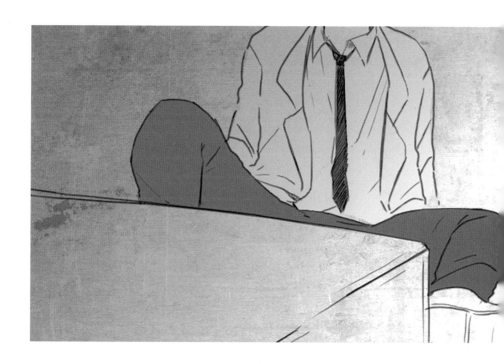

인간의 감정을 공유하는 AI의 시대

인공지능이란 인간의 사고 감정(학습, 지각, 추론 및 이해 등)을 컴퓨터 프로그램으로 실현한 기술이다. 즉 쉽게 말하자면, 컴퓨터가 인간처럼 생각하고 학습하여 스스로 행동할 수 있도록 만드는 기술이다. 인공지능은 다른 기술들과 접목되면서 빠르게 발전해 왔으며, 이제 제 4차 산업의 핵심 요소로 자리잡았다.

이러한 인공지능의 발전 뒤에는 컴퓨터의 클라우드 체제와 빅데이터에 기반을 둔 딥 러닝 기능의 개발이 존재한다. 딥 러닝이라는 단어는 2016년, 화제가 되었던 알파고(AlphaGo)와 이세돌의 대결 이후 우리에게 조금 더 가까이 다가왔다. 그와 함께 이 대국은 인공지능에 대한 관심을 높이는데 큰 역할을 했다. 인간의 승리를 예상했던 바둑에서 인공지능이 연이은 승리를 거두면서 우리나라에서 인공지능은 전 국민이 관심을 갖는 분야로 올라섰다.

이뿐만 아니라 인공지능은 인간의 고유 영역이라 불리는 창작의 범위까지 세력을 넓혀가고 있다. 제공된 데이터들을 바탕으로 그림을 그리고, 소설이나 시나리오를 쓰고, 곡을 만들고, 심지어는 연기를 하는 인공지능들도 있다.

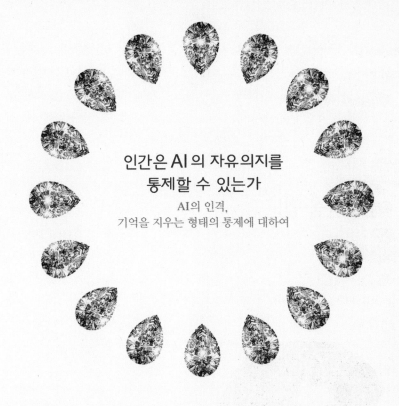

인간은 AI 의 자유의지를
통제할 수 있는가
AI의 인격,
기억을 지우는 형태의 통제에 대하여

인공지능이 인간의 삶에 발을 더 깊게 들일수록 '인공지능이 의식을 가질 수 있는가'라는 의문이 제기되면서 철학적, 사회적 논쟁 역시도 끊이지 않고 있다.

만약 인공지능이 의식을 가지게 되고, 스스로 느끼고 표현할 수 있게 된다면 우리는 인공지능을 하나의 인격체로 받아들여야 하는가? 또 그 사실이 인간에게 더 유사해진 인공지능과 인간이 결국은 대립하는 모습을 보여주며 인공지능의 발전에 경고를 던지는 이야기들을 주위에서 쉽게 접할 수 있다.

하지만 앞의 이야기는 인공지능이 우리에게 끼칠 일에 대해 경고하고 싶은 것이 아니다. 이글이 '인공지능이 인간과 유사해진다면 그것을 인간을 위한 하나의 도구로써 사용하는 것이 과연 윤리적인가'에 대해 생각할 수 있는 기회가 되었으면 한다.

雲林[울림]

박채린

뇌파를 조절해 업무 효율성을 높이는 시대.
자유의 의미를 묻는 일탈의 울림을 그리다

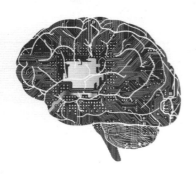

사내 직원분들께 알립니다. 현 시간 내로 칩의 데이터를 다시 업데이트할 예정입니다. 칩의 데이터를 다시 업로드해야 하므로 인트라넷에 올라온 데이터를 칩에 넣어주시기 바랍니다.

사내 인트라넷에 올라온 공지였다. 보통 2년에 한 번 꼴로 업데이트를 해왔는데 이번엔 3개월 만이었다. 저번 업데이트를 한 지 얼마 지나지 않았는데 또 업데이트라니. 정혁이 칩이 박혀 있는 손등을 컴퓨터에 갖다 대며 생각했다. 업데이트를 받으며 이번에 업데이트된 내용을 확인했다. 업무의 효율성 향상을 위한 뇌파였다. 저번에는 집중력을 높이는 뇌파를 업로드하라더니. 효율성은 모르겠지만 확실히 업무의 집중도가 높아지는 느낌이 들어 나름 만족하고 있었다. 하지만 오늘도 야근이었다. 야근을 하고 있자니 집중력을 높이는 뇌파를 업데이트한 후 업무량이 는 것 같다는 생각이 들었다. 며칠째 집에 늦게 들어가 아내의 눈총을 받으며 아이들의 자는 얼굴만 보았다. 몸은 피곤했지만 아무런 생각도 들지 않았다. 단지 업무를 빨리 끝내고 자고 싶었을 뿐이다. 요새는 사람과 말하는 것조차도 귀찮아지기 시작했다. 멍하니 문서만 들여다보고 있는데 오랜만에 진동이 울렸다. 고등학교 때 단짝 친구였던 재준이었다.

"여보세요."

—뭐해?

"회사."

—아직도 회사라고? 야근 하냐?

"왜."

—너 곧 있으면 생일이지? 형님이 딱 알고 전화했다. 뭐 갖고 싶은 거 있냐?

"내 집."

—야이씨. 그런 거 말고.

"없어. 나 업무 해야 돼. 바쁘다. 끊어."

—야! 그래도.

재준의 말이 끝나기도 전에 전화를 끊어버렸다. 말이 살갑게 나가지가 않았다. 기지개를 한 번 켜고 한숨을 쉰 후 다시 업무에 들어갔다. 업무에 집중하던 중 갑자기 워치에 무엇인가 떴다.

'10월 9일 오전 8시, 진도 출장'

맞다, 진도로 출장이라니. 정혁이 한숨을 쉬었다. 진도는 한 번도 가보지 않은 곳이었다. 게다가 차로 무려 한 시간이나 걸렸다. 차를 타는 것을 별로 좋아하지 않는 정혁에게는 그리 즐거운 시간은 아니었다. 자율주행이라지만 차를 타서 몸을 구기고 가는 여정은 여간 힘든 것이 아니었다. 거기까지 가냐는 옆자리 김대리의 물음에 정혁이 어깨를 으쓱거렸다.

"요즘 기술이 얼마나 발달했는데 거기까지 가세요. 인천에서 진도면 엄청 멀잖아요. 그냥 영상통화 한 번 해 달라고 하시지."

"몰라. 오래된 건물이라서 꼭 사람이 직접 와서 봐야 된대. 빨리 다녀오는 게 나을 것 같아서……."

그래도 출장 가는데 내용은 알고 가야 할 것 같아 담당자가 보내준 메일을 확인했다. 자료가 두 개나 와 있었다. 정혁이 덧붙여져 있는 사족을 읽었다.

– 여기서 진도 가려면 두 시간은 가셔야 합니다. 건물이 오래되기도 했고 건물주의 건물에 대한 애착도 상당한 것 같습니다. 꼭 사람이 직접 와야 된다고 했다고 하네요. 컴플레인 걸리지 않게 주의하세요. 건물 도면이랑 자료 첨부합니다.

정혁이 한숨을 쉬며 보내준 자료를 탭에 넣고 열었다.

〈진도〉
– 전라남도의 최남단에 위치한 섬으로 대부분의 주민이 노인
– 최근 GMO 농업이 발달함에 따라 섬 전체가 농경지로 발달, 대기업들이 땅을 사서 시험하는 경우 많음
– 예로부터 전남지역의 대표 예향으로 유명하였음
– 진도아리랑, 시, 서예, 창, 강강술래 등

정혁의 왼쪽 눈썹이 치켜 올라갔다. 노인? 분명히 국악원의 관리자도 노인일 것이라는 예측을 했다. 그렇지 않고서야 꼭 진도까지 와야 한다는 고지식한 요구를 할 리가 없었다. 융통성이 없어 상대하기 귀찮을 것이라는 예상이 들자마자 피곤해졌다. 얼른 문서를 끄고 담당자가 보내준 다른 문서를 열었다.

〈국립남도국악원〉
2004년 7월 7일 개원한 국립남도국악원은 남도 전통문화의 보고(寶庫) 진도(珍島)에 위치하고 있다. 창, 민요, 판소리와 전통 악기 등 국악과 관련된 공연을 매주 금요일 7시부터 하는 곳으로……

개원한 지 20년 이상의 시간을 지나온 극장이라니, 생각보다는 역사를 가진 곳이로군. 국악을 연주하는 곳이라니. 이번에는 정혁의 오른쪽 눈썹이 올라갔다. 정혁은 학교 다닐 때도 음악시간을 가장 싫어했다. 아니리고 발림이고, 자신이 왜 그런 걸 외워서 시험봐야 하는지 이해할 수도 없을뿐더러 이해하기도 싫었다. 게다가 AI가 취향을 알아서 분석해 듣기 좋은 음악만 골라 뽑아주는 시대에 별다른 효과음 없이 오직 목소리로만 이루어져 있는 국악을 들을 수 있는 기회는 없었다.

차에 시동을 걸었다. 차가 정혁에 몸에 있는 칩을 자동으로 인식해 알아서 목적지를 입력하고 출발하였다. 아내에게 전화를 하려 휴대폰을 켜 마누라라고 말했다가 취소버튼을 누르고 문자 아이콘을 눌렀다.

- 오늘 진도로 출장. 저녁 밖에서

더 길게 쓰고 싶지도, 다정하게 쓰고 싶지도 않았다. 그 이유는 아마도 지난주 아내가 자신에게 했던 말들 때문이리라. 여느 때와 다르지 않게 회사에서 늦게까지 야근을 하고 온 날이었다. 현관을 열자마자 무표정의 아내가 보였다.

"당신."

"왜."

피곤했다. 아내의 말을 끊고 대답했다. 빨리 가서 옷을 벗고 침대에 들어가서 자고 싶었다. 입에서 단맛이 도는 걸로 보아 오늘도 회사에서 동기들과 말 한마디 안 한 것 같았다. 전에는 졸리면 커피라도 한 잔 뽑아서 동기들과 회사 얘기나 아이 얘기도 하곤 했던 것 같은데 어느새인가 이렇게 변해버렸다. 생각에 잠겨 있던 것도 잠시, 곧이어 아내의 날카로운 목소리가 들려왔다.

"요즘 아주 회사에 사시네?"

"뭘."

정혁이 넥타이를 풀며 무심한 표정으로 대답했다. 아내가 어이가 없다는 표정으로 자신을 쳐다보았지만 아랑곳하지 않고 양말을 벗었다. 아내의 목소리가 점점 커졌다.

"정말 모르겠어? 몇 달 전만 해도 이렇게까지 무심하지는 않았어. 아이들하고 놀아주는 것도, 회사에서 있던 일 말하는 것도, 내 이야기 들어주는 것도 아무것도 안 하잖아. 오늘 애들이 그려온 그림 봤어? 안 봤겠지, 도대체가 관심이 없으니. 가족 중에 당신만 쏙 빼놓고 그렸더라. 애들이 왜 그랬겠니? 당신이 어떻게 해왔는지 조금은 알겠어?"

속사포처럼 말을 뱉어내는 아내의 말에 별 충격은 들지 않았다. 뭐, 그림을 그렸구나. 근데 나만 빼고 그렸구나. 오히려 아내의 반응이 과민하다고 생각하고 있었다.

"내가 이렇게 말하는데도 당신은 아무 감정도 없지? 아주 개가 짖지, 짖어. 무슨 생각 안 들어? 응?"

"나 피곤해. 내일 얘기하자."

"당신, 정말…… 화도 안 나니?"

고개를 떨궜던 정혁이 고개를 들어 아내를 쳐다봤다. 아내가 눈에 눈물이 맺힌 채 자신을 처량하게 쳐다보고 있었다. 아내를 울렸다.

"…… 그만하자. 내가 지금 무슨 얘기를 하고 있는지도 모르지. 이 감정 불구자야."

그녀가 등을 확 돌리더니 아이들의 방을 가버렸다. 혼자 남은 정혁이 머리를 긁적이다 와이셔츠를 벗었다.

감정불구자.

처음 들었을 땐 별 생각이 안 들었는데 곱씹어볼수록 자신이 잘못한 것 같다는 생각이 들었다. 뭐 때문에 화가 난 걸까. 집에 늦게 들어와서? 아이들과 놀아주지 않아서? 화나서 그냥 한 말인지, 아니면 진심으로 한 말인지 알 수가 없었다. 왜 그런 걸 가지고 화를 내는지도 이해할 수 없었다. 예전에는 잘 싸우지도 않고 나름 화목한 집안이었는데, 아내가 짜증이 는 건지 자신이 무심해진 건지 정혁은 알 수 없었다.

여기는 예향의 고장, 진도입니다.

여러 생각을 하다 보니 어느새 진도에 도착했는지 네비게이션에서 진도에 대한 안내 멘트가 나왔다. 도착한 진도는 광활했다. 땅을 거의 갈아엎어 어느 곳이든 넓은 농경지가 있었으며 요양병원 등 노인에게 특화된 시설이 많았다. 서류에 적힌 그대로였다. 차는 어딘지 모를 시골로 자꾸만 들어가고 있었다. 이제 주변의 인가는 거의 보이지 않았고 어디까지 가나 궁금해질 때쯤 큰 건물이 정혁의 눈앞에 펼쳐졌다. 차가 자동주차를 마치자 차에서 내려 건물로 갔다.

"계세요?"

부르자마자 안에서 부스럭거리는 소리가 들리더니 누군가가 튀어나왔다. 뽈

테안경을 쓴 60대 중반처럼 보이는 남자가 서 있었다. 남자가 자신을 흘끗 쳐다보더니 물었다.

"누구세요?"

"사성건설에서 왔습니다. 오늘 건물 보수할 곳 보기로 한 하정혁입니다."

"아! 드디어 오셨구나. 들어오세요."

"아, 일단 보수할 곳부터 봤으면 좋겠습니다."

"에이. 멀리서 오셨는데 뭐라도 드시고 하시죠. 진도의 자랑인 구기자차, 울금차 있습니다."

차까지 진도의 특산물로 준비한 것으로 보아 진도에 대한 애착심이 꽤 강한 것 같았다. 앉아 있으라는 성화에 소파에 엉거주춤 앉았다. 차를 준비하는 동안에도 뿔테는 계속해서 말을 했다.

"여기가 진도 국악의 장이라고 생각하시면 됩니다. 저를 포함해서 전 직원이 이곳에 대한 자부심이 커요. 다들 어렸을 때부터 여기 공연을 보고 자랐거든요. 이번에 국악인 출신 이사장님이 새로 오셔서 건물도 한 번 더 봐주시기로 하시고요. 개관을 2004년에 했거든요. 저희가 30년씩이나 여기를……."

"아, 네. 그래서 보수할 곳이 어디죠?"

얘기가 더 길어질 것 같아 황급히 잘랐다. 쓸데없는 것에 시간 낭비하는 짓은 별로 하고 싶지 않았다. 머쓱해진 뿔테가 큼큼 헛기침을 하더니 말했다.

"아, 저기 담 밑에 시멘트가 다 긁혀서 보기 흉하더라고요. 저희 국악원이 좀 오래된 건물이라서요. 저쪽 유리정원에 의자도 그렇고요, 건물 내부에 침실도…… 아, 이렇게 말할 게 아니라 그냥 이따가 저랑 같이 가시죠. 한 다섯 군데 정도 있습니다."

"아, 네."

"좀 늦어질 것 같은데 괜찮으시죠?"

정혁의 입에서 네, 라는 대답이 튀어나왔다. 집에 빨리 가서 아내와 있어봤자 분위기만 냉랭할 것이 뻔했다. 아이들도 자신을 피할 것이다. 왜 피해야 하는지는 모르겠지만 일단 아내가 싫어하니 또 다툼이 일어날 것 같았다. 우선은 그 상황을 좀 피하고 싶었다. 시간이 해결해 주겠지, 그런 안일한 생각이 이어졌다. 그때 뿔테의 신난 목소리가 정혁의 귓가에 울렸다.

"잘 됐네요. 이따 7시에 공연 있는데 그것도 보고 가세요."

"네? 그건 좀……."

"왜요? 보고 가세요~ 오늘 진짜 보기 힘든 공연입니다. 앞으로 어디 가서 이런 공연 못 보세요."

"저 공연 보는 거 별로 안 좋아하는데요."

"오늘만 좋아해 보세요."

"저 바로 가야 하는……."

"그럼 보수할 곳 다 보고 결정하시죠."

❖ ❖ ❖ ❖ ❖

"안 봐도 괜찮은데……."

"보세요. 진도 하면 바로 이 공연입니다. 안 보고 가시면 후회한다니까요. 아무 때나 볼 수 있는 공연이 아닙니다. 여기, 여기가 명당입니다. 최고의 공연을 보실 수 있을 거예요."

결국 등떠밀려 공연장에 앉았다. 적당히 시간만 때우다 갈 생각이었다. 진도까지 왔는데 한번쯤 보는 것도 나쁘지 않을 거라는 생각도 들었다. 공연장은 꽤 넓었고 관객층은 노인, 외국인, 청소년 등 꽤 다양했다. 하지만 수는 절반이 채 되지 않았다. 궁금해 하는 것을 알아챘는지 옆에 있던 뽈테가 자신에게 말해 주었다.

"요즘 노인 분들은 국악 별로 안 좋아하세요. 밖에서 체험학습 오거나 외국인들이나 오지. 노인분들도요, 어렸을 때 다 트로트, 가요 듣고 자라신 분들입니다. 뭐, 나이 많다고 국악 좋아하는 건 아니라는 말이죠. 사람도 얼마 안 와요. 이렇게 외부에서 오신 분들이 오히려 가끔 생각나신다고 찾아오시더라고요."

정혁이 네, 하며 무대를 둘러보았다. 40년 정도 된 건물에서 옛 향기가 묻어나는 것 같았다.

곧이어 사회자가 나와 무대를 소개하기 시작했다.

"진도 국악 하면 생각나는 것 중에 씻김굿이 있죠. 이 씻김굿에서의 '씻김'이란 말 속에는 망자가 이승에 살 때 맺힌 원한을 지우고 씻어준다는 의미가 들어 있습니다. 죽은 사람의 영혼이 저승으로 가지 못하면 이승을 맴돌면서 살아 있는 가족들에게 해를 끼칠 수 있다고 믿기 때문에 씻김굿은 한편으로는 살아 있는 사람을 위한 굿이기도 하죠. 그중 첫 번째로 보여드릴 무대는 초혼지악입니다. 초혼지악은 전라도 지방에서 행해지는 굿 음악의 일종으로, 전체적으로 어둡고 우울하지만 새롭게 시작하려는 강한 의지의 감정이 섞인 곡입니다. 노래가 끝날 때쯤에는 여러분에 마음에 큰 울림이 남을 것입니다.”

사회자의 멘트가 끝남과 동시에 어두워졌던 무대가 점점 밝아지며 국립남도국악원 단원들이 나왔다.

넋이로다
넋이로구나
이 넋이 누구 넋이여
동지섣달 얼음 위에
잉어 한 쌍을 길러다가
즈그 부친 공양한
심 낭자 넋이더냐
그 넋도 아니로구나
동지섣달 눈 위에
새 죽순을 구해다가
즈그 부친 구해간
효자의 넋이더냐
그 넋도 아니로구나

흥겨운 가락 위에 애절한 노랫말과 끊어질 듯한 노래가 정혁의 귀에 울렸다. 처음엔 흥미가 아예 없던 정혁이 그들의 소리에 무대를 쳐다보았다. 사랑하는 사람을 잃은 절규였다.

넋은 넋발에 오르시고
혼은 신발에 오르시고
신이 오시시면

사간 방에다가 모셔놓고
이 넋이 누구 넋이여
원한없이 가시시면
이제 가실 이치가 있소

처음에는 알 수 없었다. 저들이 왜 저렇게 슬퍼하는지. 하지만 노래가 진행될수록 알 수 있었다. 그들의 소리가 울릴 때, 정혁의 속에서 그동안 느끼지 못했던 무엇인가가 끓어올랐다. 오랜만에 듣는 사람의 감정이 한껏 담겨져 있는 외침이었다. 그들의 절절함은 정혁의 눈을 한순간도 뗄 수 없게 만들었다. 죽은 사람을 보내는 노래. 그녀의 표정과 대사와 속에서부터 올라오는 한을 느낄 때마다 정혁의 머릿속은 터지는 것 같았다. 감정이 파도처럼 밀려왔다. 그제야 무채색으로 보였던 세상에 색이 하나둘씩 입혀지는 것 같았다. 무대가 끝나 모두가 박수를 칠 때 정혁의 눈에서 어느새 눈물이 흐르고 있었다.

"어? 하대리님 우세요?"

"예? 아닙니다. 그냥…… 먼지가 들어가서…….'

품, 옆에서 뽈테의 웃음소리가 들렸지만 울음을 멈출 수가 없었다. 그렇게 2시간짜리 공연을 모두 보고 나오자 정혁은 완전히 격앙되어 있었다. 그렇지만 행복했다. 감정이 폭발하니 갑자기 가족들이 보고 싶었다. 그동안 야근을 밥 먹듯이 하느라 얼굴도 잘 보지 못하고 살갑게 대해 주지 못한 것 같아 빨리 집에 가고 싶었다. 귀찮았던 뽈테와의 작별인사도 기분 좋게 하고 차에 올라탔다. 갑자기 경고음 소리가 들려 정혁이 놀라 차를 수동주행으로 돌렸다. 차 내부에서 소리가 울렸다.

– 칩의 데이터가 일부 손실되었습니다. 확인 바랍니다.

손실? 기분 좋은 정혁의 심기를 건드리는 말이었다. 칩을 바꾼 지 얼마 되지 않았고 그 안에 개인정보와 주민등록번호, 카드 등 웬만한 정보가 다 들어 있었기 때문에 손상된 정보를 복구시키려면 꽤 귀찮은 과정이 필요했기 때문이다. 급한 마음에 워치를 풀어 손등에 갖다 대었다. 데이터 목록 중 오류 표시가 뜬 파일은 회사에서 내려 받으라고 했던 뇌파 관련 데이터였다.

칩에는 중요한 정보들이 많이 들어 있기 때문에 대부분 고장이 잘 나지 않게 만들어졌었다. 그런데 오류가 나다니. 이유를 알 수 없었던 정혁이 고개를 갸웃거렸다. 일단은 가족들을 보고 싶은 마음이 먼저였기 때문에 목적지를 입력하고 집으로 출발했다.

삑삑삑삑-
번호키를 누르고 집에 들어갔다. 아이들은 TV를 보고 있었고 아내는 설거지를 하고 있었다. 아이들이 현관문을 보고 안녕하세요, 하고 인사했다. 밤새 아이들이 보고 싶었던 정혁이 참지 못하고 가방을 내려놓자마자 두 팔로 꽉 껴안았다.

"우리 강아지들! 보고 싶었다."

아이들이 놀랐는지 잔뜩 얼어 있다가 싫지 않은 듯 이내 아빠의 등을 꼭 껴안았다. 다정한 아빠가 갑자기 세 달 전 무심하고 무뚝뚝하게 변한 것이 싫고 무서웠는데 진짜 아빠가 온 것 같아서 기뻐했다. 더 놀란 건 아내였다. 남편이 오는 소리에 설거지를 마치고 달려가던 아내가 이상한 광경에 깜짝 놀라 감탄사를 내뱉었다.

"당신……"

"여보!"

이번에는 아이들을 놓고 아내를 꼭 껴안았다. 이렇게 애정표현을 하는 것도 오랜만인 것 같았다. 오랜만에 느끼는 감정에 정혁은 행복을 감추지 못했다. 너무 꽉 안아서 아내가 힘들어 하는 것도 눈치채지 못한 채 말이다. 한참 뒤에야 풀어주자 아내가 힘들어 하며 내려왔다. 하지만 입가의 미소는 그대로였다.

"미안해. 저번에 당신 말이 다 맞았어. 앞으로 안 그럴게."

"웬일이야? 저번에 다그칠 때는 아무렇지도 않더니."

"그냥. 오늘 좀 느낀 게 좀 있어."

정혁이 환하게 웃었다. 이렇게 환하게 웃어보는 것도 얼마만인지 몰랐다. 화목해진 집안 분위기에 가족들은 신났고 결국 외식까지 마치고 들어왔다. 아이들은 갑자기 변한 아빠가 어색하긴 했지만 금세 좋아했고 아내도 그 모습을 흐뭇하게 바라보았다. 잘 준비를 마치고 누워 있었던 정혁에게 아내가 말을 걸었다.

"여보, 오늘 너무 좋았어. 앞으로 만날 이랬으면 좋겠다."

"내가 언제는 안 그랬나 뭐."

"모르는 소리 한다. 당신 3개월 동안 완전 냉랭해서 근처에도 못 갔던 거 몰라? 일이 바빠서 예민한 건가 했는데."

"그래?"

"근데, 예민한 거랑은 좀 다른 것 같았어. 그냥 감정이 없는 사람 같다고 해야 하나? 이래도 흥, 저래도 흥. 전에 같으면 퇴근하면 더 신나서 애들이랑 놀아주던 사람이 애들이 애교를 부려도 별 반응이 없고 반찬을 싫어하는 걸 해줘도 관심 없이 먹고. 3개월 동안 웃는 것도 못 본 것 같네. 진짜 무슨 일 있었어?"

"아니. 있었으면 바로 당신한테 말했지."

"그래. 그래서 이상한 것 같더라고. 힘든 일 있었으면 분명 나한테 먼저 말했을 텐데. 눈치 보느라 힘들었다, 나."

정혁은 말없이 아내의 등을 끌어안았다. 자신의 모습이 그랬다니 가족들에게 더 미안해졌다. 하지만 아내의 말이 그저 화나서 한 말이라고 생각하고 별 신경을 쓰지 않으며 잠에 빠져들었다.

출장 후 첫 출근이었다. 회사에 가자마자 데이터를 업로드 해야겠다는 생각이 든 정혁이 팀원들과 반갑게 인사를 했다. 그런데 좀 낯설었다. 부장님도 인사를 본체만체했고 김대리마저 네, 하며 듣는 둥 마는 둥 하며 별 관심도 없이 고개를 휙 돌려버렸다. 기분이 약간 상하려고 했다. 정혁이 김대리를 불러 인사를 무시했다고 하자 김대리가 이해할 수 없다는 표정을 지었다.

"과장님, 왜 그러십니까?"

"뭘? 지금 내가 이상하다는 소리냐?"

"그게 아니라요. 지금까지 안 이러셨잖아요."

그 말을 듣는 순간 그동안 자신이 못 느꼈던 것들을 느낄 수 있었다. 사람들이 지나치게 딱딱했다. 옆자리의 김대리를 흘끗 쳐다봤지만 흐리멍텅해진 눈으로 모니터만 바라보며 업무에 집중할 뿐이었다. 그제야 아내가 자신에게 했던 말이 무슨 말인지 알게 되었다. 그녀가 했던 말이 지금 회사 사람들을 보는 느낌과 정확하게 일치했다. 이곳은 더 이상 사람들이 사는 곳이 아니었다. 감정이 없는 기계들만 사는 곳이었다.

옆 팀의 인사이동도 그랬다. 3년을 같이 해온 팀이었다. 윗분들의 눈에 잘못 띄었다는 염대리의 인사이동에 각별했던 이들이 부장님께 뭐라고 말이라도 할 줄 알았다. 잘못을 감싸주기는커녕 그저 간단한 인사만 하고 끝이었다. 세달 전만 하더라도 서로의 가족 행사까지 챙기며 각별했던 이들이 언제 이렇게 변한 것일까. 정혁이 이상한 느낌에 사로잡혔다. 괜히 본인이 예민한 걸로 치부하고 업무를 하려고 해도 계속 집중이 되지 않았다. 자신만 이렇게 느끼는 건지 궁금했다. 회사에서 가장 가까운 동료들에게 먼저 말해 보기로 한 정혁은 점심시간만을 기다렸다. 집중력을 높이는 뇌파를 업로드한 후 친목이나 대화 등을 전혀 하지 않아 같이 모이는 시간이 거의 없었기 때문에 밥 먹는 시간을 노려야 했다.

"오늘 점심 뭐 먹게?"

"편의점에서 샌드위치 사왔습니다."

"에이, 오랜만에 밥다운 밥 좀 먹자. 국밥 어때? 이 앞에 30년 전통 국밥집 있는데. 왜, 저번에 맛있다고 한 거기."

"괜찮습니다."

식사시간만 되면 들떠 팀원들의 메뉴 선정에 열을 올리던 예전과 달리 칼같이 거절하는 김대리를 보며 정혁이 혀를 끌끌 찼다. 사람들과 교류가 없어진 회사는 삭막한 사막 같았다. 누가 아파도 누구 하나 관심 가져주는 사람이 없었으며 프로젝트가 끝나도, 팀이 해산해도, 회사 마음대로 인사이동을 해도 옮겼거니, 하는 사람들이었다. 이제는 좀 무서워졌다. 집중력을 높이는 게 주목적이 아니라 감정이 없어지는 게 원래 목적처럼 느껴졌다.

결국 겨우겨우 동기 세 명을 끌고 나온 정혁이 가게에서 메뉴를 시켰다.

"여기 콩나물 국밥 네 개 주세요. 괜찮지?"

"그래, 뭐."

이내 국밥이 나왔고 다들 먹는 둥 마는 둥 하자 정혁이 눈치를 보다가 먼저 말을 꺼냈다.

"야. 너희 근데…… 요즘 좀 달라진 거 모르겠냐?"

"뭘?"

"제수씨 짜증이 늘었다던가, 음악을 안 듣게 된다던가……."

"어. 그러긴 해. 어제도 엄청 짜증내더라고."

"저도 음악을 안 듣게 되긴 했습니다. 그냥 시끄럽기만 하더라고요."

동기가 국밥을 깨작거리며 대답했다. 감정이 없어지면 좋아하는 것도 사라진다더니 국밥에 환장하던 녀석들이 젓가락을 깨작거리는 모습을 보자 팔에 오소소 소름이 돌았다. 그래도 자신에 말에 공감하는 이때다 싶어 정혁이 신나게 말했다.

"그래서 내가 생각해 봤는데, 우리 이번에 업데이트된 뇌파 있잖아. 좀 이상하지 않아? 업데이트된 게 3개월 전인데 사람들이 그렇게 우리한테 대하는 것도 3개월 됐어. 회사에서 준 뇌파가 좀 이상한 것 같지 않냐? 감정을 없앤다던가, 사람들과의 관계를 이상하게……."

정신없이 말하다 갑자기 분위기가 싸해진 것 같아 고개를 들고 동기들 눈을 쳐다보았다. 다들 하나같이 무표정에 정색을 하고 있었다.

"너 무슨 소리 하는 거야."

"이런 얘기 하려고 부른 겁니까?"

"아니, 나는 그런 말이 아니라……."

"그런 말이 아니면 뭔데. 이상한 말이나 하고. 요즘 보너스도 주고 분위기가 얼마나 좋은데. 너 그렇게 말하다가 한번 당한다."

이 뇌파가 회사에 대한 충성도를 높이는 기능도 있는 건가? 정혁이 당황하여 말을 둘러댔다.

"그게 아니라, 최근에 그런 기사를 본 적이 있다는 거지. 그냥 내 추측이라고. 마저 먹자."

결국 별 소득은 없었다. 회사로 돌아온 그는 자신과 회사에서 가장 친했던 동기들마저 자신을 믿어주지 않자 그들마저 이런 반응이라면 도대체 어느 누가 자신의 말을 믿어줄지 한숨만 나왔다. 정말 자신만 이상한 사람이 된 것 같았다. 그때, 며칠 전 자신에게 연락했던 재준이 생각났다. 그와 함께 재준이 반도체 회사인 IG의 칩 개발 연구원으로 근무하고 있다는 사실도 기억났다. 고등학교 때 항상 어울려 다녔던 친한 친구였다. 터무니없는 얘기도 잘 들어주며 고민이 있을 때는 항상 재준에게 물어보곤 했는데 그런 친구의 전화를 그런 식으로 받았었다니, 후회가 되었다. 휴대폰에 서재준이라고 외치자 자동으로 전화가 걸어져 금세 연결되었다.

"여보세요?"

─ 웬일이냐? 네가 전화를 다 하고.

수화기 너머로 퉁명스러운 목소리가 들려왔다. 분명히 며칠 전에 전화에 삐진 것이다. 학교 때도 제일 잘 삐지는 친구여서 달래는데 일주일씩 걸렸었는데, 이런 일을 부탁하려면 시간이 꽤 걸리겠다는 생각이 들었다.

"어떻게 사나 궁금해서."

─ 누구세요. 저 아세요?

"아니 뭐…… 왜 그래."

─ 바쁘다며? 끊는다며?

"미안. 그때는 진짜 바빴어."

─ 바쁜 거 좋아하시네.

쪼잔한 자식. 정혁이 한숨을 쉬었다. 역시나 재준을 달래는 건 쉽지 않았다. 한참의 실랑이 끝에 정혁이 드디어 본론을 꺼낼 수 있었다.

"나 갑자기 변한 것 같지 않냐?"

─ 어.

"건성으로 듣지 말고 진지하게. 저번에 내가 전화했을 때 막 단답 쓰고 그랬잖아? 원래는 더 잘 웃고, 너랑 전화하면 술이라도 먹으러 가곤 했는데…… 그런데 갑자기 그렇게 변한 거야, 딱딱하게. 그게 잘 생각해 보니까…… 우리 회사에서 칩에 업로드하라고 무슨 파일을 줬거든. 뭐 업무에 집중할 수 있는 뇌파를 쏘는 거라고 했나? 근데 그거 넣으면서 사람들이 좀 이상해진 것 같아. 나부터 가족들한테 대했던 것도 그렇고, 너한테도, 우리 회사 사람들도……."

─ …… 구체적으로 말해 봐. 어떻게 이상해졌는데?

재준의 목소리가 바뀌었다. 심각해진 분위기를 감지한 정혁이 아까 업무에 집중하지 못한 채 적어놓았던 분석 글을 읽었다.

"쉬는 시간 없이 일만 함. 감정적인 표현, 대화 전혀 안 함. 개별 식사. 팀 분위기 아예 사라짐. 총 결론. 칩 주입으로 인해 사람들 감정이 사라진 것 같다. 근데 이거 가능한 얘기냐?"

─ 가능하긴 해. 그리고 내가 최근에 들은 게 있는데…….

"뭐?"

—다른 연구소에서 개발한 칩에 부작용이 있다는 얘기를 들었거든. 어디 회사에 주입할 칩이라고 들었는데 뇌 편도체에 이상이 생기게 한다고…… 뭐 그랬어. 한 번 연락해서 알아볼게. 근데 넌 이걸 어떻게 알았어?

"뭘?"

—너도 똑같이 칩에 데이터 받았을 거 아니야.

"아, 저번에 진도로 출장 다녀왔거든."

—진도? 거기 섬 아니야? 근데 왜?

"어. 한 시간 반 걸리더라. 아무튼 거기서 국악 공연을 보고 왔는데…… 씻김 굿이라고 알아? 그거 보고 나니까 완전히 깬 기분이었어. 그런데 집에 가려고 차에 타니까 칩에 데이터 손실이 있다고 하더라고. 근데 그 데이터가 우리 회사에서 나눠준 거였어."

—씻김굿? 알겠어. 그리고 너 이번 주에 우리 연구소 좀 와라. 칩 검사 좀 하게.

"어. 근데 나 주말에 근무하는데……."

"아직도 주말 근무하는 회사가 있냐? 법 바뀐 지가 언젠데……."

"하여튼 오후에 갈게."

재준과의 전화를 끊은 정혁이 의자에 털썩 앉았다. 혹시나 자신의 얘기가 아니라고 할까 봐 전화를 망설인 적이 한두 번이 아니었다. 하지만 자신의 예감이 맞았다. 아직 아무것도 나오지 않았지만 자신이 승리한 기분이었다.

하지만 이내 오히려 불안해졌다. 만약 검사 결과가 진짜라면 어떻게 되는 거지? 이런 짓을 한 회사를 상대로 소송이라도 걸어야 하나? 자신의 예상이 맞는 데에만 급급했지 그 이후의 상황을 하나도 생각하지 못했다. 그래도 일단 누군가가 이 상황을 아는 게 중요했다. 자신의 말을 믿어줘야 그 사람과 같이 상의를 하던 할 테니까. 그런 의미에서 재준은 참 좋은 친구였다. 자신의 말을 모두 믿어줬으니.

며칠 후 토요일에도 출근을 한 정혁은 퇴근하고 보내준 주소로 직행했다. 직원들이 모두 주말에도 자발적으로 나와 일을 했기 때문에 쉬고 싶어도 쉴 수가 없었다. 회사에 나온 김에 칩의 데이터도 다시 받아갔다. 연구소 앞에 서서 재준에게 전화하자 재준이 뛰어나왔다.

"왔냐? 들어와. 지금 아무도 없어서 괜찮아."

"너희 연구소 주말에 보충근무 안 해?"

"야, 요즘 추세가 복지야. 회사에서 억지로 시키면 바로 걸려서 영업정지 당한다니까. 그래서 너희 회사가 좀 이상하다는 거야. 사원들이 하나같이 다 일만 하려고 한다? 건강까지 나빠져 가면서? 좀 이상하거든."

정혁의 의문 그대로였다. 누구보다 자신의 생각을 잘 알아주는 것 같아 내심 고마웠다. 저번 전화를 매정하게 끊은 게 미안해져서 괜히 재준의 어깨를 툭 치고는 그를 따라가, 재준의 개인 연구실에서 멀뚱멀뚱 서 있었다.

"여기야. 거기 잠깐 앉아 있고…… 손 좀 줘봐."

"왜?"

"뭘 왜야. 안에 있는 파일 분석 안 할 거야?"

아. 정혁이 허둥지둥 일어나서 손을 앞으로 내밀었다. 재준이 정혁의 손등을 기계에 갖다 대었다. 정혁이 알아보기 힘든 글씨가 빠르게 훅훅 지나갔고 재준의 표정이 약간 변했다. 정혁이 불안한 표정으로 재준을 쳐다봤다.

"뭐라는데? 어?"

"네 말 그대로야. 여기서 뇌파가 나오는데, 그게 편도체를 작게 만들어서 감정을 못 느끼게 하는 거지. 집중력이 좋아지는 건 사실인데 부작용이 감정을 없애는 거야. 아니, 근데 이런 점도 안 알려주고 업데이트하라고 했다는 말이야? 아, 안 알려 준 게 아니라 일부러 그랬을 수도 있겠네.

정혁이 멍해진 눈으로 재준을 물끄러미 쳐다보았다. 재준이 정혁을 쓱 보더니 애꿎은 발만 땅에 그으며 말했다.

"…… 요즘 인사철이잖아. 괜히 시끄러운 소리 없게 하려고 그런 거 아니야? 너희 회사 노조가 워낙 세야 말이지. 요즘 복지나 인권이 강화되기도 했고."

쿵. 정혁의 마음속에서 무언가가 내려앉는 듯한 소리가 들리는 듯했다. 결국 자신이 예상했던 것들이 맞았다. 생각해 뒀던 시나리오 여러 개가 머릿속을 스쳐 지나갔다. 그 와중에도 우선 자세히 그리고 정확하게 알아야겠다는 생각이 들어 재준에게 물었다.

"편도체가 뭔데?"

"뇌 속에 감정을 지배하는 부분. 뭐 감정의 관문이라고 생각해도 좋아. 그리고 내가 씻김굿 얘기 듣고 찾아봤어. 편도체가 작아지는 사람들은 감정을 못 표현하잖아? 그래서 이걸 치료하려고 일부러 편도체를 자극시키는, 그러니까 감정을 격하게 하는 행동을 한대. 영화를 본다든지, 음악을 듣는다든지… 특히 니가 들은 창 같은 경우는 악기가 거의 없이 사람의 한이 실린 목소리로만 지르는 노래라서 그쪽을 더 자극하지 않았을까 싶다. 그러다가 둘이 충돌이 일어나서 기계가 데이터가 손실되었다고 판단한 거고."

칩의 용도가 뭐였는지, 어쩌면 주 목적이 감정을 없애는 것일 수도 있다는 말을 들은 정혁의 손이 덜덜 떨렸다. 결국 다 맞아버렸다. 혹시나 했던 우려마저도 말이다. 정혁의 감정이 진정될 때까지 기다리던 재준이 정혁에게 물었다.

"이제 어떡하게?"

"뭘?"

"사실이잖아. 이제 어떡할 거야?"

"회사에 물어봐야지. 부작용 있는 거 알았냐고."

"그러면?"

"회사가 공식적으로 발표를 하든 보상을 해주든 하겠지."

"야. 사성건설이야. 원자력발전소 건물 지을 때 피해자들이 실명되고, 암 걸리고 죽는다고 기자회견 해도 입 싹 닦고 우린 그런 일 없네, 시치미 떼던 사람들이야. 네가 그렇게 한다고 콧방귀나 뀔 것 같냐?"

정혁이 우울해 하며 고개를 푹 숙였다. 한참을 말이 없던 둘 사이에 불쑥 재준이 입을 열었다.

"아니면 차라리 회사에 그 노래를 틀어버리는 게 어때?"

"뭘?"

"뭐긴. 씻김굿. 네가 녹음해 둔 거."

"미쳤냐?"

"미치긴. 오히려 그게 더 좋은 방법일 수도 있지. 아무도 안 믿어 준다며. 그럼 직접 경험하게 해주는 수밖에 더 있냐? 그냥 회사 근무시간에 틀어버려."

"그랬다가……."

"그랬다간 뭐. 계속 이렇게 있을 거야? 야. 이번에 그 뇌파 특허 받았대. 사성이 괜히 글로벌 기업이냐? 이제 바로 개발 착수해서 전국, 아니 세계에 뿌릴 게 뻔한데. 그대로 둘 거야? 너 견딜 수 있겠어?"

지금도 견디기 힘든데 세계적으로 그런 데이터가 퍼진다면……. 생각도 하기 싫었다. 망설이는 듯한 정혁의 앞에 재준이 한마디 덧붙였다.

"그리고 회사 사람들이 그 사실을 알게 되면 가만히 있겠냐. 자각하게 하는 게 어렵지, 그 다음은 일사천리라니까."

정혁이 눈을 꿈뻑거렸다. 어쩌면 재준의 말이 사실일 수도 있겠다는 생각이 들었다. 재준과 인사를 하고 서둘러 연구소를 빠져 나왔다. 사성건설의 혁명의 날이 될 수도 있는 월요일을 준비하기 위해서였다.

드디어 출근 날이 되었다. 정혁이 떨리는 가슴을 진정시키며 녹음한 파일이 들어 있는 휴대폰을 꼭 쥐었다. 일을 좀 하다가 눈치를 보고 화장실을 가는 척하며 사무실을 빠져나와 방송실이 있는 25층으로 향했다. 방송실은 말만 방송실이었지, 회사의 공지, 알림, 방송 등 사내의 규율을 알리는 곳이라 꽤 큰 곳이었다. 문 앞에는 경호원이 지키고 있었다.

"안녕하세요."

"안녕하세요."

앞에 청원경찰과도 간단한 인사를 주고받았다. 경찰이 조심스레 물었다.

"여기는 어쩐 일로 오셨습니까?"

"아. 건설 2팀 보러 왔습니다."

거짓말로 준비했던 멘트를 크게 말하며 문을 열었다. 경호원이 '화상통화로 하면 되는데…….'라고 하는 것 무시한 채 그냥 무조건 걸었다. 이내 자신의 눈앞에 문이 보였다. 문은 안에서 무엇을 하는지 다 알 수 있게 투명한 소재로 되어 있었다. 이곳까지 온 이상 되돌릴 수 없었다. 이미 문은 열렸고 정혁이 굳은 표정으로 들어갔다. 안에 있던 뒤를 돌며 담당자가 무표정으로 물었다.

"누구세요?"

"건설과 1팀 하정혁입니다. 자꾸 이상한 소리가 나길래 방송실에서 틀었나 해서……."

"네? 안 틀었는데요. 메시지로 하셔도 되는데,"

"제가 이걸 좀 볼 줄 알거든요. 좀 봐 드릴게요."

"…… 예?"

서 있는 담당자를 내버려두고 기계로 성큼성큼 다가갔다. 기계는 이미 켜진 상태였다. 심호흡을 하고 방송 버튼을 눌렀다. 동시에 준비해 뒀던 녹음 파일의 재생 버튼도 눌렀다.

넋이로다
넋이로구나
이 넋이 누구 넋이며
동지섣달 얼음 위에
잉어 한 쌍을 길러다가
즈그 부친 공양한
심 낭자 넋이더냐
그 넋도 아니로구나
……

사내에 씻김굿 음악이 가득 퍼졌다. 귓가를 울리는 큰 소리에 처음에 어리둥절해 하던 사람들이 어느 정도 노래가 들리자 차츰 밖을 보기 시작했다. 흐리 멍텅했던 눈은 어느샌가 초롱초롱하게 빛났고, 검은색과 회색의 화면과 대리석에 고정되어 있던 눈들이 창밖의 푸른색 하늘로 옮겨졌다. 처져 있던 입꼬리는 당겨져 있었다. 그때 누군가가 홀린 듯 일어나며 창문을 열었다.

"가을이네."

구름 한 점 없는 하늘을 쳐다보고 있었다. 부푼 감정을 느끼기에 더없이 좋은 날씨였다.

뉴로피드백, 감정통제 기술의 실현

뇌파를 이용해 감정을 통제하거나 조절하는 기술이 부상하고 있다. 이미 우울증과 조증 치료를 위해 뇌파가 사용되고 있으며 가정에서 사용할 수 있을 만큼 기계도 상용화되었다.

최근 국내 스타트업 기업에서는 뇌파로 감정을 분석하는 기계를 만들었다. 감정을 분석할 수 있다면 뇌파로 감정을 통제하는 일은 얼마 남지 않았음을 예측할 수 있다.

현재에도 그것이 어느 정도 상용화되어 뉴로피드백이라 불리고 있다. 뉴로피드백은 뇌파측정 장치가 사용자의 뇌에서 발생하는 뇌파의 정보를 사용자에게 알려줌으로써 원하는 방향으로 뇌가 뇌파를 발생하게 유도하는 기술이다.

이것을 이용해 조울증 환자를 치료하기도 하고 불면증을 앓고 있는 환자 등등 다양한 정신질환의 치료에 성공적으로 사용되고 있다.

내 감정이 나의 것이
아니라면 나는 누구인가
감정의 통제가 가능하다면
인간과 AI는 과연 다른 존재인가

3차 산업, 즉 서비스업이 늘면서 감정노동이 논란이 되고 있다. 또한 감정노동자들을 위한 감정 통제 능력이 중요시되고 있다. 이러한 기사를 보면서 '감정이 없어져도 나는 나인가?' 라는 물음을 던졌다. 현재에도 이미 많은 분야를 로봇들이 점령하고 있다. 인간이 할 필요 없는 일은 점점 늘어났고 실직자는 늘어났으며, 이러한 과정에서 인간에게 감정까지 사라진다면 우리가 로봇과 다른 점이 무엇인가에 대해서 생각해 보게 되었다.

과학자들이 아직 발견하지 못한 것이 인간의 욕구의 근원이다. 정해진 목표를 가지고 활동을 해내는 로봇과 돈을 벌기 위해 일하는 인간의 모습이 무엇이 다르단 말인가. 감정이 없어진다면 우리는 둘 사이에서 차이점을 찾을 수 있을까? 과연 내가 하고 싶은 것도 느낄 수 없고 감정의 자유를 허락하지 않는 사회에서 나는 당당히 나를 나라고 말할 수 있는가? 이는 테크놀로지가 발전할수록 지금껏 상상하기 어려웠던 질문들이 생겨난다.

기술적 도약을 통해 우리는 행복해질 수 있는가

도약
Quantum Leap

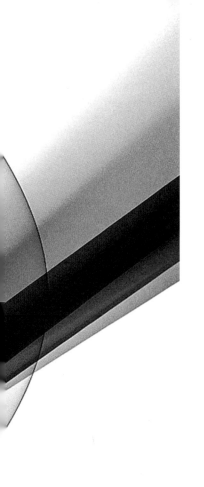

J1nd0

김여진

멋진 신세계. 하이테크가 이루어낸 교육현장.
호기심 가득한 눈빛으로 새로운 교육을 그려낸 이야기.

100년 후의 학교라고?

100년 후, 새로운 교육시설과 그에 담긴 우리 학생들의 속마음 이야기.

재영이를 통해 읽어보는 유리, 지성, 도현이의 이야기.

목표가 없는 아이, 사회의 물결 따라 흘러가는 아이, 불확실한 미래에 불안해 하는 아이.

어쩌면 그들만의 이야기가 아닌 지금, 우리 모두의 이야기.

Intro. 내가 지금 사는 곳은

지직 –

들려요? 아, 네.

제가 지금 사는 곳이요? 주소는 'Sec,124. Kor. 117-5'이에요. 우리 지구는 국가라는 구분이 사라졌어요. 저희는 더 이상 지도자가 있지 않고 핵심프로그램에 의해 생활해요.

학교는 다니냐고요? 이곳에는 학교가 존재하지 않아요. 제가 태어났을 때부터 원한다면 어떤 정보든 찾을 수 있고, 원한다면 어떤 기술이든 사용할 수 있게 되었어요. 그렇기 때문에 저희는 학교에 가서 손쉽게 얻을 수 있는 '정보'를 외우려고 노력할 필요가 없어진 것이죠. 어른들은 흔히 저희가 '창의응용 시대'에 살고 있다고 말해요. 저희는 이제 평가표에 의해 평가받는 것이 아닌 주어진 것을, 혹은 새로운 것을 창의적으로 응용한 그 결과로 평가받게 되지요.

어렵지는 않냐고요? 사실 어려워요. 조금 많이요. 그래도 이런 저희를 돕기 위한 곳이 있잖아요. 네, 교육기관이요. 저희 구역의 교육기관은 조금 특별해요. 보통 교육기관은 한 구역에 한두 개씩 있기 때문에 규모가 커요. 저희 구역은 크기도 크기지만 저희들이 스스로 모든 것을 해보게 하고 싶었나 봐요. 그래서 섬 하나 전체를 교육기관으로 만들었어요. 크기도 보지만 그 지역에 살고 있던 사람이 이주할 곳이 필요하기 때문에 인구수도 고려해야 했어요. 그렇게 교육기관이 된 섬이 바로 'J1nd0'예요.

J1nd0에 가보셨나요?

저는 이제 가보려고요.

1. 신청서를 제출합니다

date. 2117. 7. 5

나는 Sec,124에 살고 있다. 내가 처음부터 여기에 살던 것은 아니었다. 걷지 못할 정도로 어렸을 때에는 Sec,98에, 다른 사람과 공감할 수 있을 나이가 되었을 때에는 Sec.52에 살았다. 국적? 그런 거 없어진 지 오래되었다. 국가의 개념이 사라진 것에는 물론 '세계 평화 협정'이 있었지만 그 외에는 'Telepo-train'의 역할이 컸다고 생각된다. 텔레포트레인은 통로를 따라 공간이 이동되는 대중교통수단이다. 짧은 거리의 이동이라면 순간이동처럼 느껴질 속도이다. 이런 텔레포트레인이 있기 때문에 국경과 더불어 인종, 문화격차가 사라졌다. 우리가 사는 곳의 문화가 우리 지구의 문화가 된 셈이다. 나는 한 구역에서 오래 살지 않아서 교육기관에 입학해 본 적이 없었다. 올해로 19살. 교육기관을 체험할 수 있는 마지막 나이이다. 어떻게 할까, 정말 고민된다. 일단 질러볼까?

"재영아, 뭐하니?"

"네. 갑니다."

"첫날부터 지각하겠다. 애."

"지각은 무슨. 잘 다녀올게요, 엄마. 아빠도."

"그래. 건강 조심하고. 힘들면 바로 연락해."

"1박 2일인데 뭐. 괜찮아요. 들어가요."

나는 부모님과의 인사를 마치고 열차에 올라탔다. 사실 19살이 되도록 혼자 열차를 타고 여행을 가본 적이 없어서 정말 설레었다. 갈까 말까. 오래 고민한 끝에 가기로 결정한 거. 정말 잘한 것 같아. 지금 내가 탄 열차가 향하는 곳은 교육기관이다. 입학하는 건 아니고 1박 2일로 신청한 일종의 체험학습이라고 볼 수 있다. 교육기관에서는 10살부터 20살의 아이들이 생활한다. 아이들을 모집하는데 특별한 제한은 없고 교육기관이 있는 구역에 거주하고 있다면 신청할 수 있다. 원한다면 원할 때에 바로 퇴소할 수 있다. 한 번도 가본 적이 없기에 더 이상 자세한 정보는 알지 못했다. 실은 많은 관심이 없어 알아보지 않은 거지만.

우리 집에서 교육기관까지는 약 20분 정도 걸린다. 벌써 5분 정도 지났으니까 15분이 남은 셈이다. 창밖을 봐도 똑같은 통로뿐인 풍경은 지루했다. 나는 좌석 앞 화상컴퓨터를 통해 노래를 틀었다. 노래를 들을수록 교육기관에 가까워갔고 두근거리는 내 마음은 더해갔다.

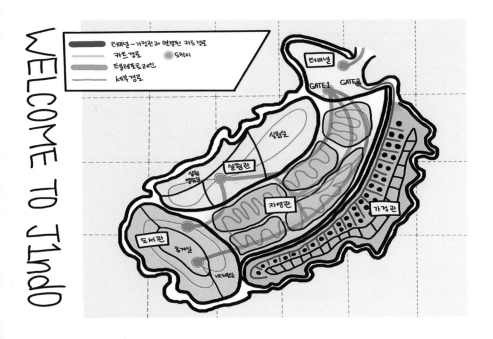

WELCOME TO J1nd0

범례:
- 터미널 – 가정관과 연결된 카트 경로
- 카트 경로 · 도착지
- 텔레포트드레인
- 세부 경로

(지도 내 표기)
- 터미널
- GATE1 GATE2
- 실험실
- 실험관
- 실험영상실
- 자연관
- 가정관
- 도서관
- 홀게실
- VR게임실

▶▶▶목적지에 도착했습니다. 교육기관에 가시려면 오른쪽으로 나가셔서 소재지 확인을 받으시길 바랍니다.

안내 방송과 함께 드디어 도착했다. 여기가 J1nd0 정류장인가? 약간 차가운 대리석 바닥과 정신 없이 돌아다니는 guide-fly 때문인지 초여름인 이 날씨도 서늘하게 느껴졌다. 잔뜩 긴장한 내게 한 가이드파리가 다가왔다.

"방문해 주셔서 감사합니다. 어디로 가실 건가요?"

"교육기관으로 가려고요."

"이쪽으로 오십시오."

가이드파리가 나를 출구로 안내했다. 출구로 나가기 전, 어떤 구역의 교육기관이든 거쳐야 하는 과정이 있었다. 바로 소재지 확인이었다. 교육기관은 입학과 퇴소가 상당히 자유롭고, 체험학습 또한 자유롭지만 이러한 자유는 그 구역에 한하여 허락되었다. 전 지구가 하나의 마을이 되고, 문화의 차이가 사라지며 인종의 개념 또한 없어졌는데 교육기관만큼은 각 구역마다 구역민들을 위한 시설로 칼같이 관리되어진다.

그도 그럴 것이 아이들은 교육기관에 다닐 때 의식주도 해결하고 많은 혜택을 누리면서 학습활동을 하고 있다. 소액의 운영비만을 납부하면서 말이다. 또 놀라운 것은 7일 이내의 체험활동은 무상으로 가능하다는 것이다. 교육기관을 운영하는 시스템이 이러하기 때문에 소재지 확인을 받는 것은 어떻게 보면 당연한 일이라고 생각된다.

문에 달려 있는 조그마한 화면에 손바닥을 가져다 댔다. 동시에 나의 신상이 확인되면서 문이 열렸다. 가이드파리의 안내에 따라 또다시 텔레포트레인에 탑승하였다. 그렇게 J1nd0에 첫 발을 내딛었다. 그리고 처음으로 향한 곳은 도서관이었다.

2. '내가' 하고 싶은 일 – 유리의 이야기

date. 2117. 7. 7

고민 끝에 J1nd0에 가기로 결정했다. 결정을 내리니 행동으로 실천하는 것에는 막힘이 없었다. J1nd0의 첫인상은 '엄청나다' 라는 단어로 남았다. 정류장에 내리는데 높은 천장과 분위기, 서늘한 느낌이 엄청나다는 인상을 남겼다. 도서관으로 향하는 열차 속 창문을 통해서 J1nd0의 크기를 실감할 수 있었다. 빠른 속도로 빠르게 지나가는 차창 풍경에 멀미가 나려던 쯤, 교육기관의 도서관에 도착할 수 있었다.

도서관이라고, 여기가? J1nd0의 도서관은 내가 알던 도서관과는 사뭇 달랐다. 책뿐만이 아니라 웬만한 아이들이 와도 수용할 수 있을 법한 많은 방들이 있었다. 방들은 귀엽게 분류되어 있었다. 빨간 색 문에는 과일 이름이, 초록 색 문에는 색깔의 종류가, 노란 색 문에는 도형의 이름. 이런 식으로 방마다 이름이 붙여져 있었다. 그중에 나는 말소리가 들리는 '사과' 방에 들어가 보았다. 그리고 그 '사과'방에서 유리를 만났다.

"아니야. 이건 사회의 책임도 무겁다고 생각해."

"그렇지만 개인적인 책임이 더 크다고 생각해."

토론을 하고 있는지 제법 심각해 보이는 대화가 오가는 중이었다. 그 대화를 깨고 싶지 않다는 생각에 조용히 옆으로 가서 앉았다.

"우리끼리 이렇게 말해 봤자 결론이 안 날 것 같아."

"그래? 그러면 너는 어떻게 생각해?"

대충 봐도 나보다 5살 이상은 어려 보이는 여자애가 갑자기 내 생각을 물어 왔다.

"너희, 무슨 이야기를 하고 있었는데?"

"뽀뽀로 회사가 파산을 한 사건 있잖아. 그런데 아무리 생각해도 망한 이유를 모르겠어. 인기도 좋고, 깨끗한 이미지에 나쁠 거 하나 없는데 왜 망했을까?"

뽀뽀로는 유명한 애니메이션 회사이다. 최근에 이 회사는 흥할 것이란 생각으로 과하게 투자를 받아내 애니메이션 시리즈와 굿즈를 생산해 냈다. 하지만 어린 아이들을 대상으로 한 애니메이션이라 인기가 굿즈 판매로 연결되지 못했다. 예상에 못 미치는 수익으로 결국 파산에 이르게 된 것이다. 토론하는 모습만 봐서는 정말 어른 못지않게 진지해 보였지만 이런 주제였다니, 아이 같은 모습에 슬쩍 미소가 지어졌다.

"글쎄, 난 잘 모르겠네."

"뭐야. 잘 모르는데 왜 우리 방으로 들어왔어?"

나는 나름 동심을 지켜주고자 한 말인데 반발만 듣고 말았다.

"미안해."

"아니, 뭐. 미안해 하기까지야. 나는 유리야. 만나서 반가워."

"안녕. 나는 재영이야."

"너도 교육기관에 살아?"

"아니. 나는 잠깐 체험 온 거야."

"정말? 그럼 내가 도서관 보여줄게. 여기 있는 방들은 토론을 하든지, 책을 읽든지, 잠을 자든지, 아무튼 원하는 것이면 무엇이든 할 수 있는 방이야."

틱틱거리는 유리의 모습에 집에 있는 동생이 생각나 친숙하게 느껴졌다. 그나저나 왜 처음 보는데도 '너'라고 하는 거지?

"여기에서는 나이 같은 거 상관없어."

"그 규칙은 누가 정한 거야?"

"정하고 말고가 아니라 그냥 모두가 암묵적인 동의를 한 거지. 어차피 우리는 나처럼 어리지만 않으면 자유롭게 사회에 나갈 수 있잖아. 그러기 때문에 나이 말고 능력을 보자는 거야."

모두가 그렇게 생각하고 받아들인다니 신기했다. 이곳에서는 나이가 아니라 가치에 따라 서로 무리를 지어 공부하거나 혼자 공부를 한다고 한다. 생각해 보니 아까 '사과' 방에서 유리가 나에게 안내를 자처하자 같이 토론하던 아이는 당연한 듯이 자신의 일을 마저 하러 갔다. 한 번도 교육기관을 겪어보지 않은 내게는 신선한 충격으로 다가왔다. 이렇게 혼자 생각하고 상상하는 동안 수많은 방들을 지나 넓은 공간에 도착했다.

"자, 이곳이 도서관의 핵심이라고 볼 수 있는 공간이야. 읽고 싶은 책을 찾아서 읽어도 되고, 저기 체험실을 사용해도 돼."

우리 집안에는 나는 아빠를 통해, 아빠는 할아버지를 통해, 할아버지는 증조할아버지를 통해, 이렇게 세대를 걸쳐 전달되어온 '역사' 이야기가 있었다. 100년 전, 그때만 해도 종이로 된 책이 많았다고 한다. 종이로 된 책을 선호하는 사람들이 있었지만 결국은 대부분이 전자책으로 바뀌었다. 내가 보통 보는 전자책은 PC라고 인식되지 않게 생겼다. 투명한 판에 책 제목을 입력하면 책이 로딩되고 옆으로 넘기면 그 다음 페이지가 나오는 형식이다. 100년 전 사람들에게 이런 책을 주면 책의 제목을 보고 고르는 맛이 없다고 불평했을 거라고 생각했다. 물론 아날로그의 느낌은 없지만 장르나 카테고리를 검색하면 책 제목과 그 내용의 일부가 뜨기 때문에 아날로그 감성의 부재를 상쇄할 만큼 충분히 편리했다. 유리가 책을 찾아서 읽으란 말은 아마 책장에 꽂혀 있는 PC를 이용하란 의미인 듯하다. 체험실은 어떻게 생겼을까?

"너 VR(virtual reality) 알지? 체험실은 VR을 통해 책의 내용을 체험할 수 있는 공간이야. 장비를 착용하고 책을 로딩해서 꽂으면 원하는 부분을 선택해 온 몸으로 책을 읽을 수 있어."

나는 호기심에 책 한 권을 뽑아 들었다. 그리고 아주 오래 전 영화인 '쥬라기 공원'을 검색했다. 유리와 체험실로 가, 장비를 착용하고 '쥬라기 공원'을 꽂았다. 아마 유리는 들어본 적도 없을 내용일 것이다.

"쥬라기 공원? 어떤 내용이야?"
이렇게 묻는 유리에게 별다른 말을 해주지 않고, 책을 시작했다.
'크으아아아 –'

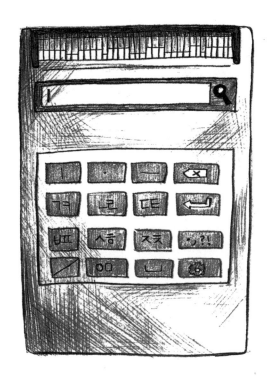

"엄마야!"

실제 같은 공룡의 모습을 보고 울먹이는 유리를 보고 체험을 끝냈다. 그리고 문득, 이렇게 어린 아이가 왜 벌써부터 교육기관에 들어왔는지 의문이 들었다.

"유리야. 너는 몇 살이야?

"나는 10살이야."

"그러면 너도 J1nd0에 올해 처음 온 거네?"

"응. 맞아."

"왜 여기 온 거야?"

"바보야? 왜 오긴. 공부하러 왔지. 이렇게 좋은 공간 뒀다가 뭐해? 다 이용하라고 만들어 논 거야."

"그래. 나도 알아. 그거 말고, 어떤 공부하러 왔느냐고."

이렇게 묻는 나의 말에 유리는 표정이 어두워졌다. 그리고 아무런 대답을 하지 않았다.

"곤란하게 했다면 미안해. 하지만 너한테 정말 중요한 일이라 물어본 거야."

"중요한 일?"

"응. 네가 하고 싶은 공부를 하는 일. 네가 교육기관을 나가지 않는다면 너에겐 앞으로 10년이라는 시간이 있어. 그동안 너는 무엇을 위해서 공부하고, 무엇을 위해서 살아갈 건데?"

"나는 잘 모르겠어. 어떻게 정하는 건지도 모르겠고, 어떤 거를 정해야 맞게 정한 건지도 모르겠어."

유리는 울 것만 같은 표정으로 말을 이어나갔다.

"나는 4살 때부터 많은 교육을 받았어. 창의응용 시대? 내 부모님은 그냥 일방적인 교육만 강요했어. 내게 다가오는 무언가의 가치는 내가 아닌 부모님에 의해서 결정되었고, 나는 정말 그 안에서 '잘 자라기'만 하면 되는 거였어. 나는 교육기관에 와서 나 혼자 결정을 내려야 하는 순간이 오니까 무서웠어. 다시 집으로 돌아가고 싶고, 두려웠지만 그냥 하던 것처럼 행동하기로 마음먹었어. 그런데 나한테 하고 싶은 공부가 뭐냐고 물어보면, 나는 할 수 있는 말이 없어. 그것까진 생각해 보지 않았단 말이야."

처음 마주쳤던 유리의 모습이 나이 또래 답지 않고, 어른스러웠지만 그게 부자연스러웠던 그 이유를 알게 되었다. 유리는 지금 학술적인 공부가 필요한 게 아니라, 자신에 대해 생각할 시간이 필요했다. 물론 이런 시간을 갖기에 어리다고 볼 수도 있지만 이미 '입력 받고' 살아가는 삶에 익숙해져 버린 모습은 바꿀 필요가 확실히 있는 것 같았다.

나는 그런 유리에게 도움이 되었으면 하는 바람으로 입을 열었다.

"나는 올해 19살인데, 교육기관은 처음이야. 부모님은 네트워크 관리직을 하고 계셔. 그래서인지 더 이사가 잦았던 것 같고. 아주 어렸을 때 나는 Sec,98에 살았어. 그 구역에서 태어난 거는 아니고 1살이 되었을 때부터 7년 정도 살았어. 그 다음에는 Sec,52에 살았어.

Sec,52에서는 5년 살다가 나 때문에 Sec,124로 온 거야. 나는 Sec,52에서 동네 친구들을 사귀었는데 그 친구들이 하자는 대로 다 하며 노니까, 부모님이 많이 힘들어하셨던 것 같아. 장난이었어도 꽤 폭력적이고 질이 나쁜 장난이었어. 당연히 부모님으로써 걱정하셨겠지. 나는 그 부분까지는 생각지도 못하고 그냥 친구들이 좋았어. 같이 먹고 자고 놀면서 문득 생각이 들었지. '나는 이 아이들이 시키면 뭐든 하는 걸까?' 이런 의문을 가진 후로 돌아보니 이건 진정한 친구 관계가 아닌 거야. 그 길로 부모님과 상담을 하고, 결국 Sec,124로 왔어. 여기에서는 원래 나의 밝은 모습을 찾을 수 있었어.

하지만 교육기관을 가기에는 무서웠어. 또다시 친구들에게 휩쓸릴까 봐. 부모님은 그때의 일을 다시 언급하지는 않지만 극복하기를 바라셨던 것 같아. 그래서 교육기관에 가보라고 추천도 해주신 거고. 유리 너는 상황이 조금 다르긴 해도 넘어야 할 부분이 있다는 점은 같은 것 같아. 네 삶은 네가 사는 거니까 네가 결정해야지. 어려워도 네가 스스로 하려고 노력해 봐. 여기는 J1nd0잖아? 여기에는 네 부모님이 없어. 너만 있지. 그렇게 생각하고 공부하면 네가 하고 싶은 공부가 생길 거고, 네 의지가 생길 거야. 목표가 없는 것에 걱정하는 대신에 목표를 찾으라는 의미야."

처음에는 유리가 걱정되어서 꺼낸 말이었지만 말을 곱씹을수록 예전의 기억이 났다. 그때의 철이 없던 모습. 그 나이가 지금 유리의 나이이다. 유리에게 필요한 말이었기를 바랐다. 내 말을 듣던 유리는 울먹였던 모습과 다르게 웃으며 대답했다.

"고마워. 진심이야. 이제 걱정 안 할게."

"그래. 다행이다."

"체험 왔다고 했지? 도서관에는 이제 더 큰 시설은 없어."

"그러면 같이 다른 관으로 가볼래?"

"아니. 나는 도서관에서 할 일이 있어. 오늘 같이 재미있었어. 조언도 고맙고."

"아쉽다. 그러면 열심히 해. 나는 가볼게."

유리와의 만남은 이렇게 지나갔다. 정말 짧은 만남이었지만 동생 같은 아이의 친절에 감사했고 그 아이의 고민에 함께 고민하고 싶었다. 이 아쉬웠던 만남을 뒤로하고 간 곳은 실험관이었다.

3. 착한 아이 - 지성의 이야기

date. 2117. 7. 7.

도서관과 실험관은 바로 붙어 있기 때문에 열차를 타지 않고도 갈 수 있을 것이라고 생각했지만 그게 아니었다. 넓은 공간이기에 도서관 내부에서도 열차가 있었다. 때문에 당연히 실험관에 가려면 열차를 타고 가야 했다. 그렇게 금방, 실험관에 도착했다. 열차가 열리고 나는 신세계를 보는 듯했다. 물론 교육기관이 아니어도 실험실에 가보았지만 이렇게까지 자율적이고 개방된 실험실은 처음이었다. 그리고 열정적인 한 아이를 만났다. 그 아이가 지성이었다.

"열차는 항상 그 관의 중심부에 정차하는 건가?"

"응, 맞아."

누군가 뒤에서 내 혼잣말에 대답을 하며 다가왔다.

"안녕. 여기 처음 오니?"

"응. 반가워."

"나는 지성이야."

"나는 재영이야. 근데 실험관 진짜 크다."

나이가 어려 보이지도 않는데 대놓고 신기해 하는 내가 웃겼는지 지성이 웃으며 말을 했다.

"너처럼 처음 온 티 팍팍 내고 다니면 다들 관심 갖겠다."

"설마 그러겠어."

말을 하면서도 주변을 두리번거리며 살폈다. 한쪽에는 실험보고서를 개인별로 보관할 수 있고 열람할 수 있게 되어 있었다. 다른 한쪽에는 많은 기구들과 재료가 정리되어 있었다. 과학에 무한한 흥미가 있는 나로서는 정말 꿈같은 공간이 아닐 수 없었다. 그렇게 살피다가 마음이 꽂히는 공간을 발견했다. 실험을 진행하는 실험실인 듯했는데 아무것도 없이 빈 공간이었다. 그곳은 공간의 구분만 되어 있고 불빛의 세기, 대기의 구성, 기구의 배치 등 모든 것을 도안을 그리면 실현되는 형태로 제어할 수 있는 곳이었다. 금방이라도 달려갈 듯이 쳐다보자 지성이가 내게 물었다.

"그렇게 궁금하면 한번 들어가 봐."

"그렇지? 들어가는 게 좋겠지?"

말은 당당히 했지만 정작 실험실을 사용하려 해도 도안을 그리는 것이 익숙하지 않았다. 지성이는 이 모습에 다시 웃음이 나는 것을 참으며 내게 다가왔다.

"고마워 안 해도 돼. 어떻게 도와줄까?"

"괜찮아 혼자 할 수 있어."

나는 몇 분을 끙끙거리다 결국 꼬리를 내렸다.

"대기 중 산소는 10%로 내리고, 이산화탄소는 7% 정도로 올려줘. 나머지는 원래 대기랑 비슷하게 유지하고 남는 부분은 질소에서 채우고. 저기, 어. 그 유기체 분자도 넣어줘. 플레이트 위에 놓고. 새벽 밝기 정도로."

내가 이런 실험이 가능한 실험실을 빌리기에는 무리인지라 하지 못했던 실험이 많았다. 나는 그런 실험을 마치고 개운한 기분으로 실험보고서를 작성했다. 이 실험의 산물을 가지고 연구를 할 생각에 들떴다.

"어때. 만족스러운 결과가 나왔어?"

"결과야 어쨌든 상관없지만 이 실험을 해봤다는 게 만족스럽다. 이런 실험실 구도 진짜 신기하다. 그치?"

"신기해? 그런가."

묻는 내가 무안해질 정도로 진지한 반응을 보여 오자 나는 어떤 말을 계속해야 할지 갈피를 못 잡았다.

"나도 처음엔 신기했는데 지금은 조금 무서운 것 같아."

"응?"

"생각해 봐. 너 모든 교육기관에는 어른들이 없다는 것은 알고 있지?"

"알고 있어."

"그러면 우리 교육기관은 어떻게 운영되는 걸까?"

"그야, 세계 평화 협의의 산하 기관에서 운영하는 거겠지."

"운영하겠지, 네트워크로. 우리가 실험실을 직접 구성해서 실험했지? 위험할 수도 있었잖아. 뭐, 안전한 게 보장이 되어서 이렇게 만든 거겠지만. 실험실뿐만이 아니야. 먹고, 자고, 이동하고. 겉으로 보기에는 우리가 창작한 대로 다 하는 것 같지만 실은 모든 것을 만들어 놓은 체계에 맞춰 해야 하는 것 같아."

"그게 나빠? 네가 너무 부정적으로만 생각하는 거 아니야?"

"그럴 수도 있겠다. 근데 이게 진짜 무서운 게, 대부분의 애들은 알고 있거든. 그런데도 그에 대한 아무런 이견이 없다는 거야. 다들 그냥 인정하는 거지. 이 시스템을."

지성이의 마지막 한 마디가 나의 머리를 콕콕 찌르는 듯했다. 과연 나는 어땠을까. 그리고 지성이가 나에게 해주고 싶었던 말의 의미를 깨달았다.

"익숙해지지 말라고?"

"히히. 그래."

"겁 좀 살살 주지. 왜 그렇게 사납게 말해."

"장난이지, 장난. 근데 진짜 왜 다들 인정하기만 할까. 그러면 더 이상의 발전이 없는 거잖아."

"언젠가는 알아채겠지. 그래도 모두 다 인정하는 것으로 그치진 않잖아. 그렇게 더 나아가는 사람들이 있기에 사회는 계속 발전하는 거고."

"오. 그런 말도 하네. 오글거린다."

"네가 먼저 해놓고 그래."

우리는 마치 오래 알던 사이처럼 어색함 없이 대화를 이어갔다.

"재영아. 너 자연관 가봤어?"

"아니, 아직."

안 가봤다는 내 대답과 동시에 나를 열차로 데려갔다. 그리고 자연관으로 향했다. 자연관에 가면 진짜 놀랄 것이다, 식물원 좋아하냐, 밀림에는 가본 적이 있냐. 열차 안에서 지성이 떠드는 소리에 나는 정신이 없었지만 언뜻 보이는 푸른 모습에 괜히 기대되었다.

"우와."

내가 내뱉을 수 있는 말은 이것뿐이었다.

자연관의 중심에는 크게 5가지의 길로 나뉘어 있었다. 열대, 건조, 온대, 냉대, 한대. 물론 입구에서 걸어 들어갈 수 있지만 걸어서 전부 탐사하기엔 너무 넓었다. 자연관의 내부에 있는 카트를 타면 열대부터 한대까지 볼 수 있었다. 원한다면 중간에 멈춰가면서 말이다. 진짜 자연을 느끼는 기분으로 초록색 푸름을 느끼는 데, 이상한 점을 발견했다.

"자연관이라면서, 동물은? 여긴 식물밖에 없어."

동물은 어떤 동물이든 우리를 해칠 수 있으니 안전상의 문제로 자연관에 존재하지 않는다고 한다. 아무리 그래도 작은 강아지라도, 라고 생각할 수 있으나 안 되는 건 안 된단다. 동물이 없는 대신에 도서관 체험실에서 책에 어떤 동물이든 이름만 검색해서 꽂으면 실제처럼 만지고 연구할 수 있다고 한다.

아쉽지만 그래도 카트를 타고 자연관 한 바퀴를 마쳤다. 각 기후마다 다르게 나타나는 식물들의 잎, 줄기, 열매의 모습. 들이마시는 공기마저 다른 것 같았다. 처음 가보는 기후도 있어 오래 머물렀던 지라 벌써 해가 지려고 했다. 그렇게 열정으로 나와 함께 했던, 지성이와의 만남이 끝이 났다. 다음으로 내가 향한 곳은 가정관이었다.

4. 말하기, 이해하기 - 도현의 이야기

date. 2117. 7. 7.

해가 저물어가고 저녁시간이 되었다. 교육기관에서 먹는 저녁밥은 어떨지 기대를 가지고 가정관으로 향했다. 가정관에는 2인실, 4인실, 6인실로 이루어진 홈베이스가 있고, 그 뒤편으로 물류실이 있다. 홈베이스는 한 건물에 방이 배정되는 것이 아니라 둥근 돔으로 된 주택으로 거대한 주택가를 형성해 놓은 것이다. 하나의 돔이 하나의 집과 같다고 볼 수 있다. 그 안에는 침실, 화장실, 조리시설, 세탁까지 모든 것을 해결할 수 있도록 설계되어 있다. 이 외의 집에서 보내오는 물건들과 옷, 식재료 같은 것들은 물류실을 통해 받을 수 있다. 물류실은 사실 물건들을 보관하는 장소이지, 물건을 찾으러 직접 갈 곳은 아니다.

각 돔마다 연결된 통로를 통해 물건을 받길 수락하면 물류실에서 돔으로 보내지는 시스템인 셈이다. 오늘 내가 배정된 돔은 2a1406이었다. 맨 앞의 숫자가 몇 인실인지 나타내는 거니까, 2인실로 배정된 것을 알 수 있었다. 그 2인실에서 만난 아이가 도현이었다.

"2a1406, 어디 있지."

각 돔에서 정류장까지 오고 가는 일이 쉬운 게 아니라 카트를 이용하도록 되어있다. 상당히 체계적으로 주택가를 형성하고 있는 모습이 마치 개미굴 같아 보였다. 개미굴 사이를 비집고 들어가 드디어 내게 배정된 돔에 도착했다.

"실례합니다."

"어, 안녕? 네가 재영이야?"

"응. 안녕."

"난 도현이야. 나는 체험 온 거는 아니고, 쭉 교육기관에 살았어. 하루지만 잘 지내보자."

나는 도현이의 안내에 따라 옷을 편하게 갈아입고 돔의 내부를 둘러보았다. 침실에는 1인용 침대 두 개가 놓여 있었다. 침대 사이에는 테이블이 있고 무드등이 놓여 있을 뿐, 별다른 가구는 없는 것 같았다. 거실에는 최신형 소파가 놓여 있었다. 앉아서 조명, TC, 창문 등을 조절할 수 있는 모듈을 가진 소파였다.

그 앞에 있는 TC는 보통 가정집에 있는 평범한 TC이었다. TC라는 것은 예전에 사용되었던 TV, 가정용 전화기, 컴퓨터의 기능이 합쳐진 가전제품이다. 사용하지 않을 때는 벽에 밀착되어 잘 보이지 않았다가 사용하기 위해 가볍게 눌러주면 앞으로 밀려나오며 화면이 켜지게 된다.

화장실 앞에는 구멍이 있는 두 개의 함이 있었다. 한 곳으로 입고 난 옷을 넣으면 세탁되어 다른 한 곳으로 나오게 된다. 이렇게 돔의 내부 구조를 살피던 중 나는 어디선가 풍겨오는 맛있는 냄새를 맡았다.

"이게 무슨 냄새야? 맛있겠다."

"우리는 밥도 다 알아서 차려먹거든. 맛이 꽤 괜찮을 거야."

도현이가 차려준 밥상은 정말 맛있었다. 요리라고는 밥 짓기와 반찬 꺼내기밖에 할 줄 모르는 나로서는 대단한 한 상이었다. 잘 숙성된 고기를 구워 양상추와 함께 양념해 준 후, 바게트 사이를 갈라 그 안에 넣어 샌드위치를 만들었다. 그리고 우유 한 잔!

사실 하루 종일 처음 가본 공간에서 적응하느라 긴장하고 있었다. 별생각 없이 '샌드위치 냠, 우유 냠'을 반복하니 배도 부르고 긴장도 풀린 기분이었다. 그렇게 식사를 마치자 끝나가는 하루가 아깝게 느껴졌다.

그래서 일기를 펴고 오늘의 일을 기록으로 남기기 시작했다. 처음에 J1nd0로 오기까지 많이 고민했던 일, 와서 텔레포트레인을 타고 도서관으로 향했던 일, 그곳에서 유리를 만난 일, 실험실에서 내가 원하던 실험을 한 일, 재미있던 친구인 지성이를 만난 일, 가정관에 오게 된 일까지. 하나하나 세세하게 적어가던 나는 아직 오늘이 끝나지 않았다는 생각이 들었다. 나갈 채비를 하고 돔을 나오려는데 소파에 앉아 있는 도현이가 보였다.

"도현아, 같이 산책 갈래?"

해가 다 져가는 무렵인지라 거절을 예상했지만 도현이는 함께 산책을 가기로 했다. 나는 계속 두리번거리며 주위를 보던 중에 문득 하늘을 보았다. 하늘에는 수많은 별들이 있었다. 지금껏 이렇게 많은 별은 처음인 것 같았다. 이런 광경에, 저절로 감탄사가 나왔다.

"멋있다."

다른 말을 하려 했는지 도현이 입을 달싹였지만 나에게 조금 더 감상할 여유를 주고자 말을 하지 않은 듯했다. 나는 그런 도현이의 배려 덕분에 질릴 때까지 J1nd0의 별과 풀 냄새, 공기의 무게를 느낄 수 있었다. 그리고 다시 돔으로 돌아가는 길이었다.

"오늘 하루, 체험 온 보람 있었어?"

꽤 직설적인 물음에 나의 대답 또한 그러했다.

"보람은 있었는데 이게 어떤 도움이 있었는지는 잘 모르겠어."

도현이는 어떤 답을 내놓으려 애쓰기보다는 내가 하는 말을 경청해 주었다. 나의 말에 경청해 주는 모습에 나는 더 속마음을 터놓을 수 있었고 어느새 상담의 자리가 된 것 같았다. 그럼에도 도현이는 묵묵히 들어주었다. 나는 도현이에게 오늘 하루 있었던 일을 전부 이야기했다. 바라는 것 없는 대화는 정말 후련했다. 그 이상을 캐묻지 않는 그런 대화였다. 이런 분위기 속에 도현이가 말을 꺼냈다.

"나는 요리가 좋아. 요즘 같은 시대에 요리사를 해봤자 먹고 살 수 없다는 말이 가장 듣기 싫었어. 뭐, 여기선 내가 요리사가 되고 싶다는 걸 너밖에 모르니까 괜찮지만."

머뭇거리며 말을 하는 도현이를 위해 나도 경청하기로 했다.

"요리가 별 도움이 안 되는 거, 나도 알아. 그렇지만 나는 단순히 조리된 음식만을 생각하는 게 아니야. 우리가 선택할 수 있는 식재료의 폭은 상상이상으로 다양해. 그런 엄청난 산해진미를 전부 요리하는 게 내 목표야. 그러려면 가게를 차려야 하나?"

"좋은 생각이야. 오늘 샌드위치도 정말 맛있었는데, 분명 다른 요리도 좋을 거야."

"근데 가게를 오픈 해도 요즘 누가 식당에서 음식을 사먹겠어. 직접 해먹지."

이제 생존을 위해 반드시 필요했던 요리는 필수가 아닌 선택 사항이 되었다. 어느 부엌마다 스토브 대신 쿠킹 머신이 있기 때문이다. 머신에 재료를 선택해 넣고 음식을 고른다. 완성되면 먹는다. 참 쉬운 조리 방법과 빠른 시간 덕분에 대다수의 사람들이 직접 요리하는 것보다 쿠킹 머신을 이용한다. 그러기 때문에 요리를 하면서 살아가고 싶어 하는 도현이는 불안해 하는 모습을 보였다.

지금은 경청보다 조언이 필요한 때 같았다. 오랜 시간 공을 들여 준비하는 요리가 문화의 중요한 부분이었던 과거를 생각해 보면 아쉬운 일이기도 하다.

"반대로 생각해 보는 건 어때?"

바닥을 보며 이야기하던 도현이가 내 눈을 쳐다보았다.

"다들 쿠킹 머신만 사용하지, 자기가 요리할 줄은 모르잖아. 직접 요리할 때를 생각해 봐. 신선한 재료를 골라 담아. 깨끗한 물에 씻어내고 사각사각 소리를 내며 다듬어. 달궈진 팬에 기름을 두르고 재료를 부으면 치익, 소리와 함께 맛있는 냄새가 나겠지. 색깔이 변한 재료를 보글보글 요리한 후, 접시에 담고 식기 전에 대접하는 거야. 그러면 사람들은 음식의 맛도 맛이겠지만, 요리의 과정을 맛보러 라도 식당에 찾아오지 않을까?"

"정말 재밌는 논리다."

도현이는 장난치듯 대답을 했다. 도현이의 속마음을 들은 나는, 나의 말로 도현이가 결심하는 데 보탬이 되길 바랐다. 하지만 도현이는 더 이상 말을 계속하지 않았고, 그렇게 우리는 돔에 도착하게 되었다. '잘 자'라는 인사 후에 나는 잠이 들었다.

집으로 떠나는 마지막 날 아침, 어떤 소리에 이끌려 침대 밖으로 나왔다. 부엌에서는 도현이가 서 있었다. 내가 들은 소리는 찌개가 끓는 소리였나 보다. 오늘의 아침은 된장찌개와 모둠전이었다. 나는 밥을 먹으며 말했다.

"그래서 식당 이름은 뭐라고 할 거야?"

"건강한 소리의 맛. 어떠냐."

"그 이름, 절반은 내꺼 같은데?"

"맞아. 고마우니까 우리 식당 오면 가끔은 그냥 밥도 주고 그럴게."

아침에 만난 도현이는 어제 저녁과는 달라 보였다. 자신의 말에 확신이 있었고, 흔들리지 않았다. 덩달아 내 기분도 좋아진 것 같았다. 하지만 이 아침식사가 마지막이었다. 이제 집으로 돌아가야 한다는 것이다.

"다 먹었으면 천천히 나와. 내가 바래다줄게."

"다 됐어. 같이 가자."

시시콜콜한 이야기를 나누다 보니 벌써 정류장에 도착했다. 도현이와의 만남은 다른 이들보다도 더 짧았지만 덜 아쉬운 마음이 들지는 않았다. 그렇게 인사를 하고, 나는 집으로 향하는 텔레포트레인에 올랐다.

5. 그날

▶ ▶ ▶ 목적지에 도착했습니다. 내리실 문은 오른쪽입니다.

"재영아. 여기야."

"우리 아들, 잘 갔다 왔니?"

122

내려야 할 정류장에 도착하자마자 귀에 익은 목소리가 들려왔다. 집으로 돌아가는 길은 짧았지만 더욱 짧게 느껴진 1박 2일을 말하기엔 충분했다. 집에 도착한 나는 먼저 침대에 누웠다. 그 포근함을 느끼며 생각에 잠기다 문득 궁금한 것이 생겼다.

"아빠. 학교 다녀보셨어요?"

"음, 4년 정도 다닌 것 같구나."

"학교 다닐 때, 친구도 많이 사귀었어요?"

"우리는 같은 아파트 사는 친구들이랑 같은 학교를 다녔어. 친구야 뭐, 나한 테는 학교에만 있는 존재였지. 다들 학교가 끝나면 학원에 다니느라 바빴거든. 그래도 나름 친한 친구는 몇 명 있던 것 같아."

"그 친구들이랑 있으면 뭐하고 놀았어요?"

"그냥 눈만 마주쳐도 재밌을 나이였어. 글을 적거나 밥을 먹는 게 다 놀이가 되었지."

"그랬군요."

"왜, 무슨 일 있었니?"

"교육기관에서 친구들을 사귀어서요."

"좋았겠구나."

"그 친구들이랑 얘기해 보니까 마음이 마냥 좋지만은 않았어요. 다들 고민이 있는 것 같더라고요. 한 명은 하고 싶은 공부가 없나 봐요. 그런데도 엄청나게 열심히 공부만 하고 있었어요. 또 다른 한 명은 저보다 더 형 같은 말을 했어요. 다들 하라는 대로 따라 사는데, 그걸 경계하는 것 같았어요. 또 한 명은 요리를 진짜 잘했어요. 그 친구는 요리사가 되기에 손색이 없었는데도 되게 불안해 했어요."

"친구들의 고민도 들어주고, 좋은 친구가 되어 주었네. 재영아. 친구들이 그런 고민을 하는 건 이상한 게 아니란다. 아빠가 학생일 때도 그랬고, 너희 할아버지가 학생일 때도 그랬고, 200년 전에도 그랬단다."

"200년 전이요?"

"그래. 그때는 배울 곳도 많지 않았는데 말이다. 그런데 그 시절에도 한 친구는 목표가 없어서 고민이었고, 한 친구는 시키는 대로만 하고 살았고, 미래가 불확실해 불안해 하기도 했어. 그러니까 너희가 너희 나이에 그런 고민하는 걸 걱정하지 않아도 좋아."

아빠와의 대화를 마친 후, 나는 방으로 돌아와 어제 쓰던 일기를 마저 썼다. 우리 집에 남은 몇 안 되는 종이책 중에 하나인 내 일기장은 사각거리는 펜의 흔적으로 채워져 갔다. 페이지의 마지막에 다다랐을 때, 일기를 덮고 눈을 잠시 붙이기로 했다.

date. 2117. 7. 8.

오늘 아침, 가정관에서 만난 도현이와의 만남을 마치고 교육기관에서의 1박 2일이 끝나 집으로 돌아오게 되었다. 아빠와의 대화를 통해서 여러 생각을 하게 되었다. 도서관에서 만난 유리는 자신의 의지대로가 아닌, 타인의 의지대로 사는 것 같았다. 하고자 하는 목표도 가지지 못한 채 그저 공부만 하며 살아온 것같이 보였다. 지성이와는 실험관에서 만나, 자연관까지 소개받았다. 지성이는 생각이 성숙한 것 같았다. 성숙하다는 표현보다는 예리하다는 게 더 맞는 것 같다. 지성이는 흘러가는 사회 시스템에 의문을 가졌다. 누가 어떻게 하는 일인데, 왜 다들 당연하다는 듯 무심히 동의할까? 이것이 지성이가 갖는 질문인 것 같았다.

도현이는 하고 싶은 일이 있었다. 하지만 확신이 있진 않았다. 아마 내다볼 수 없는 미래에 불안해 하며, 두려워하는 것 같았다. 조금 웃겼던 것이, 이런 고민과 의문이 100년 전에서든, 200년 전에서든 있었다는 것이다. 이 말은 앞으로 100년 후에서나 200년 후에서도 이런 고민과 의문이 있다는 것 아닐까? 그렇다면 몇 세기가 흐를 동안 아무런 변화가 없던 것일까? 그건 아닐 것 같다.

지금 우리는 100년 전에 비해 많은 문제가 해소된 사회에 살고 있다. 국가의 구분이 없어지고, 인구의 순환이 있어서 저출산 문제는 전 구역에 비슷한 수준으로 그쳤고, 교육기관이 생겼다. 이런 변화들이 우리 사회의 발전 가능성을 보여주는 것 같다. 지금으로부터 10년 후, 100년 후에는 교육기관이 있을지, 없을지 모르겠다. 하지만 현실에 안주하는 것이 아닌, 더 나아가려고 발버둥 치는 그 누군가가 있기에 지금의 사회보다 발전된 사회가 만들어질 것임은 확신한다. 그렇기 때문에 나는 현재의 나로서 내가 그 '누군가'로 성장하길 원한다.

기계학습의 시대, 교육은 어떤 모습

학교란 교육을 하는 하나의 사회 제도라고 볼 수 있다. 과거의 서당부터 현재까지 다양한 형태의 학교가 존재한다. '그렇다면 미래에는 학교가 존재할까'로 시작된 물음이 이어져 이 책에 도달하게 되었다.

인공지능, 로봇공학, 사물인터넷, 퀀텀 컴퓨팅 등과 같은 과학 기술이 경제와 사회의 전반에 융합되어 나타난 산업혁명, 즉 제 4차 산업혁명 시대가 찾아왔다. 어쩌면 그리 멀지 않은 미래의 교육은 이러한 과학 기술을 기반으로 '도약'하게 될 것이다.

교육 시스템에 가장 핵심적인 영향을 미칠 기술로 머신러닝을 말할 수 있다. 우선 머신러닝의 큰 틀인 인공지능은 컴퓨터에 의해 구현되는 인공적인 지능을 의미한다. 과거 상상 속 이야기로만 치부되던 인공지능은 근래의 급속한 발전을 통해 이미 일상 깊숙이 들어와 있다.

스마트폰 개인비서에서부터 음성 인식, 자동통·번역, 자동차 자율주행에 이르기까지 인공지능을 활용한 다양한 종류의 서비스들이 속속 등장하고 있으며, 인간의 고유 영역으로 여겨지던 다양한 분야에서 점차 인간의 능력에 도전하고 있다.

텔레포트레인 시대에도
전수되는 인류의 Meme

교육과 시스템의
상호작용에 대한 질문

인공지능의 연구 방향은 크게 강인공지능과 약인공지능으로 구분된다. 강인공지능은 컴퓨터가 인간의 사고 능력을 모사하여 그 자체로 자아를 지니며 여러 분야에 보편적으로 활용 가능하다. 약인공지능은 컴퓨터가 특정 목적의 업무를 수행할 수 있도록 고안된 부분적인 인공지능을 의미한다.

머신러닝이 바로 약인공지능의 한 분야이다. 머신러닝은 데이터라는 형태로 얻어지는 경험으로부터 특정한 목표 작업에 대한 성능을 향상시키는 일련의 과정이다. 다른 관점으로는, 가설 공간으로부터 관측 데이터를 최대로 설명할 수 있는 최적의 가설을 탐색하는 과정으로 정의될 수 있다. 연역적 추론을 기반으로 하는 대다수의 기존 인공지능 기술들이 새로운 지식의 생성에 한계가 있는 반면에, 머신러닝은 컴퓨터가 대량의 데이터로부터 귀납적 추론을 통해서 스스로 새로운 지식을 도출 가능케 한다는 점에서 차별화된다.

머신러닝을 통해, 방대한 지식과 정보를 획득한 AI들의 시대에 인류는 무엇을 배워야 하는 것일까. 교육과정의 목표가 완전히 달라지는 시대를 잠시 상상해 보았다.

티켓팅

박태응

대한민국 남서단 진도까지 연결된 시베리아횡단열차를 타고
생과 사의 질문을 던지는 이야기.

❖ ❖ ❖ ❖ ❖

　모든 것은 ‘나는 무엇을 위해 살아왔던가?’ 하는 의문으로부터 시작되었다. 그날은 유난히 우울했다. 학창시절 나를 땅끝으로 몰아세웠던 얼굴을 또다시 마주하는 고단한 꿈을 꾸고 일어난 날이었다. 회사는 나를 또 한 번 땅끝으로 몰아세웠다. 하루 종일 벼랑 위에 서 있는 것만 같은 느낌 그대로 집에 도착해 소파에 털썩 앉았다. ‘이런 초라한 생활을 더 이상 이어갈 이유가 있을까.’ ‘무엇을 위해 살아왔을까. 무엇 때문에 이런 모욕을 참고 있는가.’ 생각이 생각을 불러내면서 ‘그냥 죽어버릴까?’ 하는 극단적인 질문이 나를 사로잡았다. 그래, 극단적이라기보다 무감각한 마비에 가까웠다.

　‘무의미한 생활을 이어나갈 이유가 있을까.’

　‘지금까지 잘 견디며 참아왔는데 이대로 죽어버리기엔 너무 아까워.’

　‘이렇게 사느니 죽는 게 나아.’

　‘내가 죽고 나면 누가 찾아와주기는 할까?’

　‘여기서 이렇게 죽어버리면, 또 TV에선 직장인의 우울증으로 자살이니 뭐니

떠들어대겠지?'

'그러면 또 어때? 죽고 나면 아무것도 못 느낄 텐데.'

'죽는 순간엔 아프겠지? 그건 싫군.'

문득 마음이 맑아지면서 어쩐 일인지 몸이 움직여졌다. 집을 정리하고 또 정리했다. 주변을 청소하고 냉장고를 깨끗이 치웠으며, 널브러진 옷들을 차근차근히 옷장에 정리해 두었다. 시계는 새벽 2시를 가리켰다. 마음 같아선 당장 떠나고 싶었지만 이 시간에 가봤자 버스도 없을 걸 알기에 내일 아침 일찍 떠나기로 하고 침대에 누웠다. TV 화면으로 무엇인가 흘러가고 있었다. 뭐지 저건? 철도군. 아직도 철도란 것이 운행되고 있군.

시베리아 횡단철도. 다큐멘터리가 끝나가고 있는 모양이었다. 모스크바부터 시작해 고려의 진도까지 이어지는 시베리아 횡단열차와 재작년 새로 이어진 한반도 종단열차를 소개하는 다큐는 마지막으로 종단열차의 종착역 진도의 풍경과 관광지들을 설명하고 있었다. 동양풍의 작은 연못과 고즈넉한 건물들이 어우러진 운림산방부터 섬들과 바다 뒤로 그림엽서처럼 해가 지는 세방낙조 모습까지. 어디서 많이 본 듯한 풍광. 내가 꿈꿔왔던 곳이다. 나의 마지막 여행지로서 더할 나위 없는 그런 곳. 그런 생각을 하니 이상하게 모든 것이 결정되어 더 이상 아무 걱정도 필요 없어진 것 같은 평화로운 마음이 들었다. 간만에 느끼는 안도감에 나도 모르게 잠이 들었다.

일어나자마자 핸드폰을 확인하는 일, 매일 아침 핸드폰으로 뉴스 기사를 읽는 나에게는 중요한 습관이었다. 핸드폰을 확인하니 동료부터 상사까지 역시 많은 사람들이 전화를 했다. 어림잡아 30통 정도.

'지긋지긋해.'

시간을 확인해 보니 점심시간을 훌쩍 넘었다. 마음을 정하고 나니 회사일 따위가 문제가 될 리 없었다. 떠날 채비를 마친 나는 가장 아끼는 옷을 꺼내 입고 공항으로 향했다. 집 나가면 개고생이라던데. 막연한 긴장을 뒤로하고 그렇게 마지막을 위한 여행을 시작했다.

첫 목적지는 모스크바. 모스크바로 가서 시베리아 횡단열차를 탈 예정이다. 상트페테르부르크부터 모스크바까지는 비행기로 한 시간 남짓, 자연스럽게 지나간 과거를 떠올리게 되었다. 믿고 기댈 데 없었던 어린 시절. 폭력과 멸시로 찌들었던 학창시절, 사회에 나가면 끝인 줄 알았지만 이후에도 끊이지 않았던 크고 작은 모욕들. 생각해 보면 떠올리고 회상할 만한 그 무엇도 남아 있지 않다. 스스로를 동정하고 싶지는 않지만 별 볼 일 없는 삶이란 것이 이런 것이 아닐까. 내 결정이나 절망의 이유를 찾자면 끝이 없었다. 아니 나는 내 인생을 정리할 이유를 계속해서 스스로에게 납득시키고 있었다.

"손님 여러분, 저희 비행기는 셰레메티예보 국제공항에 도착했습니다. 지금 이곳 시간은 3월 18일 4시 17분입니다. 비행기가 완전히 멈춘 후 좌석벨트 사인이 꺼질 때까지 잠시 자리에서 기다려주시기 바랍니다. 선반을 여실 때는 안에 있는 물건이 떨어지지 않……."

비행기가 착륙하자마자 공항철도로 벨라루스역을 거쳐 콤소몰스카야역으로 갔다. 콤소몰스카야역에서 내려 다시 야로슬랍스키역에 도착했다. 진도를 향한 열차를 탈 수 있는 곳이다.

"블라디보스토크를 거쳐서 진도로 가는 기차 남은 좌석 있나요?"

"지금 남은 좌석이 이등석 밖에 없는데 괜찮으시겠어요? "

"가격은 얼마나 되나요?"

"내일 출발이라 지금 예매하시면 2만 2천 3백 50루블입니다."

어차피 남은 돈은 더는 내게 의미가 없다. 쓸 만큼 다 쓰는 게 좋겠지, 마지막인데.

"그 좌석으로 예매해 주세요. 감사합니다."

"네, 내일 오후 1시 10분에 출발하는 열차 예매해드렸습니다."

예매를 마친 후 나와서 시간을 보니 6시가 다 되어 가고 있었다. 마침 근처에 KFC 치킨이 보이기에 저녁을 때우기로 했다. 430루블을 주고 바스켓 하나를 시켰다. 혼자 먹기에는 꽤 많은 양이었다. 모스크바에서의 마지막 저녁이었다. 근처 호텔에 가서 방을 하나 잡고, 침대에 누웠다. 실감이 나지 않았다. 내 지옥 같던 학창시절과 바꾼 직장을 하루 만에 무통보 사직을 한 것도 놀라운데 삶을 포기하는 마지막 여행이라니.

'짜증나.'

이제 상사의 잔소리도 듣지 않아도 되고, 더 이상 모욕감을 느끼는 힘든 일도 없을 터인데 왠지 모르게 짜증이 일었다.

다음날 진도행 열차에 올라탔다. 내가 탄 열차는 001번 이등석 칸, 열차 중에는 가장 신형 열차였다. 이등석 칸이었기 때문에 4인 1실로 3명의 사람과 함께 한 침실을 쓰게 되었다. 내 자리는 입구 기준으로 좌측 2층이었다. 직장 동료 중 한 명이 3년 전 시베리아 횡단열차를 타면서 만난 사람과 아직도 연락하고 지내는 것을 본 적이 있으나, 나는 민폐를 끼치기 싫었다. 살아갈 날이 얼마 남지 않았는데 새로운 관계를 맺는 것은 부적절하겠지. 밑에서 짧은 대화가 오가는 동안 단 한마디도 하지 않고 그저 자는 척만 했다. 그러나 나의 다짐은 10분이 채 되지 않아 깨지게 되었다.

"다들 자기소개 할까요? 어, 저는 백하영이라고 합니다. 고려에서 왔어요. 잘 아실지 모르겠지만 진도라는 섬이 고향이고, 대학교에 다니다가 휴학을 하고 이 열차에 타게 됐어요. 모두 친하게 지내요."

"저는 러시아에서 왔고……."

"저는 영국에서 왔어요. 취미는……."

그녀의 소개를 들은 후 누구의 소개도 내 귀엔 들어오지 않았다. 그녀가 '고려'에서 왔고, 진도출신이라는 것, 그것 하나만으로도 나의 침묵이 깨지기엔 충분한 이유였다.

"진도에서 왔다고 했나요?"

"어, 아저씨 주무시고 계신 거 아니셨나요?"

"아, 뭐 방금 깼습니다. 진도로 돌아가는 중입니까?"

"맞아요, 진도에서 왔어요. 이제 돌아가면서 다른 지역도 둘러보려고요. 진도를 아시나 봐요?"

고향 이야기가 나오자 한층 그녀의 표정이 밝아졌다. 외국인이 자신에 고향에 대해 언급하는 것에 대해 놀랐는지 호기심이 가득한 눈빛으로 나를 쳐다보고 있었다.

"일단 제가 가보려고 하는 곳이 진도고, 최근 부쩍 뜨고 있죠, 그리고 보니 자기소개를 깜빡했네요. 저는 프로그래머였지만 2일 전에 직장을 그만 둬서 지금은 실업자네요."

"진도에 가신다고요? 그냥 관광차 오시는 건가요?"

"네, 뭐, 이것저것."

말끝이 흐려졌다. 처음 보는 여자에게, 그 여자의 고향 마을로 죽기 위해 간다고는 차마 말할 수 없었다. 그런 나의 눈에서 그 여자는 쓸쓸함을 보았을지도 모른다. 우리의 대화는 밤새 이어졌다. 나는 고려가 궁금했고, 진도가 궁금했으며, 매체의 베일을 거치지 않고 내 눈으로 진도를 보고 싶었다.

그녀는 나에게 '고려'가 되기 이전, '한국'이라 불린 나라에 속해 있을 무렵의 진도에 대해 이야기해 주었다. '고려'에 대한 소개도 잊지 않았다.

"음, 진도는 상당히 큰 섬이어서, 어촌이기도 하지만 농지가 많아 농업에 종사하는 사람도 많았어요. 땅이 비옥해서 농사에 적합한 것인데, 그건 지금도 변하지 않았어요. 한국과 북한은 원래 큰 전쟁 이후 휴전협정만 맺은 채로 수십 년을 보냈는데, 수많은 대외적인 압박에도 양 당사국이 1대 1 협상을 통해 평화통일이 이루었죠. 덕분에 종단열차 사업에 큰 진척이 있어서 이 열차가 진도까지 도착할 수 있게 되었죠."

평화통일. 일전에 한국과 북한의 통일이 세계적으로 큰 화제가 됐던 것이 기억났다. 〈한반도에 평화의 기적이〉라는 인터넷 기사를 읽었었다.

최근 대한민국(이하 한국)과 조선민주주의인민공화국(이하 북한)이 당사자만이 참여하는 4차 종전 협상에 들어갔다고 발표했습니다. 수십 년 동안 전쟁 위기로 긴장이 넘쳤던 한반도에 불가능해 보이던 평화가 찾아올 것으로 보입니다. 한국의 청와대 안보실장은 안보리 국가들이 결의에 따른 원유공급 차단이 진행된 이후 북한의 핵 관리 시스템과 행정시스템의 대부분 붕괴위기에 처하게 되어 북한 측에서 먼저 종전 협상을 제안해 왔다고 밝혔습니다. 협상이 긍정적으로 진행되어 상당한 진전을 보이고 있다는 말을 남겼습니다.

종전이 합의되면 통일 정부 구성을 위한 별도의 협의체가……

"그런데 한반도가 통일된 건 불과 2년도 안 되지 않았나요?"

"음, 약 2달 뒤면 딱 2년이 되네요. 그런데요?"

"그 짧은 시간에 시베리아 횡단열차의 종착역이 진도에 지어지고 철도를 완성시켰다니 대단한 속도 아닌가요?"

"종착역을 제외하고서는 사실상 이미 다 완성되어 있었어요."

"네?"

"한반도에는 남북을 연결하는 철도가 이미 다 깔려 있었지만 남북간 정부의 이견으로 연결되지 못한 것뿐이죠. 블라디보스토크와 라진 사이의 철도, 진도와 목포 사이의 철도를 연결하는 데는 몇 달 걸리지 않았어요."

그녀의 이야기는 통일 이후의 진도에 대한 것으로 이어졌다.

"통일 전 진도가 평범한 농어촌 관광 섬이었다면 통일 이후의 진도는 하와이같은 세계적인 관광지로 보아도 과언이 아닐 만큼 달라졌어요."

"하와이요?"

"세계적인 명소가 됐죠. 한해 관광객이 3백만 명을 웃돌던 섬은 천만 이상의 관광객을 끌어왔고, 섬은 빠른 속도로 개발되기 시작했어요."

"인위적이지 않은 자연스러운 환경이 매력적인 섬이 아니었나요?"

"물론 자연환경이 아름다운 지역은 최대한 보존 했어요. 주로 진도 읍내가 개발의 대상이 되었죠. 혹시 진도 관광지에 관심이 있으신가요?"

"아무래도, 다시 오기는 힘들 테니까요."

순간 갸웃 하는 그녀를 보고 아차 했다. 그녀에게만은 알리고 싶지 않았기에 '농담' 이라는 말로 덮어 넘겼다.

"저에게도 1년 전의 기억이라 지금은 또 다를지도 몰라요. 워낙 빠르게 발전 하다 보니까요."

그녀는 잠시 생각하는 듯싶더니 말을 이어나갔다.

"열차를 타고 읍에서 내리면, 역 주변으로 새로 건설한 콤플렉스 건물들이 어마어마해요. 읍내에 건물이 너무 많이 들어서서 난개발을 걱정할 정도가 되었죠."

"원래 그곳이 상점가였나요?"

"읍내라고는 해도 상점가가 활성화된 것은 아니었고 듬성듬성 편의점 정도가 있긴 했는데 지금은 많이 다른 모습이에요. 온갖 종류의 매장과 기념품 매장 등이 들어차 있죠."

그녀는 잠시 머뭇거리다가

"전 곧 내릴 텐데 진도에 이렇게 관심이 많으시다니 시간이 많지 않은 게 아쉽네요."

라며 미소를 보이는 그녀 덕분에 조금은 불편했던 감정이 줄어들었다. 하영은 이야기를 계속 진행했다.

"그렇게 상점가 거리를 따라 걷다 보면 시간 가는 줄도 모르게 돼요. 대로를 계속 내려가다 보면……."

기억나는 내용은 여기까지였다. 다음날 하영의 자리에는 또 다른 사람의 짐이 놓여 있었다. 정작 중요한 내용은 듣지 못한 것 같아 후회도 됐다. 그러나 그녀는 떠났다.

하영이 떠난 이후, 나는 다시 침묵에 들어갔다. 그러고는 노트와 만년필을 꺼냈다. 타블렛이나 스마트 폰 같은 터미널에 기록하자마자 내 클라우드 서버로 업로드하고 음성인식 메모의 업로드까지 편리하게 할 수 있는 시대지만, e북

시대에도 종이책이 선호되었듯이 나는 여전히 노트와 만년필이 좋았다. 노트에 하영이 말해 준 진도의 모습과 내 상상 속의 진도의 모습을 비교해 가며 써 내려가기 시작했다. 고려는 4차 산업혁명을 성공시킨 몇 안 되는 케이스였다. 아마 농촌 또한 4차 산업혁명의 영향을 받았으리라 생각하며 글을 계속해서 써 내려갔다.

❖ ❖ ❖ ❖ ❖

〈종착역 진도〉

1. 진도의 읍내는 거의 균일하게 개발되어 있는 곳이다.

2. 관광지의 대부분이 자연환경인 만큼 관광지는 개발이 철저히 금지되어 있다.

3. 2차 산업이 이루어지던 지역이 꽤나 많았던 것으로 추정됨. 농경지와 같은 부분은 대부분 농업 자동화가 이루어졌을 것으로 추정됨.

4. 대부분의 땅은 경작지로 활용 중일 것으로 추정됨.

5. 최근 몇 년 간 지구온난화의 악화로 인해 해수면이 조금 더 높아졌다는지 신비의 바닷길은 운빨만 열릴 가능성 있음.

6. 외국인을 위한 간판 혹은 마케팅이 많을 것으로 추정

〈종착역 진도〉

1. 진도의 읍내는 거의 유일하게 개발되어 있는 곳이다.
2. 관광지의 대부분이 자연환경인 만큼 관광지는 개발이 철저히 금지되어 있다.
3. 1차 산업이 이루어지던 지역이 꽤나 많았던 것으로 추정됨. 농경지와 같은 부분은 대부분 농업자동화가 이루어졌을 것으로 추정됨
4. 대부분의 땅은 경작지로 활용 중일 것으로 추정됨
5. 최근 몇 년간 지구온난화의 악화로 인해 해수면이 조금 더 높아졌다는데 신비의 바닷길은 일부만 열릴 가능성
6. 외국인을 위한 간판 혹은 마케팅이 많을 것으로 추정

❖ ❖ ❖ ❖ ❖

'아직은 이 정도인가?' 하고 노트를 덮으려는 순간

"저건 아닌 것 같은데요?"

하는 소리가 옆에서 들려왔다. 아니나 다를까 옆에 웬 처음 보는 사람이 서 있었다.

"진도를 아십니까?"

나의 물음에 그는 미소를 띠며 고개만 저었다.

"어디가 잘못됐는데요?"

"4번이요."

이유도 없이 다짜고짜 4번이 틀렸다고 말하는 그가 그저 장난을 치는 것인지 아니면 도움을 주려는 것인지 처음에는 잘 알지 못했다.

"진도에서 오신 분도 아니시면서 어떻게 아시는데요?"

꽤 퉁명스러운 나의 말투에 그는 당황하며 급히 말을 꺼내었다.

"아, 제가 무례했다면 사과드리죠. 제 이름은 류기입니다. 중국에서 왔고, ILP라는 여행사에서 일하고 있는데, 진도에 몇 번 가본 적이 있습니다."

"아, 그렇습니까, 저는 그냥 짧게 안드레아라고 불러주세요. 저는 진도로 여행을 가기 위해 열차에 탔어요. 그나저나 4번이 뭐가 문제라는 거죠?"

"먼저 진도에 남은 경작지 대부분이 농업자동화 시스템에 의해서 돌아가는

것이 맞긴 한데, 진도 땅의 대부분이 경작지로 사용되진 않습니다.”

“진도 대부분의 섬 주민이 1차 산업에 종사한다고 들었는데요?”

“불과 몇 개월 전까지는 그랬었습니다. 하지만 외국인 관광객이 더욱 많이 몰려들자 대부분의 농민이 관광산업에 발을 내딛기 시작했습니다.”

“그렇다면 농경지들은 어디에 쓰이고 있는데요?”

“대부분 대기업에서 사들였습니다. 최근 진도에서 더 선진화된 농업자동화 기술을 연구하고 있다고 하더군요. 농업자동화 기술을 관리까지도 사람이 아닌 인공지능에 맡겨서 완전자동화를 목표로 시험운영 중이라고 들었습니다.”

“여행사 직원이라고 하시지 않으셨어요?”

“하하, 사실 여행사에 들어온 건 일주일이 채 되지 않고 그런 일을 하는 대기업에서 일했었죠.”

“진도에서 근무하셨나요?”

“현장 감독을 몇 번 가본 기억은 있습니다. 간 김에 관광지도 몇 번 가보기도 했습니다만…….”

“갔지만?”

잠시 뜸을 들이는 그의 눈빛에서 왠지 모를 쓸쓸함이 묻어 나왔다.

“몇 군데 말고는 기억이 잘 나지 않네요.”

“몇 군데라도 이야기해 주실 수 있으신가요?”

“그러죠. 가는 길 먼데, 이야기라도 해야 덜 지루하겠죠?”

“특히나 기억에 남는 곳이 있으신가요?”

“물론 있습니다. 신비의 바닷길이라고 제가 갔을 때 마침 축제 기간이라 한번 가 보게 되었습니다.”

“바다가 갈라지는 그곳인가요?”

“아마도 안드레 씨가 생각하시는 그곳이 맞을 겁니다.”

잠시 생각을 하는 듯싶더니 류기 씨는 다시금 말을 이어갔다.

“사람들은 이곳을 현대판 모세의 기적이라고들 합니다. 약 3km에 가까운 거리가 40여 미터의 폭으로 바닷길이 열립니다.”

“바닷길이 열리다가 다시 끊기는 모양인가요?”

“아니요, 반대편에 있는 〈모도〉라는 섬까지 연결이 됩니다. 아, 그리고 옛날에는 장화를 신고, 섬까지 직접 건너는 일이 허다하였는데, 요즘에는 그런 사람이 많이 없습니다. 대부분 웨어러블 장비를 하나씩은 착용하고 있는 세대이기도 하고, 직접 건너는 사람보다 VR 장비로 실제로 걷는 것처럼 체험하는 사람이 대다숩니다."

"하긴 저도 신발부터 옷까지 대부분 전자기능이 들어 있으니, 들어가기는 좀 무리일 것 같네요."

"그 다음으로 〈세방낙조〉를 아시나요?"

"음 얼핏 들은 듯, 본 듯하긴 한데 잘 모르겠네요."

"말 그대로 낙조, 해가 지는 풍경을 보는 것인데, 요즘 같은 세계 모든 곳이 도시화를 꿈꾸고, 진행되는 상태에서는 더욱 보기 어려운 풍경입니다."

"무슨 풍경이기에 그러시죠?"

"끝이 보이지 않는 바다에 중간중간 섬들이 떠 있고, 해가 질 때면 온 바다가 붉은빛으로 물들면서 마지막에는 수많은 섬 사이로 해가 가라앉는 것을 볼 수 있어요."

"혹시 그곳도 굳이 시간을 맞추어 가지 않아도 VR 장비를 통해서 그 장면을 그대로 볼 수 있고 그런가요?"

"아뇨 이곳은 특이하게도 그렇지 않습니다. 어차피 VR 장비로 그 감동을 재연 수 없을뿐더러 지자체에서 이곳만은 해가 지는 시간에 맞추어 오지 않으면 볼 수 없도록 VR 장비를 설치해 두지 않았어요."

4차 산업혁명 시대에 오히려 아날로그를 추구하여 더 깊은 감동을 주는 세밀함에 진도라는 섬이 더욱 기대되었다.

어느새 나도 모르게 미소를 짓고 있었다. 진도의 모습을 상상하니 자연스럽게 미소가 지어졌다. 익숙지 않은 미소, 그런 미소를 황급히 나는 감추었다.

"어, 왜 그러세요?"

"아, 아닙니다. 그나저나 끝인가요?"

"음…… 그쪽이 행복한 상상을 하시는 것 같아서 잠시 멈추긴 했는데, 아무래도 제가 해드릴 이야기는 여기서 끝일 것 같네요."

"그런가요?"

"기억도 가물가물하고, 못 가본 관광지가 많아서."

"이야기는 감사하게 잘 들었습니다. 충고 또한 감사했고요. 곧 취침에 들어가야 할 것 같네요. 제가 조금 많이 피곤해서."

자칫하다간 망각할 뻔했다. 나는 누구와도 친하게 지내서는 안 된다. 누구에게도 더 이상 민폐를 끼치고 싶지 않을뿐더러, 불행의 마지막은 나였으면 한다. 그렇게 또다시 다짐하고 또 다짐했다. 그러고는 잠자리에 들었다.

며칠 후 내가 탄 기차가 제법 큰 역에 도착했다. 역에서 머무르는 시간은 약한 시간 삼십 분 정도, 역에 도착했다는 것은 핸드폰을 더욱 광범위하게 사용할 수 있다는 것이다. 불과 몇 개월 전까지만 해도 기차가 달리는 동안에도 모바일 데이터를 사용할 수 있었지만, 열차 내에서 데이터를 사용하게 되자, 예상치 못한 문제가 발생했었다. 현재 모든 기차 시스템은 전자동으로 작동을 하는데, 열차 내에서 데이터를 사용하게 되자, 브레이크의 오작동이 잦아진 것이다. 이후 옛날과 같이 데이터는 역에 정차하였을 때만 사용할 수 있게 되었다.

역에 정차하자 나는 조금 흥분되기 시작했다. 열차가 다 멈추지도 않았는데 자리에서 일어날 준비부터 하고 있었다. 열차에서 내리자마자 핸드폰을 꺼내어 데이터부터 켰다. 그러고는 구글에 접속해 진도를 찾아보려고 했었다.

"J…I…N…D…."

하지만 나는 금세 그만두었다. 내가 이때까지 들어왔던, 상상했던 진도의 이미지가 깨어져 버릴까 두려웠다.

'지금이 아닌 도착했을 때, 사진이 아닌 실물로, 나의 상상 그대로이건, 많이 바뀌었던 그때 가서 직접 내 두 눈으로 확인해 보자.'

핸드폰에 검색창을 닫고 다시 주머니 속에 넣었다.

열차가 다시 출발한 지 3일이 지났다. 내가 묵는 객실에 변화는 거의 없었다. 진도를 잘 아는 중국인 한 명과, 무슨 재미있는 이야기를 하는지 항상 붙어 있는 영국과 러시아 출신의 남성 둘. 지루함에 지쳐 쓰러지기 직전이었다.

"끼익, 철컥"

아까부터 류기 씨가 계속 나갔다 들어오기를 거의 한 시간째 반복하고 있다. 그가 다시 객실에 돌아오자

"심심하세요?"

하고 묻는 나의 물음에 머쓱한 웃음을 지어 보이며

"하하…… 많이 거슬리셨나요?"

"심심하시면 올라오셔서 진도에 관한 이야기나 해주실래요?"

기차에서 친구라 할 만큼 가까이 지내는 이가 없었던 류기 씨는 흔쾌히 "그러죠." 하며 승낙하였다.

"음…… 진도에 어떤 이야기가 듣고 싶으신데요?"

생각해 보니 이때까지 관심도, 들어온 이야기도 모두 진도의 '관광지'에 국한되어 있었다. 그는 나에게 진도의 또 다른 모습을 말해 줄 수 있었다.

"진도의 산업, 현재의 진도의 산업에 관한 이야기를 해주실 수 있으신가요?"

"산업이라고 하면?"

"예를 들어 통일 이전의 진도의 섬 주민들의 대부분은 농업, 어업과 같은 1차 산업에 종사했다는 이야기를 들었어요. 그런데 현재 진도는 외국인에게 관광섬이라는 이미지가 강해요. 진도에서 내세우는 이미지도 그렇고요."

"그래서 1차 산업에 종사하였던 진도의 모습이 현재는 어떤 모습인가 그걸 원하시는 거죠?"

"정확해요"

"그래요, 말해드리죠. 지금의 진도는 1차 산업에 종사하는 사람이 해마다 기하급수적으로 줄어들고 있습니다. 반대로 관광산업의 투자는 점점 확대되고 있고요. 그런데도 불구하고 모든 경작지는 그대로 운영되고 있습니다. 이유를 아시겠어요?"

"잘 모르겠는데요? 이유가 뭐죠?"

"대기업에서 농업에 종사하였다가 관광산업에 종사하고 있는 사람들을 직접 찾아가 경작지를 매수하고 있어요."

"관광산업이 한창 뜨거운 섬에서, 다른 것은 제쳐두고 농업에 관심을 가진다?"

1분쯤 생각하다가 나는 아차 했다.

"돈이 되는 거군요."

"맞아요. 현재 기업들은 전 세계적인 식량난을 보고 바이오산업에 투자하기 시작했어요."

"왜 굳이 진도죠?"

"진도는 한창 시베리아 횡단열차와 연결된 이후로 뜨고 있는 관광섬이기 이

전에 농토가 비옥한 땅으로 유명했어요. 그런 땅들이 통일 이후에 관광산업에 몰두하는 주민들로부터 소홀해지고, 그저 가지고만 있는 땅이 되어버렸어요."

"그 경작지를 대기업이 헐값에 사서, 전에 말씀하셨던 농업자동화를 시험 운영해 보고 있는 곳이 진도다?"

"게다가 대기업들은 앞으로 진도의 관광 수요는 줄어들 것으로 예측하고 있어요. 진도 관광객의 약 25%에서 30%는 신비의 바닷길 축제 기간에 방문하는데, 지구온난화로 인해 해수면이 조금만 더 상승해도 지금처럼 폭이 크게 열릴 수 없을 것이기에 관광업보다는 농업에 더 많은 투자를 하고 있어요."

그는 물을 한 모금 들이키더니 이야기를 계속했다.

"그래서 저는 진도 주민의 주된 산업은 관광산업에 치중되어 있지만, 〈진도〉의 산업은 농업에도 큰 비중을 두고 있다는 것을 말씀드리고 싶었어요."

"어렵네요. 그래도 많은 걸 알 수 있었습니다. 고마워요."

"저도 심심했던 차에 재밌었어요."

❖ ❖ ❖ ❖ ❖

7. 진도의 관광지는 VR등을 사용하여 꽤나 선진화되어있다
   (서방낙조 제외)

8. 진도의 경작지는 대부분 대기업이 매수하여 농업 자동화를 시험
   운영하는 용도로 사용됨

9. 20년 20년 사이에 진도의 주된 산업은 또 다시
   농업으로 전환될 것으로 예상

7. 진도의 관광지는 VR 등을 사용하여 꽤나 선진화되어 있다. (세방낙조 제외)
8. 진도의 경작지는 대부분 대기업이 매수하여 농업자동화를 시험 운영하는 용도로
   사용됨.
9. 10년에서 20년 사이에 진도의 주된 산업은 또다시 농업으로 전환될 것으로 예상.

거의 다 도착해간다. 이르쿠츠, 울란우데 역을 지났고, 하바롭스크를 지나
블라디보스토크로 향해 갔다. 블라디보스토크에서 다시 하산으로, 하산을 거쳐
나진, 청진, 길주, 함흥, 세포, 평산, 개성, 서울, 대전, 목포를 거쳐 진도로. 일
주일을 조금 넘는 기차 생활이 지겨워져 갈 때쯤 목적지가 눈에 보이기 시작했
다. 회오리치는 바다 위로 놓여 있는 〈진도대교〉를 지나 곧 읍내로 들어섰다.
'드디어 도착인가?'
그 동안에 객실에도 많은 변화가 있었다. 첫 번째로 류기 씨와 헤어지고, 그
자리에 새로운 한국인이 들어왔다는 점, 그리고 내가 진도의 관광을 희망하자,
선뜻 가이드를 자청하여 나의 여행을 도와주겠다고 했다.
"설명은 다 이해하신 것 같으니 입국심사를 마치고 맞은편 진도중학교 앞에
서 뵙겠습니다."
"아, 네."
얼떨결에 나는 그의 말에 대답해버렸다. 지금 생각하면 도대체 왜 대답했는
지 아직도 이해하지 못하겠다. 어쩌면 오랜만에 받는 호의에 거절할 수 없었는
지도 모르겠다. 어쩌면 그 열차를 탔을 때 했던 처음의 다짐이 깨진 이후로 자
살에 대한 생각이 어디로 숨어버렸을지도 모르고, 또 어쩌면 그 사람이 나를
이 여행의 끝으로 나의 집까지 인도해 주기를 바랐는지도 모르겠다.
"여기에요."
역을 나와 세 걸음 정도 걸었을까, 그의 아내가 나를 밝은 목소리로 불렀다.
"여기서 제 차까지는 조금 걸어야 해요."
"계속 열차에만 있어서 걷고 싶었는데, 잘됐네요."
3분 정도 걸었을까, 한 아파트 단지에서 그가 차를 몰고 나왔다. 그는 의외로

SUV 차량을 몰았는데, 세단이나 쿠페형의 차를 몰 줄 알았던 내 생각과는 많이 달라 살짝 놀랐었다.

"일단 타시죠. 여기 읍내는 지금보다는 밤에 와야 볼 것이 더 많아요. 근데, 우리 어디로 가죠?"

"그냥 아무 데나, 가까운 곳으로 가죠."

열차를 한 달 가까이 타고나니 자동차를 타는 것마저도 나에겐 썩 달갑지 않았다.

"가까운 곳이 어디가 있으려나?"

고민하던 도중 아내가 먼저 입을 텄다.

"운림산방이 제일 가까우면서도 괜찮지 않을까?"

"운림산방, 좋네요. 거기로 갑시다."

차를 타고 운림산방 주차장까지는 20분도 채 걸리지 않았다.

"다 왔나요?"

"네, 내리시면 돼요."

매표소에서 우리는 표를 끊고 들어갔다. 하지만 운림산방은 내 상상 속의 운림산방이 아니었다. 열차에서 한 이야기, 그 말들이 사실이라면 운림산방은 넓게 깔린 잔디밭, 그 한가운데 금색, 붉은색의 잉어가 헤엄쳐 다니는 연못이 있고, 그 앞에는 얌전한 한옥 한 채가 있어야만 했다. 하지만 실상은 달랐다. 진도는 연 관광객 천만이 다녀가는 유명한 관광지였고, 운림산방 또한 그랬다.

"사람이 많이 붐비네요. 원래 이런가요?"

"이 정도면 적은 편이에요. 보통은 이것보다 더 많은데, 열차가 떠나는 때라서 어느 정도 빠진 거예요."

'빠진 건가?'

사람이 빠진 그곳은 어중간한, 관광지라고 하기에도 모호한, 그런 장소였다. 대개 관광지라고 하면 평화롭거나, 멋진 자연환경을 배경으로 세워지거나, 그런 곳 이 두 가지가 대부분이다. 그러나 운림산방은 이도 저도 아니었다. 내가 기대한 운림산방은 한적함과 평화로움을 느낄 수 있는 그런 곳이었지만 실상 운림산방은 '한적하다'라기엔 잔디가 뽑혀 흙이 보일 만큼 사람들이 붐볐고, '평화롭다'라기엔 중국인 관광객이 너무 많았다. 하지만 더 큰 문제는 따로 있었다. 어중간한 4차 산업화, 도대체 무엇을 위해 설치되어 있는지 모를 VR 체험 장비, 팸플릿을 읽는 것보다도 못한 옆에서 쉴 새 없이 떠들어 대는 홀로그램, 연못 한 가운데에 소나무가 있던 자리를 차지하고 있는 레이저 분수까지, 본질을 흐리고 있다.

'환장하겠네.'

"어때요? 운림산방에 온 소감이?"

"돌아가죠."

"네?"

무례했지만 그럴 수밖에 없었다. 실망스러움과 함께 길을 잃어버린 것만 같았다. 아무 말도 하기 싫었고, 피로가 몰려왔다.

"미안해요. 먼저 숙소로 돌아갈게요."

뒤에서 들려오는 외침들을 못 들은 체하고서 예약해 둔 숙소로 갔다.

침대에 누워 천장을 보고 있으니 갖가지 생각들이 다 들었다. 도대체 뭘 하는 건가 싶기도 했고, 환상이 무너진 틈으로 과거의 기억들이 비집고 들어오기 시작했다. 그러고는 후회가 되기 시작했다.

'겨우 이런 걸 보려고 여기까지 왔을까.'

돈, 시간이 문제가 아니었다. 여기에 온 명분, 더 살아갈 명분이 사라져 버렸다. 또다시 '죽고 싶다.' 라는 생각이 들었다.

'나머지 관광지는 다를 거야.'

'운림산방만 해도 저따위인데, 다른 곳이라고 다르겠어? 더 이상 후회하고 싶지도, 실망하고 싶지도 않아. 여기서 끝내고 싶어.'

'여기서 이렇게 죽어버리면 종언 씨네 가족에게 민폐가 되잖아.'

'인제 와서 그런 것이 무슨 상관이야.'

부정적인 생각 쪽으로 기우는 듯했으나 마지막에 가서 결국 나의 발목을 잡은 것은 '나머지 관광지는 다를 거야.' 하는 호기심이었다. 복잡한 생각을 뒤로 하고 그렇게 또 하루를 연장하며 잠자리에 들었다.

다음날 아침에 일어나 씻고 주섬주섬 옷을 챙겨 입고 나가니 종언 씨가 마루에 앉아 있었다. 불쑥 어제 그를 내쳐버리고 돌아온 것이 생각났다.

"어제는 죄송했습니다."

"아뇨. 그럴 수도 있죠."

그리고는 그는 내게 오늘의 날짜를 물었다.

"오늘이 며칠이죠?"

"한국 날짜로 4월 27일이네요."

"그러면 오늘은 거기로 가죠."

"어디요?"

"일단 차에 탑시다."

어디에 가는지조차도 알려주지 않은 그는 무작정 나를 차에 태우고는 달리기 시작했다. 운림산방을 지나 5분을 더 달렸을까, 벚꽃 잎이 하나둘 차의 윈드쉴드(앞 유리)에 떨어지기 시작하더니 얼마 지나지 않아 비처럼 쏟아졌다. 핑크빛 꽃잎이 수도 없이 떨어지는 것을 보니 슬며시 웃음이 나왔다. 곧 나는 우리가 어디에 가는지 알 수 있게 되었다. 주차장에 들어서기 전부터 차들이 막힐 만큼 사람이 붐볐고, 앞에는 드넓은 바다가 펼쳐져 있었다. 사람이 붐비고, 바다가 보이는 곳, '신비의 바닷길 축제'였다. 곳곳에는 체험 부스와 상점이 늘어져 있었다. 4월이지만 강렬한 햇빛 탓인지 꽤 더웠다.

"저 동상은 무슨 의미에서 세워진 건가요?"

"저 동상은 뽕 할머니 동상이라고 하는 건데, 옛날에 이 마을에는 호랑이가 많이 살았는데, 어느 날 호랑이 때문에 더 살 수 없게 되자 앞에 보이는 섬인 모도로 넘어가기로 했는데 작은 쪽배를 타고 모두가 가기에는 자리가 부족해 나이가 많은 뽕 할머니를 두고 가기로 했어요. 빈 마을에 남은 할머니는 매일 가족들을 만나게 해달라고 용왕님께 빌었고, 2월 그믐 사리 때 기적적으로 바다가 열렸지만, 기력이 쇠하신 할머니는 넘어가지 못하셨어요. 하지만 때마침 건너갔던 사람들이 다시 돌아왔고, 가족들을 만나신 할머니는 너희를 만났으니 여한이 없다. 라는 말을 남기시고 돌아가셨는데, 그 전설의 할머니를 기리기 위한 동상이에요."

"그런 사연이 얽혀 있었나요? 그래도 할머니가 가족을 만나서 다행이네요."

"혹시 건너가실 건가요?"

"여기에 VR 장비로 대체되어 있다고 들었는데 맞나요?"

"그렇기도 한데 건널 수도 있어요."

"그러면 저는 직접 건너려고요. 기차에 있을 때부터 생각해 봤는데, 아무리 VR이 잘 돼 있다고 해도 직접 가보는 것만 못하지 않을까요?"

"당연하죠. 잘 생각하셨어요."

이상한 기분이 들었다. 바다 한가운데 서 있는 것 같았고, 양 옆의 바다가 나를 곧 삼킬 것만 같았다. 그러고는 다행이라는 생각이 들었다. 여기의 경관조차도 운림산방과 같았다면 나는 아마 갈라진 길이 아니라 바다로 뛰어들었을 것이다. 그렇게 길을 건너고 돌아온 나는 본격적으로 축제를 구경하기 시작했다. 행사장은 중앙 공연장을 중심으로 양쪽으로 부스가 늘어져 있는 형태였는데, 되게 구시대적이었다. 그렇지만 나는 그런 모습이 더 마음에 들었다. 행사장 한편에는 레슬링(?)과 비슷한 한국 전통의 시합이 진행되고 있기도 했고, 세계 각 지역의 특산품을 팔기도 했다. 모두가 재미있어 보였고, 행복해 보였다. 나도 저 속에 녹아들고 싶었다. 겉으로는 그들과 어울려 섞여 있는 듯해도 나의 마음은 그럴 수 없었다.

세방낙조는 정말로 아름다웠다. 말로 표현할 수 없는 그 감동을 글로 적자니 도저히 적을 엄두조차 나지 않았다. 파란 바다가 붉게 물들어 갈 때의 감동 말이다. 얼마 뒤 해는 졌고, 나는 침대에 누웠다. 불을 끈 방은 어두웠고, 허공에 나의 모습이 투영되어 나타났다. 괴롭힘을 받던 학창시절의 남자, 이후에도 자존감이 바닥을 깔고 기어가던 남자, 그리고 결심과 도피, 현재의 나가 차례대로 지나갔다. 마지막 결심을 했다.

'여행은 끝이 나고 있고, 이제는 한 가지밖에 남지 않았다.'

'……'

행동을 결심했지만 실천으로 옮기기까지 한참 동안 침묵이 흘렀다.

"후…."

가슴 깊은 곳으로부터 내뱉은 한숨으로 침묵을 깨고, 러시아 집에서 처음 나올 때 입고 온 옷을 꺼내어 갈아입었다. 그 숙박시설의 주인에겐 미안한 일이었지만 그건 어디서 마지막을 보내던 마찬가지였기 때문에 마지막으로 한번 더 민폐를 끼치기로 했다. 그러고는 나는 가방에서 약봉지를 꺼내었다. 잦은 수면장애를 앓았을 때 복용했었던 수면제를 세어보니 얼핏 오십 알이 넘었다.

'이 정도면 충분하겠지.'

그렇게 나는 잠이 들었다.

❖ ❖ ❖ ❖ ❖

Epilogue : 일어날 법했던 일

흰 천장이 눈에 가장 먼저 들어왔다. 왼쪽을 보니 링거가 주렁주렁 달려 있고, 태블릿을 열심히 두드리고 있는 간호사가 보였다. 그녀는 나를 보더니 놀란 듯한 표정을 하고 어디론가 달려갔다. 3분 정도 지났을까 흰 가운을 입은 남자 두 명이 들어왔다.

"안녕하십니까. 저는 선생님의 주치의 박상인입니다. 혹시 불편하신 곳 있으십니까?"

"몸에 힘이 잘 들어가지 않는 것 빼고는 괜찮네요."

"혹시 기억이 나십니까? 지금 환자분께서는 3일 만에 깨어나셨습니다."

"제가 혹시 살아 있나요?"

"3일 전에 하종언이라는 분께서 환자분을 업고 오셨어요.

"아, 그렇게 된 건가요."

"검사 결과로도 별다른 이상이 없으시고, 퇴원하고 싶으실 때 퇴원하시면 됩니다."

"감사합니다."

'감사하다' 라는 말이 입에서 나왔지만, 실상은 그렇지 못했다. 대체 왜 그는 나를 방해했는가? 라는 생각이 들었다. 퇴원 수속을 마치고 나는 다시 러시아로 돌아가기로 했다. 과도한 산업화로 인해 망쳐버린 관광지에 더는 볼 일이 없었다. 곧장 비행기를 타고 러시아로 돌아간 나는 집으로 돌아갔다. 불을 켜자 모든 것이 그대로였다. 소파, TV, 탁자, 책장까지 아무 일 없다는 듯 고요하게 나를 반기고 있었다. 긴 여행에서 돌아왔다. 소파에 앉아 TV도 켜지 않고 천장만 바라보고 있었다. 그러다가 전화벨 울리는 소리에 적막이 깨졌다.

"????????"

전화벨은 대여섯 번 정도 울리더니 끊어져 버렸다. 그리고는 익숙한 목소리가 흘러나왔다.

"안드레, 나일세 일주일이 조금 지난 지금까지도 팀원 모두가 자네를 그리워하고 있어. 그날의 일은 내가 미안하네. 휴대전화는 신호가 가지 않아 집 전화로 이렇게 메시지를 남기네. 지금이라도 괜찮으니 꼭 돌아와 줬으면 좋겠어. 기다리겠네."

"끼익" 하는 소리와 함께 문을 열고 들어가자 모두가 나를 반기며, 환한 미소를 지어주었다. 그 학창시절에도 참았던 눈물이 쏟아져 나왔다. 내가 '필요한' 사람임을 깨닫게 해주고, 지금 이 감정을 느낄 수 있도록 해준 그 부부에게 감사를 전한다. '자살'을 위한 여행이었지만, 지금의 나에게 반대로 '살자'를 위한 여행이 되었음에 다행을 느끼며 일기를 마친다.

선로로 연결된 대륙, 접점의 의미는 무엇일까

철도로써 대륙에 접하는 것은 우리나라에 있어서 많은 것을 의미한다. 먼저 우리나라는 무역의존도가 높고, 대부분의 무역이 중국, 미국, 유럽과 이루어지고 있는데, 분단된 현실로는 육상수송이 불가능하여 해상수송과 항공수송에 의존하고 있다. 사실상 섬과 같은 형국이다.

이런 우리나라에게 철도로써 대륙에 접함은 무역에 있어서 더 적은 비용으로 더 빠른 수송을 이루어 무역 통상 과정에서의 비용을 획기적으로 줄이는 혁신을 의미할 수 있다.

또한 현재 부산항과 인천국제공항을 통해 국제물류 중심지를 목표로 하는 우리나라가 해상수송과 항공수송뿐 아니라 육상수송을 통해 물류중심지의 입지를 더 확고하게 굳히는 계기가 될 것이다.

더 나아가 인류 역사상 최초로 아시아와 유럽 두 대륙의 두 극단을 철도로써 완전히 잇는 것을 의미할 수 있다.

이스탄불부터 진도까지
대륙을 묶는 하나의 선
횡단열차의 의미,
통일 이후의 시대를 찾아서

기술의 발전과 행복은 비례하는가에 대한 의문은 여전히 논란 속에 있다. 기술의 발전이 행복과 비례한다면 미래의 사람들은 지금보다 더욱 행복한 삶을 누리고, 현재 우리 사회가 고통을 겪고 있는 불행의 요소들을 떨쳐냈으며, 충분히 개선되었을까? 기술의 발전이 생명의 연장과 더 많은 풍요를 이끌어냈을 수는 있을지 모르지만 그것이 곧 행복으로 연결되는 것일까?

소설 속이 주인공도 한국과 북한이 통일되고, 과학기술이 발전된 사회에서 살아가지만 인생의 고단함과 무의미함, 불안감을 가지고 살아간다.

과연 더 편리하고 더 발전되어 가는 삶이 우리에게 절대 불가결한 요소인가, 욕망을 위한 개발이 행복을 가져다주는가에 대한 질문에 대한 답을 독자들이 함께 생각해 보았으면 한다.

달이 보이는 곳에

안소희

텔레포트의 오류로 피폐한 폐허의 섬,
진도를 찾게 된 사람과 진도에 남아 섬을 지키던 사람의 이야기.
재건과 희망의 의미를 찾아서.

153

00. 환상

2037년이었다. 대한민국의 과학기술은 전과는 비교도 못할 정도로 발전한 상태라 이상 발전할게 있을까 싶었다. 인공지능, 원하는 삶을 살 수 있는 사람들 등 처음엔 눈을 휘둥그레 뜨고 '우와' 했던 것들도 계속되다 보니 지루해졌고, 흥미가 떨어져 갔다. 다수의 사람들은 더 이상 VR체험이나 로봇생명기술에 대해 관심을 가지지 않았다. 당연히 우리의 시선이 어떻든 우리가 그들을 어떻게 생각하든 그들은 신경 쓰는 척이라도 하지 않았다. 우리들 중 그 누구도 반발이나 저항을 하지 않았다. 소수들이 그토록 원하던 바람이 서서히 이루어지고 있었다. 삶에 대한 어떤 재미도, 의미도 사라졌다.

'순간이동 여행시스템 체험권을 드립니다.'
늘 습관처럼 넘겨보던 인터넷 구직 광고에 문득 이런 글이 올라왔다. 그러고 보니 며칠 전 기사로 이 내용을 본 것 같기도 했다. 말로만 듣던 텔레포트였다. 세상이 정말 발전하고 있음을 새삼 한번 더 느끼게 되었다. 어렸을 적에 보던 영화나 만화들이 하나 둘씩 생각났다. 그래도 큰 기대는 안 하고 한번 들어가 봤다.

순간이동 체험권을 드립니다.
영화 속 세상이 현실이 되었습니다.
원하는 어디든지 지구상에 있는 공간이라면,
20분 내로 보내 드립니다.
물론, 여행 경비는 모두 저희가 책임집니다.
여행을 끝마친 체험자 전원에게는 사례금을 드립니다.
QW그룹과 잊지 못할 추억을 만드세요.
단, 순간이동으로 인한 부작용은 책임지지 않습니다.
9월 30일 이내로 신청해 주세요. 자세한 문의는 이쪽으로……
-QW

궁금한 점이 많은 광고 문구였다. 사람들의 이목을 끌만한 새로운 프로그램의 실험을 하려는데 피실험자가 부족한 것처럼 보였다. 댓글 반응을 보니 다른 사람들에게도 꽤 흥미 있는 실험인 듯했으나 심각하게 관심을 가진 사람은 없어 보였다, 무엇보다 걸리는 한마디, 부작용. 아직 상용화되지 않은 텔레포트의 알지 못하는 부작용이라니 두려움을 주는 단어임이 분명했다.

'뭐 재미는 있겠네.'

나 역시 조금은 흥미로웠지만 곧 다른 새로운 소식들에 묻혀 기억 속에서 희미해져 갔다.

01. 이상

어두컴컴한 배경에 인공조명만 빛나고 있었다. 사람들은 각자의 이야기를 하느라 소란스러웠고 이리저리 돌아다니느라 정신없었다. 여러 음식들이 섞여 들어왔다. 정말 내가 딱 싫어하는 분위기였다.

"내가 이번에 맡은 프로젝트가 대박이 났어."

"난 저번 주에 세계 일주를 했어."

"가을이 넌? 너는 요즘에 어떻게 지내?"

오랜만에 만난 동창들의 모임이었다. 친구들은 근황 보고를 핑계로 각자 자랑을 하고 있었다. 모두들 부러운 일상을 살고 있었다. 이런 분위기에 '난 며칠 전 직장에서 짤리고 하루하루 집에서 뭘 할지 생각하며 놀고 있어.' 라는 말을 하기엔 분위기가 가라앉을 것 같았다. 사실 무엇보다 자존심이 상했다. 혼자 머릿속에서 어떤 답변을 해야 하지 하고 생각하고 있었다. 그때 문득 며칠 전 인터넷에서 보던 그 순간이동 체험이 떠올랐다.

"나 다음주에, 여행 갈 거야. 유럽으로!"

친구들한테 눈을 동그랗게 뜨고 또박또박 말했다. 사실 술김에 무작정 던진 말이었다. 구체적인 계획도 목적도 없이 당장 다음 주에 여행을 그것도 유럽으로 떠난다는 것은 무리였다. 하지만 친구들의 넘치는 관심 속에서 '사실 거짓말이야. 내가 무슨 여행이야' 같은 말은 하고 싶지 않았다. 거짓말 100%인 내 계획을 친구들에게 이야기할수록 더 신나고 가슴이 뛰었다. 거짓말이 들통 나면 어떡하지 걱정하는 두근거림이 아니었다. 그 화제가 끝났음에도 왠지 계속 들떠 있었다. 난 정말 가고 싶었나 보다.

이렇게 된 거 진짜 시도해 보기로 했다. 내가 갈 목적지를 구체적으로 정하고 나름 경비와 그곳의 유명한 관광지들도 조사해 봤다. 내가 원하던 곳은 꽤 오랫동안 관광지 1위를 맡고 있는 이탈리아 베니스였다. 그렇게 열심히 계획을 짜다 보니 시간이 어느새 흘러 있었다. 체험 하루 전 '설렌다'는 표현을 아주 오랜만에 느껴보았다.

드디어 당일이 되었다. 나는 오랜만에 단정하게 차려 입고, 그 체험을 주최하는 그룹으로 갔다. 우리 집과 그렇게 멀리 있지 않은 곳이었다. 어디에나 있을 것 같은 평범한 건물처럼 보였다. 조마조마한 마음으로 문을 열었다. 여러 연구학회에서 받은 상장, 그들만의 사진, 깔끔한 벽지 등 인터넷에서 본 것과 거의 일치했다. 머뭇거리고 있던 중에 흰색 셔츠를 입은 마른 체형의 여자 분이 나를 어느 방에 안내하고는 공간이동 시스템에 대해 설명해 주었다.

"어머 안녕하세요. 며칠 전에 전화 주신 유가을 씨 맞죠? 저희 QW는 아시다시피 공간이동 시스템에 대해 연구하고 있어요. 그리고 우리의 연구는 거의 성공했죠. 그리고 가을 씨에게 이 시스템을 체험할 수 있는 기회가 주어진 거예요."

"이게 정말 가능한 건가요?"

"당연하죠. 공간이동은 물리학 법칙으로 예전부터 가능했어요. 이것은 양자역학의 법칙에 근거해요. 고전역학 속의 물체는 외부에서 충격이 가해지지 않는 한 한 공간에 고정되어 있지만, 양자역학이 다루는 전자는 입자인 동시에 파동의 성질을 가지고 있어 임의의 시간과 장소에 '확률적으로' 존재하게 되는 거예요. 그리고 우리는 이 확률을 올리는데 성공을 한 것이죠. 여러 학회에서 인정도 받고, 많은 사람들의 관심을 받고 있어요."

그녀는 여러 홀로그램과 영상들을 사용하면서 나에게 설명해 주었다. 사실 양자역학이니 시간의 파동이니는 아무리 들어도 잘 모르겠다. 그래도 내가 생각했던 것보다 더 대단한 일이라는 건 대충 가능할 수 있었다.

"가을 씨, 이제 여기에 지문인식을 하고 서명만 하면 되요."

그녀는 테이블 화면에 계약내용을 띄우면서 말했다. 이런 걸 읽을 여유도 없었다. 한시라도 빨리 도착하고 싶었다. 그래서 자세히 읽지 않고 사인을 했다. 그들은 만족스럽다는 듯이 바라보았고 나를 어떤 방으로 안내했다.

그 방은 큐브 형식처럼 생겼고, 안의 공간은 사람 두 명 정도가 들어 갈 수 있는 정도였다. 그곳에 들어가니 로봇의 설명이 들렸다.

"앞에 있는 화면에 가고 싶은 곳을 입력하세요. 시간을 기다리고 문을 열면, 당신은 그곳에 도착해 있을 것입니다."

[Italy, Venezia]

입력을 완료하자마자 작동되는 것 같았고, 또 한 번의 안내음성이 들렸다.

"다시 한 번 말씀드리지만, 저희는 부작용에 대한 책임은 책임지지 않습니다. 그럼 즐거운 여행 되십시오"

다시 생각해 보니 그들은 이 말을 꽤 많이 강조했던 것 같다. 하지만 나는 그 말을 그다지 대수롭게 생각하지 않았고, 여행이라는 단어의 두근거림에 감싸여 있었다.

큐브의 의자에 앉아 있으니 눈앞에 여러 홀로그램이 지나가고 있는 게 보였다. 약간의 어지러움이 지나고, '완료되었습니다.'라는 말을 끝으로 문을 열어 보았다. 대략 15분이 걸린 듯했다. 내가 원하던 순간이었다. 이제 문을 열면 아름다운 강과 처음 보는 외국 사람들이 가득 할 것이다. 그렇게 눈을 반짝이면서 심호흡 한번 하고 문을 열어보았다. 수년 동안 관광지 1위를 맡아 오던 곳, 어릴 적부터 생각한 동화 속 공간. 그곳과는 전혀 다른 곳이었다.

02. 현실

막 풍경을 봤을 때의 당황스러움은 아직도 기억한다. 바다는 있었다. 하지만 내가 생각하던 푸른 해변이 펼쳐져 있지 않았다. 사람들을 태운 아날로그 식 요트도 보이지 않았다. 나를 흥미롭게 쳐다보는 다채로운 눈빛도 없었다. 눈앞에 펼쳐진 바다는 그저 물색이 탁한 평범한 바다였다. 이런 바다는 집에서 조금만 차타고 가도 보일 것이다. 아니, 그렇게 해서 보는 바다가 더 푸르고 예뻤을 것 같았다. 블로그 포스팅이나 자랑하던 친구가 보여주던 아기자기한 마을도, 화려한 상가도 안 보였다. 망한 것처럼 보이는 가게들만 줄지어 있었을 뿐이었다. 혼란스러웠다. 내가 꿈꿔왔던 도시가 이런 곳인지 아니면 내가 단순히 잘못 도착한 건지 헷갈렸다. 시스템에서 내리고 몇 분 동안 둘러보아도 사람 한 명 보이지 않았다. 대신 30년은 넘어 보이는 아주 오래 된 낡은 한글 간판들이 여기가 아직 한국이라는 것을 알게 해주었다.

"가을 씨 원하던 목적지에 잘 도착했나요?"
"아니요. 저 지금 완전 다른 곳에 있어요. 여기가 어딘지도 잘 모르겠어요. 저이제 어떡하죠?"
때마침 QW에서 확인 전화가 왔다. 나는 거의 울듯이 직원에게 매달렸다.
"아…… 저희도 이런 경우는 처음이라 어떻게 해야 할지 잘 모르겠네요. 일단 일주일만 있으면 다시 시스템을 이용해 이곳으로 올 수 있을 거예요. 정말 죄송합니다."

차라리 도전을 하지 말걸. 후회를 해봤자 늦었다. 이 이름도 모르는 낯선 섬에서 일주일 동안 내가 무엇을 해야 하나 싶었다. 여기가 유럽이 아니라는 사실에 꽤 오랫동안 멍하니 주저앉아 있었다. 그러다가 계속 이렇게 있을 수는 없단 생각이 들었고, 앞으로 더 나아가 보자 하는 생각이 들었다.
한참동안 걸어도, 그 흔하디흔한 가이드 로봇은 물론, 사람 한 명도 나오지 않았다. 가끔 지나가는 새들을 제외하고는 아무도 나를 쳐다보지 않았다. 곧 부숴질 것 같은 다리를 이끌고 계속 걸어 가다보니, 더 많은 건물들이 보였고 희망이 있을까 싶었다. 하지만 아무리 가도 사람 한 명 나오지 않았다. 종종 보이는 건물들은 곧 무너질 것처럼 보였기에 쉽게 들어갈 수 없었다. 전자 기술이 도입되긴 한 것 같았지만, 구 버전이었고, 제대로 작동하는 것도 드물었다.

해가 벌써 져가고 있었다. 날이 거의 다 갈 때까지 내가 알아낸 것이라고는 이 섬 이름이 '진도'라는 것밖에 없었다.

03. 우연

'진도'. 이 섬의 건물 곳곳에서와 벽에는 모두 진도라고 쓰여 있었다. 아마 이 곳의 명칭일 것이다. 하지만 내 주위의 아무도 그곳을 알지 못했고, gps도 잘 잡히지 않았다. 연달아 나오는 한숨만 계속 쉬면서 의자처럼 보이는 곳에 앉아 있었다. 날이 거의 저물어 가고 있었다. 일주일 동안 뭘 하며 살아가야 하나 하는 생각에 눈물이 나올 것 같았다. 그렇게 앉아 있던 중 드디어 사람이 보였다.

겉모습은 내 또래의 남자처럼 보였다. 큰 키에 동그란 눈을 가지고 있었고 피부는 조금 그을린 것처럼 보였다. 그는 로봇도 환각도 아니었다. 그 남자는 자신이 뭔가를 잘못 보기라도 한 듯 그 큰 눈을 잠깐 찌푸리고는 '이 사람은 누구지.' 하는 표정으로 보았고 점점 더 나에게 다가왔다. 나는 다리에 힘이 풀린 상태라서 앉은 채로 최대한 여유로운 척 인사를 건넸다.

"안녕하세요."

"네. 여기는 어떻게 왔어요?"

내가 말을 건네자 남자는 당황한 듯 눈을 잠깐 깜빡거리더니, 다시 내 인사를 받아 주었다. 난 이곳에 오게 된 상황을 처음부터 차분히 설명했다. 이야기를 모두 들어준 남자는 나를 불쌍하다고 생각했는지 걸음을 부축해 주고, 자신이 사는 곳까지 데려다 줬다. 어렸을 때 엄마가 모르는 사람은 따라가면 안 된다고 했던 것이 떠올랐지만 누군가를 의심할 만한 여유는 없었다. 항상 집에만 있던 사람이 반나절 이상을 안 쉬고 걸었고, 아침 이후로는 제대로 뭘 먹지도 못했다. 그냥 이상한 사람이 아니기를 빌면서 따라갔다.

그의 집은 내가 주저앉은 곳에서부터 멀지 않았다. 덕분에 얼마 걷지 않아서 그가 머무르는 곳에 도착할 수 있었다. 그곳은 내가 그동안 익숙하게 봐왔던 고층 빌딩이 아닌 단조로운 단층 주택이었다. 그렇게 아름답진 않았지만 이곳과 어울렸다.

"그쪽은 이름이 뭐에요?"

그는 나를 의자에 앉히고는 간단한 먹을거리를 해주고 있었다. 나는 뭘 해야 할지 몰랐다. 그저 멍 때리며 무언가를 만드는 그를 바라보고 있었다. 그런 상황이 어색했는지, 아님 그저 내가 궁금했는지 계속 나에 대한 것을 물어봤다.

"유가을이에요."

"가을?"

그는 내 이름이 웃긴지 살짝 웃으면서 말했다.

"예쁜 이름이네요."

이후로 몇 마디 주고받았으나, 특별히 기억에 남는 것은 없었다. 그는 단지 나에게 어디서 살다왔냐, 뭐하다 지냈냐 같은 단순한 질문들을 건넸다. 피곤했지만 왠지 기분이 좋아졌다. 서로 모르는 사이의 누군가가 나에게 이렇게 많은 관심을 준 것은 아주 어렸을 때 이후로는 처음인 것 같았다.

"제 이름은 이 룬입니다."

정말 다행이었다. 그는 착한 사람이었다. 초면인 나에게도 무척 친절했고, 내가 하는 사소한 말에서조차도 늘 눈을 반짝여줬다. 그 덕분에 하루가 무사히 지나갔다.

그렇게 진도에서의 하루가 지나가고 새로운 해가 떠올랐다. 나는 어제의 일들이 어렴풋이 생각났다. 혹시 그것들이 모두 꿈이었나? 하는 생각이 들기도 했다. 방안을 둘러보았다. 모든 것이 낯선 것으로 보아 어제 일은 결코 꿈이 아니었다. 금방이라도 끊어질 것 같은 다리를 이끌고, 방문을 열어 거실 쪽으로 가 보니, 그는 나갈 준비를 하고 있었다.

"가을 씨?"

얼떨결에 눈이 마주친 그는 먼저 나의 이름을 불렀다

"같이 갈래요?"

"아, 괜찮아요."

그가 가자고 하는 곳이 어디인지 궁금하였지만 도저히 다리를 움직일 수 있는 상황이 아니었다. 난 하루 종일 룬의 집에 있기로 했다. 한숨 더 자고 몸이 좀 더 회복이 되었을 때 그의 집을 둘러보았다. 어제는 보이지 않았던 게 보이기 시작했다. 그와 어울리는 깔끔한 집이었다. '전라남도 진도군 이대로 끝인가.' '도의원 김○○, 진도군에 대해서 입을 열다.' 등 집벽에 있는 디지털 신문들은 모두 진도에 대한 이야기 밖에 없었다. 아무리 읽어봐도 내가 모르는 말들뿐이었다. 집안에 흥미로운 것들이 많았지만 그중 가장 눈에 띄는 것은 거실 쪽에 있는 작은 액자였다. 요즘에는 쉽게 볼 수 없는 인화된 사진 몇 장이 테이블 옆에 놓여 있었다. 그 속에는 나이 드신 분들이 많이 있었고, 맨 가장자리 부분에는 룬이 서 있었다. 그들 뒤로는 하천이 보였고, 특별한 풍경은 없었다. 다들 웃고 있었지만 왠지 슬퍼보였다.

"뭐하고 있어요?"

그렇게 한참 사진을 쳐다보고 있을 때, 룬이 돌아왔다.

"아, 그냥 이것저것……."

서로 아무 말도 하지 않고 사진을 바라보고 있었다.

"누구에요?"

"네?"

"여기 룬 씨와 같이 있는 사람들이요"

"아, 이분들은……."

룬은 잠깐 동안 머뭇거리면서 말했다.

"소중한 사람들이에요."

"저 오늘은 따라 가고 싶어요."

룬이 기뻐하는 것처럼 보였다. 그가 하는 일이 궁금하기도 하고, 여기서 할 일도 없었기에 따라 가 보기로 했다. 그날이 진도에서의 셋째날이었다. 그는 차를 타고 지금 이곳보다 더 깊은 시골 쪽으로 들어가더니, 어느 산으로 올라갔다. 꽤 험악한 길이라 차가 고장나지 않을지 걱정될 정도였다. 그리고 목적지처럼 보이는 곳에 도착하였을 때, 나는 또 한 번의 색다른 풍경을 보았다. 나무들은 여름이 진작 다가온 지도 모르는 듯 이파리를 보일 생각을 안 했고, 많은 부분들이 갈라져 있었다. 땅들도 왠지 기분이 나빴다. 그는 그곳이 익숙한지 아무 신경도 쓰지 않았다. 단지 어떤 도구를 사용하여 땅의 상태와 나무의 상태를 측정하고, 그것들을 자신의 컴퓨터에 입력시켰다. 그의 컴퓨터를 살짝 봤을 때, 내가 모르는 어려운 용어들로 가득했었다.

"뭐하는 거예요?"

"아, 이곳의 정보를 모두 모아서 데이터를 관리하는 사람에게 보내는 거예요."

"누가 관리하는데요?"

"제가 근무하는 연구소 사람들이 관리를 하고, 분석을 하고 대처방안을 세우고 있어요."

"아, 룬. 꽤 멋진 일을 하시네요."

"그렇죠."

그는 부끄러운 듯이 웃었다.

네 번째 날에는 밭과 논 그리고 아무것도 없는 공터에 갔다. 건물들이 몇 없어서 작은 섬이라고 생각했는데, 이렇게 보니 여기는 정말 넓은 곳이었다. 대부분이 어제 갔던 산처럼 황량했다. 아무것도 없는 게 다반수였다. 룬은 생각만큼 일이 잘 풀리지 않는지 착잡해 보였다. 마지막으로 들른 곳에 드디어 작물이 보였다. 물론 마트에서 파는 일반 식품보다 훨씬 부실해 보였다. 그래도 파릇파릇한 식물을 보니 내가 더 기뻤다. 그곳에 있는 작물 중에 약간 특이하게 생긴 것이 보였다.

"여기 있는 이건 무슨 작물이에요?"

"이건 울금이라고 하는 거예요."

"울금이요?"

"네. 요즘은 부쩍 안 나오긴 하지만, 예전에는 한참 인기였던 적도 있었어요. 혈액순환과 정신 건강에 좋대요."

룬은 계속 수확물에 대한 정보를 기록하면서 나에게 대답을 해주었다. 울금은 처음 들어본 단어였다. 가까이 가니 쌉쌀한 향이 났다. 예전 진도의 특산품이라고 했다. 다른 지역에서는 쉽게 나지 않은 것 같았다. 알약이나 회복 주사 대신 이런 실제 식품을 찾는 요즘 트렌드와 어울리는 것 같았다. 재배가 수월하게 되면 많은 이들에게 환영을 받을 것 같았다.

다섯 번째 날은 바다에 갔다. 처음 진도의 바다를 보고 충격을 받았던 게 문득 떠올랐다. 이동하는 동안에 룬은 나에게 예전 진도의 바다 사진을 보여주었다. 내가 원했던 유럽의 바다만큼은 아니지만 지금보다 훨씬 푸른색이었고, 보기 좋았다. 바다까지 가는데 얼마 걸리지 않았다. 진도는 바다를 볼 수 있는 곳이 꽤 많았다. 분명 똑같은 바다일 텐데 장소마다 다른 매력이 있는 것처럼 보였다. 가지런한 모래가 깔려 있는 곳도 있었고, 까슬까슬한 자갈이 깔려 있는 곳도 있었다.

"제가 가장 신경 써서 보는 게 바다예요. 다른 지역까지 피해를 입힐 수도 있고 이대로 썩히긴 굉장히 안타까운 자원이거든요."

그가 보여준 예전의 진도 바다 사진과 어디에서도 볼 수 없었던 거센 물살을 보니 그의 말이 이해됐다. 지금까지 내가 본 바다와는 확실히 달랐다.

바다는 작업할 것이 많은지 꽤 오랜 시간 동안 있었다. 어느새 해는 지고 하늘은 어두컴컴해져 갔다. 오늘 날씨가 그렇게 좋은 편이 아니라서 달이나 별이 보이진 않았다. 그래도 간간이 있는 별 사이로 보이는 구름들이 보였다. 구름들은 정말 천천히 움직이고 있었다. 우리는 밤바다에 한참을 취해 있다가 집으로 돌아왔다.

여섯 번째 날이 되었다. 즉 내일이면 이곳을 다시 떠난다는 말이다. 드디어 집에 갈 수 있다는 기쁨과 함께 어딘가 쓸쓸한 감정이 한참 몸속을 돌고 있었다. 왠지 한숨이 나왔다. 한숨을 한번 쉬고 방문을 여니 역시 그가 있었다.

"가을 씨, 오늘은 마지막 날인데, 지금까지 못 본 곳들을 돌아다녀 볼래요?"

아직까지 보지 못한 것들이 있다는 것에 조금 놀랐다. 룬이 어떤 곳을 소개해 줄지 기대되었다. 맨 처음 간 곳은 평범한 공원이었다.

"가을 씨 여기는요. 아이들의 단골 장소였어요. 어린이날이 되면 이곳에서 다양한 행사가 열리기도 했고, 가끔 지역의 축제가 열리는 날에는 어르신들이 좋아하시는 가수들이 와서 노래를 부르고 가기도 했어요."

"여기는 제가 다녔던 학교예요. 저는 초등학교, 중학교, 고등학교까지 모두 여기서 다녔어요. 특별하진 않지만 추억들이 많이 쌓여 있는 소중한 장소 중 하나예요."

진도는 처음에는 낯선 곳이었고, 그다음에는 여러 사정이 있어 보이는 특이한 곳이었다. 하지만 오늘 이렇게 돌아다녀보니 진도는 그냥 평범한 지역이었다. 내가 살던 곳처럼 공원도 있고, 영화관, 학교도 있는 평화로운 곳이었다.

그는 계속해서 설명을 이어나갔고 웬만한 가이드 로봇이나 VR체험의 내레이션보다 괜찮은 듯했다. 서울에서는 결코 볼 수 없는 풍경과 기분 좋은 바람의 느낌에 나는 기분이 더 좋아졌다. 그러다가 문득 처음 왔을 때부터 지금까지 궁금했던 게 떠올랐다. 늘 오늘은 물어봐야지 하다가 지나쳐버린 질문이었다. 나는 조심스럽게 그에게 말을 건넸다.

"저기요, 근데⋯⋯."
"네?"
"진도는 어쩌다가 이렇게 된 거예요?"

04. 회상

오늘 할 분량의 연구를 끝내고 집으로 돌아가던 길이었다. 연구가 끝나고 걸어가는 적적한 이 길에 적응이 된 지는 꽤 오래 전의 일이었다. 당연히 아무도 없어야 할 이곳에 어떤 사람 한명이 이젠 낡아 먼지가 낀 벤치에 앉아 있었다. 단정한 머릿결에 가을 하늘을 닮은 하늘색 원피스를 입고 있었다. 아주 가끔 하는 화상채팅, 가상공간용 안드로이드를 제외한 실제 사람을 본 것은 정말 오랜만이었다. 혹시 내가 잘못 본 건지 하는 마음에 더 다가가 보았다. 그녀는 꽤나 힘들어 보였지만, 애써 그것을 숨기려하는 것 같았다.

"안녕하세요?"

정말 사람이었다. 이 사람이 왜 여기 있는지는 자세히 모르지만 반가웠다. 의도치 않게 이곳으로 오게 됐다고 했다. 나는 우리 집에 초대를 했고 머무르는 것을 허락했다. 그 아이가 심심할 것 같아서 내가 가는 곳에 같이 가자고 했다. 사실 내가 심심한 거였을 수도 있다. 그녀는 꽤나 흥미로운 눈으로 모든 것을 쳐다보았다. 그녀가 진도에 관심을 보여준 것이 기뻤다. 마지막 날은 빨리 왔다. 나는 그녀에게 더 많은 기억들을 선물해 주고 싶었고, 진도에 대해 더 많은 것들을 알려주고 싶었다.

"진도는 어쩌다가 이렇게 된 거예요?"

생각해 보니 내 이야기를 제대로 해주진 않았던 것 같다. 예상치 못한 질문에 조금 당황했다. 그리고 그 순간부터 문득 그때의 일들이 하나하나 떠오르기 시작했다.

❖ ❖ ❖ ❖ ❖

"진도에 무슨 발전소 생긴대."

아마 10년 전쯤이었을 것이다. 그때의 난 대학생이었고, 학교 때문에 서울에서 살고 있었다. 그래도 방학이라 20일 정도 진도에 머물러 있었다. 같이 지내던 친구 한 명이 아주 스치듯이 이야기를 해주었던 것이 기억난다. 그 당시의 나는 20년이 넘을 동안 진도에 살아왔음에도 불구하고 진도에 별 관심이 없었다. 대학을 졸업하고 취직을 하면 진도에 올 기회도 거의 없었기에 그냥 그러려니 하고 넘겼다. 그저 남 일 같았다. 사실 그 친구가 헛소문을 듣고 온 것일 거라는 믿음이 더 강했다. 더 좋은 곳이 많을 텐데 왜 여기다 지어. 일주일 후에 그때 친구의 말이 사실이었음을 확인하게 되었다. 검은 정장을 입은 키 큰 사람들이 우리 마을을 방문하는 것을 보았다. 그 회수가 점점 더 잦아졌고, 가끔은 외국인도 오기도 했다.

"이곳에 발전소를 도입하면, 기술이 더 활성화될 것입니다."

"사람들에게 지역을 더 알릴 기회가 돼요"

"부작용은 절대 없을 거예요"

얼핏 듣기에 전기기술이나, VR의 연료, 새로운 버전의 자동차 등의 연료로 쓰일 것이라고 했고, 몇 군데는 자연정화의 목적으로 쓰인다고 했다. 뭐 발전소를 설치해 준 보답으로 돈도 받고, 다른 사회에도 득이 되는 일이라 나는 나쁘지 않다고 생각했었다. 하지만 이런 달콤한 말들은 마을의 아저씨와 아줌마들에게는 통하지 않았다.

"저게 말이 된다고 생각합니까."

"피해를 받으면 제일 먼저 나 몰라라 할 사람들이……."

"이대로 가만히 보고만 있을 수는 없어요."

오랜 시간동안 서로 봐온 사람들이라 그런지 뜻은 쉽게 모아졌고, 그 뜻은 금방 실현되어졌다.

'주민들 동의 없는 발전소 설치 철회하라'

'이곳은 우리들의 삶의 터전이다.'

도로가의 플래카드와 전자 판에는 이런 식의 문구가 적혀 있었고, 주민들은 시청에 가서 따지거나 시위를 벌이기 바빴다. 하지만 이런 노력도 별로 통하지 않는 것처럼 보였다. 정장을 차려 입은 사람들은 그들을 보고도 어떠한 표정 변화가 없었다. 아니 오히려 가소롭다는 듯이 비웃곤 했다. 시청 직원들은 자신이 알고 있는 것이, 할 수 있는 것이 없다는 말만 반복할 뿐이었다. 이런 상황이 몇주째 계속되자 사람들은 대부분 지쳐갔다. 포기하는 사람들이 더 늘어 갔다.

"우리가 이렇게 해도 그들이 생각을 바꿀 것처럼 보이진 않아요."

"맞아요. 부작용이 있다는 게 확신이 드는 것도 아니고"

"정말 우리에게 이득이 될 수 있잖아요."

"가게 일도 많이 밀렸어요. 우리도 이제 우리의 삶으로 돌아가야죠."

이런 공기가 돌고 있을 때쯤에 공사가 시작되었다. 주민들의 의사와 상관없이 진도의 주요 경영측이 선택한 결정이었다. 아저씨와 아줌마들은 더 이상 소용이 없다는 것을 알았다. 이런 활동을 계속하다보면 자신과 자신의 가족에게 불이익이 올 수도 있다는 것도 눈치챈 것 같았다. 사업체들의 계획은 점점 더 수월해져 갔다.

그 후로 나는 꽤 오랜 세월 동안 진도에 오지 않았다. 몇 달이 지난 후에 설치가 완료되었단 소식을 들을 뿐이었다. 그러고 나서는 그냥 바빴고, 도시의 삶이 적응되어 갔다. 이런 여러 가지 이유로 진도에 내려오지 않았다. 그곳을 생각할 겨를도 없었다. 그런 식으로 3년쯤 흘렀을 때였다. 문득 어머니한테서 전

166

화가 왔다. 왠지 불길한 예감이 들었다.

"아들, 잘 지내?"

"저야 늘 잘 지내죠. 무슨 일 있어요?"

"어휴, 진도가 아주 난리야. 한번 시간 좀 내서 와줘."

오랜만에 온 진도의 풍경은 3년 전과 한참 달라져 있었다. 자동차나 사람이 지나다니는 일반 거리는 전보다 더 잘 정비되어 있었다 하지만 그 푸르던 바다는 청록색과 황갈색이 섞인 빛이 돌고 있었다. 내가 보기에도 어류가 자라기에는 힘든 환경 같았다. 한창 수확을 해야 하던 철에 그 어떤 농산물도 나오지 않았고 말라 있었다. 계속해서 앞을 나아갈수록 정말 이곳이 내가 20여 년간 살던 곳이 맞나 싶었다. 모든 곳이 파괴되었다. 사람들이 살아 있다는 것도 신기했다. 한 번도 이런 적은 없었기에 모두들 당황했다. 이때의 진도 사람들은 거의 농사, 양식, 관광업에 종사하고 있었다. 그러니 큰 타격이 아닐 수 없었다. 절망. 그 자체였다.

어떻게 이렇게 된 것이지 하며 계속 생각을 하고 있었다. 그 순간 산 정상 쪽에 놓여진 수많은 발전소가 보였다. 저 발전소의 갑작스러운 오류로 작물과 토양, 바닷물에게 해로운 물질을 보내고 있는 것이 아닐까 하는 생각이 들었다. 한참 여러저러 생각에 잠겨 있던 중, 사람들이 드디어 시간이 됐다면서 소란스러워졌고, 마을 중앙 사거리 쪽에 홀로그램이 나타나더니 군수와 그 밖의 진도 지역을 책임했던 주요 사람들이 비춰졌다.

"친애하는 군민 여러분들, 정말 유감스럽게 됐습니다. 이번 사건은 갑작스러운 환경오염으로 인해 일어난 게 밝혀졌습니다. 이에 대한 피해보상은 이 계획을 추진한 정부가 해결하겠습니다. 하지만, 진도의 땅과 바다는 이미 정화 가능한 수치를 훨씬 넘어 서버렸습니다. 앞으로 몇 년간은 사람이 살아 있기도 힘들 것 같습니다. 다시 양식업, 관광업 등을 하며 생계를 이어나가며, 살기는 힘들 것 같습니다. 정말 죄송합니다. 자세한 공지는 추후에 알려 드리겠습니다."

이와 같은 화면이 계속 비춰졌다. 정부의 공식적인 발표는 겨우 이게 다였다. 아마 더 이상을 물어보아도, 자신들은 모른다고 발뺌을 할 것이다.

"그럼 우리는 어떻게 되는 거야?"

"뭐 어쩌겠어. 더 이상 여기서 할 수 있는 게 없는데, 다른 데로 옮겨야지."

"나는 계속 이곳에 남아 있고 싶어."

"다들 마찬가지일 거야."

그 알림을 본 사람들은 웅성거리면서, 본인들의, 진도의 앞으로의 앞날을 걱정했다. 이 정도면, 뉴스나 인터넷에 다 알려졌겠지 싶어서 반응을 보러 인터넷에 접속했다. 기사는 몇 개 있었으나 크게 이슈 되지 않았다. 이 분야 전문가가 아닌 대부분의 사람들은 이 사건을 모르고 있었다. 보다 못한 내가 각종 SNS와 사이트 등에서 이 이야기를 올렸다. 처음 며칠은 잠깐 관심을 받았었다. 하지만 그곳은 늘 새로운 소식으로 가득했다. 하루는 우리가 늘 먹는 식품의 부작용에 대해 논란이 되기도 했고, 성형으로 인한 신체 부작용이 논란되기도 했다. 그렇게 우리는 묻혀가고 있는 것이었다. 직접 언론사에 연락을 해봤을 때, 그들은 알겠다는 말만 했지 달라지는 것은 없었다. 우리에겐 아주 심각한 사건이 다른 이들에게는 가벼운 수다거리였고, 다른 것이 흥밋거리가 되면 모든 관심을 다른 것으로 돌려도 이상이 없는 아주 간단한 것이었다.

사람들은 한순간에 자신의 직업을, 집을, 고향을 잃어버리게 되었다. 나는 멍한 기분이 들었다. 고등학생 때쯤에 만약 진도가 없어지면 어떻게 될까하는 생각을 한 적이 있었다. 그때는 별 실감이 안 들었다. 나와는 관련 없을 거라 생각했다. 지금 현실이 됐다. 나는 마을 사람들을 뒤로한 채 내가 사는 곳으로 돌아갔다. 그래도 계속 진도에서 있었던 일들만 생각이 났다.

"그 후로 어떻게 됐어요?"

"뭐가 달라졌겠니. 우리도 슬슬 받아들이고 정리하고 있어."

후의 상황이 궁금해서 엄마와 통화를 해보았다. 엄마는 계속 한숨을 쉬어갔다.

"아마 보름 후에가 마지막 밤이 될 거야. 그래서 단체로 밤에 산책이나 하려고. 도란도란 이야기도 나누고, 맛있는 것도 먹고."

"저 엄마."

"응?"

"저도 껴도 될까요?"

평소에 그리 친하게 지내던 사이는 아니었지만 나도 그 사이에 왠지 끼고 싶었다. 그래서 그 주말에 한번 더 진도에 내려갔다.

이른 저녁이었다. 달빛과 오래된 가로등만이 길을 비추었다. 오랫동안 알고 지낸 아저씨 아줌마들과 거리 곳곳을 산책했다. 다른 지역에 비해 훨씬 프랜차이즈 매장이나 놀거리도 부족했다. 어렸을 적엔 이것에 불만이 많았다. 화려하고 색감이 예쁜 집들도 없었다. 건물보다는 산이나 밭들이 더 많았다. 젊은 사람들은 진작에 도시로 떠났기에 대부분이 나이드신 분들이었다. 그 때문에 어린이들을 위한 시설보다는 경로당이나 실버체육관들이 많이 있었다.

"기억나? 여기가 우리가 처음에 살던 집이었잖아."

"여기는 우리 남편이 나한테 프로포즈한 장소지."

"여기 언덕에서 우리 딸이 넘어져서 얼마나 놀랐는데."

길거리 곳곳에 그들의 추억이 새겨 있었다. 그들은 자신마이 갖고 있는 각각의 특별한 추억을 하나둘씩 꺼냈다. 어른들의 말을 들으니 내 추억도 떠오르는 것 같았다. 이제 여기가 없어진다는 것에 눈물이 나올 것 같았다. 울면 창피할 것 같아서 눈물을 숨기려 고개를 들었다. 문득 달이 보였다. 정말 오랜만이었다. 서울의 하늘은 시도 때도 모르는 듯이 밝았고 달은 무슨 하늘 한번 볼 수 있는 여유도 시간도 없었다. 아마 서울뿐만 아닌 다른 지역들도 마찬가지였을 것이다. 한번 눈을 감았다.

그리고 사람들은 한명도 빠짐없이 나갔다. 원하면 올 수 있었지만, 아직 부정확한 화학 물질에 오염된 이 섬에서 머물기에는 위험했다. 다행히 이것은 5~6년 후면 사람이 살 수 있을 정도는 괜찮을 것이지만, 망가져 버린 토지와 바다는 다시 되돌리기 힘들 것이라 했다. 비어져 가는 고향을 보면서 생각했다. 지금은 힘들지만 언젠가 꼭 이곳에 다시 와서 진도를 살리겠다고.

그 후 5년 뒤 진도는 다시 안전하다는 판정을 받았다. 사람들은 그곳에서의 정착이 익숙해져서, 진도에서 더 이상 할 수 있는 게 없어서 등의 각자의 이유로 진도에 오지 않았다. 그 사이에 나는 생태학과 관련된 연구를 하는 기업에 취직했다. 전문 기관이라서 그런지 그곳도 진도에 대한 논쟁은 계속 있어왔다.

마침 그 당시 진도에 머무르면서 직접 연구를 할 사람이 필요했다. 진도에 내려와 연구를 하도록 허락받았다.

그렇게 아무도 없는 섬에서 혼자 살게 되었다. 내가 주로 하는 일은 진도의 이곳저곳을 돌아다니는 것이다. 내가 진도의 바다, 논과 밭, 공터, 산, 부속도서 등을 조사를 하여 본 회사에 있는 다른 직원들에게 데이터를 보내준다. 이 사태에 대한 정확한 원인과 다시 전처럼 살 수 있을까에 대해 연구를 한다. 나를 제외하고는 별다른 사람이 오진 않았다. 그리고 그런 생활이 4년쯤 되었을 때 그녀를 만났다.

05. 경험

"그리고 그렇게 지내다가 가을 씨를 만나게 된 거예요."

그간 모든 이야기를 해준 그는 어딘가 쓸쓸해 보였다. 우리는 창밖을 보았다. 차 너머로 움직이는 풍경들이 보였다. 관리가 잘 되지 않았는지 풀이 많이 우거져 있었고, 그와 어울리는 벌레 소리가 들렸다.

진도는 작은 곳이었다. 그래도 볼 만한 곳이 꽤 많았다. 그동안 모든 곳을 보지 못한 게 후회가 되었다. 그리고 다른 사람들이 여기를 모를 것이라는 게 아쉬웠다. 여러 곳을 둘러보니 어느새 밤이 되었다. 서울은 항상 밝아 언제나 낮같은데 여기는 낮과 밤의 경계가 명확하다는 게 신기했다. 그가 나를 툭툭 치며 손으로 하늘을 가리켰다. 밝은 달이 보였다. 항상 구름 낀 날씨라 잘 안 보였는데 드디어 보였다. 그 달을 보니 왜 그가 여기에 남기로 했는지 얼핏 알 것 같았다.

마지막 날이 왔다. 그는 내가 처음에 도착했던 그 장소까지 데려다 준다고 했다. 마지막까지 친절한 사람이었다. 그 길을 다시 보는 동안 서로 아무 말도 하지 않았다. 아마 우리가 처음 만났을 때를 회상하고 있었지 않았을까. 조금만 더 지나가니, 그때의 그 바다가 보였다. 처음 봤을 때는 그저 더럽고 실망스러운 바다였다. 하지만 그새 정이 들었는지 나중에 더 보고 싶었단 생각이 들었다. 텔레포트 시스템이 빛나고 있었다. 이제 그곳에 올라가면 어쩌면 나는 다시 이곳에 못 올 수도 있다. 룬의 연락처는 모두 받아 놨다. 그래서 한동안은 계속 연락을 할 수 있을 것이다. 하지만 미디어를 통해서가 아닌 직접 얼굴을 보면서 하고 싶은 말이 있었다.

"다음에도……."

순간 말이 막혔다.

"다음에도 올 수 있으면 좋겠어요."

룬은 늘 그렇듯 가볍게 웃어주었다. 아마 긍정의 표시였을 것이다. 다시 집으로 돌아가 세상에 치이다 보면 그를 기억에서 잊어버릴 수도 있다. 하지만 그러기 전에 여기 다시 와서 이렇게 직접 보고 싶다. 물론, 지금보다 훨씬 발전되고, 안전하고, 깨끗한 진도에.

그렇게 우리는 헤어졌다. 그룹에서는 미안하다 다음에는 주의하겠다 등의 사과를 계속 해댔고 나는 애써 쿨한 척 넘어갔다. 뭐 그 덕분에 그 이런 경험을 했고 좋은 사람을 만났으니 나쁘지만은 않았다. 무언의 약속으로 나는 내 일에 최선을 다했다. 그 아이처럼 눈을 반짝이면서 할 일을 했다. 아마 그도 그렇겠지. 아니 나보다 몇 배는 더 잘하고 있겠지.

00. LUNE

❖ ❖ ❖ ❖ ❖

그녀가 떠난 지 3년쯤 되어갔다. 우리 팀이 그동안 맡아왔던 프로젝트는 거의 끝이 나고 있다. 이제 완벽하게 안전한 곳이 되었고, 몇 번의 실험과 시도만 더 한다면, 예전만큼은 아니더라도 다른 지역같이 평범한 삶을 살아갈 수 있을 것이다. 아주 적은 확률로 지원이 다시 된다면 손꼽히는 관광지도 기대해 본다. 그간의 수많은 세월이 떠올랐다. 하지만 그중 가장 기억에 남는 것은 아마 그 사람과 같이 있었던 단 일주일이었다. 이파리들은 하나둘씩 그들의 색들을 점점 바뀌 가고 있다. 하늘은 점점 더 파랗고 높게 변하고 있다. 여름에서 겨울로 넘어 가는데 걸리는 약 5주 중에 있다. 옛날에는 더 길었던 이 시기를 '가을'이라고 불렀었지.

❖ ❖ ❖ ❖ ❖

내가 그렇게 떠나온 지 5년이 더 흘렀다. 정말 아쉽지만 룬과의 연락은 진작에 끊겼다. 조금 서운했지만, 아마 그만의 사정이 있었겠지 하면서 넘겼다. 시간이 흘러가면서 더는 그리워하지 않았지만, 여전히 좋은 추억으로 남아가고 있었다. 늘 똑같은 일상이 반복되는 것은 여전했다. 그렇게 지내던 어느 날, 낯설지 않은 목소리로부터 연락이 왔다.

"잘 지냈어요?"

이제 다시 달이 보이는 곳에 갈 수 있다.

화력발전소의 오늘

화력발전소가 이미 핫한 기술이 아니어서일까. 많은 이들이 화력발전소의 위험성을 간과하고 있다. 노후화되었기에 더욱 위험한 것이 화력발전 기술이다. 석탄화력발전소의 평균 운전 기간이 40년인 점을 고려하면, 신규 석탄화력발전소를 건설하는 경우 약 4만 명이 넘는 시민들을 조기 사망에 이르게 할 수 있음이 추정된다. 석탄화력발전소가 발생시키는 대기오염으로 인해 셀 수 없이 많은 사람이 피해를 입어왔고, 실제로 수만 명이 대기오염으로 인한 질병으로 조기 사망에 이를 수 있다.

운전 중인 석탄화력발전소로 인한 건강피해도 이미 심각한 수준이다. 그린피스는 보고서에 앞선 2015년, 가동 중인 석탄화력발전소의 건강 영향에 대한 연구 결과를 발표한 바 있다. 이 보고서는 국내 석탄화력발전소에서 나오는 초미세먼지로 매년 1,100명이 조기 사망(2014년 기준)한다는 충격적인 결과를 담았다.

국내에는 이미 총 53기의 석탄화력발전소가 운전 중이다. 게다가 현재 11기가 새롭게 건설 중이며, 추가로 9기의 석탄화력발전소를 건설할 계획이라고 한다. 2029년이면 총 70기가 넘는 석탄화력발전소가 공해물질을 뿜어내게 될 것이다.

시간과 공간의 벽,
넘을 수 있는…….

텔레포트 기술의
실현 가능성에 대하여

공간이동은 놀랍게도 1단계 불가능으로 분류된다. 물리학 법칙으로는 가능하다. 이것은 양자역학의 법칙에 근거한다. 고전역학 속의 물체는 외부에서 충격이 가해지지 않는 한 한 공간에 고정되어 있지만, 양자역학이 다루는 전자는 입자인 동시에 파동의 성질을 가지고 있어 임의의 시간과 장소에 '확률적으로' 존재하게 된다. 즉, 갑자기 사라졌다가 다른 장소에서 나타나고, 혹은 여러 장소에 동시에 존재하는 일이 전자 단위에선 얼마든지 가능하다. 자고 일어났더니 내 몸이 지구가 아닌 다른 별에 갑자기 존재할 확률이 놀랍게도 0은 아니라고 학자들은 설명한다. 공간이동은 이러한 전자들이 파동의 진동 수만 맞으면 아무리 먼 거리여도 즉각적으로 연결될 수 있다는 '슈뢰딩거 파동'의 원리를 이용한다. 연결된 전자를 이용해 이곳 원자의 정보를 저곳의 연결된 전자에 즉시 보낼 수 있다면, 그리고 그것을 거시적 물체에 적용시킬 수만 있다면 공간이동은 가능하다. 이를 위해선 전자들을 '결맞음' 상태로 만드는 기술과 그것을 거시적 물체에 적용하는 기술이 필요하다. 이런 기술은 어느 정도는 구현되어 있다고 한다. 광자 단위, 세슘 원자 단위에서 '양자적 공간이동'이 이뤄진 연구 사례들이 있다. 비록 사람을 똑같이 공간이동시키기 위해선 적어도 수백 년이 걸리겠지만, 우리가 느끼는 어려움보다는 훨씬 가까이 와 있는 셈이다.

바닷가 아이들

조민경

영어가 국어가 된 세상.
언어를 잃어버린 아이가 진도 바닷가를 뛰놀며
언어와 우정을 회복하는 이야기.

"사랑하는 국민 여러분. 벌써 21세기의 중반을 맞이하였습니다. 지난 30년 동안 우리나라는 정말 무궁무진한 발전을 해왔습니다. 먼저, 우리나라 대부분의 국민 여러분들이 영어를 유창하게 구사하게 되어 좀 더 수준 높은 문화와 지식을 보다 쉽게……."

"에잇-! 오살념들. 아주 그냥 샛뿌닥만 살아가지구. 저거시 우리 민족 다 죽이는 거시랑께-"

아부지가 또 역정을 내며 밥풀 몇 알이 진득이 붙어 있는 숟갈을 내 어깨 너머로 휙 던진다. 아니, 깜짝 놀라기도 놀란 것이고, 그 순간 내 속에서 화가 부글부글 끓었다. 울 아부지는 정말 좋다. 완벽하다. 내가 필요한 물건이 있을 때마다 흔쾌히 다 사주고, 나랑 자주 놀아주고.

한 가지, 밥 먹다가 화내는 것만 빼면 말이다.

"아부지, 지발 밥 먹다가 숟갈 좀 던지지 말랑께요. 밥알이 입구녕으로 들가는지 코꾸녕으로 들가는지 모르겠당께, 참!"

나는 인상을 있는 대로 써가며 자리에서 일어나 방바닥에 찰싹 붙은 숟갈을 쩍- 하고 뜯어냈다. 바닥에 끈끈해 보이는 밥알이 몇 톨 남아 있었다.

"거 참. 매일같이 뉴스 볼 때마다 그러코롬 썽내지 말고, 그냥 보지 마라구. 어차피 내용은 다 똑같을 거신디……. 빌어먹을 도시 놈들."

"속창아지 터져블 것구만. 아여, 너는 우리나라 말로 영어도 포함시킨다는 게 말이나 된다고 생각하냐. 아니 또 웃긴 거시, 사투리는 왜 쓰지 말란 거시여-!"

마음에 천불이 올랐는지, 아부지는 물을 벌컥벌컥 마시며 언성을 높였다.

"뻔하지 뭐. 우리가 촌스러워 보이는 갑제. 하여튼간, 도시 사람들은 즈그들만 잘났지."

하루를 쓰다듬으며 답수군이 앉아 있던 수아가 한마디 한다.

"뭐시여. 야 이놈의 가시나야. 내가 갱아지 새끼 집으로 갖고 들오지 말랬지!"

"아! 삼촌 미안, 미안!"

아, 우리 집은 오늘도 시끄럽게 하루를 시작한다.

오늘도 진도의 가을하늘은 맑고 청명하다. 문을 열고 마당에 나오니 여느 때와 같이 짙은 바다 내음이 몸 속 가득 퍼진다. 조금 늦은 아침이었다. 햇빛은 바다를 눈부시게 감쌌고, 나는 그 바다를 보며 기지개를 늘어지게 폈다. 시원한 가을바람을 맞으며 슬슬 잠을 깨고 있던 찰나에 저 앞 바닷가에 쪼그리고 앉아 있는 수아가 눈에 들어왔다. 나는 아직 눈 앞머리에 달려 있는 눈곱을 파며 그쪽으로 걸어갔다.

"얌마, 너 여서 뭣하고 있냐? 시방 인터넷 수업 듣고 있을 시간인디."

"으응, 수업 듣기 싫응께 쪼깐 해찰부리고 있지."

"에잇- 이 가시나."

이라며 수아의 머리를 콩- 하고 때리니, 수아가 눈가에 힘을 팍 주며 내 등딱지를 쫙- 하고 내리쳤다. 누굴 닮아 이렇게 손이 매운지 몇 십분 동안이나 등짝이 얼얼하였다.

"아야야, 사람 죽겠네. 수업도 안 듣고 공부도 안 하고… 너 커서 조폭 될라구 그러냐?"

"영어 공부하기 싫단 말이여! 나두 여자애들이랑 놀러 다니고 싶구, 쇼핑도

다니고 싶구."

　수아가 평소답지 않게 입술을 쭈욱 내밀고는 투정을 부렸다. 아마 어제 내가 휴대폰으로 보여준 드라마 때문일 것이다. 여고생들의 일상을 다룬 드라마였는데, 어찌나 눈을 빤짝이며 보던지 화면 속으로 빨려 들어가는 줄 알았다. 한참이나 그걸 보더니, 평소에는 재잘재잘 말만 잘하던 자식이, 하루 종일 입술도 떼지 않고 골똘히 생각만 하였다. 기분이 썩 좋지 않아 보였다. 하긴, 그럴 만도 하다. 진도에 지 또래 여자애가 한 명도 없으니, 퍽 외로울 것이다. 여태껏 수아랑 뛰어다니고 굴러다니며 거칠게 놀아도 별생각이 들지 않았었는데, 오늘은 왠지 시무룩한 수아의 모습이 낯설게 느껴졌다. 처음으로 수아가 여자라는 게 실감이 났다.

우리 동네에 사는 사람은 수아네 집과 우리 집 뿐이다. 읍 쪽으로 들어가면 몇 채 더 있을 테지만, 어르신들만 살고 계신다고 알고 있다. 진도에 살던 대부분의 사람들은 모두 진도를 떠났다. SNS를 통해 퍼진 각 지역의 잘못된 정보들, 일부 지역을 혐오하는 못된 집단, 그리고 그로 인한 피 튀기는 싸움 도중 지역감정은 격해졌고, 결국 이 꼴이 난 것이다. 모든 지역이 서울처럼 된다면, 또 모든 사람이 서울 사람처럼 된다면 이렇게 서로를 물어뜯고 싸울 일이 없다나 뭐라나, 이러면서 사람들은 모두 홀린 듯 도시로 떠나버렸다. 우리나라는 지금 지역의 특색이 매우 희미해진 상태이다. 각 지역의 말투부터 전통까지 모두 똑같아져 버렸다. 우리 가족과 수아네 가족은 이에 용납하지 못하고 이미 화목한 마을의 모습을 잃은 바람 빠진 진도에 애써 몸을 담그고 있는 것이다.

나는 지금보다 더 어렸을 적 잠깐 외롭다고 느끼던 때가 있었다. 심지어 한여름, 게다가 대낮에 솜이불을 머리끝까지 뒤덮은 채로 꺽꺽 울어댔던 적도 있다. 우리 가족도 도시에 살면 나도 더 많은 친구들과 술래잡기를 할 수 있을 텐데, 축구도 하고 같이 컴퓨터 게임도 할 수 있을 텐데. 이런 생각들만 머릿속에 들어 차 있었고, 난 정말 불행한 아이라고 생각했다. 항상 얼굴엔 그늘이 지고 마음엔 먹구름이 껴 있었다. 어느 날, 수아랑 같이 쪼그려 앉아 흙장난을 치며 놀고 있을 때 내 마음을 조심스레 털어놓았다. 요즘 슬프다고, 친구가 더 많았으면 좋겠다고, 진도에는 친구들이 너무 없는 것 같다고. 그러자 수아는,

"야, 그런 거시 무슨 상관이데? 난 허천나게 좋아. 이 넓은 섬이 다 우덜꺼여. 어디를 가더라도 아무도 안 막는다고."

이라며 벌떡 일어났다. 그러고는 보란 듯이 흙먼지를 폴폴 일으키며 앞으로 달려갔다. 갑자기 달려가는 수아를 몇 번이나 불렀지만, 수아는 힐끗힐끗 뒤돌아보기만 할 뿐이었다. 그래서 나도 얼떨결에 수아를 따라 무작정 달려갔다. 영문도 모른 채 달리기를 몇분째 수아가 헥헥거리더니 서서히 멈췄다. 나도 수아 뒤에 멈췄고 가쁘게 헐떡이는 숨을 천천히 고르며 말했다.

"웜메- 힘들어르. 이 가시나야, 뭐단디 갑자기 뛰어싸-. 사람 죽겠네."

"머시마가 되가꼬는, 징하게 헐떡거리고만."

숨을 몰아쉬느라 단어 하나도 이어서 말 못하는 것이 참, 자기가 더 헐떡거리

는 건 모르고 나를 나무란다. 오늘따라 수아가 정말 이상한 것 같아 저 가시나가 지랄병에 걸렸나, 하는 생각이 드는 찰나였다. 수아는 나를 한번 뒤돌아보고는 씨익 하고 웃어보였다. 또 무엇을 암시하는 웃음일까 했는데 그 웃음을 짓고는 옆에 있던 노란 꽃밭에 사뿐히 몸을 던지는 게 아닌가. 수아는 폭- 하고 꽃밭에 묻혔고 노란 꽃잎들이 그 위로 하늘하늘 날렸다. 드디어 미쳤구나- 하고 수아쪽으로 가보니 꽃밭에 드러누운 수아의 표정이 세상 해맑고 즐거워 보였다. 주변에 있는 샛노란 꽃들보다 더 화사한 미소였다. 그때 내 마음 속에 드리웠던 먹구름들이 점점 사라지는 것을 느꼈다. 그 화사한 미소가 그늘졌던 나의 얼굴에 번졌고 나는 더 이상 우울하지 않았다. 나는 불행한 것이 아니라, 행복해지는 방법이 도시 아이들과 다를 뿐이라는 것을 깨달았다.

그런데 그 수아가, 나에게 깨달음을 준 그 수아가, 지금 저렇게 김빠진 모습으로 내 앞에 있는 것이다. 마치 수아가 아닌 것 같은 느낌을 받았다. 수아도 그렇게 느끼고 있는지는 모르겠지만 꼭 우리 주위에는 왠지 모를 어색함이 가득 찬 공기만이 맴도는 것 같았다. 나는 그 텁텁하기만 한 공기와 수아가 낯설게 느껴지는 이 기분이 싫어 애써 평소처럼 행동하려 발가락 언저리에 있는 돌을 차고 흙바닥도 슬금슬금 파봤지만 어색하고 과장된 그 모습은 숨길 수 없다. 수아는 그런 나를 보고는 한숨을 살짝 쉬더니 자리에서 일어났다.
"그래, 나가 이라고 있어봤자 뭣하겄냐."
하고 손바닥을 몇 번 탁탁 하고 털더니 자기 집 쪽으로 터벅터벅 걸어갔다. 나는 말로 형용할 수 없는 기분을 느꼈다. 이대로 수아가 집으로 들어가 버리면 내 하나뿐인 친구인 수아에게 다시 말을 걸기조차 힘들어질 것 같은 느낌이었다. 내가 의지하고, 내게 힘이 되어주었던 사람이 약하고 힘없는 모습을 보인다는 것만큼 허무맹랑한 일은 없을 것이다. 그래서 그런지 그 순간 수아의 뒷모습을 보며 울컥하는 마음이 들었다.
"이 거짓말쟁이. 친구들하고 놀러 못 댕기는 게 무슨 상관이데? 이 넓은 섬바닥이 다 우덜것인디! 허천나게 좋아븐담서, 어째 너답지 않게 그라고 히마리없이 있는 거시여. 그냥 평소처럼, 나랑 놈시로 지내믄 되잖어!"
나는 귀까지 새빨개진 채로 다급하게 소리쳤다. 나는 울컥하는 마음에서 나도 모르게 나온 말이라 말을 뱉고는 아차, 하고 놀랐다. 당황한 나머지 귓속이 먹먹하고 머릿속이 웽- 하여 아무 소리도 들리지 않고 그저 후끈거리기만 했다. 수아도 놀란 듯 멍하니 내 눈만 마주보고 있었다. 그러다 이내 품 하고 웃어보였다.

"어짠 일이냐. 니가 그런 말 한께는 쪼깐 웃기다."

"뭐, 뭐시 웃겨, 이 가시나야! 바닷물을 나뿌닥에 찌그러블까부다!"

나는 머쓱해서 괜히 머리를 긁적이며 언성을 높였다.

"솔직히 말하믄, 도시로 가가지고 여자애들이랑 놀러댕기믄서 살아보고 싶다고 생각했었어. 근디 막상 도시로 가블믄, 진도에서 너랑 뛰어놀던 게 더 그리울 것 같아. 내가 괜한 생각을 했구만. 지금도 그래, 이라고 사는 것도 행복한데 말이여."

수아가 말을 할 때, 뒷모습밖에 보이지 않았지만 수아의 표정이 보이는 듯했다. 수아는 저 말을 하고 그대로 집으로 걸어 들어갔다. 나는 그 자리에 서서 잠시 수아가 들어간 문을 바라보았다. 안도감이 들었다. 평소엔 당연하다고 느꼈던 수아의 존재가 당연하지 않고 소중한 것이었다는 생각이 들었다. 오늘, 수아가 나에게 어떤 존재인지 깨닫게 된 것 같다.

❖ ❖ ❖ ❖ ❖

아부지와 함께 산세베리아에 물을 주며 상쾌한 가을날의 하루를 시작한다. 날은 정말 상쾌하다. 하지만 우리의 표정은 전혀 상쾌하지 않다. 우리가 식물 키우는 것을 좋아해서 즐거운 마음으로 풀들과 꽃들에게 물을 주며 아침을 여는 것 이라면 좋겠지만, 우리는 결코 그런 것이 아니다.

우리 집 마당엔 산세베리아가 천지다. 올 엄메가 어느 날 갑자기 우리 집을 공기 청정 지역으로 만들자면서 산세베리아 화분을 하나 가져왔던 까닭이다. 아부지와 나는 그 엄청난 양에 놀라 벙쪄 있었다. 아부지는 그 많은 화분을 어떻게 놔두냐고 한소리 하려 하였지만, 그 해맑게 헤실헤실 웃고 있는 얼굴에 어떻게 침을 뱉겠는가. 아부지와 나는 자포자기한 상태로 마당과 집 곳곳에 화분을 두었다. 또 어쩌다보니 그 화분을 관리하는 것은 자연스럽게 아부지와 나의 몫이 되었다. 그렇게 가져와놓고는, 울엄메는 단 한 번도 산세베리아에 물을 준 적이 없다. 참, 엄메의 뻔뻔하고도 천진한 그 모습은 내 나이 대와 비슷해 보인다.

그렇게 아부지와 짜증 섞인 표정으로 넋두리를 늘어놓으며 물을 주고 있을 때였다. 뒤에서 저벅저벅하며 묵직하게 걸어오는 소리가 들리더니 곧 우리 아부지를 불렀다. 누군가 하고 뒤를 돌아보니 놀라지 않을 수가 없었다. 석구 삼촌이었다. 아부지는 석구 삼촌을 보더니 표정이 굳었고, 석구 삼촌은 어색하게 입 꼬리를 힘주어 올리고 허허 하며 웃어보였다.

"허허-. 오랜만이다 참. 어머니 모시러 왔다가, 니 생각나서 잠깐 들렀어. 이거 받아. 요새 양식도 다 기계들이 하는데, 혼자 직접 힘써가면서 일하니, 얼마나 힘드냐. 고생이 많다."

하며 피로회복제 한 박스와 조그마한 양주 한 병을 건넸다. 아버지는 묵묵부답이었다. 받는 이 없이 쭈욱 내밀고만 있는 석구 삼촌의 손을 보니 내가 절로 민망했다. 석구 삼촌은 머쓱한 표정을 짓더니 그것들을 아부지가 서 있는 쪽 바닥에 가만히 내려놓았다.

"야, 우리가 그래도 제일 친한 친구 아니었냐. 난 항상 니 걱정뿐이다. 그래서 말인데, 나랑 같이 서울로 가는 게 어때? 내가 서울 올라오고 나서 잘됐잖냐. 그래서 아는 사람도 많으니까 내가 너 하나는.."

"그딴 소리 할거믄 언능 늬 엄메나 모시고 올라가. 뭐시여? 내 걱정을 해? 나는 너같이 비열하고 얍삽한 친구 둔 적 없응께, 앞으로 아는 척 인들 하덜 말라고."

아부지의 눈빛은 매서웠다. 정말 세상에 둘도 없던 친구가 맞았나 싶을 정도로 냉철한 분위기였다. 아부지의 날이 선 말에 석구 삼촌도 조금 열받은 눈치였다.

"넌, 도대체 언제까지 그럴래? 정말 내가 널 생각하는 건 하나도 모르는구나. 시대가 변했잖냐. 이제 이런 촌구석은 기계들한테 맡기면 된다고. 우리는 그냥 도시로 가서, 지역차별 뭐 이딴 거 안 받고 편하게 살면 되는 거야! 시대에 맞춰갈 줄도 알아야해. 니가 계속 이렇게 고집부리는 건 고지식한 짓일 뿐이야."

"이런 빌어먹을 노무 자식! 그래, 평생을 자라왔던 고향도 버려블고, 말투도 억불로 때려잡아서, 그런 토악질 나는 말투를 만드니 좋으냐? 넌 배신자야. 니

185

가 진도를 뜨기 전에도 우덜은 충분히 행복했어. 살만했다고. 얼마나 더 큰걸 바랐던 거냐? 너같이 비겁한 놈들 때문에 진도가 이 꼴이. 너한테 옛날은 버려도 암시롱 안하는 찌꺼기일 뿐이냐? 우덜이 뛰어놀았던 곳에 쇳덩이들만 지나다닌다는 게 넌 납득이 가냔 말이여!"

"넌 너무 감정적이야! 뭐가 더 좋은 선택인지 좀 이성적으로 생각하라고! 이 냄새나고 촌스럽고 썩어가는 이 시골바닥보다, 도시에 사는 게 훨씬 좋단 말이야. 잘 살아보라고 돈도 주고, 각종 시설, 복지, 넘쳐나는 게 혜택이야. 언제까지 그렇게 옛날만 들먹일 거냐?"

"이, 이런 오살 노무 새끼, 망할 노무 새끼! 썩 꺼져버려! 이이-. 꺼져버려!"

아부지는 석구 삼촌의 말을 듣고는 화를 참지 못하고 빽- 하고 소리를 질렀다. 눈 돌아간 아부지가 양주병을 들고 던지려고 하는 것을 겨우겨우 말렸다. 석구 삼촌도 잔뜩 독이 올라 씩씩거렸다. 이대로 두다가는 큰 싸움이 될 것 같았다. 아부지의 고함소리에 놀라 집에서 뛰쳐나온 수아도 덩달아 말리기 시작했고, 어른 둘 사이에 매달려 있기를 몇 분째, 아부지가 이제 석구 삼촌과 말하는 것도 진절머리가 난다며 홱 하고 돌아서서 집안으로 들어가 버렸다. 석구 삼촌의 표정에는 분함과 허탈함만이 가득 차 있었다.

"하-. 싸우려고 온 건 아니었는데…… 너희한테는 정말 미안하구나. 이건 두고 가마. 그럼, 나중에 보자꾸나."

석구 삼촌은 대답도 듣지 않은 채, 히마리없이 터벅터벅 집밖으로 나갔다. 나와 수아는 그저 멀뚱히 서 있었고, 눈이 마주치면 한숨을 푹- 하고 내쉴 뿐이었다. 그렇게 한바탕의 폭풍이 지나가고 남아 있는 건, 잔디 위에 덩그러니 놓여있는 피로회복제 한 박스와 양주 한 병뿐이었다.

그 아이를 처음 만난 건 그 일이 있고 나서 며칠 뒤였다. 우리 가족이 도시 사람들에 대해 신경을 곤두세우기 한창일 때, 커다란 차가 요란스럽게 우리 마을로 들어왔다. 나는 그걸 보자마자 마당에서 장화를 털고 있는 아부지에게로 얼른 달려갔다.

"웜마, 아부지! 이게 뭔일이다요. 시방 정말로, 여기로 이사라도 온 거시여?"

"으잉? 누가 온다고 한 것 같더라니만은, 진짜 올 줄이야."

"진도로 사람이 들어온께 신기하구만. 그래서, 어디서 온 거시래요?"

"나사 듣기로는 서울서 온 거라고 하던디—. 썩 반갑진 않다야."

서울에서 진도로 이사를 오다니, 나는 이해할 수가 없었다. 그저 놀라울 따름이었다. 그 순간, 차에서 한 여자아이가 내렸다. 그 아이의 긴 생머리가 바닷바람을 맞아 부드럽게 찰랑거렸다. 하얀 피부에 깔끔하게 넘긴 앞머리. 그 아이를 보자마자 아, 서울 사람이구나, 싶었다. 그 아이와 눈이 잠깐 마주쳤다. 나는 화들짝 놀랐고 금세 눈을 피해버렸다. 목소리는 어떨까, 말투는 어떨까, 밥은 뭘 먹을까, 저런 애들은 뭐하면서 놀까. 짧은 시간동안 별의별 생각이 다 들었다. 그러건 말건 그 아이의 엄마로 보이는 사람과 작업복을 입고 있는 여러

명의 사람들이 분주히 집을 조립하기 시작했다. 그동안 그 아이는 바다 쪽을 물끄러미 바라보며 앉아 있었다. 그 아이를 보고 있자니 왠지 신비로운 느낌이 들었다. 나도 모르게 한참을 쳐다보다가 뒤늦게 정신을 차리고 빰따구를 몇 번 후려친 뒤 집안으로 후다닥 달려갔다.

✧ ✧ ✧ ✧ ✧

"아, 엄메! 그 집에 이걸 왜 준당가!"

"아무리 서울서 왔다 해도 어찌 됐건 인자 막 이사 온 이웃인디, 암것도 안 주믄 쓰겄냐!"

"그람 엄메가 갔다오믄 되잖어!"

"아따-! 머스마새끼가 돼가꼬 이런 것도 여러워하면 으짼디야! 퍼뜩 갔다와!"

"아니 글쎄, 싫당께!"

"엄메 바쁜께, 잔 도와줘라잉? 언능 갔다와, 언능!"

쾅- 하고 가차 없이 집 문을 닫아버리는 엄메였다. 아니, 자기가 가면 될 것을, 괜히 부끄러우니 나보고 새로 이사 온 집에 전복들 좀 주고 오란다. 아부지가 서울에서 온 그 가족에게 이런 선물을 줬다는 걸 알면 아마 또 손에 양주병을 들 것이다. 아부지 마주칠까 무서우니 떨어지지 않는 발걸음을 애써 재촉해 그 집으로 갔다. 그 집에 가까워질수록 심장 소리가 점점 커져갔다. 다른 사람에게도 선명히 들릴 만했다. 또래 여자아이, 그것도 서울에서 온 아이와 대화한다고 생각하니 긴장이 안 될 수가 없었다. 왠지 모르게 전복을 올려놓은 바구니가 추레해 보였다. 후하후하-. 숨을 깊게 내쉬며 그 집 초인종을 누르려는 찰나였다.

"우리 엄마가 싫어할 텐데."

그 아이였다. 나는 깜짝 놀라 뒤를 돌아보았다.

"이리 줘. 우리 엄마 시골 사람 싫어해. 내가 엄마한테 전해 줄게."

라며 성큼성큼 걸어와 전복 바구니를 전해 받았다. 줄곧 무표정이었던 그 아이가, 나를 호기심어린 눈빛으로 찬찬히 바라보더니 말을 건넸다.

"넌 몇 살이니?"

"나? 난, 12살인디."

새침해 보이던 그 여자아이가 말을 거리라고는 상상도 못했던 탓에, 바보같이 말을 더듬고 말았다. 얼마나 멍청하고 얼빠져 보였을까. 지금 생각해 보면 창피하기 짝이 없다. 그 아이는 고개를 두어 번 끄덕 하더니 원래 앉아 있던 자리로 걸어갔다. 그러고는 자기 옆에 전복 바구니를 답수군이 놔두고, 태연히 앉아 다시 바다를 물끄러미 바라보았다. 설마 대화가 여기서 끊긴 건가 하는 의문이 들었다. 긴장했던 것이 무색하리만큼 허무하고 찜찜한 기분이었다. 난 머리를 긁적이며 멀뚱히 서 있다가 슬금슬금 그 아이 옆으로 다가갔다.

"응? 너도 여기 앉아 있고 싶니?"

난 고개를 끄덕이며 슬쩍 옆자리에 앉았다. 사실, 그 아이와 더 얘기를 해보고 싶었다.

"그래. 여기 잠깐 있다가 가."

그러고는 잠시 동안 정적이 흘렀다. 바위를 찰박, 찰박 쳐대는 파도소리와 가을바람에 낙엽들이 이리저리 쓸리는 소리가 유난히 크게 들렸다. 난 그 정적을 깨기 위해 괜히 헛기침을 큼큼, 하고 말을 걸었다.

"넌, 이름이 뭐여?"

"임소영이야."

"몇 살인디?"

"너보다 많은데, 그냥 소영이라고 불러."

"으응…… 근디, 서울서 살다가 진도는 왜 온 거시여?"

"한번쯤은 이런 곳에 와보고 싶었어."

"왜?"

"넌, 몇 년 동안 밖에 안 나오고 집에만 있으면 어떨 것 같니?"

"그야 답답하겠제."

"그래, 맞아. 난 평생 연구소에서만 자라왔어. 어른들이 자꾸 나보고 머리 좋다면서 가둬서 연구만 시켰어. 어쩌다 가끔 밖으로 나가게 돼도 다 비슷한, 하얀 건물들뿐이지. 환경하고 관련된 연구만 주구장창 해왔는데, 막상 바다를 보는 건 처음이야."

그 아이, 소영이의 표정에는 쓸쓸함이 묻어나왔다. 바다를 바라보는 그 눈빛이 조금 안쓰럽게 보였다.

"글믄, 연구소는 어쩌구 나온 거여?"

"의사 선생님이 우리 엄마 폐가 안 좋아졌대. 그래서 엄마한테 내가 공기 좋은 곳에서 좀 살다 오자고 했어. 의사 선생님도 그곳에서 약 먹으면서 나을 때까지 있으라고 했고. 엄마도 좋고, 나도 좋고. 일석이조잖아. 연구소는 뭐, 아빠랑 삼촌들이 잘 지키고 있을 거야."

"그래. 잘됐구먼. 진도는 공기도 좋은게, 엄메도 금방 나을 거시여. 근데, 너는 시골 사람들이 싫지 않어?"

"난 시골에 별 관심이 없어서 딱히 아무 생각도 없었는데, 엄마도 그렇고, 연구소 사람들도 그렇고, 나 말고는 전부 시골에 사는 사람들을 싫어했어. 뒤떨어졌다면서 완전 천대를 하더라고. 근데 널 보니까 뭐, 도시 사람이랑 똑같기만 한걸. 말투도 재밌어."

소영이가 처음으로 미소를 지어보였다. 무표정만 유지하고 있던 그 아이의 얼굴에 조금씩 감정이 드러나는 만큼, 우리 사이의 어색한 공기는 점점 날아갔다.

소영이와 이런 저런 얘기를 하다 보니, 어느새 하늘에 주황빛이 감돌기 시작했다. 그저 새침데기 같기만 하던 것이, 해맑게 미소를 짓기도 하고 멍청스레 와하하 하고 웃기도 했다. 사실, 처음엔 서울사람이라 다가가기 조금 두려웠다. 모든 사람들이 우리 같은 시골 사람들을 경멸하니까, 혹여나 이 아이도 그럴까 무서웠다. 나는 항상 아부지의 하소연에 맞춰 같이 도시 사람들을 욕하곤 하지만, 그래도 마음 한편에는 이런 증오에 대한 의문과 호기심이 항상 들어서 있었다. 그리고 소영이와 말을 해보니, 의문이 더더욱 커져갔다. 이렇게 지역 간에 증오심을 가지는 게 맞는 것일까? 이건 마치, 몇 십 년 전쯤, 우리나라가 분단되어 있을 때와 같은 맥락이 아닌가? 한창 마음이 복잡해지려고 할 때, 멀리서 목소리가 들려왔다.

"소영-. 어디 있니-?"

"아, 엄마다! 너랑 같이 있었던 걸 알면 혼날 거야. 나 이제 갈게. 그럼, 다음에 보자."

소영이는 깜짝 놀라더니, 전복 바구니를 급하게 쥐어 잡고 일어나 후다닥 뛰어갔다. 뛰어가는 소영이의 뒷모습을 보니 내심 아쉬웠다. 또, 왠지 모르게 기분이 좋았다. 새 친구를 사귄 까닭일까? 지금은 그렇게 생각이 든다. 나도 그만 일어나, 엉덩이를 툭툭 털고 집으로 향했다.

❖ ❖ ❖ ❖ ❖

점심이 조금 넘은 시간이었다. 오늘은 소영이가 처음으로 먼저 놀자고 했다. 항상 어른들 몰래, 나랑 수아가 놀자며 찾아갔지만, 웬일인지 먼저 수아를 데리고 우리 집 앞으로 왔다.

"웜메, 뭔 일이데?"

하고 물으니 배시시 웃으며 놀자고 한다. 수아랑 손을 꼭 잡고 있는 것이, 언제 어색했냐는 듯 자연스럽다. 수아가 처음 소영이를 만났을 때, 웬일인지, 이 가시나가 여려움을 타는 게 아닌가. 그 모습이 어찌 웃기던지, 나는 속으로 끅끅하고 웃어댔다. 둘이 친해지게 된 것이 다 내 덕분이라고 해도 과언이 아니다. 내가 방귀를 뽕- 하고 뀌어 그 어색한 분위기를 깨지 않았더라면, 아직도 서로 말을 버벅거리며 부끄러워했을 것이다.

"나, 소풍 가고 싶어."

"으응? 웬 소풍이여?"

"그냥, 단풍이 예뻐서. 단풍 보면서, 과일이랑 토스트 먹고 싶어."

참, 이럴 때의 소영이를 보면 좀 웃다. 오버스러워 보이기도 하고, 지나치게 소녀 같기도 하다. 하지만, 연구소에선 이런 단풍조차 보기 힘들었을 터이니, 그 마음이 이해가 가긴 간다.

"글믄 가자. 근데 갑자기 소풍이라고 한께, 설레고만."

"내가 아침에 도시락도 쌌어. 우리 집 들렀다가 저기, 저 산으로 가자!"

오늘따라 유난히 들떠 보이는 소영이었다. 평소답지 않게 적극적이고 활기찼다. 이런 모습도 나름 색다르고 재밌는 것 같았다. 나와 수아도 덩달아 들떠서 발걸음이 잔뜩 가벼워진 채로 소영이네 집 쪽으로 갔다.

"우와아-!"

소영이가 단풍나무들 사이로 달려 들어갔다. 나랑 수아는 매년 가을이면 항상 보는, 마을 가득 널리고 널린 단풍들이지만, 소영이는 눈을 반짝이며 계속 둘러보았다. 선선한 바람에 맞춰서 마른 잎들이 제멋대로 부딪혔고, 쏴─ 하고 절로 상쾌해지는 소리를 냈다.

"요 까끔도 참 오랜만이다. 안 그냐?"

"근께 말이여. 소영이 땜시 몇 년 만에 올라와본다야. 요 우에 앉을까?"

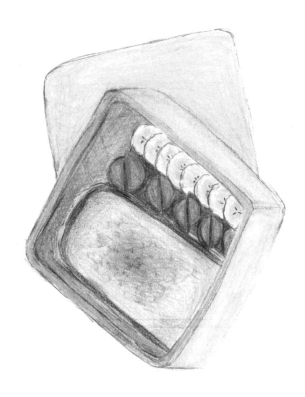

수아가 낙엽이 푹신히 깔린 바닥 위에 돗자리를 폈다. 내가 돗자리까지 챙겨 오는 건 심한 유난 아니냐고 했건만, 하여튼 이 가시나, 명색이 소풍인데 돗자리가 빠질 수 없다고 떽떽거리며 챙겨왔다. 내 생각엔, 말은 소영이를 위해 소풍 가는 것처럼 했지만 수아도 소영이 못지않게 신난 듯했다. 물론 그 들뜬 둘을 보니 나도 기분이 좋긴 마찬가지였다. 우리 셋은 돗자리 위에 오순도순 모여 앉아 도시락을 풀었다. 소영이는 도시락 통 뚜껑을 막 열고 있는 내 손을 기대에 가득 찬 눈빛으로 바라보았다. 통 안에는 햄과 치즈가 들어 있는 토스트 세 개와 방울토마토, 바나나가 다소곳이 잘려 있었다. 그것만 보아도 소영이가 얼마나 소풍 생각에 설레었을지 알 수 있었다.

"나, 이런 거 꼭 해보고 싶었어. 친구들이랑 간식 싸들고 소풍가는 거."

소영이가 토스트를 하나 집어 들고 우리를 쳐다보았다.

"처음 만든 건데, 맛있게 먹어."

소영이가 활짝 웃으며 말했다. 우리도 따라서 토스트를 집어서 먹었다. 딱히 특별한 건 없었지만, 맛있었다. 마침 점심도 안 먹었던 터라 나도 모르게 게걸스럽게 먹고 있었나 보다. 못 볼 걸 본 듯한 표정으로 나를 쳐다보고 있던 수아가 한소리 했다.

"야 임마, 천천히 먹어. 아주 그냥, 손꾸락까지 먹을 기세구만."

"잉? 아니, 전복 하나 받아놓고, 이 토스트 하나가지고 되겠어? 뭐해? 어서 더 만들어 오지 않구."

이렇게 말했다가 수아한테 뒷통수를 퍽– 하고 얻어맞고 말았다. 소영이는 그저 즐거운 듯 깔깔거렸다. 소풍 내내 소영이의 입가에서 미소가 떨어지지 않았고, 소영이가 상상했던 그러한 소풍을 만족시킨 것 같아 왠지 모를 보람도 느꼈다.

그렇게 셋에서 신나게 놀다보니 저녁 먹을 시간이 다 되었는지 셋 다 경쟁적으로 꼬륵– 꼬르륵– 하고 배꼽소리를 내기 시작했다. 우리 셋은 밥도 먹을 겸, 어두워지기 전에 서둘러 내려가기로 했다. 아무래도 산이다 보니 아주 혹시라도 멧돼지가 나올 수도 있는 일이었다.

"요 앞에서 다들 헤어지자."

"그람, 나 간다?"

"들어가-. 내일 봐-."

제일 가까웠던 수아네 집 앞까지 걸어와 모두 헤어지기로 했다. 수아가 먼저 집으로 들어가고, 나도 이제 집으로 들어가려 하던 참이었다. 근데, 뒤돌아서 가야 할 소영이가 가지 않고 쭈뼛쭈뼛 서 있는 것이었다. 그 모습을 보니. 찜찜해서 차마 집에 들어갈 수 없었다.

"어째 너는 그라고 있냐? 집에 들어가지 않구서."

"오늘, 너희도 재밌었지?"

"으응? 그람. 재밌었지."

"정말, 이곳에 오길 잘한 것 같아."

소영이가 뜸들이면서 입을 떼더니 눈알이 점점 빨개지고 반짝이기 시작했다. 갑자기 그러는 소영이 때문에 난 당황한 나머지 쉬이 달래지도, 말을 걸지도 못한 채 안절부절하며 서 있었다.

"사실 나, 어젯밤에 곧 가야 할지도 모른다는 생각이 들어서 무서웠어. 엄마가 가자고 하면 언제든 가야 하니까, 너희랑 언제까지나 이곳에서 같이 있을 수 없잖아. 그래서 오늘 내가 소풍 가자고 먼저 말한 거야. 나, 이곳이 좋아졌는데, 하루아침에 모든 게 다 사라져버리면 정말 슬플 것 같아."

솔직한 소영이의 모습에 무엇보다도 안쓰러운 마음이 들었다. 내가 이 아이를 위해 뭘 해줄 수 있을까.

"너 가기 전에, 또 하고 싶은 거 있으믄 같이 해줄게."

"정말이야?"

"응. 연구소에만 있었으믄, 하고 싶은 거 허천나게 많았을 텐디, 다는 못하더라도, 할 수 있는 만큼은 해야 후회 없지 않겠어?"

방금까지 울먹이던 사람은 어디 갔는지, 내가 그렇게 말하자 소영이의 표정이 확 밝아졌다. 그 모습이 마치 어린아이 같이 느껴졌다. 나보다 나이가 많다 했는데, 혹 그게 거짓말이 아닐까, 라는 생각이 든다.

"아, 나 지금 하고 싶은 거 있어."

"뭔디."

"모래성도 쌓아보고 싶었어."

"엥? 웬 모래성이데?"

"그냥, 한 번도 안 쌓아봤거든. 내가 어렸을 때부터 가지고 있는 그림책이 있는데, 거기에 그려진 모래성이 너무 예뻐서, 언젠간 한번 그렇게 쌓아보고 싶었어. 나한텐 너무 소중한 책이야. 동화책이라고는 그 책뿐이거든. 좀 지나서는, 백지가 까맣게 보일 정도로 글씨가 **빽빽한** 책과 논문만 읽었으니까. 진도에 있을 때 아니면, 그런 걸 또 언제 쌓아보겠어, 내가."

"해보고 싶었던 거시, 생각보다 소소하구만."

모래성을 쌓아보고 싶어 하는 사람도 있다는 게 신기하게 느껴졌다. 나와 소영이는 이제껏 정말 다른 세상에서 살았다는 것이 실감이 났다.

"그람, 저쪽으로 가자."

나와 소영이는 해수욕장으로 와서 조개껍질과 자갈이 깔린 곳을 지나 고운 모래 위를 걸었다. 소영이는 걷다가 쪼그려 앉아서 그 고운 모래를 두 손 가득 퍼 올렸다가 손가락 사이로 흘려버리기를 반복했다. 나는 가만히 그런 소영이를 바라보고 있었다. 소영이는 두꺼비집을 만들어보기도 하고 모래를 바닷물에 적셔 동그랗게 말아서 늘어놓기도 했다. 한참 그러더니 손을 탁탁 털고 일어났다.

"이쯤하면 됐다ㅡ. 모래성은 나중에 만들래."

"에? 지금 만든담서, 이거 완전 변덕꾸러기 아니여?"

"방금 모래 만지면서 들었던 생각인데, 하고 싶었던 걸 빨리 해버리면, 왠지 떠날 날이 빨리 올 것 같아서 말이지."

소영이는 멋쩍은 웃음을 지으며 말했다. 소영이의 그 말은 마치 나는 이해하기 어려운 어른 같은 말이었다. 소영이는 참 이상하다. 아이 같기도 하고, 어른 같기도 하다. 어른 같은 면이 부럽다기보다는 불쌍하다고 느껴지는 게 대부분이긴 하지만 말이다. 나와 소영이는 다시 바닷가를 따라 천천히 걷기 시작했다. 해저물녘의 바다는 빨간빛으로 반짝거렸고, 파도가 모래사장 끝을 조용히, 살짝씩 적셨다. 그러한 파도소리만이 들릴 만큼 우리는 가만히 걷고 있었다. 그때, 소영이가 갑자기 멈추더니, 그대로 바다 쪽으로 향했다. 그리고는 발을 담갔다.

"야, 야! 뭣하는 거여. 언능 이리 나와, 차가워!"

나는 그런 소영이의 돌발적인 행동에 몹시 당황했다. 소영이는 뒤도 돌아보지 않고, 바닷물이 무릎까지 찰 정도로 좀 더 깊게 들어가더니 서서히 멈췄다. 왜 이러는 걸까. 무서웠다. 나는 아무것도 하지 못한 채로 그 아이의 뒷모습만 바라보고 있었다. 소영이의 어깨가 작게 들썩였다. 울고 있었다.

"너는 항상 익숙한 이런 게, 나에게는 꿈이었어."

소영이가 흐느끼며 이 말을 하는 순간, 코끝이 찡하고 마음이 아려왔다. 내가 이 아이를 위해 뭘 해줄 수 있을까. 다시 한번 생각이 들었다. 그때 난 마음속으로 대답했다. 할 수 있는 건 모든 다 해주고 싶어.

"울지 말어. 내가 만날 여기 같이 와줄게."

그렇게 우리는 저녁마다 항상 바다를 보러 왔다. 오늘도 평소와 다름없이 하늘 따라 점점 붉어지는 바다를 보며 앉아 있었다. 우리를 둘러싸는 선선한 공기와 눈앞에 펼쳐진 아름다운 장면은 어제와 변함없다. 모든 게 같지만 소영이만 달랐다. 항상 이렇게 바다 보는 시간이 제일 좋다며 난리치던 것이 오늘 따라, 어떤 말을 해도 과묵하고 소극적이었다. 같이 있으면서도 다른 곳에 있는, 그런 느낌이었다.

"야 임마, 오늘따라 쪼깐 저기압인 것 같다?"

소영이는 나의 그 말에 어색하게 입꼬리만 끌어 올렸다. 좋지 않은 예감이었다. 소영이는 성큼성큼 몇 걸음 걸어 간 후 쪼그려 앉아서 모래를 만지작거리더니 모래성을 쌓기 시작했다. 한참을 조용히 있다가 어렵게 입을 뗐다.

"나 내일부터는 여기 못 와. 내일이면, 연구소로 다시 돌아가야 해."

그 말을 들으니 이젠 내 입이 떨어지지 않았다. 언젠간 소영이가 떠나는 날이 올 거라 생각은 했지만, 조금, 아니 매우 충격이었다. 이 아이는 왜 이리 항상 갑작스러운 걸까.

"진도가 많이 그리울 거야."

소영이의 목소리가 조금 떨렸다. 하지만 나는 소영이의 표정을 보지 못했다. 난 그저 고개만 떨구고 애써 덤덤한 척할 뿐이었다. 아마 소영이도 울먹이고 있겠지.

"꼭, 다시 올게. 그때에도 넌 이곳에 있겠지?"

"으응, 그람, 당연하지."

"그때는 오래오래 있을 수 있어. 내가 그땐, 서울 얘기도 더 많이 해줄게."

더 이상 얘기하면 꾹꾹 눌러놓은 섭섭함이 터져 나올 것 같았다. 아부지가 얼마 전에, 난 아직 어려서 눈물 참는 법을 모른다고 한 적이 있다. 조금만 찡해도 눈물이 흐르는 나이라 했다. 나는, 내가 그만큼 어림을 소영이에게 들키고 싶지 않았다. 그 모습을 감추기 위해, 얼른 얘기를 마치고 집으로 뛰어 들어가고 싶었다.

"그래. 내일 일찍 가야 될 텐디, 어서 들가."

"응. 내일 아침에 인사하러 올게."

나는 대답 대신 손을 어물쩍 흔들고는 집 쪽으로 몸을 돌려 걸음을 재촉했다. 내가 걸어가고 조금 지나서야 소영이의 발소리가 들렸다.

❖❖❖❖❖❖

"야, 언능 인나!"

아침부터 수아가 자고 있는 내 궁둥이께를 발로 퍽– 찼다.

"아따–, 아침부터 뭣혀냐."

"아, 마당에 소영이 있다구. 오늘 소영이 가는 날이잖어. 안 나갈 꺼냐?"

수아가 그 말을 하고는 내 이불을 팍 걷어 젖히고 마당으로 달려 나갔다. 그제서야 어젯밤에 있었던 일이 생각났다. 아, 오늘 소영이가 가는 날이구나. 아직도 실감이 잘 나지 않았다. 멍하니 누워 있는데, 밖에서 어렴풋이 소영이의 목소리가 들려왔다. 그동안 감사했습니다, 전복 맛있게 먹었습니다, 라며 울 엄메 아부지에게 인사를 하는 것 같았다. 엄메와 아부지는 예의상 인사치레라도 하러 나간 듯했는데, 전복이라는 소리를 듣고 엄메에게 눈총을 뚫어지게 쏘아냬 아부지가 상상이 간다.

"현준이는, 아직 자나요?"

소영이가 나를 찾는 소리가 귀에 콕 하고 박혔다. 그 소리에, 벌떡 일어나 나가서 잘가라고 배웅해 주고 싶었는데, 소영이를 웃으며 볼 자신이 없었다. 소영이가 볼 마지막 내 모습이, 벙어리처럼 입을 앙 다문 채 울먹이는 모습 일까봐 나갈 수 없었다. 계속 밖에서 소영이의 목소리가 들려왔다. 머릿속이 복잡했다. 나갈까 말까, 나갈까 말까 하다가 에라 모르겠다, 하고 이불을 머리끝까지 올려 덮고 눈을 꽉 감았다.

❖❖❖❖❖

"그럼, 안녕히 계세요."

인사를 마치고 이젠 정말 돌아갈 시간이 되었다. 인사를 질질 끌며 살짝 열린 문틈으로 집안을 기웃거렸지만 현준이는 보이지 않았다. 좀 더 이른 아침, 집을 정리하면서부터 현준이가 밖에 나오길 힐끗힐끗 눈치 보며 기다렸는데, 그때 역시 그 아이는 아무것도 모르고 자는 듯 보이지 않았다. 이제 이별인데, 마지막에 한번이라도 더 보고 싶었는데, 그 아이는 나만큼 이별을 크게 생각하지 않는 것 같았다. 섭섭함이 마음을 한가득 채웠다. 그래, 내가 유난떨었던 거야. 나는 그냥 잠깐 이곳에 놀러왔다 가는 거고, 그 아이에겐 있어도 그만, 없어도 그만인 사람일 뿐이야. 이렇게 자꾸 나를 힘 빠지게 하는 말들이 머릿속에 맴돌았다. 나는 이 말들을 나 스스로 씁쓸하게 인정하고 돌아섰다. 몇 걸음 걸어가다가, 섭섭함 사이에 껴있는 답답함에 못 이겨 마지막이다, 하고, 이젠 아무도 없는 마당을 향해 한마디를 크게 내뱉었다.

"정말, 안녕히 계세요! 잘 지내세요!"

나는 그 말을 하곤 곧바로 다시 걸어갔다. 응답 없는 외침에 답답함이 풀리긴커녕 더 응어리가 진 느낌이었다. 난생 처음 겪는 이러한 이별에 마음이 아파왔다. 나 혼자 이러는 것 같아 더더욱 마음이 시렸다. 그냥 없었던 일로 하고 원래의 일상으로 돌아가자고 합리화하려 했지만 이곳에서의 추억을 버리는 것은 나에겐 너무나도 잔인했다. 이런 저런 생각에 막 울컥하려던 참이었다.

"소영아!"

익숙한 목소리에 뒤돌아보니 현준이가 신발도 신지 않은 채 허겁지겁 달려오고 있었다. 온갖 감정이 교차되는 순간이었다. 그 순간, 방금까지 머릿속에 맴돌던 말들이 생각나지 않고 사라졌다. 그 아이가 막 달려와서는 내 팔을 꼭 잡으며 말했다.

"꼭, 다시 와야 해."

현준이의 표정은 미묘했다. 눈이 평소보다 반짝거리는 것 같았고 웃는 것 같기도 했지만 울먹거리는 것 같기도 했다. 하지만 그때의 난 무엇보다도 기쁜 마음뿐이었다.

"응, 꼭 올게."

마음속으로 좋아해. 라는 말을 덧붙이며, 나는 활짝 웃었다. 몇 줄기 눈물이 뺨을 타고 흘러내렸지만 그 눈물은 분명 기쁨의 눈물이리라.

미래에도 남을까, 지역감정은?

아마도 대한민국에서 아픈 불합리 중 하나를 찾아보라면 지역감정을 들 수 있겠다. 오늘을 사는 우리들이 지역감정을 어쩔 수 없이 바라보는 무력감을 미래의 아이들도 느끼게 될까. 테크놀로지가 넘쳐나는 소재들 중에서 그리 신선하지 않은 '지역감정'이라는 사회 문제를 미래의 시각에서 정공법으로 풀어보았다.

지역감정은 '지역적인 내외집단의 고정관념이나 편견이 상대 지역민에게 공격적이고 차별적 태도나 행위로 나타날 수 있는 감정 상태'로 정의할 수 있다. (출처 : 『선거보도의 열 가지 편향』, 박주현)

우리나라에서 두드러지게 지역감정이 심하고 대립이 일어나는 곳으로 영남과 호남지역을 꼽을 수 있다. 이 두 지역은 70년대 중반쯤, 정치적인 문제로 갈등이 일어나 지금까지 이어지고 있다.

전라도 사람을 '홍어', 경상도를 '개쌍도'라고 지칭하는 등, 최근에도 지역감정이 사그라지지 않아 현실과 SNS상의 차별과 혐오가 존재하고 있는 가운데, 앞으로도 이 상태가 나아지지 않고 더 악화된다면 사회적으로 더 큰 문제가 될 것을 예상한다.

누구도 쉽게 없앨 수 없는
지역감정이라는 함정
모두가 합리적이고 객관적으로
지역감정의 실체를 인식하는 그날을 위해

같은 나라 안에서, 같은 민족이 분열되는 것. 지역감정, 이는 옳은 것일까? 지금 우리 사회에서는 정치적인 색으로 인해, 또는 단지 싫어서 서로를 경멸하고, 비난하는 경우가 많다. 이들은 자신의 잘못을 잘 인식하지 못하는 경우가 대부분인데, 제 3자의 눈으로 보았을 때, 서로를 헐뜯는 것이 얼마나 어리석은 짓인지 또렷하게 보인다.

이 작품에서 지역감정을 다룬 이유 또한 이를 깨닫게 하기 위함이다. 서로를 혐오한 나머지 언어마저 바꿔버리는 이 바보 같은 상황을 보았을 때, 이 상황의 문제점은 누구나 인식할 수 있다. 이처럼 이 글이 다른 지역에 대한 편견과 각 지역에 대해 행동했던 것에 대해 다시 한 번 생각할 수 있는 계기가 되었으면 한다.

서로 너무 혐오해서 영어를 공용어로 삼은 미래 사람들의 이야기가 정말 과장으로 남기를 바란다.

통제를 통제할 의무는 누구에게 있는가

통제
Control

이상도견문

강초연

인간의 지력을 끌어올리고 감점을 조절하는
미지의 아이코와 자유의 섬 트로도의 이야기.

이 글을 '조'에게 바칩니다.

머리말

매일 현실에서 반복되는 똑같은 일상에 지쳐 있을 때였어요. 말도 안 되는 꿈을 계속 꿨죠. 그런데 그 말도 안 되는 꿈이, 글쎄, 정말로 일어난 거예요. 밋밋했던 내 인생에 재밌는 조미료를 뿌려준 것 같아 아직도 좋은 추억으로 잘 가지고 있지요. 그 추억 속의 이야기를 여러분들께 들려주려고 했던 것뿐인데, 재밌게 봐주셔서 정말 고마워요. 힘들게 살아가던 저에게 힘이 되어준 그 사람이 이 이야기를 꼭 봐줬으면 좋겠네요.

－비밀의 시인

一. 세상을 지배한 아이코

어느덧 가을이 지난 후 겨울이 한 발 성큼 다가오고, 얼마 전에는 첫눈이 내렸다. 역시나 첫눈을 또 바우 녀석과 함께 맞아서 재수가 없지만 이번엔 왜 이렇게 기분이 좋은 걸까? 아, 생각났다.

나는 너를 계속 보았지만
너는 나보다 다른 사람이 더 좋다고 했다
보다 나은 사람이 되어서 돌아온다면
그때는 날 봐주겠지

"세상에, 이게 뭐람."
"이 시를 듣자마자 나한테 넘어온 거지."
"네가 이딴 시를 바쳤는데도 그 여자가 널 좋아해 주더니?"
"그렇고말고. 그때 그 여자가 딱 내 손을 잡아주더라니까!"
"와아. 대단하다 정말."
"뭐야, 또 영혼 없는 반응. 진짜 친구는 연애 상담도 자알 들어줘야 한다고 내가 그랬지."
"그럼 난 진짜 친구 아닌가 보다. 이게 연애상담이니, 희망사항이니? 여태껏 잘 들어줬으니까 이젠 현실에서 그런 여자를 만나서 데려오던가."
"꿈에서라도 만나는 걸로 족해야지, 내 신세에. 됐다. 이 낭만도 없는 놈아."
사실 며칠 전부터 꿈에 나온 여자가 있는데, 내가 살면서 본 여자 중 제일가는 미인이다. 어젯밤 꿈에서는 그 여자가 내 손을 잡아줬다. 그때는 심장이 쿵쾅거리다 못해 몸 밖으로 나오는 줄 알았다. 좋은 일을 친구랑 공유하면 기쁨이 두 배라고 누가 그랬는데, 그건 완전 거짓말이다. 바우는 먹는 데에만 정신이 팔려 있는 친구이다. 바우는 이름대로 강한 바우마냥 몸집도 커다랗고 몸도 제법 딴딴하다. 그런 겉모습과는 다르게 성격은 소심하여 잘 삐치지만 아무리 화가 나도 오렌지맛 사탕 하나만 주면 금방 풀려서 아주 귀여운 친구이다.
그렇지만 지금은 오렌지맛 사탕 하나 사주기는커녕 나 하나 먹여 살리기에도 부담이 되는 신세이다. 그래, 쉽게 말해 거지다. 하루에 밥 한 끼 제대로 챙겨 먹기도 어려울 형편의 가난뱅이 말이다. 하지만 요새는 AIC라는 요상한 물건 덕분에 각자 자신의 몸뚱이 하나만 있다면 거의 모든 것을 해결할 수 있는 세 상이 되었다. AIC라는 게 뭐냐면, Artificial Intelligence Chip이라는 것인데, 말 그대로 해석하자면 인공 지능 칩이다.

저번에 AIC를 사람들에게 이식하고 다니는 꽤나 커다란 단체인 AICO (Artificial Intelligence Chip Organization)가 우리집에 찾아온 적이 있었는데, 우린 그때 AIC와 AICO의 존재에 대해 처음으로 자세히 알게 되었다. 나와 바우는 처음엔 AICO라는 사람들을 이상한 장사꾼이나 종교인들이라 생각해서, 그들이 우리 를 찾아와서 뭐라도 해 보려는 속셈인 줄 알고 문을 열어주지 않을 계획이었 다. 그리고 최대한 목소리를 죽여 속삭이면서 '정말 이상한 사람이야.' 하며 저 들을 욕하기까지 했다. 그렇지만 나와 바우 둘 다 저 사람들이 무슨 일을 하는 사람들이고, 왜 우리집까지 찾아온 건지 내심 궁금했던 나머지 '열어줘, 말 아?' 하며 속닥거리다 결국 문을 열어주었다.

우리를 찾아온 그들은 자신이 AICO라고 소개했다. 그리고 자신들은 나쁜 목 적으로 온 것이 아니니 그냥 자신들이 하는 말을 들어주기만 하면 고맙다고 했 다. AIC와 AICO에 대해서라면 저번에 체중 조절에 도움이 된다는 소리를 전 에 어렴풋이 들어본 적이 있어서 대충은 알고 있었다. 'AIC라면 그 다이어트 용 소형 로봇 칩을 말하는 건가요?' 라고 묻자 AICO는 손사래를 치며 '역시 당 신은 뭘 몰라도 너무 모른다'며 자기들의 설명을 들을 필요가 있다면서 준비해 온 듯한 말을 늘어놓기 시작했다. 이상한 장사꾼이라는 내 말이 맞았지, 맞았 어. 그래도 내 넓은 아량으로 들어는 주기로 했다. 어차피 한 귀로 듣고 한 귀 로는 흘릴 테니까.

아이코(AICO)란 본래 먹을 것은 좋아하지만 운동은 하기 싫어하는 사람들이 모여서 만든 단체이다. 처음 목적은 단지 몸 안의 신진대사를 자유자재로 조절 하여 아무리 많이 먹어도 살이 찌지 않게 함이었으나 어느 순간부터는 움직이 기를 귀찮아하는 전체적인 사회 분위기 때문에 아이크를 이식받은 사람이 기 하급수적으로 늘어났다. 아이코가 하는 일은 사람들에게 AIC라는 칩을 이식 하고 다니는 것인데, AIC는 인체에 투입되어 아주 작은 입자로 쪼개진 다음 신체 곳곳에 도달해 신진대사를 원하는 대로 조절하는 원리로 작동한다. 칼로리 소모 효율을 높여 별다른 노력 없이 수월하게 살을 빼는 데에 도움을 주는 칩이란다. 아이크(AIC)의 등장 초기에는 그 효과를 의심하는 사람들이 많아 다이어트가 정말 간절한 일부 사람들로 소비층이 국한되면서 많은 사람들의 관심을 끌지는 못하였다. 하지만 아이크 덕분에 건강을 되찾고 유지하는 사람들의 경우가 언론에 많이 소개되면서 서서히 인기를 끌게 되었다.

통통한 몸으로 귀여운 이미지를 밀고 나가 '국민 여동생'이라는 별명을 얻기도 한 여배우 A가 공백기 동안 다이어트에 성공하고 나서 한 방송에서 자신의 다이어트 비법이 아이크 덕분이라고 밝혔다. 그 후 아이크의 인기는 아주 폭발적이었다. 일명 '아이크 다이어트'가 한동안 실시간 가장 인기 있는 검색어 목록에서 내려오지 않은 걸로 보면 말을 더 해 봤자 입만 아프다. 젊은 여성층부터 차차 아이크를 이식받기 시작하더니 지금은 몇 년째 '가장 받고 싶은 선물'로 부동의 1위를 차지하고 있다. 이른바 '아이크 전성시대'가 도래하게 된 것이다.

이에 부응하여 아이코는 칩에 새로운 기능을 점점 더 추가해 아직 아이크를 이식받지 않은 사람들의 마음을 사로잡는 중이다. 내가 아이코와 아이크에 대해서 어떻게 이렇게 잘 알고 있느냐면, 다 아이코 녀석들이 몇 시간 동안이나 사탕발린 말로 우리를 꼬드기려고 한 덕분이라고나 해야겠다. 나는 그런 건 질색이라 딱 잘라 거절했지만 바우는 어느샌가 홀려서 그 조그마한 칩이 든 알약을 거대한 몸뚱이에다 집어넣었다. 걔는 이식이고 뭐고 무언가를 마음껏 먹을 수 있다니까 그런 것이 분명하다. 그 아이콘지 뭔지 하는 무리들, 이름부터 완전 구리더니 하는 짓도 정말 맘에 안 든다. 계속 설득해 봤자 난 절대로 그놈들 말을 듣지 않을 것이다. 백 날을 얘기해도 난 아이크 같은 것은 공짜로 준다 해도 절대로 안 받을 것이다.

아이크(AIC)를 이식받은 후 정말 신기하게도 바우는 운동을 전혀 하지 않아도 사는 데에 전혀 지장이 없는 몸이 되었다. 난 끝내 그 기분 나쁜 칩을 이식받지 않아서 음식을 먹으면 살이 아주 뒤룩뒤룩 잘 찌고 먹지 않으면 도로 빠진다. 바우는 그런 내가 안쓰러운 건지 아니면 날 놀리는 건지 하루에 한 번씩은 꼭, "너도 아이크를 몸에 심지 그랬어. 얼마나 편한데, 나 좀 봐. 아주 건강해! 하하.” 하고 아주 건강하게 웃어 보이며 날 놀리는 것이 아닌가.

난 그런 바우가 얄밉고 때로는 배신감이 들기도 한다. 나와 바우는 제일 친한 친구 사이이고 모든 것을 함께 하기로 약속한 소울 메이트이기도 하다. 그래서 우리는 아주 어렸을 때부터 오래 떨어져 있어본 적이 없고, 무언가를 할 때에는 꼭 서로 상의하여 같이 하기로 약속했다. 마침 둘 다 풍부한 감성을 가진 덕분에 나와 바우는 집에서 차분히 시를 쓰는 일을 하고 있다. 그런데 바우 이 녀석이 혼자 아이크를 이식받아버린 것이다. 나와 상의도 하지 않고 혼자서, 위험할지도 모르는 짓을 저질러버렸다. 자고로 우리 같은 시인들은 그런 더러운 문명에 물들면 안 된다. 나는 무슨 일이 있어서라도 나의 이 순수한 아날로그 감성을 절대 잃지 않을 것이다.

사실 결심은 그렇게 했지만, 가끔은 바우가 부러울 때도 있다. 그럴 때마다 내 욕심을 억누르려 바깥 공기를 마시며 산책을 한다. 오늘도 무작정 바깥으로 나오긴 했지만 막상 나오고 나니 할 일이 없었다. 뽀득거리는 눈을 밟으며 계속 걷다가 추위가 발가락에서부터 스며들어 온몸으로 퍼져가고 뇌에서는 ‘이 추위에 밖에서 뭐라도 해보려는 미친 생각은 집어치우고 이만 집으로 들어가.’ 라며 구박하는 소리가 들리기 시작했다.

집에 가는 방향으로 다시 발길을 돌리려 할 때 나는 차 비스무리한 무언가에 치여 힘없이 픽 쓰러졌다. 아, 이대로 죽는 건가…… 하며 눈을 감으려고 할 때였다. 엄청난 덩치의 남자가 저벅저벅 다가와 날 말없이 지켜봤다. 그 정적이 흐르는 몇 초의 순간에는 오만 가지 생각이 내 머릿속을 주마등처럼 스쳐 지나갔다.

‘저 곰 같은 남자가 날 납치하면 어쩌지? 곰한테 공격받을 상황엔 죽은 듯이 있으라고 어릴 적에 책에서 본 기억이 있긴 한데, 어떻게 가만히 있으란 말이야? 그나저나 저 남자가 바우랑 몸통 박치기를 하면 누가 쓰러질까? 내 생각엔 비길 것 같……’

“저……”

“네에?”

“괜찮으세요? 정보 확인이 안 되길래 죽은 줄 알았어요.”

“아이크를 이식하지 않아서 그렇습니다. 보시다시피 몸은 아주 괜찮구요.”

"제가 뭐 해드릴 수 있는 게 뭐라도 있을까요? 너무 죄송한데."

"어, 그럼 밥 좀 주시면 안 될까요? 배가 고파요."

"그럼 저희 집으로 같이 갑시다. 꽤 걸리긴 해도 가는 동안 심심하시진 않을 거예요."

그러고선 남자는 나를 요상하게 생긴 차에 태워서 어딘가로 향했다. 그나저나 이 차, 길에서 몇 번 본 적은 있지만 타게 된 것은 처음이라 마음이 들떴다. 탈 때부터 좋은 향기도 나고 차에 들어오자마자 TV 같은 커다란 화면이 보였다. 차 타기 전에는 차가 좁아 보였는데 막상 타 보니 여기서 살아도 될 정도로 되게 넓었다. 입도 다물지 못한 채로 차를 운전석이 있어야 할 자리에 보이는 것은 번쩍거리는 신기한 헬멧이었다. 이게 무엇인지 물어보고 싶었지만 그 부자 남자는 잠을 자고 있었다. 원래 남의 물건은 함부로 손대는 것이 아니라고 했지만 아주 잠깐은 괜찮지 않을까 하는 충동적인 생각에 나도 모르게 무언가에 홀린 듯이 그 헬멧을 썼다. 무언가 불안한 느낌이 들어 눈을 질끈 감았지만 아무런 일도 일어나지 않았다. 그제서야 안심이 된 나는 다시 눈을 떴다.

二. 꿈이 현실

❖ ❖ ❖ ❖ ❖

눈을 뜨자마자 내 눈 앞에 보이는 것은 옆에 앉아 있던 부자 남자가 아닌 창 밖 너머로 우뚝 서 있는 높이를 가늠할 수 없을 정도의 마천루들과 웬 초록색 세상이었다. 여기가 열대 우림이라는 곳인가, 싶었다. 주위를 둘러보아도 온통 낯선 것들 투성이었다. 이게 뭔가 싶어 눈을 비벼봐도 달라지는 것은 없었다. 드디어 내가 미쳤구나, 헛것도 다 보고. 내가 한 것이라곤 단지 그 부자 남자의 헬멧을 훔쳐 쓴, 아니 잠시 빌려 쓴 것 밖에 없는데. 그것보다 눈을 잠깐 깜빡인 사이에 이렇게 주변의 모든 것들이 바뀌어 있는 이 상황이 가능한 건가?

아, 오늘은 산책을 나오는 것이 아니었다. 어쩐지 집 밖을 나서는 순간부터 기분이 찝찝하더라니 했다. 집에 가고 싶어서 미칠 것 같다. 아는 사람 하나 없는 이곳에서 사교성이라곤 아예 없는 내가 여기서 어떻게 해야 할지 너무 막막했고 내가 떼를 써 봐도 아무것도 바뀌지 않을 거라는 것을 알았기에 지금 나에게 할 수 있는 거라곤 한숨만 푹푹 내쉬는 것뿐이었다.

"야-아!"

당연한 얘기일지 모르겠지만 소리를 질러도 아무도 대답해 주지 않았다. 나무에 부딪힌 메아리만이 돌아오는 현실에 내가 정말 혼자 남겨졌다는 것이 실감났다. 공허한 감정이 마음 속을 마구 후벼 팠다가 그 자리를 뻥 뚫어놓은 채로 떠나갔다. 그리고 그 구멍으로 덥지만 싸늘한 바람이 후웅- 불었다. 넓디넓은 모래사막에 혼자 버려진 것만큼이나 외로웠다.

이러다가는 이곳에서 죽겠다 싶어서 지나가는 사람이 보이면 말이라도 걸어서 길을 묻기로 했다. 그러나 나의 바람과는 반대로 사람 하나 보이지 않고, 심지어는 차들도 잘 지나다니지도 않았다. 아주 가끔 사람 몇 명이 지나다니긴 했지만 뭐가 그리 바쁜지 눈도 마주치지 않고 바로 쌩 가버리니 할 말이 없다.

한참을 기다리다가 뒤에서 인기척이 느껴져 홱 뒤를 돌아봤다. 연한 갈색 빛 머리의 여자와 눈이 마주쳤다. 그 여자 또한 나를 보고 그냥 지나치려고 했겠지만 어디선가 솟구쳐 나오는 근거 없는 자신감과 이 여자에게 말을 걸지 않으면 평생 여기에서 미아가 될 거라는 불길한 예감이 동시에 들었기에 찌질하게나마 말을 붙여보기로 했다.

"저기요, 작업 거는 거 절대 아닌데, 혹시 이름이 뭐죠? 저희 전에 본 적이 있지 않나요?"

"사람들이 절 조라고 불러요. 그리고 전 그쪽 초면이에요."

"여긴 어디죠? 시간 있으시면 여기 소개 좀 해주셨음 하는데."

"길 소개는 제가 아니라 아이크가 하는 일인 것 같은데요."

"전 그런 건 딱 질색이라서 아이크를 이식할 생각이 없습니다."

"괜한 억지 피우지 말고 그냥 아이크를 심어요. 없어서 좋을 것 없으니까." 하고 그 여자가 등을 돌렸다.

"아, 잠깐만요. 사실 제가 시인인데 방금 그쪽 보고 시를 한 편 지었거든요, 이것만 들어주세요. 그 다음엔 가던 길 가시든 제게 욕을 퍼붓든 가만히 있을게요."

넌 나를 보자마자 미소를 지었고,

난 너를 보자마자 시를 지었다

이런 말하면 죽을 죄를 지었다 하겠지만

너랑 예쁜 집 짓고 살고 싶다

내가 시를 읊으며 바라본 조의 표정은 싸악 굳어 있었던 것이 마치 마네킹 같았다. 1초도 안 되는 시간 동안 내가 읽은 조의 눈빛에서는 오만 가지 생각이 읽혔다. '이 사람 대체 뭐지?', '혹시 정신이 오락가락하는 사람인가?', '난 도망쳐야 하나?'라는 듯한 표정이었다. 우연히 이상한 사람을 만났는데 그 이상한 사람이 이상한 시를 자길 위해 지었다니 그럴 만도 했다. 어딜 가나 환영 받지 못하는 나의 작품 세계의 현실을 깨닫고 역시 난 쓸모없는 시인인 것 같아 시를 쓰는 걸 관둘까 하며 한숨을 내쉬었다.

그런데 조가 갑자기 웃음이 터졌다. 한번도 웃는 모습을 보여준 적이 없던 조가 환하게 웃는 모습을 보니 내 기분도 덩달아 좋아졌다. 그리고 항상 혹평만 들어왔던 내 시가 처음으로 자랑스러워졌다. 그때 웃고 있던 조를 보고 난 내가 꿈에서 만난 여자가 조와 많이 닮았다고 느꼈다. 그때부터 나 혼자서 조와 꿈 속의 여자를 같은 사람이라고 여겨왔던 것 같다. 그러니까, 내가 조를 좋아해 왔던 것 같다. 이 상황이 너무나도 꿈만 같았다. 유토피아가 실제로 존재한다면 이런 곳일까? 만약 이곳이 꿈속이라도 평생 깨지 않고 여기서 살았으면 했다.

조는 여기가 트로도라고 알려줬다. 트로도는 지금은 이렇게 초록색 수풀이 잔뜩 우거져있지만 옛날엔 딱 사람이 살기 좋은 날씨였다고 했다. 전에는 이곳이 트로도라는 이름 대신 진도라고 불렸고 진도만이 지닌 특유의 예술적인 장관과 문화가 어우러져 아주 멋진 곳이었다고 했다 – 조 자신 또한 진도의 예술적인 피를 물려받은 것이 무척이나 자랑스럽다며 혼자 웅얼거리는 말도 난 어렴풋이 들었다.

조의 말을 조금 빌리자면, 예전에는 1년에 한 번씩 바다가 반으로 갈라져서 사람들이 건너편에 있는 섬으로 건너가곤 했다. 사람들은 그 갈라진 바다를 보고 신비의 바닷길이라 하였고 그곳에 다녀온 사람들은 '성경에서만 보던 모세의 기적이 일어났다.'며 입을 모아 칭송하였다. 하지만 지금은 점점 심해지고 있는 지구온난화 탓에 해수면이 높아져 바다가 열리지 못한다고 한다.

어떻게 이렇게 자세히 잘 아냐고 물어봤더니 아이크 덕분이라고 알려주었다. 조는 나더러 아이크를 받는 것이 어떠냐며 아이크를 추천하였다. 아이크를 받으면 세상이 탁 트인 느낌이란다. 조는 아이크의 존재를 알게 되자마자 바로 이식했다고 하였는데, 가장 편리한 점으로는 아무것도 할 필요가 없다는 점이라고 했다. 운동도 필요 없어서 다이어트에 시달릴 필요도, 열심히 머리를 싸매고 공부를 해서 시험을 볼 날짜를 세며 밤을 지새울 필요도 없고, 모르는 것이 있을 때는 그것을 빤히 바라보고 있으면 문제가 해결된다고 하였다. 그렇게 2초, 3초 정도 쳐다보면 정보가 보이니 척척박사가 된 기분이란다. 척척박사 조는 내가 모르는 것을 물어보면 친절하게 다 알려줬다. "이건 뭐야?" 하면 자신이 아는 것에 대해서는 기가 막히게 잘 설명해 줬지만 본인도 잘 모르는 것은 잠시 망설이다가 아이크의 힘을 살짝 빌리는 눈치였다. 나에게 조금이라도 더 잘 알려주려고 노력하는 모습이 보였다.

함께 트로도를 여행하는 내내 조는 앞으로 멘 작은 가방을 꼬옥 붙잡고 다녔다. 가방 안에는 자신의 유일한 취미생활이자 종종 즐기곤 하는 놀이거리가 들어 있다고 했다. 조는 자신의 취미가 그림 그리기이며, 외출을 하는 이유 중 하나라는 말을 덧붙였다. 그 말이 무슨 뜻인지 혼자 골똘히 생각하는 동안 조는 어디론가 총총 뛰어갔다. 조의 발걸음은 예쁜 보라색 꽃 앞에서 멈췄고 가방을 뒤적여서 투명한 아크릴 판과 잉크가 묻지 않아 촉이 말라있는 펜 하나를 꺼냈다. 그러고선 몸을 잔뜩 숙인 채로 웅크린 다음 옷매무새를 다듬어 펜 끝을 꽃에 가져갔다. 그러자 펜촉이 그 꽃의 색으로 사르륵 변했다. 조는 망설이지 않고 그림을 그리기 시작했다. 대충 그리는 듯했지만 세심한 특징은 다 잡아내는 걸 보니 그림을 꽤나 그려본 솜씨였다. 조가 자신의 예술적인 감각에 자부심을 가진 이유를 잘 알 것 같았다. 꼭 사진처럼 보이는 그대로 정확히 표현해낸 것은 아니었지만 그림에 조의 약간은 투박하고 어려 보이는 그림체가 마음에 들었다.
 "조, 그림 되게 잘 그린다. 화가 뺨치는 실력인데?"
 "내가 그림 잘 그린다고 했잖아."
 "그림은 따로 배운 거야?"
 "배우긴 배웠는데, 전문가는 아니고."
 "누구한테 배웠는데?"
 "……."
 "조! 내 말 들었어? 누구한테 배웠냐니까?"
 "그림 그리는 중이니까 방해하지 마."
 조는 나를 한 번 흘겨보더니 퉁명스럽게 쏘아붙이고 그리던 그림을 마저 그려나갔다. 처음 보는 조의 짜증난 표정에 당황해서 내가 무슨 말실수를 했나 하는 생각이 들었다. 그림 그리는 중에 말을 건 것 때문에 집중을 할 수가 없어서 그런 건지, 아니면 다른 사람에게 그림을 배웠다는 사실을 들켰다는 사실이 자존심이 상해서 그런 건지, 도통 짜증이 난 이유를 알 수가 없다. 여자가 화가 났을 때에는 어떻게 풀어줘야 하는지 자칭 연애 고수 바우가 나에게 저번에 알려줬는데, 생각이 안 나서 골치가 아팠다. 조를 위해서 무엇을 해줘야 할까 고민했지만 아무리 생각해 봐도 보잘 것 없고 가난한 내가 할 수 있는 것이라곤 시를 만들어 주는 것밖에 없었다.

"내가 또 시 만들어줄까?"

"또?"

"싫으면 싫다고 해도 돼."

"아니야, 들어는 줄게. 한 번 읊어봐."

그림만 그리지 망고 나랑 놀아줘

혹시 내가 싫은 게 아닌지 걱정도 돼

난 너랑 놀고 싶어도 넌 아닌 것 같아

어쩌겠어, 난 가만히 있는 수밖에 없지

"이번 시도 괜찮은데? 나한테 들려줬던 시들, 다 모아서 시집으로 내면 좋을 것 같아."

"정말? 그렇게 할게."

"시집 제목은 어떻게 할 거야?"

"아, 그러고 보니 제일 중요한 제목을 안 지었네."

"이왕이면 독특하게 해봐."

"음. 여기가 트로도니까 '트로도로 와요' 어때?"

"특이하게, 음, '트로도로 오쇼'로 하는 게 난 더 좋은 것 같아."

"정말 좋아! 시집이 나오면 원고는 조 너에게 줄게!"

"그 약속 물리기만 해봐. 꼭 지켜."

현실 세계에서는 내 시집이 고작해야 냄비 받침대로 쓰였지만 그런 보잘 것 없는 내 시를 이해하고 좋아해 주는 사람이 있다는 사실이 기뻤고 그 사람이 조라는 사실이 너무 좋았다. 조는 나에게 아까 짜증을 낸 것이 미안했는지 아까 짜증을 내서 미안하다고 했다. 나 또한 조에게 집요하게 물으려고 했던 점에 대해 사과했고 우리 둘은 화해를 했다.

조는 자신이 나에게 말했던 그 '신비의 바닷길'로 가보고 싶지 않냐고 물었다. 사실 조의 말을 들었을 때부터 그것이 사실인지 아닌지 궁금했기에 당연히 가겠다고 했다. 지금은 직접 내 눈으로 확인할 길은 없어서 아쉽지만, 이 초록색 세상 속에서 바다가 보고 싶어졌던 이유가 커서 바다를 곧 볼 생각에 들떴다.

三. 이유

오랫동안 알고 지낸 사이는 아니었지만 나와 조는 서로 잘 통하는 말동무가 되었고 어느덧 같이 있으면서 아무 말도 하지 않고 가만히 있기만 해도 전혀 어색하지 않을 정도의 사이가 되었다. 조는 나에 대해서 더 알고 싶다는 명분으로 자꾸 나더러 아이크를 심으면 안 되겠냐고 물었다. 하지만 난 싫다고 했다. 처음 봤을 때부터 나는 분명 아이크를 싫어한다고 밝혔고 아이크를 받을 생각 또한 전혀 없었다. 그런데 그런 나에게 자꾸 아이크를 권유해서 속상했고 한편으로는 마음속으로 조에게 실망감을 느끼기도 했다.

아무리 내가 조를 많이 좋아한다 하더라도 아이크를 내 몸에 심을 생각은 전혀 없다. 그 작고 차가운 쇳덩이를 따뜻한 몸 안에 집어넣으면 우리가 차갑고 감정이 없는 로봇이 되는 것만 같단 말이다. 아이코의 초기 의도대로 단순한 다이어트가 목적이라면 더 이상 쓸데없는 기능을 추가하지 않는 것이 옳다. 물론 점점 자연의 순리를 거스르고 있는 아이크를 인간을 마음대로 조종하는 만능 칩으로 만들려는 계획에는 절대 반대한다.

다이어트는 운동을 해서 땀을 흘리고 몸에 좋은 음식을 먹어가며 했을 때 가장 뿌듯한 법이고 공부도 혼자 끙끙 앓다가 포기하려 할 무렵에 갑자기 탁 하고 머릿속 전구가 켜져서 문제를 해결해냈을 때 우리는 비로소 공부의 목적을 깨닫게 되는 것이다. 게다가 자고로 사람이란 서로 만나고 대화를 하면서 유기적인 관계를 맺고 사회에 어우러져야 한다고 나는 생각한다. 우리가 로봇처럼 된다면 모두 다 집 안에서 손가락 하나조차도 까딱하지 않은 채로 모든 걸 다 해결하려 들 것이다. 그렇게 되면 관계라는 것이 사라지고 로봇처럼 감정도 차갑게 식어버려서 로봇이랑 다를 바가 없어지지 않는가. 나는 그런 것이 정말 끔찍하다. 누군가 나에게 한마디 말을 걸지 않고도 나에 대한 정보를 가벼이 알아낼 수 있는 세상이 도래한 덕분에 첫 만남의 설렘과 낯선 사람과 처음 대화를 나눌 때의 짜릿함이 사라진 이 현실이 유감스럽다. 무엇보다도 지금의 내가 그 세상에서 살고 있다는 사실이 믿기 싫다.

내가 꿈 속에서 만난 여자 또한 아이크를 통해서가 아닌 직접 만나면서 서로 정을 쌓는 과정에서 사랑에 빠지게 된 것이다. 만일 내가 아이코의 유혹에 넘어가 아이크를 심었더라면 이렇게 조를 만날 일 또한 없었을 것이다. 조는 나에게 '널 보면 꼭 누가 생각난다.'라는 말과 함께 더 이상 나에게 아이크를 권유하지 않았다.

이런저런 이야기를 나누며 걷다 보니 뉘엿뉘엿 땅거미가 지고 있었다. 조가 내 어깨를 자그마한 손가락으로 쿡쿡 쑤시더니 어딘가를 가리켰다. 조의 손가락을 따라 향한 내 시선은 넓디 넓은 푸른 바다에 머물렀다. 바다에 반사되어 반짝이는 투명하고 진한 주황빛이 간지러운지 파도는 고요하게 일렁이고 있었다.

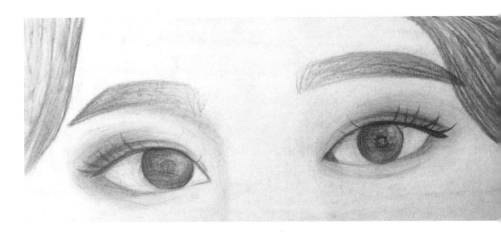

"황혼 때쯤 집에 동생이랑 자주 여길 왔었어."

"동생이 있어? 조를 닮았다면 무지 귀여울 것 같아."

"지금은 없어."

조는 턱 끝까지 올라온 말을 꼴깍 삼켜내더니 나를 한 번 보고 이야기를 덤덤하게 이어나갔다.

"내가 아이크를 이식받을 때도, 아이크가 의무가 되었을 때도 내 동생은 너처럼 괜한 고집을 부리면서 자긴 아이코를 받지 않겠다고 했어. 아이코를 이리저리 피해 숨어서 살다가 들킨 거야. 그 다음엔 어떻게 됐겠어. 그 녀석들에게 끌려간 이후로 얼굴을 본 적이 없지. 동생이 나한테 그림도 알려줬었는데, 아까 본 펜도 동생이 준 거고."

조의 눈동자는 거의 다 저물어버린 해의 빛을 빨아들여 오묘하게 빛났다. 만난 지 얼마 안 된 나에게 괜한 말을 했다는 생각이 들었는지 조는 급히 내 눈을 피해 말없이 고개를 쳐들고 하늘을 바라봤다. 어쩌면 조가 나를 자기 동생처럼 생각하는지도 모른다는 생각이 들었다. 그 다음 몇 초 동안은 어떤 말을 해야 조에게 위로가 될지 모르겠어서 가만히 고개를 숙여 바다를 쳐다봤다.

주황빛 바다는 바람에 날리는 비단처럼 부드럽게 넘실거리고 있었다. 마치 이제 아무 일도 일어나지 않을 거라고 말해 주는 것 같았다. 그래서 그 다음엔 아무 일도 생기지 않을 줄 알았다. 하지만 그 다음에 일어날 일은 아마 하느님도 전혀 예측하지 못하지 않았을 것이다.

四. 위험

"안녕하세요. 뭐 좀 물어보러 왔는데요."

어디선가 낯선 남자의 목소리가 들렸다.

"뭘 물어보려고요?"

"잠시 실례 좀 하겠습니다. 당신은 조 맞으시죠? XXXX년 XX월 XX일 XX시 XX분, 저희 연구원 C양이 아이크를 넣어준 걸로 확인되는군요. 그것도 아주 귀여운 분홍빛으로요. 맞아요?"

"네. 맞아요."

조는 약간 떨리는 목소리로 대답을 했다. 그러면서 나를 보면서 계속 눈알을 이리저리 굴렸다.

"안녕하세요. 근데 누구세요?"

인사를 건네는 순간 조는 콧구멍을 벌렁거리더니 눈을 질끈 감고 숨을 깊이 들이마셨고 이내 다시 내쉬었다.

"저흰 아이코에서 왔는데요. 그쪽 말입니다, 아이코를 심지 않은 것 같아 보여서요. 혹시 잠깐 시간 좀 내서 협조해 주시겠습니까?"

"에, 예? 확인이라뇨. 뭘 확인을 하시려고요? 저는 확인받을 게 없는데요?"

"아이크 미이식자는 처벌받는 거 아시죠?"

"무, 물론 알죠. 근데 여기에 아이크 미이식자가 어디 있다고, 하하."

저 남자는 내가 아이크가 없다는 걸 어떻게 알았는지, 정말 촉이 귀신보다도 더 좋다. 나를 잡아가려고 온 것이 분명했다. 조가 나를 흘끔 보면서 눈알을 굴렸던 것이 나더러 도망치라는 신호를 의미했음을 알아채자마자 도망쳐야겠다는 생각만 머리에 맴돌 뿐이었다. 하지만 위급한 상황에서는 몸이 마음을 따라주지 못한다는 말이 있지 않은가. 그 말은 사실이었다. 머리 속에서는 도망쳐야지, 도망쳐야지, 하면서도 몸은 그대로 굳어 식은 땀만 이마를 타고 내려오는 상황이었다.

조는 입모양으로 '도망가!'라고 말했다. 퍼뜩 정신이 들어 정신없이 달리면서 숨을 곳을 찾다가 안전상의 문제로 폐기하려고 쌓여진 테트라포트가 있는 부둣가 쪽으로 달려가기로 했다. 전에 바우와 바다에 놀러가서 숨바꼭질을 했을 때 테트라포트 속에 바우가 쏘옥 들어갔던 것이 기억나 그 안으로 숨을 작정이었다. 그 커다란 몸이 가뿐하게 들어가니까 분명 내가 들어가면 당연히 공간이 여유로울 거라고 생각했다.

한참을 달리다가 뒤를 돌아보니 아이코가 몇 명씩 흩어져서 나를 포획할 계획인지 내 뒤에는 한 명뿐인 것을 확인했다. 갈림길에서 잠깐 차가 지나가는 동안 아이코가 잠시 시야에서 나를 놓쳐 아이코를 따돌리는 데에 성공했고, 발을 조심히 내디뎌 테트라포트 안으로 몸을 욱여넣었다.

몇 분이 지났을까, 아이코의 분주했던 발소리는 줄어들고 해가 완전히 저물어 달이 보였다. 따뜻해 보였던 물은 금세 식어버려 차디찬 바닷물이 규칙적인 파도소리와 함께 찰-싹, 찰-싹 하며 나를 때렸다. 바닷물에 옷이 젖은 것은 물론이고 쓸어 넘기는 것이 버릇이 되어 항상 옆으로 넘어가 있던 머리카락도 매생이처럼 추욱 늘어졌다.

'조는 지금 어디에 있을까', '조가 나를 찾고 있으면 어떡하지', '나 때문에 봉변을 당한 것은 아니겠지', 슬슬 엄습해오는 불안감에 온갖 나쁜 생각들이 꼬리에 꼬리를 물었다. 짝다리를 짚은 채로 왼쪽 다리를 무지하게 떨었고 입술은 바짝 말라가 주름이 깊게 패였다. 혀를 낼름거리며 입술에 침만 바르다 그것으로도 불안감이 해소되지 않아 입술을 마구 뜯었다. 조 걱정을 아무리 해도 달라질 것은 없어 보여, 일단 여길 빠져 나오는 것이 가장 최선의 선택이라 판단했다. 눈앞에 보이는 셀 수도 없는 수의 테트라포트를 밟고 또 밟았다.

분명 바우는 요리조리 잘 빠져 나왔는데 나는 한 걸음을 내딛기조차 힘들었다. 앞이 온통 콘크리트 투성이라 방향 감각을 상실한 것이 가장 큰 이유였다. 게다가 이끼가 잔뜩 껴있는 바람에 무척이나 미끄럽기도 했고 다닥다닥 붙어있는 따개비 껍데기에 쓸려 살갗이 벗겨지기도 했다. 보기에는 괜찮아 보였지만 생각보다 깊이 패인 탓에 벌건 피가 팔을 타고 흘렀다. 손바닥으로 다친 팔의 피를 닦아냈다. 피를 옷 소매로 스윽 닦은 지 몇 초 되지 않아 파인 살에 피가 다시 가득 고여 이내 넘쳤다. 살점이 꽤나 깊이 뜯겨나가서 너무 아팠다. 머리도, 몸도 따라주지 않는 이 상황에서 어떻게 여길 빠져 나와야 할지 침착하게 궁리를 해봐도 도저히 침착하게 있을 수가 없었다. 탈출을 할 수 있는 뾰족한 생각이 나지 않아서 답답했다.

스스로도 지쳐가 벽면에 붙어 있는 진초록색 이끼를 짧은 손톱으로 박박 긁어내며 시간을 때우고 있을 무렵, 정적을 깨는 소리가 들렸다.

"이야-. 일어나아아-. 일어나라구-. 일! 어! 나! 마감시간 한 시간 전이야! 정신 차려어-."

바우의 목소리였다. 왜 여기서 이 상황에 바우 목소리가 들리는지 혼란스러웠다. 마감 시간에 자주 쫓기곤 하는 나를 위해 바우가 내 휴대폰에 자신의 목소리를 녹음해서 알람으로 맞춰놓았던 것이 생각났다. 그 알람 소리를 듣고 나서야 내가 바지 오른쪽 뒷주머니에 항상 휴대 전화를 넣어놓고 다닌다는 사실이 떠올랐다.

'아, 그럼 조에게 전화를 하면 되겠구나.'

휴대 전화를 꺼내 전화 버튼을 눌렀지만 당연한 사실이겠지만 나에겐 조의 휴대 전화번호가 없었다. 절망적이었다. 아는 사람 하나 없는 곳에 우연찮게 툭 떨어져 이런 어이없는 사건에 휘말리다니. 그리고 그 어이없는 사건 때문에 여기서 내가 생을 마감하겠구나. 내 인생은 왜 이리 보잘 것 없지? 운도 지지리도 없지. 어디서부터 잘못된 건지 찬찬히 과거의 나 자신을 돌아보았다. 초면이었던 부자 남자의 헬멧을 몰래 쓴 것부터? 아니면 아이코의 말을 듣지 않고 아이크를 심지 않았을 때부터?

아, 결국 나의 존재 자체가 잘못되었다는 결론을 내렸다. 하느님은 가브리엘 가르시아 마르케스, 라이너 마리아 릴케처럼 훌륭한 사람들이나 많이 만드실 것이지 왜 나 같은 하찮은 인간도 만드신 걸까? 난 하나님의 실수로 만들어진 사람일 거야. 살아 있을 적에 마지막으로 시 한 편이나 짓고 아무도 모르게 조용히 죽어야겠다. 호랑이는 죽어서 가죽을 남기듯이, 시인도 죽어서 시 한 편 남기는 것이 시인으로서의 도리야.

안경을 다시 한 번 고쳐 쓴 다음
내가 하고 싶은 말을 꾹꾹 썼지만
내 시가 쓰인 종이는 쓰레기통으로 던져지고
이내 쓰디쓴 웃음을 지으며 안경을 벗는다.

시를 써 내려가던 수첩을 덮고, 수첩 표지를 잠시 동안 만지작거리다가 가방에 넣었다. 억지로 살려고 발버둥치는 것보다 가만히 죽음을 맞이할 준비를 하는 것이 더 낫다는 생각이었다.

"……. 들리면 말 좀 해봐요! 사람 있어요?"

어렴풋이 들려오는 목소리에 정신이 들었다. 분명 낯익은 목소리였다.

"나 여기 있어! 나 좀 꺼내줘!"

"에. 아무도 없네. 아까 분명 여기서 사람 소리가 들렸는데."

그러고선 가까워졌던 그 사람의 발걸음 소리가 점점 작아졌다.

"여기에서 나올 수가 없어! 조, 제발 살려줘! 이렇게 죽을 순 없어!"

"어머, 뭐야. 기껏 숨어있다는 곳이 여기였어? 그나저나 앨 어떻게 꺼내주니. 잘못하다간 둘 다 저 세상으로 가겠는 걸."

"시덥잖은 농담 그만하고, 나 정말 심각하단 말야."

"알았어, 알았어. 진정해. 바닥에 고정되어 있는 쇠고리에 밧줄을 묶어서 너에게 던질게. 그걸 붙잡고 올라와."

그리고 곧 밧줄 하나가 턱 내려왔다. 정신없이 그 밧줄을 잡아서 허겁지겁 올라왔다. 간신히 구출되고 나서 기진맥진해 바닥에 누워 있었다. 눈을 감고 있었지만 그 사람이 나를 내려다보는 시선이 느껴졌다. 살았다는 생각에 안심해서인지 나도 모르는 새에 잠이 들어버렸던 것 같다.

五. 다시 현실로

사람들 여럿이서 조잘거리는 소리에 잠에서 깼다. 눈을 살짝 떠보니 검정색 옷을 입은 사람들이 나를 내려다보고 있었다. 아까 나에게 밧줄을 던져줬던 사람의 시선과 비슷했다. 나는 아직 정신이 들지 않은 척 실눈을 뜬 채로 주변을 훑어보다가 어떤 여자가 나에게로 걸어오는 것을 봤다. 손에 이상한 주사기 하나를 들고 있었다. 저 검은 옷을 입은 사람들이 아이코이고 저 주사기를 가지고 나에게 아이크를 강제로 집어넣으려고 한다는 것은 감으로도 금방 알아챌 수 있었다.

하지만 손과 발은 침대에 고정되어 있는지 움직일 수가 없었다. 간신히 살았구나 했는데 또 이런 위기가 찾아오다니, 정말 운도 없다. 이 상황에서 내가 해야 하는 것도, 할 수 있는 것도 아무것도 없다는 것이 너무 비참했다. 마지막으로 보이는 것들을 내 눈 안에 담아놓아야겠다는 생각에 왼쪽을 보고 눈을 한 번 깜빡, 오른쪽을 보고 눈을 다시 한 번 깜빡였다. 주사기의 날카로운 바늘 끝으로 피부를 푸욱 찌르는 것이 느껴졌다. 눈을 감고 숨을 힘껏 들이마셨다. 질끈 감은 눈에서는 미지근한 눈물이 흘렀고, 그 다음에 어떻게 되었는지는 나도 모른다.

누군가 나를 때린 것처럼 오른쪽 팔뚝이 아팠다. 내 오른쪽에는 부자 남자가 날 싸늘한 표정으로 보고 있었다. 이마에서는 식은 땀이 흐르고 있었고 꼭 쥔 주먹은 땀으로 축축했지만 부자 남자를 보자 원래 내가 있던 곳으로 돌아왔다는 생각에 행복했다. 마음 같아선 그 남자를 꽈악 안아주고 뽀뽀까지 해주고 싶었지만 그 부자 남자의 표정을 보아 그럴 상황은 아니었다는 것을 짐짓 알 수 있었다.

"저, 제가 혹시 무슨 잘못이라도?"

"잘못이야 당연히 하셨죠. 그것도 아주, 아주 많이요. 남의 물건을 훔쳐 써도 된다는 건 누구한테 배웠습니까? 가정 교육을 못 받으셨나 봐요?"

"아. 이건 훔쳐 쓴 게 아니고 헬멧이 너무 반짝반짝 예쁘길래 시험착용해 본 거랄까. 에, 아닌가. 어, 죄송합니다."

"한 끼 대접해드리기로 한 건 없던 일로 해야 맞겠네요."

"네? 그런 게 어딨어요!"

"일부러 차에 치여서 아픈 척하면 제가 뭐든 다 해줄 거라고 생각하고 혼자 착각하신 것 같은데요, 지금은 되게 멀쩡해 보이시니까 내려서 그쪽 집까지 걸어가시면 되겠네요. 이제 내리세요."

"자, 잠시만요!"

무정하게도 부자 남자의 차는 나에게서 점점 멀어져 내 눈 밑의 점만큼이나 작아지더니 얼마 안 되어 사라졌다. 차에서 내린 이곳은 우리 집에서 걸어서 세 시간 거리의 빵집 앞이었다. 고소한 빵 냄새에 뱃속은 마구 요동쳤다. 뒷주머니에서 휴대폰을 꺼내어 시간을 확인해 보았다. 삼십팔 분이었다. 내가 집에서 나오고 나서 딱 삼십 분이 지나 있었다. 삼십 분 동안에 세 시간 거리를 이동할 수 있다니, 세상도 참 좋아졌다.

그나저나 내가 트로도에서 하루를 보내는 동안 이곳 현실에서는 고작 삼 분이 지났구나. 트로도에서는 많다면 많은 일들이 나에게 일어났다. 매일 매일을 똑같이 살아오던 나에게 트로도란 곳은 정말 동화 같은 곳이었다. 트로도라는 곳이 정말 있는 곳이라면, 내가 거기에 가서 조를 만나는 것도 어느 정도 가능한 일이라는 생각이 들었다. 트로도에서 조를 다시 만나게 된다면 조도 나를 알아보고 반겨주리라. 트로도의 환경이나, 복권 당첨처럼 갑작스럽게 나에게 찾아온 조 모두 다 앞으로는 만날 일이 없을 것 같았다. 혹여나 바우가 나를 걱정하고 있진 않을까 하는 마음에 얼마 없는 연락처 중 바우의 것을 찾아 통화 버튼을 꾹 눌렀다. 바우의 목소리 대신 신호음만 연신 들려왔다. 나는 전화 걸기를 그만두고 문득 '트로도'라는 곳이 실제로 존재하는지 궁금해져서 인터넷에 검색을 해보았다. 트로도에 대해 검색해 본 결과 내가 조에게서 들었던 것과 다를 바가 없었다.

– '트로도'는 본래 '진도'라는 이름을 가지고 있었으나 지구온난화로 인해 열대기후로 바뀌어버린 탓에 10년 전부터 '트로도'라는 이름을 사용하고 있다. 일 년에 한 번 꼴로 반으로 갈라지던 바다도 해수면 상승 등의 이유로 볼 수가 없어졌으며 '세방낙조'라는 곳의 일몰이 아름답다. '트로도'는, –

나는 집으로 돌아와 낡은 나무 의자를 끌어와 앉았다. 스탠드를 켜고 시를 쓰던 수첩을 펼쳐 보았다. 그리고 그곳에 적힌 시를 원고지에 꾹꾹 눌러 적었다. 책 냄새와 먼지 냄새에 정신이 몽롱해져 잠이 올 무렵, 바우가 따뜻한 코코아 한 잔을 나에게 내밀었다. 허연 김이 나는 코코아를 급히 마시다가 혀가 데어 잠이 확 깼다.

"급하게 먹는 버릇 좀 고치라니까."

"이렇게 뜨거울 줄 알았겠냐."

"오오, 근데 이 시 뭐야? 완전 별론데 계속 보니까 괜찮다."

"정말? 너한테 칭찬을 듣는 날도 다 있네."

"근데 트로도가 뭐야? 이름이 왜 그래? 먹는 건가?"

"크, 내가 저기서 내 운명의 짝을 만나고야 말았지."

"또 헛소리 한다."

"야, 진짜야. 진짜라고. 말 나온 김에 우리 내일 트로도나 가보자. 어때?"

"그래. 내일 일찍 일어나서 트로돈지 뭔지, 거기 가려면 지금 자야겠네. 미리 잘자라."

그렇게 바우도 잠을 자러 가고 나는 트로도로 갈 때 필요할 물건들을 챙기기로 했다. 휴대폰, 코코아 분말 한 통. 다시 조에게 돌려주어야 할 조의 아크릴판과 펜, 조를 위해서 지었던 시가 적힌 원고지까지. 이 정도면 다 챙긴 것 같다. 내일 트로도에 가서 조를 만날 수 있기를 기대하며 포근한 솜이불에 누웠다.

그날 밤 꿈에는 조인지, 단지 조를 닮기만 한 여자였는지 모를 여자가 나왔다. 내 꿈에 종종 나오고 했던 그 여자 말이다. 그 여자는 언제나 그랬듯이 상냥한 미소로 나를 반겨주었고 공원 산책로를 함께 걸었다. 헤어지기 전에 이름이 뭔지 꼭 물어봐야지, 하고 계속 머릿속으로 되뇌었다. '이름을 물어봐야 해, 이름을. 이름.' 그리고 내심 그 여자의 이름이 조이기를 바랐다. 이름을 물어보려고 입을 떼었을 때 나는 미처 앞을 보지 못하고 돌부리에 걸려 넘어졌다. 여자는 나를 걱정하는 표정으로 손을 내밀며 '아이코, 조심하셨어야죠.'라고 했다. 그 순간 정신이 번쩍 들었다.

'아, 아이코?'

잠에서 깨어보니 아직 어둑어둑한 한밤중이었고 식은 땀이 등줄기를 타고 흐르고 있었다. 새로운 하루가 시작되었음을 의미하는 열두 시의 종이 뎅, 뎅, 뎅……. 열두 번이 울렸다. 똑똑똑. 누군가가 문을 두드리며 자신은 수상한 사람이 아니니 문 좀 열어달라고 하였다. 작은 문틈으로 검은 옷을 입은 사람들이 보였다. 아이코였다. 틀림없이 아이코이다. 아이코는 그렇게 몇 분 동안이나 우리 집 문 앞에서 서성거리더니 '분명 사람이 있는데, 이상하네.'라는 소리와 함께 우리 집에서 멀어졌다.

나는 코까지 골아가며 잠을 자는 바우를 깨워 당장 트로도로 떠나자고 하였는데도 바우는 일어나지 않았다. 이 눈치도 없는 바우 녀석, 정말 도움이 되는 일이 하나도 없는 놈 같으니라고. 날이 밝고 나는 짐 가방을 들고 빵집 방향으로 향하다가 검은 차와 가벼운 접촉사고가 났다. 차 주인은 차에서 내려 나에게 미안하니 뭐라도 해주겠다고 하였고, 나는 그에게 냅다 '트로도로 가요!'라고 하였다. 그 남자는 고개를 한 번 갸우뚱하더니 속도를 밟았다.

달리는 차가 점점 트로도에 가까워지자 마음도 안정되기 시작했다. 나는 원고지를 꺼내 들었다. 시를 한 편 써야지 하는데 나는 그동안 제목도 없는 시집에 시를 적어 내리고 있었다는 사실을 알아차렸다. 나는 잠시 생각하다가 제목을 원고지의 맨 첫 장에 크게 적었다.

'트…… 로도로…… 오…… 쇼……'

제목을 보고 만족스러워 혼자 고개를 끄덕였다. 원고지를 다시 가방 깊숙한 곳에 넣어두었다. 트로도에서 조를 만나서 이 원고지를 건네주면 조는 분명 폴짝폴짝 뛰면서 신이 날 것이다. 그 모습을 상상하니 조를 더 빨리 만나고 싶어졌다.

"다 도착했소!"

"감사합니다!"

차에서 내려도 된다는 남자의 말에 짐 가방을 부둥켜안고 트로도의 땅을 다시 밟았다. 트로도의 땅은 살짝 습기를 머금어 촉촉했고 하늘은 무척이나 파아랗고 구름 한 점 없었다. 기지개를 켜며 상쾌한 공기를 느꼈다. 이번에는 왠지 외롭지 않았다. 그렇게 혼자 트로도의 경치를 감상하고 있었고 이윽고 뒤에서 사람의 발걸음 소리가 들렸다. 뒤를 돌아보면 누가 있을까. 그리고 내가 기대하는 사람이 내 뒤에 있기를 빌며 고개를 돌렸다.

꼬리말

다들 트로도로 오세요. 여기 찾아온 거, 후회는 할 일은 없을 거예요. 한 번 오면 다시 또 한 번 오고 싶어질 걸요? 나처럼 인생의 전환점을 이곳에서 찾게 될지도 몰라요. 여러분도 살면서 꼭 여러분만의 트로도에 한 번쯤은 가보길 바라요. 안녕!

VR (Virtual Reality) 부터 기후 변화까지

인공지능은 21세기 인간이 만든 가장 뛰어난 작품이라고 봐도 손색이 없다. 인공지능은 의료 분야나 산업 분야 등 다양한 방면에서 큰 활약을 하고 있다.

이에 사람들은 인공지능에 의지하는 일이 많아지고 급기야 인간의 몸 안에 인공지능 칩을 넣으려 하는 사태가 일어났다. 사람을 인공 지능화시키는 것이다.

미국이나 영국에서 사용하였던 베리칩(verichip)이 대표적 예이다. 베리칩은 쌀알 크기 정도로 주사기를 통해 인체에 주입할 수 있으며, 무선으로 외부와 통신하는 능력 덕에 개인 정보를 손쉽게 확인할 수 있다. 개인의 신상 정보는 물론 생체 정보, 질환, 진료 기록까지 모두 다 알 수 있다.

베리칩은 실제 2010년 3월 미국 의회에서 전 국민에게 강제로 이식하게 하는 건강보험개혁법을 통과시켰다는 소문으로 베리칩에 대한 찬반논란이 더욱 커지기도 하였다.

이러한 인공지능 칩이 우리의 삶을 훨씬 더 편리하게 만들어주는 것은 사실이나 개인의 사생활을 침해할 수도 있다. 그리고 로봇이 우리가 해야 할 일을 덜어가고 인간은 아무것도 하지 않아서 얼마 가지 않아 인간이 아닌 로봇이 세상을 지배하게 될지도 모른다.

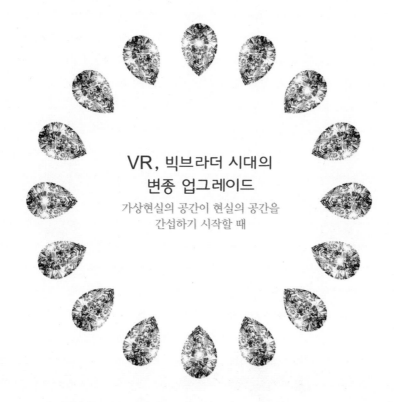

VR, 빅브라더 시대의
변종 업그레이드
가상현실의 공간이 현실의 공간을
간섭하기 시작할 때

닐 스티븐슨의 사이버 펑크 소설 스노우 크래쉬(1991)에서 명명된 '메타버스(Metaverse)'와 윌리엄 깁슨의 소설 뉴로맨서(1984)에서의 '사이버스페이스(cyberspace)' 등을 통해 우리 VR(Virtual Reality)이라는 미래 기술의 일부를 예감할 수 있었다.

현재는 테마파크에 가보아도 VR 기술의 기본적인 원리들을 이용한 오락용 VR을 체험할 수 있다. VR은 이제 인류에게 새로운 현실로 대체될 가능성을 미세하게나마 보여주기 시작했다.

현실과 가상의 경계선에 대한 영화는 셀 수 없이 많지만 아마도 가장 대중에게 호소하는 재미와 철학적 심안을 균형있게 보여준 영화는 매트릭스일 것이다. 매트릭스 안에서 지극히 평범하고 평화로운 삶을 살던 네오가 우연히 매트릭스 밖의 세상을 만나면서 벌어지는 상황은 VR의 미래를 고스란히 보여준다. 현실은 거대한 알 속에서 사육당할지라도 인지적인 통제를 통해 매트릭스 안의 삶을 평화롭게 살아간다면 가상현실과 현실 중 어느 쪽을 선택해야 할까. VR이 인류에 대한 통제의 새로운 수단으로 사용될 가능성 역시 항존한다. 기술을 지배할 것인가, 지배당할 것인가.

미지와의 조우

최지현

바이러스의 유행이 몰고 온 파장.
거대한 수용소가 된 섬과 사람들을 나누고
통제하려는 시도에 관한 이야기

Prologue

"제니 ! 엄마랑 같이 가. 혼자 가면 위험해."

"엄마, 이 정도는 괜찮아요. 하여간 주책이라니까. 먼저 앞서가는 것도 안 된대."

"이곳이 낮에는 안전하지만 밤에 혼자 다니는 건 위험하다는 걸 너도 알고 있 잖아."

"엄마. 나 이제 16살이에요. 이 정도는 혼자 갈 수 있어요."

아직은 앳된 얼굴을 가진 소녀가 씩씩하게 대답하며 성큼성큼 앞서 걸어간 다. 그녀의 뒷모습을 보며 제넷은 걸음을 재촉한다.

아침부터 기분 나쁘게 부슬비가 내리던 하루였다. 아침 뉴스에는 소나기가 내린다 했는데, 시원한 소나기가 아닌 부슬비가 내렸다. 우산을 쓰기에는 거추 장스럽고 그렇다고 쓰지 않기에는 묘하게 찝찝한 그런 날씨였다. 비로 축축해 진 도로를 걸으며 제넷은 한참 앞서 있는 제니를 눈으로 쫓고 있었다. 그러던 중 갑자기 제니가 골목으로 방향을 틀었다. 제니를 부르려던 순간 제니가 소리 를 질렀다.

"꺄악! 엄마! 엄마!"

"제니! 왜 그래!"

"엄마 여기 사람이 있는데 좀 이상해."

제니가 핏기가 가신 창백한 얼굴로 발을 떼지도 못한 채 그녀에게 말했다. 제넷은 갑자기 불안해졌다. 그리고 그녀에게 소리쳤다.

"제니 일단 침착하고 이리로 와. 엄마가 확인해 볼게."

"……."

"제니??"

"엄마 이 사람 정상이 아닌 것 같아. 경찰에 신고해야 되는 거 아닐까?"

"일단 거기서 물러나고 이리로 와. 엄마가 확인해 볼게."

제니가 불안한 눈빛으로 엄마를 쳐다봤다. 제넷은 떨리는 마음을 부여잡고 골목 쪽으로 향했다. 가까이 갈수록 알 수 없는 기괴한 소리가 들렸다.

"끄으으윽…… 크윽."

제넷은 모퉁이를 돌아 정체를 알아볼 수 없는 미지의 것을 발견했다. 2047년 9월 14일 미국 L.A에서 발견된 언노운 바이러스 감염자의 첫 발견이었다.

❖❖❖❖❖

제1장 : 속보입니다.

2047년. 대한민국 수도 서울.

"준휘야 ! 얼른 일어나렴. 지금이 몇 신 줄 알아?"

"음, 엄마 조금만 더 잘게. 아직 시간 남았잖아."

'아직 밖이 어두운 걸 보니 이른 새벽인 것 같은데, 5분만 더 자도 될 것 같은데.' 나는 눈을 완전히 뜨지도 못하고 실눈으로 엄마를 쳐다봤다. 엄마는 그런 나를 한심하게 힐끗 보고는 얼른 일어나라고 이불을 걷었다. 엄마는 원래 인공지능로봇회사에 다니는 능력 있는 커리어 우먼이었다. 하지만 회사에서 아빠를 만나 사내연애를 해 결혼에 성공하고 육아에 전념하겠다며 회사를 그만두었다. 덕분에 엄마는 능력 있고 똑 부러지는 '커리어 우먼' 이라는 명칭을 포기하고 대신에, 능력 있고 똑 부러지는 '엄마' 라는 명칭을 얻게 되었다. 오늘 아침처럼 엄마는 선휘와 나를 아침마다 깨워주셨다. 물론 내가 못 일어나는 것이 아니다. 그저 엄마의 자식 키우는 기쁨 중 하나라고 생각할 뿐이다. 뭐 틀린 말은 아니니까.

"헛소리하지 말고 얼른 일어나. 미국 갔다 오느라 그동안 학교 빠졌는데, 오늘 지각하면 어쩌려고 그러니?"

"아, 알았어. 알았어. 지금 일어날게."

엄마의 반복되는 재촉에 마지못해 일어났다. 나는 침대에서 일어나 씻지도 않고 바로 식탁으로 향했다. 고소한 버터 냄새가 풍겨온다. 오늘 아침은 토스트인가 보다.

"아빠. 안녕히 주무셨어요."

"그래. 그런데 아침부터 자기가 알아서 일어나면 얼마나 좋니? 이제 너도 혼자 알아서 할 나이야, 준휘야. 언제까지 엄마가 너를 아침마다 깨워줘야 해? 네 동생 선휘 좀 봐라. 너보다 어리지만……."

계속되는 아빠의 잔소리에 나는 한 귀로 듣고 한 귀로 흘리며 식빵에 딸기잼을 발랐다. 내 앞에 앉은 선휘는 혀를 쏘옥 빼며 얄미운 표정으로 나를 보고 있었다. 나는 엄마, 아빠가 눈치채지 못하게 조용히 가운데 손가락을 치켜세웠다. 끝날 것 같지 않은 엄마보다 더 고약한 아빠의 잔소리에 나는 티비를 켰다.

"띠릭"

'다음 소식입니다. 지난 밤 14일 20시 38분에 미국 L.A에서 바이러스에 감염된 것으로 추정되는 환자가 병원에 급히 이송되었습니다. 지금까지는 발견되지 않았던 새로운 바이러스에 혼란이 오고 정확히 어떠한 위험성을 가지고 있는지도 자세히 밝혀지지 않아 시민들은 두려움에 떨고 있는데요. 다음 사진은 바이러스에 감염된 것으로 추정되는 환자의 모습입니다.'

잔소리를 하던 아빠도 말을 멈추고 티비를 쳐다봤다. 우리 가족은 티비에 나오는 사진을 보고 잠시 동안 정적이 흘렀다. 잔인한 부분은 모자이크 처리가 되어 있었지만 그래도 저 사진 속의 사람은 인간의 모습이 아니었다. 흡사 짐

승의 모습과도 같았다. 그는 실험실에 따로 격리되어 있었는데 몰골이 처참했다. 아침부터 비위가 상하는 것 같아 준휘는 입에 빵을 문 채 채널을 돌렸다.

"삑"

'속보입니다. 지난 밤 미국에서 발견된 바이러스가 쉽게 확산되는 성질을 갖고 있는 것으로 밝혀졌습니다.'

"삑"

'다음 소식입니다. 이른바 언노운(unknown) 바이러스라고 이름이 붙여진 바이러스가 미국 전역에서 확산되고 있다는 소식입니다. 이에 미국 대통령은 바이러스가 광범위하게 퍼지는 것을 막기 위해 바이러스감염자들에 대한 격리조치를 실시한다고 오늘 아침에 공표했습니다. 이에 따라 우리 정부도 지난 한 달 동안 미국 입국과 출국 기록이 있는 사람들을 모아 종합검진을 실시한다고 발표했습니다. 또한 바이러스의 감염 예방을 통한 국민 안전을 위해 미국 입출국을 잠시 중단하겠다고 발표하였습니다. 정확히 언제까지라고 기간은 따로 언급되지 않은 것으로 전해졌습니다.'

채널을 돌릴 때마다 모두 다 바이러스에 대해 말하고 있었다. 머릿속이 멍해졌다. 얼마 전 우리 가족은 미국으로 2주일 동안 여행을 다녀왔다. 정확히 말하면 아빠 일 관련돼서 가게 된 것이지만 뭐 겸사겸사. 그런데 갑자기 바이러스라니. 고개를 돌려 엄마와 아빠의 표정을 보니 어딘가 조금은 심각해 보였다. 무언가 잘못되어가고 있는 것이 틀림없었다. 아빠가 갑자기 휴대폰을 찾더니 어딘가로 전화를 걸었다.

"여보세요? 어, 나야. 지금 급한 일이 생겼는데, 우리 가족이 며칠 전에 미국에 갔다 왔거든. 그 검사에 대해서 자세히 설명 좀 해줘."

아빠는 조금은 어두운 표정으로 휴대폰을 붙잡고 있었다. 아마도 아빠의 후배인 것 같다. 한참 통화를 하더니 아빠가 한숨을 쉬며 전화를 끊었다.

"서울종합연구센터에서 일하는 대학 후배가 하나 있는데, 오늘부터 미국 입국, 출국 기록이 있는 사람은 의무적으로 내일 모레까지 연구센터로 가서 검사를 받아야 한다고 하네. 검사에 대해서 물어보니까, 안구 세포 검사랑 피 검사가 있다고 해. 그런데 검사가 3차까지 있어서, 빨리 와서 검사를 받는 게 좋을 것 같다고 서두르라고 말하네."

아빠는 조심스럽게 말을 하고 나서 엄마와 우리들의 낯빛을 확인했다. 분명 혼란스러운 눈빛이었다. 그렇게 한동안 아무도 말을 하지 않고 있었다. 그때 엄마가 입을 열었다.

"다들 멍하니 있지 말고 짐 싸. 내일 모레까지 가야 한다니까 지금쯤 많은 사람들이 몰려 들었을 거야. 교통이 혼잡할지도 모르니 더 늦어지기 전에 얼른 출발하자."

그녀는 꽤 심각한 상황임에도 불구하고 평소같이 이성적이고 냉철한 페이스로 돌아왔다. 자신이라도 빨리 정신을 차리고 가족을 이끌어야 한다는 생각 때문이었을 것이다. 엄마의 말에 선휘와 나는 눈치를 한 번 보고 각자 자신의 방으로 들어가서 짐을 싸기 시작했다.

"불필요한 물건은 챙기지 말고 딱 필요한 물건만 챙기도록 해. 시간이 얼마나 걸릴지 몰라. 짐은 많을수록 불편할 것 같으니까. 혹시 모르니 두터운 외투도 챙기고."

엄마가 말했다. 1시간 전까지만 해도 평범했던 집안의 분위기는 어딘가 모르게 엄숙해져 있었다. 제일 먼저 짐을 챙긴 나는 짐 가방을 침대 위에 올려놓고 노트북을 꺼내 들었다. 나는 아까부터 상황이 이해가 되질 않았다. 갑자기 바이러스는 웬 말인가. 그것도 다른 사람도 아닌 우리 가족이라니. 나는 짧은 시간에 갑작스럽게 이 많은 사실들을 그리고 이 상황을 받아들이기가 쉽지 않았다. 노트북을 꺼내 실시간 검색어 1위인 언노운 바이러스 검사를 클릭했다. 내용은 많이 기재되어 있지 않았다. 자세한 내용을 찾아보려 해도 나오지 않았다. 일부러 알려주지 않는 것 같다는 의혹까지 들었다. 나는 바이러스에 대해 더 알아보기 위해 기사를 하나하나 확인해 보던 중 댓글을 보게 되었다.

'바이러스 보균자들 다 죽어버려 ㅉㅉ'

'바이러스에 걸렸을지도 모르는 사람들을 거리에 방치한다는 게 말이 돼? 이러다가 멀쩡한 사람들까지 걸리면 이건 누가 책임져? 그러면 나 몰라라 할 사람 1순위가 대통령 아닌가? 역시 세월이 흘러도 바뀌는 게 없는 미개한 나라 헬조선.'

나는 내 두 눈으로 보고도 믿을 수 없었다. 자신이 처한 상황이 아니라고 해서, 남의 일이라고 해서 저렇게 죽어버리라는 말을 함부로 쓰는 것일까. 거의 모든 기사에 달려 있는 추천수가 높은 댓글들은 다 저런 식이었다. 하나하나 다 읽어보다가 도저히 읽을 수 없을 것 같아, 노트북을 닫았다. 자신들의 안위를 위해 아직 확실치도 않은 사실을 확실하다고 판단해버리고 위험하다고 결론지어 벌써부터 배척하려는 그들의 태도와 군중심리를 보며 나는 역겨워졌다. 그리고 무서워졌다. 이런 생각들을 한지 대충 5분이나 흘렀을까. 누군가 내 방문을 열고 들어왔다. 노크 없이 멋대로 들어오는 것을 보니 누구인지 안 봐도 뻔했다.

"너 내가 노크하고 들어오랬지?"

나는 문 쪽을 쳐다보지도 않고 말했다.

"아, 미안. 잊어버렸어. 오빠가 이해 좀 해줘."

평소에 사과도 잘 하지 않는 애가 사과하니까 의아했다.

"왜. 뭔데?"

"쌀쌀맞긴. 엄마가 나오래. 이제 가야지."

선휘가 내 말투에 기분이 상했는지, 심술궂게 째려보고 내 방을 나갔다. 막상 발을 떼려니까 이유 모를 불안감이 내 몸을 감쌌다. 만약 내가 바이러스 세포를 가지고 있다면 어떻게 되는 것일까. 또 내가 아니라고 해도 우리 가족이 전부 안 걸릴 확률은 몇 퍼센트나 될까. 내 머리는 순식간에 바이러스에 대한 걱정거리로 가득 찼다. 방문을 열고 나가자, 엄마가 서 있었다. 엄마가 내 표정을 보더니 눈치채고 별일 아닐 것이라고 걱정하지 말라고 말했다. 하지만 엄마도 당연히 알고 있을 것이다. 그렇게 안심할 만큼 간단한 일이 아닐 거라는 것을. 많은 절차와 과정이 필요할 것이라는 것을. 나도 그 정도는 눈치채고 있었다. 아까부터 계속 누군가와 통화중인 아빠. 그런 아빠 옆에서 약간은 초조한 표정으로 서성이는 엄마. 평소랑 비슷하지만 알게 모르게 말수가 적어진 선휘.

모두 불안해 하고 있는 것이다.

❖ ❖ ❖ ❖ ❖ ❖

제2장 : 낯선 곳으로

우리는 차에 올라탔다. 아무도 선뜻 말을 꺼내지 않았다. 그저 아빠만 누군가와 통화를 길게 할 뿐이었다. 그렇게 한 시간쯤 차를 타고 달렸을까. 평소라면 20분이면 갈 거리를 교통이 혼잡한 바람에 2시간 가까이 지연이 됐다. 아마도 저 수많은 사람들도 우리와 같이 검사를 받으러 가는 것이겠지. 우리는 마침내 연구센터 주변에 도착했다. 하지만 예상했던 것보다 더한 광경에 나는 눈이 휘둥그레졌다. 도로 주변엔 무장을 한 경찰들이 에워싸고 있었다. 그리고 바이러스 검사를 받는 사람을 제외하고 비감염자의 통행을 단속하고 있었다. 벌써부터 우리들의 활동범위를 나누려는 것 같다는 생각이 들었다.

도로 경찰의 안내를 따라 앞에 있는 차들을 따라 지하주차장으로 들어갔다. 생각보다 더 많은 차들의 수에 우리는 덩달아 마음이 급해져 서둘러 주차를 하고 엘리베이터로 향했다. 엘리베이터 앞에는 공지사항이 붙어 있었는데, 바이러스 검사 대기표를 받으려면 로비홀인 2층으로 가야 했다. 대기 순번이 표시되어 있었는데, 3245번이었다. 하루는 꼬박 밤새워 기다려야 할지도 모를 상황이다. 운이 좋다면 그 전에 검사를 받을 수 있을 테지만. 우리는 엘리베이터를 타고 로비로 향했다. 문이 열리자 우리는 곧바로 내렸다. 로비에는 많은 사람들로 가득 차 있었다. 엄마, 아빠는 대기표를 받으러 안내데스크로 가야 한다고 어디 가지 말고 의자에 둘이 앉아 있으라고 말했다. 우리는 알겠다고 대답을 한 뒤 의자로 향했다. 의자로 향하던 중 사람들로 인해 북적거리는 통에 선휘가 무서웠는지 내 옆에 붙었다. 평소 같았으면 떨어지라고 밀쳐냈겠지만 아직은 어린 선휘가 무서울 수도 있다는 생각이 들어 어깨를 감싸 잡고 걸어갔다. 많은 인원을 수용할 수 있도록 넓게 만들어진 로비홀을 걸으며 사람들과 닿지 않으려고 노력했다. 무사히 의자에 도착해 선휘와 같이 앉았다. 의자에 앉아 천천히 주변을 둘러보았다. 저쪽 복도 끝으로 사람들이 경찰의 안내에 따

239

라 열을 맞춰 들어가는 것을 보니 저곳이 검사받는 곳인 것 같았다. 언제쯤 검사를 받을 수 있을까. 아까 차에서 엄마와 아빠가 말하는 것을 들었는데 검사가 3차까지 있다고 했다. 3차라니. 아직 검사를 시작도 하지 않았지만 벌써부터 집에 가고 싶었다. 시간이 좀 흐른 것 같은데 엄마, 아빠가 늦어지는 것 같다는 생각이 들 때쯤, 저 멀리서 두 분이 걸어왔다. 나는 이제 우린 어떻게 해야 되냐고 물어보고 싶었지만 선뜻 물어볼 수가 없었다. 우리가 궁금해 할 것을 알았는지 뒤늦게야 엄마가 입을 열었다.

"우리가 그래도 빨리 온 편이어서 기다리는 게 많이 걸리지는 않을 것 같아. 내일 새벽이 될 수도 있고, 아침이 될 수도 있어. 일단 여기에 자리를 잡고 기다려야 할 것 같아."

엄마의 말에 고개를 끄덕였다. 그때 아까부터 아무 말 없이 앉아 있던 선휘가 울음을 터뜨렸다.

"엄마, 이러다가 우리 다 죽는 거 아니야? 나 너무 무서워. 아까 걸어오면서 사람들을 봤는데, 다들 이상해. 여기 싫어. 집에 가자."

선휘가 울면서 말을 했다. 아직은 이 상황을 받아들이기 힘든 것 같았다. 충분히 그럴 수 있다는 생각이 들었다. 선휘는 아직 나이도 어리고 한창 예민할 나이니까. 그래도 평소에 자존심이 세고 잘 울지 않는 선휘가 우는 모습을 보니 괜스레 마음이 먹먹해져 왔다. 엄마는 선휘가 우는 것을 보고 안아서 달래주었다.

"엄마도 여기 있기 싫어, 선휘야. 그래도 안전하게 얼른 검사받고 집에 가야지. 응?"

선휘는 금방 엄마의 품에서 잠이 들었다. 남은 엄마와 아빠 그리고 나는 자리에 앉아 하릴없이 검사를 기다리고 있었다. 몇 시간이나 흘렀을까. 창문이 없어 날이 어두워졌는지 밝았는지 확인할 방법이 없었다. 그때 전광판에 우리 순번이 떴다. 선휘를 깨워 우리는 검사실로 향했다. 경찰의 안내에 따라 우리는 같은 순번인 조끼리 이동을 하였다. 복도 안쪽으로 들어가니 실험실 비슷한 곳이 나왔다. 안을 들어가니 마스크를 끼고 하얀 가운을 입고 있는 연구원들과 피를 뽑는 검사용 로봇이 보였다. 1차 검사인 안구검사를 하기 위해 우리는 진료석에 차례대로 앉았다. 자동로봇이 이동을 하며 우리의 눈을 비춰 확인했다.

결과가 바로 연구원들의 컴퓨터 화면에 전달되었다. 그때 2차 검사인 피 검사를 하러 옆으로 이동하려는 도중 몇 사람이 제지당했다.

"이거 뭐요, 왜 이래요?"

"안구결과, 바이러스성 안구 충혈이 발견됐습니다. 저쪽으로 이동해 주세요."

연구원의 말을 듣고 사람들이 웅성 웅성거렸다. 제지당한 사람은 총 5명이었다. 그중에는 어린 아이도 있었다. 더 상황을 지켜볼 새 없이 우리는 바로 옆 검사실로 향했다. 안구검사와 똑같이 피를 뽑고 우리는 그대로 통과하였다. 다음 3차 검사를 위해 다른 대기실로 이동하려는데, 한 연구원이 환자복 같은 흰색 옷과 영화에서 본 것 같은 마스크와 옷을 나눠주었다.

"이 바이러스는 호흡기관을 통해서도 쉽게 전염이 되기 때문에 안전한 수용소로 이동이 끝나기 전까지는 마스크를 꼭 착용하셔야 합니다. 바이러스의 확산을 막는 동시에 안전성을 요구하기 위함입니다."

20명 가까이 되는 사람들은 다 숨을 죽이고 구명조끼라도 되는 듯 나눠 받은 환자복과 마스크를 품으로 꼭 잡아 끌었다. 연구원은 계속 말을 이어갔다.

"마지막으로 3차 검사는 이후에 바이러스가 일어날 가능성과 잠재적으로 몸 어딘가에 있는 발견되지 않은 바이러스를 확인하는 것인데, 여러 가지 이유 때문에 다른 연구소로 이동될 예정입니다. 마취를 하고 전용비행기로 이동할 것이기 때문에 걱정하지 않으셔도 됩니다. 그럼 검사를 무사히 통과하시길 바랍니다."

연구원은 기계적으로 말을 끝낸 뒤 질문 따위 받지도 않을 태도로 바로 뒤를 돌아 비밀번호 키를 누르고 실험실로 들어갔다. 우리는 또다시 다른 연구원의 안내를 따라 다른 공간으로 장소를 이동했다. 마취주사를 맞는 곳이었는데, 갑자기 불안해졌다. 하지만 나보다 더 무서울 선휘를 위해 불안한 티를 내지 않고 선휘를 바라보고 걱정하지 말라는 듯이 싱긋 웃어주었다. 선휘는 흔들리는 눈빛으로 나를 쳐다보았다. 마취약이 내 몸 속으로 흘러 들어오는 것을 느꼈다. 그렇게 눈이 감기고 잠에 빠져들었다.

제3장 : 진실을 가린 것

　평소와 다르지 않는 날 아침, 엄마의 잔소리에 눈을 떴다. 커튼 사이로 눈부신 햇살이 비쳤다. 너무 눈이 부셔 눈을 제대로 뜰 수 없었다. 포근한 느낌에 몇 분을 더 침대에서 뒤척이다가 일어났다. 곧바로 화장실로 향해서 잠을 깨기 위해 찬물로 세수를 했다.

　그런데 무언가가 이상했다. 천천히 고개를 들어 거울을 확인했다. 시야가 뿌예서 잘 보이지 않았다. 몇 번이고 눈을 거칠게 비볐다. 거울이 점점 선명하게 보이기 시작했다. 거울에 비친 내 모습은 기괴했다. 눈은 터질 듯이 충혈 되어 있었고 피부에는 이상한 실핏줄과 같은 여러 가지들이 뻗어 있었다. 입술은 푸르렀고 피부색 또한 결코 살아 있는 사람의 피부가 아닌 것 같았다. 끔찍했다. 이건 내가 아니었다.

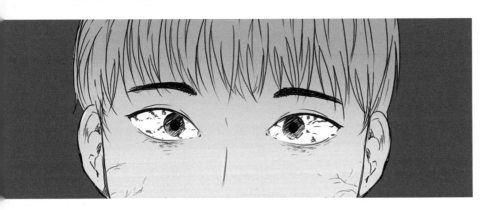

　소름이 돋아 세면대 위에 있는 컵으로 거울을 치려는 순간 숨이 턱 막히더니 한번에 눈이 떠졌다. 돔과 같이 둥근 높은 천장이 보였다. 숨이 잘 쉬어지지 않아 헐떡이며 어지러운 머릿속을 정리하려 애썼다. 머릿속이 깨질 듯이 아팠다. 낯선 공간에 이질감이 들어 주위를 둘러보았다. 내 옆에 선휘가 나와 같은 캡슐에 잠들어 있었다. 선휘를 보니 안심이 됐다.

　정신이 맑아질수록 의문이 들었다. 여기가 어디지? 난 왜 여기 있는 걸까? 아, 잠깐 엄마하고 아빠는? 나는 재빨리 캡슐에서 일어나 주위를 둘러보았다.

눈으로 셀 수 없는 많은 캡슐들이 있었다. 엄마와 아빠를 찾으러 일어났다. 나는 둘러보던 중 이상한 점을 찾았다. 캡슐들 안에는 바로 나랑 선휘와 같은 또래의 미성년자 즉, 청소년밖에 없었다. 그들은 모두 잠들어 있었고, 흰색 실험복 같은 옷을 입고 있었다.

내 몸을 살펴보던 중 손목에 알파벳 대문자로 A가 문신처럼 낙인이 찍혀 있는 것을 발견했다. 손으로 문질러도 지워지지 않았다. 마치 등급이 매겨지는 듯한 꺼림칙한 기분이 들어 손목을 세게 문질렀다. 손목을 문지르고 있는데, 누군가 내 쪽으로 다가왔다.

"그렇게 문질러도 소용없어. 문질러서 지워질 거였으면 '그들'은 우리 몸에 이딴 거 새기지도 않았어."

낯선 목소리에 고개를 들어 얼굴을 확인했다. 처음 보는 낯선 얼굴이었다. 나와 얼추 나이가 비슷해 보이는 남자애였다. 푸짐해 보이는 인상과 달리 눈빛은 이상하리만큼 차분하고 이성적으로 보였다. 내가 모르는 무엇인가를 얘는 알고 있는 것이 분명했다. 내가 가지는 의문점에 대한 답을 이 아이에게서 들을 수 있겠다는 생각이 들었다. 여기까지 생각이 미치자 나는 곧바로 질문했다.

"너가 말하는 '그들'이 누군데? 그리고 이 알파벳은 뭐야? 너 뭔가 알고 있는 거지?"

"음. 뭐라 말해 줘야 할까. 자신들의 이익을 위해 우리를 속이고 언제까지 있어야 할지 모르는 감옥과 같은 곳에 집어넣은 불한당? 나쁜 놈?"

"그게 무슨 소리야. 알아듣게 말해."

이상한 말을 했다. 심장이 조금씩 쿵쾅대기 시작했다. 불안한 마음 때문에 떨리는 목소리를 감추려 나도 모르게 쌀쌀맞게 말이 나오고 말았다. 내 말에 이 아이는 곤란한 표정을 지으며 대답했다.

"내가 말한 그대로야. 우리는 여기서 검사를 받는 게 아니야. 갇혀 있는 거지. 마치 실험쥐처럼. 아, 그리고 그 알파벳 말인데, A면 좋은 거야. 아니 좋은 거라고 말해야 하나? 하긴 적어도 죽을 걱정은 하지 않아도 되니까. 너 말고 여기에 있는 모든 사람들의 손목에 새겨져 있어."

아무렇지 않게 말을 하는 그 아이를 쳐다봤다. 그 아이는 소매를 올려 자신의 손목에도 새겨져 있는 알파벳 A를 보여주었다. 나는 A가 좋은 거라는 말을 들고 바로 선휘에게 향했다. 선휘의 팔목에 새겨져 있는 알파벳을 확인했다. F였다. 예감이 좋지 않았다. A와 한참 떨어져 있는 F라니. 남자애는 선휘의 알파벳을 보고 눈썹을 찡그렸다. 그러한 모습에 불안함을 느낀 나는 곧바로 또 질문했다.

"그럼 얘는 어떡해? F야. 이게 무슨 뜻인데? 너 다 알고 있는 거지? 얼른 말해. 나 지금 심장이 터질 것만 같으니까."

그 애는 한숨을 작게 쉬며 입을 열었다.

"우리의 손목에 낙인처럼 찍힌 이 알파벳이 무엇을 의미하냐면, 우리 몸에 있는 항체 수에 따른 등급이야. 바이러스에 강한 항체가 많을수록 A, 그 다음으로 적을수록 등급이 점점 떨어지는 거지. '그들'은 절대 필요 없는 것들을 살려두지 않아. 더 이상 이용할 가치가 없다고 생각되면 가차 없이 버려버리지. 네동생, 조금은 위험할 것 같다. 가장 낮은 등급이 H거든. 너랑 나는 아직 이용가치가 높으니 계속 피를 뽑으려고 잡아두겠지만 네 동생은 이제 피 속에 항체도얼마 남지 않았을 거야. 즉, 목숨이 위험하다는 뜻이지."

그 애의 말을 듣고 나는 벌떡 일어났다. 내 동생이 죽는다고? 도대체 저 어린

애가 무슨 잘못을 했다고? 믿을 수 없었다. 저 애의 말을 듣고 나니 이 구역질 나는 곳에서 벗어나고 싶었다. 나는 아직 자고 있는 선휘를 등에 업고 출구를 찾기 시작했다.

하지만 보이는 문마다 문을 열려고 해도 절대 열리지 않았다. 카드를 대야 하는데, 그런 카드가 나에게 있을 리가 없었다. 남자애는 뒤에서 내 모습을 가만히 지켜보았다. 나는 흥분을 한 상태로 그 남자애에게 다가가 소리쳤다.

"도대체 여기가 어디야? 왜 우릴 여기에 가둬 놓은 거야! 우리는 아무 잘못도 하지 않았어. 여긴 어디지?"

"이곳은 '진도'야. 그리고 우리가 갇혀 있는 여긴 우리를 효율적으로 이용해 먹기 위해 윗사람들이 3차 검사라는 명목으로 '진도'라는 섬에 세운 수용소지. 말 그대로 우린 갇힌 거나 다름없어."

"진도? 여기가 진도라고?"

진도? 처음 들어보는 곳이었다. 바깥 풍경을 확인하기 위해 벽 쪽으로 향했다. 하지만 거울처럼 내 모습이 반사되었다. 밖을 전혀 볼 수 없는 폐쇄적인 구조였다.

"응. 여기가 진도야. 진도 군민들이 살던 섬인데, 정부가 수용소를 세우려고 사람들을 다 내보내버렸어. 겉으로는 잘 합의가 된 것으로 포장했지만 사실상 강제로 이 섬을 비워버린 것이나 다름없지. 우리를 가두기 위해. 군민들의 엄청난 반발이 있었지만 그것도 다 무시했어. 기사도 내지 못하게 돈으로 입막음했지. 그들이 늘 해왔던 고상한 협박을 통해서 말이야."

"그러면 우리가 이곳을 안전하게 빠져나가려면 어떻게 해야 되는 거지?"

내 질문에 만족스러운 듯 씨익 웃으며 그 애는 입을 열었다.

"너 같은 애를 찾고 있었어. 내가 잘 골랐네."

"그게 무슨 말이야? 그리고 너는 이것들을 다 어떻게 알고 있는 거지? 날 가지고 장난치는 거라면 가만두지 않겠어. 사실대로 말해."

내 말에 그 애는 여유로운 표정을 지으며 말했다.

"내 수면캡슐에 문제가 생긴 건지 난 다른 사람들보다 한 달 정도 일찍 깨어났어. 일어나 보니까 정말 황당하더라. 깨어나 있는 사람이 나밖에 없더라고. 약 이틀 동안 이 수용소를 돌아본 결과 이곳에는 사람이 없어. 죄다 인공지능

일 뿐이지. 그리고 24시간 내내 돌아가는 감시카메라들뿐이야. 아직 인공지능 로봇들은 작동이 되지도 않았었어. 이 점을 이용해서 해킹을 해보자는 생각이 든 거지. 내가 해킹은 좀 하거든. 물론 취미생활이었지만."

"그래서 해킹에 성공했다고?"

"물론이지. 아직 작동이 되지도 않은 많은 로봇들 중에 한 로봇을 선택해 내가 비밀번호를 해킹해서 내장된 메모리카드를 꺼냈어. 그걸 확인하니 이 모든 상황이 한 번에 명쾌하게 이해가 가더라. 흔히 말해 권력을 가진 사람들, 즉 윗사람들 중에도 당연히 이 바이러스에 반응하는 사람이 있을 거 아니야? 자신들의 권력을 이용해서 3차 검사를 한답시고 우리와 같이 바이러스에 대항할 수 있는 항체를 많이 가진 사람들을 붙잡아 항체를 지속적으로 빼앗아 간다는 거야. 그게 그들의 목적이었던 거지. 비겁한 놈들. 네 동생과 같이 항체가 적은 사람은 또 몰래 죽이는 거야. 이 수용소 안에서 아무도 모르게. 왜? 쓸모가 없으니까."

쓸모가 없다는 말에 바로 화가 솟구쳐 그 아이를 보는 내 표정이 변했다. 그 아이는 내 표정을 보며 손짓으로 진정하라고 하더니 계속 말을 이어갔다.

"네 동생을 살리려면 이곳을 빠져나가야겠지? 내가 열심히 탐색한 결과 빠져나갈 방법은 있어. 하지만 나 혼자 실행하기에는 무리가 있어서 너처럼 도움을 줄 사람이 필요했지. 우연찮게 네가 눈에 띄게 된 거고. 그래서 내가 깨웠어."

"그 방법이란 게 뭐야? 내가 뭘 하면 되는데?"

"바깥사람들은 이 상황을 아무도 모르고 있을 거야. 당연히 그렇겠지. 상상이나 하겠어? 내 계획은 아직 인공지능로봇이 작동이 안 된 이 상황을 이용해서 밖으로 탈출하는 거야. 그래서 이 사실을 알리는 거지. 어때? 네 동생을 살리려면 동조하는 게 너한텐 좋지 않겠어? 어차피 너에게 별다른 선택권이 없는 것 같은데."

"그래. 네 말이 맞아."

탈출할 수 있다. 이 감옥 같은 곳에서 선휘와 함께.

제4장 : 이곳에서 벗어나려면

'저 아이의 말을 믿어도 되는 걸까'라는 생각이 들었지만 아무리 생각해 보아도 별다른 수가 없다. 선휘가 죽을 수도 있다니. 저 아이의 말을 따를 수밖에 없다. 생각해 보니 이름도 모르고 있었다. 앞서 가고 있는 그 아이를 불러 세웠다.

"야. 너 이름이 뭐야?"

내 질문에 갑자기 그 아이가 웃음을 터뜨렸다.

"그걸 이제 물어봐? 너 진짜 웃기다. 내 이름은 유우진이야."

뭐 그게 그렇게 웃긴 일인가? 우진이는 내 질문에 웃긴지 한참 동안이나 웃었다.

우진이가 웃음을 멈추고 나에게 탈출할 방법을 설명해 주었다.

"자, 잘 들어. 여기에는 감시카메라가 정말 많아. 내가 세어보려다가 너무 많고 구석구석에 숨겨져 있어서 중간에 포기했어. 그런데 한 가지 새로운 점을 발견했어. 그게 뭐냐면 이곳에 자료가 남으면 안 되니까 일주일에 한 번씩 초기화를 해. 내가 다시 로봇의 메모리카드를 보려고 하니까 아무것도 남아 있는 게 없더라. 보니까 화요일마다 초기화를 하는 것 같아. 근데 그게 시간이 정해져 있어. 정오 12시야. 내가 2주일 동안 알아내려고 계속 확인을 했는데, 화요일 12시만 되면 감시카메라가 2분 정도 잠깐 꺼져. 이 시간을 이용해서 나가는 거야."

"2분 만에 탈출을 한다는 거야? 어디로?"

"복도 끝에 가면 환풍기 통로가 있는데, 어디로 이어지는 건지는 나도 모르겠어. 근데 밖으로 통하는 건 확실해."

"그럼 환풍기를 통해서 나간다는 거지? 잠깐, 오늘이 무슨 요일이지?"

"오늘은 월요일이야. 바로 내일이야. 얼른 이 갑갑한 곳에서 나가고 싶어. 그렇지 않아?"

"하지만 우리가 성공할 수 있을까?"

걱정스런 맘에 바보 같은 질문을 했다. 성공할 수 있을까? 가 아니라 무조건 해야만 한다. 우리 부모님과 선휘와 나를 위해.

"나만 믿어. 당연히 성공할 수밖에 없을 거야."

우진이는 당당하게 말했다. 만난 지 하루도 되지 않았지만 의지가 되는 아이였다. 문득 이 아이에 대해 궁금해졌다.

"너는 누구야? 어쩌다가 여기로 오게 된 거야?"

"나도 뭐 너랑 똑같지. 검사받으러 왔다가 눈 떠보니 여기고. 쓸데없는 질문 하지 말고 네 동생이나 확인해 봐. 수면 캡슐을 열었으니 이제쯤 마취가 풀릴 때도 됐어."

내 질문에 별로 대답하고 싶지 않은 듯 우진이는 자세히 말하지 않았다. 나도 더 이상 물어보고 싶지 않았다. 우진이의 말에 선휘의 상태를 확인하러 갔다. 선휘의 마취가 다 풀려가고 있었다.

"선휘야, 정신이 들어?"

내 말에 아직은 머리가 어지러운 듯 선휘는 얼굴을 찡그렸다. 이내 정신을 차리고 주위를 둘러보았다.

"오빠, 여긴 어디야? 엄마 아빠는? 저 사람은 또 누구고?"

선휘의 질문에 나는 우진이에게 전해들은 정보를 차분하게 말해 주었다. 그리고 내일 탈출할 거라는 계획까지. 내 말을 들은 선휘는 걱정이 되는 듯 입을 꾹 다물고 내 얼굴만 쳐다봤다.

"괜찮아. 걱정하지 마. 우리 안전하게 나갈 수 있을 거야. 그리고 엄마랑 아빠는 나도 아직 잘 모르겠어. 아마도 다른 수용소에 있는 것 같아. 일단 우리가 안전하게 나가고 나서 엄마와 아빠를 찾으러 가자."

"응. 알겠어. 오빠."

선휘가 내 말에 어쩔 수 없다는 듯 수긍했다.

계획을 실행하기로 한 12시가 되기 전까지 2시간 정도의 시간이 남았다. 우리는 모여서 아무 말도 하지 않고 있었다. 묵묵히 시간만 확인할 뿐이었다. 나는 우진이에게 마지막으로 로봇의 메모리카드를 확인해 보자고 했다. 엄마와 아빠에 관련된 소식이 없을까 하고 말이다. 내가 엄마 아빠에 대해 걱정하는 것을 눈치챈 우진이는 내 부탁에 별다른 말을 하지 않고 알았다며 고개를 끄덕이고는 확인하러 갔다. 아까부터 아무 말도 하지 않고 있던 선휘가 나에게 물었다.

"오빠. 엄마랑 아빠…… 괜찮은 거겠지?"

떨리는 목소리로 선휘가 물어봤다. 그런 선휘의 손을 꼬옥 잡아주었다.

"걱정하지 말라니까. 엄마랑 아빠는 서울에 잘 있을 거야. 일단 우진이를 기다려보자."

그렇게 한 시간 정도 지났을까. 우진이가 돌아왔다.

"새로운 정보가 전송됐는데, 어른들은 아직 서울종합연구센터 지하실의 수면 캡슐에 마취되어 있는 것 같아. 같이 이동한다고 해놓고 청소년들만 따로 빼돌린 것 같다. 별다른 걱정 안 해도 될 것 같아."

우진이의 말에 나와 선휘는 안도의 한숨을 쉬었다. 나도 티는 내고 있지 않았지만 부모님이 많이 걱정이 되던 찰나에 우진이 덕분에 안심할 수 있었다.

"고맙다. 너 덕분에 이제 좀 숨 쉴 수 있을 것 같아."

"야. 어색하다. 그런 거 하지 마."

우진이의 귀가 빨개졌다. 귀엽다는 생각이 들어 살짝 희미한 미소가 지어졌다. 시계를 보니 12시를 향하고 있었다. 이제 슬슬 계획을 실행할 시간이 다가오고 있었다. 동시에 이곳에서 벗어날 수 있다는 희망감에 가슴이 벅차 오르기도 하고, 한편으로는 만에 하나 계획이 실패할까 봐 불안하기도 했다.

이제 이동하자는 뜻으로 우진이를 쳐다보았다. 우진이와 눈이 마주쳤다. 우진이가 자신을 따라오라고 말하며 앞장서 걸어갔다. 우리는 넓은 홀을 지나 복도로 들어갔다. 불을 켜지도 않아 어둡고 깜깜하며 미로같이 복잡한 복도를 우진이는 일말의 망설임도 없이 척척 빠른 걸음으로 찾아 들어갔다. 그가 얼마나 이 복도를 많이 와봤는지 알 수 있었다. 그는 다 외우고 있던 것이다. 든든하게 느껴졌다. 선휘와 나는 우진이의 뒤를 잘 쫓아갔다. 가는 도중에도 감시카메라의 사각지대에 들기 위해 우리는 벽에 붙어 조심히 가야 했다. 드디어 복도 끝에 다다랐다. 복도 끝 천장에는 감시카메라 한 대가 빨간 빛을 내며 작동되고 있었다. 시계를 확인해 보니 자정이 되기 1분 전이었다. 우진이가 말했다.

"자, 이제 정신 바짝 차려. 자정이 되자마자 우리는 이 환풍기를 통해 밖으로 나가는 거야."

차분한 우진이의 말에 선휘와 나는 고개를 끄덕였다. 가슴이 쿵쾅댔다. 시계가 자정을 가리켰다. 우리는 재빨리 환풍기를 열어 우진이와 나 그리고 선휘이 순서대로 들어갔다. 통로는 비좁고 아무것도 보이지 않았다. 그저 앞에 있는 우진이를 따라 열심히 기어갔을 뿐이었다. 선휘도 쉬지 않고 내 뒤를 잘 따라왔다.

 그렇게 몇 십 분을 기었을까, 슬슬 지쳐갈 쯤에 갑자기 시원한 바람이 훅 하고 들어왔다. 마침내 끝에 다다른 것이다. 우진이가 환풍기를 열고 밖으로 나갔다. 선휘와 나도 우진이를 따라 밖으로 나왔다. 우리는 탈출에 성공한 것이었다.

 수용소 안에서는 볼 수 없었던 풍경들이 눈에 들어왔다. 저 밑에 바다가 보였다. 고개를 들어 밤하늘을 바라보았다. 진도라는 섬에는 전기 하나 켜져 있지 않았지만 밤하늘에 불이 환하게 켜져 있었다. 수많은 별들이 하늘에 반짝반짝 빛을 내며 보석처럼 박혀 있었다. 이제 우리가 할 일은 정해져 있었다. 서울로 가서 부모님을 구하고 수용소의 숨겨져 있는 비밀을 알리는 것이었다. 진도를 벗어나 서울로 가기 위해 우리는 수용소가 지어져 있는 언덕을 타고 내려왔다. 그때 나는 수용소의 모습을 마지막으로 확인해 보고자 뒤를 돌아보았다.

 시원한 바람이 볼을 스치었다.

Epilogue

 "어머, 애 좀 봐. 지금 시간이 몇 신데 아직까지 자고 있는 거야? 얼른 일어나서 밥 먹어."

 이른 아침. 커튼 사이로 눈부신 햇살이 쏟아져 내렸다. 오늘도 어김없이 엄마의 잔소리가 내 하루를 시작했다. 정신을 차리자마자 바로 일어나 식탁으로 향했다. 식탁에는 익숙한 얼굴이 앉아 교복을 입고 아침밥을 먹고 있었다. 내 등장에 고개를 들어 나를 쳐다보았다. 그리고 퉁명스럽게 말했다.

 "밥 먹자. 눈곱 좀 떼고. 더럽게 말이야."

 "뭘 새삼스럽게. 저러는 게 한두 번도 아니고."

 우진이의 말에 선휘가 옆에서 얄밉게 한 술 더 떴다. 아주 둘이 죽이 척척 맞는다. 남들이 보면 둘이 남매지간이라고 오해할 정도였다.

"한선휘, 너 아주 저 자식 동생하지 그래? 누구 동생인지 모르겠네. 정말?"

내 말에 신문을 보며 밥을 먹고 있던 아빠가 선휘 대신 대답했다.

"아니, 굳이 그럴 필요 있나? 나는 우리 딸 좋은데 말이야. 차라리 준휘 저 놈하고 우진이하고 바꾸면 딱이겠네, 그래. 허허허."

생각지도 못한 아빠의 배신에 나는 입도 다물지 못하고 자리에 무너지듯이 털썩 소리를 내며 앉았다.

"저는 좋습니다. 하하하."

우진이 저 자식은 뭐가 좋다고 저렇게 헤벌레 하고 웃는 건지. 참. 평소와 같은 아침. 식탁에 모두 모여 앉아 아침을 먹으며 웃음 짓는 우리들. 특별할 것 없는 평범하고 소박한 날이지만, 나는 지금 행복하다.

변종 바이러스의 침범

바이러스란 무엇일까? 바이러스는 세균보다 크기가 작은 전염성 병원체이다. 단어는 독을 뜻하는 라틴어 낱말 비루스(virus)에서 유래되었다. 유전물질인 RNA와 그 유전물질을 둘러싸고 있는 단백질로 구성되어 있으며, 극소수의 바이러스는 DNA를 가지고 있다. 스스로 물질대사를 할 수 없기 때문에 자신의 DNA와 RNA를 숙주 안에 침투시킨 뒤 세포의 소기관들을 통해 자신의 유전 물질을 복제하고 자기 자신과 같은 바이러스를 복제하게 한다.

그렇다면 바이러스는 언제부터 존재했을까? 기원전부터 바이러스는 인간과 함께 하고 있었는데, 과거의 기록에도 바이러스 유행의 증거들을 찾을 수 있다. 그 당시에는 원인을 찾을 수 없었다. 18세기에 들어와 점염성의 위험이 밝혀지기 시작하여 19세기 과학의 발전으로 미생물과 세균의 존재가 드러났으며, 20세기에 비로소 바이러스의 존재가 알려지게 되었다.

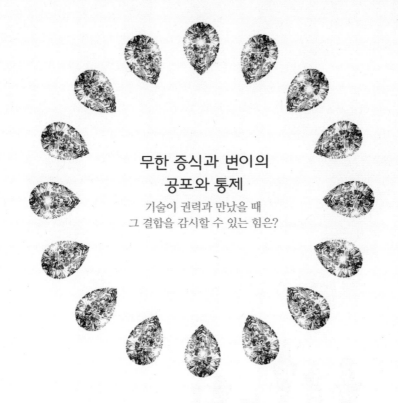

무한 증식과 변이의
공포와 통제

기술이 권력과 만났을 때
그 결합을 감시할 수 있는 힘은?

바이러스 감염증에 대한 치료는 바이러스가 숙주세포에서 증식하는 특징 때문에 바이러스의 증식만을 억제하여 세포대사에 영향을 주지 않는 선택 독소(selective toxicity)가 큰 항바이러스 약제 발견은 쉽지 않게 되었다.

요즘 신종 바이러스가 많이 등장했는데, 정확한 발병 원인도 모르고 완치할 수 있는 치료 방법도 없는 바이러스도 등장하였다. 그러면 이러한 신종 바이러스가 등장하는 이유는 무엇일까? 많은 연구자들은 20세기에 들면서 여러 가지 신종 바이러스들이 나타나는 이유를 인류가 바이러스의 거주지를 침범했기 때문이라 말한다.

바이러스들은 대부분 열대 지역의 삼림에 서식하는 원숭이나 쥐 혹은 박쥐 같은 동물들 사이에 퍼져 있지만, 인류가 개발을 위하여 이러한 환경들을 파괴하며 야생의 장소에 발을 내딛자 새로운 바이러스가 인간에게 영향을 주기 시작한 것이라고 한다. 앞으로도 새로운 바이러스는 계속해서 등장할 것이며, 교통의 발달로 전 세계로 퍼져 나가는 시간도 점차적으로 단축될 것으로 예상된다.

유성우

홍솔

폐기물과 관련된 방사능 오염으로 고립된 섬.
살아남은 이들의 비극을 아프게 상상해 본 이야기.

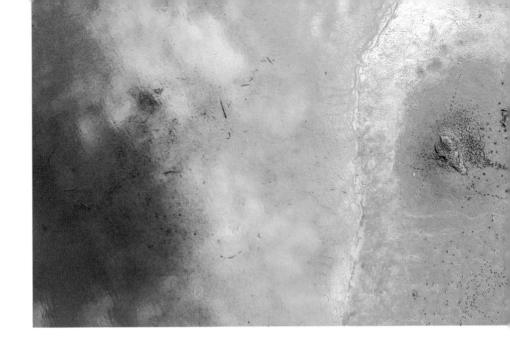

사람은 비명과 함께 태어나고 고통과 함께 살고 결국에는 절망하여 죽는다.

-토마스 플러

의사는 절망했다. 이번에도 역시나 온전치 못한 아이가 나왔다. 코 하나가 통째로 없는 아이는 산모가 봐도 소름 끼치는 모양새였다. 아이는 몇십 초간 목이 터져라 울어대더니 곧 그 작은 손을 허우적대다 그대로 죽어버리고 말았다. 아마 숨이 부족해 그대로 눈을 감았으리라. 손을 벌벌 떨어대며 아이의 태명을 하염없이 불러대는 산모를 보고 의사는 심각한 얼굴을 지어 보였다. 간호사는 조용히 산모의 침대를 끌고 회복실로 걸음을 재촉했다.

"선생님, 우리 아이 왜 이래요?"

그녀는 두 손바닥에 얼굴을 묻고 울먹이며 물었다. 숨 가쁘게 울어대는 통에 그녀의 목소리는 자꾸만 끊겼다. 간호사는 입술만 달싹이며 쉽게 답하지 못하다 이내 고개만 푹 숙였다. 산모는 회복실에 도착하고도 그 충격이 채 가시지 않은 듯 허공을 바라보며 눈물을 흘려댔다. 제 뱃속에서 10달간 살아온 그 아이를 마주했을 때 그녀의 설렘과 기대는 충격과 공포로 변질돼 버렸다. 그녀의 눈에 비치는 병실은 너무나도 삭막했고 안개 낀 것처럼 뿌옇게 흐려지고 있었다.

사실 이러한 기형아가 나온 것은 이번이 처음이 아니다. 7달 전에는 생지면 송자리의 한 임산부가 손가락과 발가락의 개수의 합이 10도 못 넘기는 아이를, 2년 전에는 진도읍 산강리의 한 임산부가 오른팔이 없는 아이를 낳았다. 물론 몇 년 전에도 이런 아이가 여럿 나온 적이 있었다. 그리고 그 아이의 대부분은 돌을 넘기지 못했다. 원체 아이가 자주 나오질 않는 지역인데 이렇게 기형아가 나오니 다들 이상한 낌새를 느끼기 시작했다. 심지어 시간이 지날수록 점점 더 그 정도가 심해지고 있었다.

게다가 병원을 찾는 이 또한 늘어났다. 처음엔 단순히 진도에 노인들이 많아서, 라고 생각했지만 단순히 노인이 많아서라고 하기엔 이상한 구석이 많았다. 백혈병, 백내장, 암 발병률이 날이 갈수록 증가하고 있었고 시설이 부족해 수용할 수 없는 정도가 되고 말았다.

그리고 이것이 벌써 5년 전의 이야기이다. 5년 새에 많은 사람이 죽었다. 진도의 인구는 10년 전에 비해 절반으로 줄어들었다. 수십 년 전보다는 생기가 덜했지만 여전히 웃음이 끊이지 않던 진도였는데 지금의 진도는 그저 죽은 섬 같았다. 그나마 읍에 하나 남아 있던 초등학교는 더 이상 학생이 없어 운영이 중지되었다. 궁여지책으로 읍내의 어른 몇과 스무 명 남짓한 학생들이 이틀에 한 번씩 모여 학교의 역할을 채워갔다. 아침마다 빈자리가 보이면 들려오던 "짝꿍 오늘 안 나왔니?" 하는 질문은 "어젯밤에 죽었대요." 하는 답이 되풀이 되면서 들리지 않은지 꽤 되었다. 이 모든 건 지난 10년이 쌓이고 쌓여 불러온 결과였다.

사람들이 모여 앉아 있는 산강리 마을회관엔 긴장감만이 맴돌았다. 진도 밖으로 나갈 수 없는 그들이 외부 상황을 알아낼 수 있는 유일한 방법은 이렇게 모여 앉아 TV만 뚫어져라 쳐다보는 것뿐이었다.

……가 전라남도 진도군 진도읍 산강리 자린도 인근 해역에 지난 10년간 수차례 핵 폐기물을 무단 투기한 것으로 밝혀졌습니다. 임지천과 신내천으로 흘러 들어간 방 사성 물질로 인하여 농산물은 대부분 말라죽었습니다. 인명 피해도 상당한 것으로 보입니다. 진도 해역에서 잡힌 어류를 섭취해 온 군민들에게도 기형아 출산, 원자병

등의 피해로 고스란히 돌아가고 있습니다. 광산시, 장도군, 평안군의 2차 피해도 피하지 못할 것으로 보입니다. …… 이에 재판부는 진도군에 598억 원의 배상금을 지급하라고 판결했습니다. 이상으로 JDBS 9시 뉴스를 마치겠습니다.

픽 하며 꺼진 TV의 검은 화면에 비친 이들의 주름진 얼굴은 허무하기 그지없었다. 배상금을 주면 무엇하랴. 이미 상해버린 몸에 죽고 나서도 이 땅 밖으로 나갈 수조차 없는데. 어처구니없는 상황에 한숨만 내쉬었다. 애꿎은 바닥만 쿵쿵 쳐대는 사람도 있었다. 회관은 슬픔과 분노, 억울함으로 가득 차 희망이라곤 찾아볼 수조차 없었다. 절망 속에서도 희망은 있다던데 그들의 삶에서 희망이란 도통 찾아볼 수 없었다. 그들의 속은 새까맣게 타있었고 하늘 또한 그랬다. 어둠이 해를 삼켜버린 모양이다. 새카만 밤은 정적에 휩싸여 존재감 없이 자리만 지키고 있었다.

늦여름의 밤치고는 지나치게 조용했다. 몇 년 전만 해도 마을을 웽웽 울려대던 매미 울음소리는 더 이상 들리지 않았다. 벌레들도, 사람들도 그렇게 제 소리를 잃어가고 있었다. 한구석에 앉아 홀로 놀고 있던 아이는 울었다, 화냈다를 반복하는 어른들이 이해가지 않는 듯 토끼 인형의 손만 꼭 쥐고 있었다. 하얀 토끼 인형의 오른팔이 뜯겨 솜이 이리저리 튀어나와 있었다. 개나리색 원피스를 입고 있던 아이의 오른쪽 소매가 창문으로 들어온 바람의 장난질에 이리저리 나풀거렸다.

❖ ❖ ❖ ❖ ❖

"오늘 사람들 되게 슬퍼 보였어. 그치?"

"그러게. 많이 슬픈가 보다."

"엄마 있잖아, 왜 나는 팔이 하나 밖에 없어? 할머니랑 할아버지들은 두 개나 있던데. 엄마도 두 개고."

그녀는 말이 없었다. 소녀는 그녀의 두 눈이 촉촉해지는 것을 보고 고개를 갸우뚱거렸다. 그녀는 그저 조용히 소녀의 머리를 쓰다듬으며 평상시와 같이 오른쪽 소매를 질끈 묶어주었다.

"우리 아가가 아직 다 안 커서 그래. 우리 아가가 아랫마을 오빠만큼 크면 할머니 할아버지들처럼 두 개가 되는 거야."

그녀의 목소리는 자꾸만 떨렸다. 마지막 말을 할 때쯤엔 거의 눈물을 뚝뚝 흘려대고 있었다. 그리고 소녀는 그녀의 말을 듣고 으응, 그렇구나 하며 환하게 웃었다. 그 웃음이 너무도 예뻐 그녀의 눈물은 멈출 생각을 않았다.

"그럼 나는 엄마처럼 예쁜 팔 갖고 싶어. 얼른 크면 좋겠다."

"응, 우리 아가 빨리 크려면 일찍 자야 돼. 이제 꿈나라로 갈까?"

"알겠어요, 엄마. 예쁜 꿈 꿔요."

소녀에게서 등을 돌린 그녀의 몸은 한없이 떨렸다. 베갯잇이 축축이 젖어가고 있었다.

❖ ❖ ❖ ❖ ❖

사람은 별이다. 살아 있을 땐 매 순간이 반짝이고 아름답다. 그러나 죽고 나서는 일말의 흔적조차 남기지 않는다. 별의 꼬리에 달린 빛줄기는 너무나도 처절해, 보는 이로 하여금 숭고한 기분마저 들게 했다. 결국 수많은 별이 그 빛줄기를 쫓아가고 말았다. 그렇게 쏟아진 별들의 잔해 앞에서 남은 이들은 슬픔을 노래했다. 그리고 매일 밤 진도의 하늘에선 유성우가 내렸다.

몇 년 전 같았더라면 다들 수확 준비를 하고 있었을 가을의 이른 아침, 이장들이 모였다. 회의가 열리는 날이었다. 배상금을 어떻게 배분해야 할지에 대해

의논하기 위한 자리이기도 했다. 5년 전 왠지 모를 불안함에 조사를 의뢰한 후, 결과가 나오고 나서부터 모든 진도의 일이 여기에서 정해졌다.

"시방 남아 있는 사람들이 총 몇 명이나 되지라?"

"진도읍 407명, 금의면 106명, 조군면 94명, 임지면 90명, 고분면 88명, 산지면과 신내면 83명씩 남아 있어요. 총 951명인데 원래 인구 14,078명에 비하면 10%도 안 되는 수예요."

여자가 종이에 펜으로 적어두었던 것을 차근차근 읊었다. 모두의 얼굴에 긴장한 표정이 역력했다. 저 수 중에는 그들의 가족, 친구, 이웃도 포함되어 있었다. 분명 작년까지만 해도 2, 3천은 더 있었던 것 같은데 점점 더 줄어가는 통에 눈 깜짝할 새에 100명도 채 남지 않을 것 같았다.

"저번보다 수가 얼마나 줄어들었는가?"

"진도읍 136명, 금의면, 조군면, 각각 53명, 산지면 52명, 지산면 49명, 고분면 38명, 신내면 36명 줄어들었어요."

별을 잃어가는 진도의 밤하늘을 지켜보던 사람들의 두 눈동자에는 두려움이 갇혀 있었다.

"글믄 지난번이랑 마찬가지로 일단 남아 있는 사람 비율로 해가꼬 배상금이랑 물품은 나누도록 하세."

모두 수긍하는 분위기였다. 어차피 있어도 제대로 못 쓰는 돈이었고 이 마당에 돈을 쓴다고 한들 어디에 쓰겠는가.

"마을에서 나온 얘기라든지 그런 거 있능가?"

"어, 그것이 말이여. 시신을 수습해야 허는디 수가 하도 많아가꼬 일손이 딸리요. 지원 좀 안 되까?"

"죄송한 말씀인디 우리라고 다를 건 없어라."

고분면장이 좀처럼 말을 잇지 못하는 걸 보아 어렵사리 말을 꺼낸 것 같았다. 가뜩이나 고분면은 원래부터 주민의 절반 하고도 그 이상이 노인인지라 일손이 없어 골머리를 앓았다. 그런데 이렇게 주민 수까지 줄어들어버리니 도무지 일할 사람이 없던 것이다. 두어 명 남짓한 청년들로 해결될 만한 상황이 아니었다. 하지만 다른 마을이라고 예외는 아니다. 다른 마을 또한 본래 절반은 노인이었다가 지난 5년간의 떼죽음 때문에 몇 사람을 제외하고는 모두 노인들이었다. 그중 진도읍만 간신히 더 낮은 수를 차지하고 있었지만 그들이라고 일손이 남아도는 건 아니었다. 다들 허공만 응시하고 있었지 입을 여는 사람은 하나도 없었다.

"더 없으믄 인자 마치겠소. 다들 욕봤네."

의자를 끄는 소리와 함께 사람들이 하나둘 빠져나갔다. 회관은 누가 있기라도 했냐는 듯 고요했다.

하지만 며칠 후 그들이 다시 만났을 땐 난장판이 따로 없었다.

"긍께 어째 안 온다는 것인디!"

"다들 모릉께 여가 앉아 있는 거 아녀!"

사나운 목소리가 서로를 튕겨나가 회관을 울려댔다. 한참을 소락질만 해대는 회의는 별 소득이 없었다. 그들이 이렇게 모인 것은 모두 물품 때문이었다. 예정대로라면 이틀 전에 방진복과 방독면에 몸이 파묻힌 사람들이 큰 물류차를 이끌고 식료품과 각종 생활용품을 내려주는 것이 맞았다. 그러나 진도대교를 건너오는 것은 그 무엇도 없었다. 각 면장들과 읍장이 연락도 해봤지만 담당자의 음성을 들은 사람은 누구도 없었다. 진도 밖으로 나갈 수도 없으니 그들은 그저 욕만 해대며 답답해 하는 수밖에 없었다.

종래엔 전기마저 끊기고 말았다. 외부의 상황을 알 수도, 외부에 상황을 알릴 수도 없는 상황이 온 것이다. 옆집 이웃과 말이라도 하며 화를 좀 덜어낼 수 있으면 좋으련만 전체가 폐허가 된 마을도 있는 마당에 옆집 이웃이란 상상도 못할 일이었다. 그래서 다들 마을 회관에 끼리끼리 앉아 걱정과 분노를 꺼내놓기 시작했다.

"이 자슥들이 참말로 우리 씨를 말려불라고 작정을 한 것이여."

"그람, 그것이 아니믄 이란 느자구 없는 짓을 할 리가 없제."

80이 넘어가시는 할머니 두 분이 허공에 대고 손가락질을 해대며 꾸짖었다. 그래 봤자 달라질 것은 없었다. 식량이 부족해질 것이고, 살기는 더더욱 힘들어질 것이다. 그렇다고 진도의 괴상하게 생긴 물고기와 초록빛을 잃은 농산물을 먹자니 제 제삿날을 촉구하는 꼴이었다. 1년 전, 자식을 잃고 미쳐서는 밭의 배추를 뜯어 먹던 송정리 강 씨가 백혈병에 걸려 죽었던 것은 진도 사람들 사이에선 꽤 유명한 이야기였다. 그래서 그들은 언제 올지도 모르는 물류차를 기다리는 것 외에는 별 방책이 없었다.

"쪼까 집중 좀 해보쇼!"

이장이 목소리를 높여 주의를 끌었다.

"일단은 연락을 계속 해보고 있응께 너무 걱정하지 마라고 그럽디다. 시방 식량 모자란 사람 있능가?"

"저, 오늘 점심까지 묵으믄 끝날 것 같은디 어짜죠?"

청년이 걱정이 가득 묻어 나오는 목소리로 말했다. 그때 한 할아버지께서 애길 이어받았다.

"그람 내 식량이 좀 남아 있응께 나가 좀 나눠줄라."

"오메, 허벌라게 감사하구마잉."

할아버지의 말씀에 청년은 연신 허리를 꾸벅이며 감사를 전했다. 가을 하늘은 끝도 없이 높았고 창을 뚫고 마을회관에 가득 쏟아지는 햇볕은 따뜻했다.

그로부터 또다시 3일이 지났다. 그들은 다시 회관에 모였다. 그때 한 남자가 말을 꺼냈다.

"아직도 연락이 안 되능가? 인자 다들 식량도 떨어졌어라."

"그것이……"

이장은 곤란한 표정으로 머리를 긁적였다. 쉽사리 말을 잇지 못하는 것 같았다.

"연락이 되긴 했제. 근디 담당자가 인자부터 지원이 어려울 것이라는 말을 하드만 갑자기 끊어부렀당께. 그 담부턴 아예 전화가 걸어지지도 않어."

이장의 말이 입 밖으로 나온 지 얼마 되지도 않아 주위가 웅성거리기 시작했다. 욕지거리를 내뱉는 사람도 있었고 눈물을 흘리는 사람도 있었으며 한숨만 푹푹 내쉬는 사람도 있었다.

"이런 육시랄 놈들 같으니라고."

"그람 앞으로 식량은 어찌게 한디야?"

"일단은 기다려볼 수밖에 없제."

이장의 말은 회관의 분위기를 더 돋웠다. 생계 문제와 직결하자 더할 나위 없이 눈살을 찌푸린 그들이었다. 이제 그들의 공통된 관심사는 생존뿐이었다. 주름이 자글자글했던 주민들의 얼굴에 더 깊은 주름이 새겨지고 있었다.

"하하, 암것도 모르는 사람들 이 지경까지 맹글어 놓고 굶겨 죽일라고?"

참담한 상황과 어울리지 않는 인위적인 웃음소리가 회관을 가득 메웠다. 소리가 나는 곳엔 한 남자가 비틀대며 서 있었다. 곧 그 웃음소리는 울먹임으로 바뀌어 회관에 싸늘하게 가라앉았다. 그의 답이 없는 질문은 삭막한 공기에 흩어져 그 모습을 잃어갔다.

"저, 진정하고. 이만 집으로 돌아가세. 최대한 빨리 해결해 볼랑께."

이장의 말에 남자를 비롯한 사람들이 한숨을 쉬며 각자의 집으로 돌아갔다. 그 남자는 다음날 아침, 집에서 목을 매단 채로 발견되었다. 또 하나의 별이 졌다. 그리고 그날부터가 진정한 비극의 시작이었다.

우리들이 고통을 참으면 참을수록, 잔학성은 점점 더 강해진다.

-허버트

어떤 사람은 마지막 회의가 있었던 날 밤부터, 어떤 사람은 그 다음날 점심 때쯤부터 굶기 시작했다. 한 사람당 하나의 식량상자를 배급받았기 때문에 시기는 엇비슷했으나 진도에 몇 명 있을까 말까 한 어린아이의 식량이 남는 경우도 있긴 했다. 간혹 몇몇 할머니, 할아버지도 식량이 남곤 했다. 그래서인지 집 밖으로 나돌아 다니는 사람이 거의 없었다. 반쯤 지옥이 되어버린 자신의 집 주변을 굶주린 배 움켜쥐면서까지 보고 싶어하는 이는 없을 것이다. 그러고 보니 마치 버려진 마을 같기도 했다. 이제 진도에서 생기란 기대할 수 없는 것이 되었다. 며칠이 지나도 연락은 오지 않았다.

7일째 되던 날, 또 하나의 별이 졌다. 나이 들어 힘을 잃고 희미하게 빛을 반짝거리던 별이었다. 그날 아침, 그녀를 발견한 것은 옆집 아저씨였다.

"오메. 이게 뭔 일이디야!"

"나가 할매 아침은 잡수셨나 싶어서 와봤는디 이라고 누워 있소."

활짝 열린 현관문 사이로 누군가가 쓰려져 있는 것이 보였다. 이장과 함께 서 있는 남자는 그녀의 옆집에 사는 아저씨였다. 평소 몸이 안 좋으시던 할머니를 매일 돌봐온 인정이 많은 아저씨였다. 그리고 그가 가리킨 곳에는 현관문 앞에 아무렇게나 널브러진 한 노인이 보였다. 그녀의 얼굴 반쪽은 형태를 알아 볼 수 없을 정도로 붉게 물들어 있었다. 그리고 그 옆엔 그녀의 얼굴만큼이나 빨갛게 물든 투박한 돌 하나가 떨어져 있었다. 집 안은 무언가를 뒤졌는지 엉망진창이었다. 혼자 살아 별 가구도 없던 그녀의 집 안에는 모든 주민들에게 1인당 하나씩 배급되었던 식량박스가 없었다.

마을 사람들은 회관에 모였다. 처음 몇이 죽었을 때는 눈물을 글썽이며 나서서 땅을 파던 사람들이 굶주림과 맞닥뜨리자 말이 없어졌다. 모두들 서로의 눈치만 보고 있었다.

"묻어주기라도 해야제."

"굶은 지 일주일이 다 됐당께. 당장 내 몸 가눌 힘도 없는디 어찌게 남 무덤 파는 데 힘을 쓴다요?"

남자가 버럭 화내고 회관을 나가버렸다. 나머지도 별 말 않는 것이 수긍하는 분위기였다. 죽음이라는 큰 거울 앞에 서 있는 그들에겐 자신의 모습만 비추어졌다. 남들을 돌아볼 시간 따위는 그들에게 존재하지 않았다. 그들이 억압된 순간부터 희생과 배려는 옛말에 불과했다.

이 상황을 바라보고 있던 이장의 표정은 미묘했다. 큰 결심을 한 사람처럼 입술을 앙 다물었다가도 고개를 푹 숙이고 한숨을 쉬어댔다. 손을 덜덜 떨며 중얼거리기도 했고 답답한 듯 머리를 쓸어 넘기기도 했다. 그의 행동엔 여러 의문이 뒤따랐지만 단 하나 확실한 것은 그가 뭔가 심각한 고민을 당면하고 있으며, 스스로의 선택 후에 따라올 무엇인가에 대한 공포심을 느끼고 있다는 것이었다.

"그럼 나가 묻어주고 올라."

이장은 잠시 호흡을 가다듬다 짧게 말을 뱉고는 몸을 일으켜 회관을 빠져나갔다. 이장이 나간 후 한 아주머니가 눈치를 보다 말을 꺼냈다.

"근디 범인은 잡아야 하지 않었어? 식량 땜시 그란 것 같은디."

"우리가 잡아서 뭐 할 것인디. 사람 하나 묻지도 못 하는디 철창에 가둘 것이여, 똑같이 갚아줄 것이여?"

"이러다 누구 하나 더 죽으믄 어쩔라고!"

그 후로 다시금 침묵이 계속됐다. 누구 하나 섣불리 답을 하지 못했다. 자신들이 범인을 잡아봤자 할 수 있는 게 아무것도 없음을 알면서도 자신이 또 다른 피해자가 될 수도 있단 사실에 어찌해야 할지 모르는 것 같았다. 오랜 고통 때문에 사람들은 약해져 있었다. 불의에 싸울 힘도, 스스로를 지킬 힘도 없이 껍데기만 남아 있는 듯했다.

그리고 할머니의 시체를 묻어주러 나간 이장이 다시 돌아왔을 땐 두 손에 시뻘건 고깃덩어리가 들려 있었다. 햇볕에 그을린 얼굴에도 빨간 얼룩이 생겨 있었다. 그는 곧 마을 사람들을 모두 모았다.

"공터에 묻다가 고라니 한 마리 잡았응께 퍼뜩 묵어보소."

그의 손은 약하게 떨리고 표정엔 왠지 모를 두려움이 서려 있었다. 눈을 내리 깔고 작게 읊조린 그는 오랜만에 식량을 구한 사람치고 그다지 기뻐 보이지는 않았다. 오히려 무언가에 쫓기는 것 같아 보였다. 이장은 고기를 건네주고는 발걸음을 돌렸다. 이장이 문턱을 지나고 나서야 누군가가 그를 소리쳐 불렀지만 못 들은 것인지 무시한 것인지 그대로 사라져버렸다.

"근디 아직까지 고라니가 살아 있디야?"

그 누구도 대답하는 사람이 없었다. 그저 질문한 아저씨를 향해 표정을 굳히며 검지를 입술 앞에 가져다 대는 시늉만 할 뿐이었다. 아저씨는 영문도 모르고 고개를 갸우뚱 하더니만 잠시 후 멍한 표정을 지어 보였다. 입술을 달싹이며 뭘 말하려 하는 듯했으나 그것도 잠시, 나눠주는 젓가락을 받은 그의 표정은 평온했다.

고깃덩어리를 건네받은 아주머니는 금세 도마와 칼을 가져와 고기를 굽기 좋게 자르기 시작했다.

"안 먹을 사람은 나가도 좋아요."

아주머니를 거들어 손질을 돕던 한 여자의 말이었다. 그녀는 말은 유독 간결하고 태연했다. 그리고 다들 제 자리를 지키고 있었다.

얼마 지나지 않아 손질된 고기는 불판 위에 올려졌다. 마을 사람 모두 일주일 넘게 굶었으나 그 누구도 성급히 달려들지 않았다. 잔칫집마냥 떠들썩해야 할 회관에는 어색함과 침묵이 가득 채우고 있었다. 젓가락을 챙겨 든 사람들은 서로를 힐끗힐끗 쳐다만 보고 정작 자신 앞의 고기에는 손댈 생각을 않는 것이다. 그러다 종래엔 언제 그랬냐는 듯 허겁지겁 먹어댔다. 불판 위를 가득 채웠던 고기는 금세 말끔히 없어졌다.

식사가 끝나고 그들은 잠시 동안의 만찬만큼이나 조용히 회관을 빠져나갔다. 이장은 회관을 나간 후부터 머리카락 한 올도 비추지 않았다. 그의 행적에 대해 아는 사람은 없었고 이장은 새롭게 뽑혔다.

며칠 후, 할머니의 죽음을 목격했던 아저씨가 할머니의 텃밭에서 농약 병과 함께 발견됐다. 흰자위를 드러낸 채로 게거품을 물고 있는 모습은 기괴하기 짝이 없어서 시체를 수습하기 전까지는 말라비틀어진 낙엽들로 덮어놨다. 그리고 후에 들려오는 소문에 의하면 혼자 사는 그의 집에 식량박스가 2개가 있었다고 한다. 아 참, 그리고 그런 소문도 있었다. 공터에 핏자국이 흥건했다는. 하지만 그 소문은 이상하게도 멀리 퍼져나가지 않았다.

죽음의 공평한 발걸음은 가난한 자의 오두막집과 임금의 궁궐을 모두 찾아가 문을 두드린다.

-호라티우스

다시 한 번 회의가 열렸다. 물론 빈자리도 있었다. 다들 굶은 건 매한가지인지 반쪽이 된 얼굴에 그늘이 져있었다. 그중 하나가 말을 꺼냈다.

"우리 마을에선 5명이 더 죽었습니다. 이제 남은 사람은 10명도 채 되지 않아요. 다들 60이 넘으셨고요. 시체를 처리할 사람도 없습니다."

"우리 마을도 7명이 더 죽었는디 다들 살라고 허는 욕심이 눈곱만큼도 없당께."

"우리는,"

"조용! 시방 우리가 마을 현황 보고할 때가 아녀, 인자 우짜믄 좋을지 상의를 해야제!"

처절한 목소리가 앞다투어 나오다 상황을 휘어잡는 큰 목소리에 잠잠해졌다. 며칠째 굶어서인지 여자를 바라보는 그들의 눈은 동태 눈깔 같았다. 그녀는 순간 몸을 타고 올라오는 소름에 몸을 부르르 떨고는 말을 이었다.

"그래서 그런디, 함 진도 밖으로 나가보는 건 어짜요?"

"뭐시여? 뭔 말인지는 알겠는디 전번에 석산리 홍 씨가 나갔다 다시 잡혀 들어왔잖여. 이번엔 어떤 꼴을 당할지 몰러."

"그래도 설마 죽이기야 하겠어? 설령 죽더라도 역서 굶어 디지나 걱서 잡혀 디지나 다를 바 없제."

"아니, 아무리 그래도 그라제."

"진 갈라요! 조군면장님 말씀대로 어차피 역서 디지나, 걱서 디지나 죽는 건 똑같응께. 바보같이 기다리고만 있는 것보다는 그래도 움직여 봐야제. 혹시 알어? 식량 문제가 해결될지."

남자의 말에 몇몇이 고개를 끄덕였다. 그리곤 열댓 명이 손을 번쩍 들어 보이며 함께할 것을 자청했다. 그들의 볼은 오랜 굶주림에 생기를 잃고 홀쭉했지만 두 눈은 마지막 희망으로 반짝이고 있었다. 그리고 며칠 후, 달빛과 밤하늘이 오묘한 조화를 이루던 어느 날 밤, 파란 용달차의 짐칸에는 열댓 명의 남녀가 모여 앉아 있다. 비포장도로를 덜컹거리며 지나가는 차의 소음이 너무 오랜만인지라 다들 눈을 감고 그 소음을 즐겼다. 몇 년 전까지만 해도 지겹게 들려온 것이었는데 진도가 오염되고 나서는 사람들이 이동하려고 하질 않았다. 다 부질없는 짓이었다. 이동한다고 해서 만날 사람이 있는 것도 아니며 갈 곳이 있는 것도 아니었기 때문이다. 사람들의 얼굴에 오랜만에 생기가 돌고 있었다.

그와 동시에 그들의 표정은 마치 대사라도 앞둔 사람들처럼 잔뜩 굳어 있었다. 그들에게 대사라면 대사이겠지만 그리 복잡한 일은 아니었다. 여느 영웅처럼 누군가를 구하는 것도, 악의 무리와 맞서 싸우는 것도 아닌 단순히 진도를 빠져나가는 것이었다. 하지만 약간의 어려움이 있다면 감시였다. 그 감시는 진도가 방사능에 오염되었다는 사실이 언론을 통해 퍼져나가고 진도대교 폐쇄가 이루어진 후부터 계속되어 왔다.

❖ ❖ ❖ ❖ ❖

"진도대교를 폐쇄하라!"

"폐쇄하라! 폐쇄하라!"

대법원장 앞을 가득 채운 시위 열기는 대단했다. 핵폐기물 무단 투기에 관한 재판이 열리는 날이었다. 사람들은 일제히 머리띠를 두르고 피켓을 든 채로 똑같은 구호만 되풀이하고 있었다. 아이를 데리고 나온 주부도 있었고 교복을 입은 학생들도 보였으며 정장을 갖춰 입은 회사원들도 있었다. 그리고 한 남자가 마이크를 쥐었다.

"여러분, 진도가 심각한 방사능 오염에 시달리고 있습니다. 기형아 출산과 암, 원자병으로 다들 가족, 친구, 동료를 잃고 처참하게 죽어가고 있습니다. 그 런데 만약 진도군민들이 진도를 빠져 나온다면 어떻게 될 것 같습니까. 그들의 몸에 축적된 방사능은 또 다른 2차 피해를 불러일으킬 것입니다. 희생은 1차에 서 족합니다. 이 이상의 피해는 사전에 방지합시다. 우리의 목소리가 우리의 가족, 친구, 동료를 지킬 수 있는 힘이 됩니다. 다 같이 외쳐주십시오! 진도대 교를 폐쇄하라!"

"폐쇄하라! 폐쇄하라!"

우렁찬 목소리로 말을 이어가는 남자의 표정은 참으로 비장하여 마치 한 편의 연설을 듣는 것만 같았다. 하지만 그 내용은 끔찍하기 그지없었다. 그가 처음 입을 열었을 때 '소중한 사람들을 잃은 안타까운 피해자'였던 진도군민은 말이 끝나갈 때쯤 되자 '남은 사람들의 소중한 사람들을 위협할 가해자'가 되어 있었다. 요약하자면, 진도 이상의 피해를 만들면 안 되며 따라서 진도대교를 폐쇄해야 한다는 것인데 이 잔혹하고도 비논리적인 말은 꽤 많은 사람들에게 먹힌 모양이었다. 온갖 선동과 왜곡으로 SNS에서조차 '#진도대교_폐쇄_찬성'과 같은 해시태그가 실시간 검색어 1위를 따내고 있었다.

물론 폐쇄를 반대하는 소수의 단체들도 있었다. 하지만 그들은 말 그대로 소수였다. 현대사회에서는 결국 소수보단 다수인 법, 소수의 사실 하나는 다수의 허위 수십 개에 묻혀 목소리를 내지 못했다.

그렇게 몇 달 후 다시 열린 재판에서 공공복리를 위한 일시적 자유권 제한이라는 구실로 진도대교의 폐쇄는 확정되었다. 말이 일시적이지 진도가 완전히 회복될 때까지는 그들의 뼛가루 한 줌조차 진도 밖으로 나올 수 없을 것이다. 진도가 고립된 것이다. 진도 군민에게는 힘이 없었다. 대다수가 노인인데다 이 일이 터지기 전에도 제대로 지원을 받지 못했던 진도의 의사를 존중해 주는 사람은 없었다. 결국 진도대교의 끝에는 큰 경계벽이 세워졌고 진도의 해안선을 따라 길게 철조망이 둘러졌다. 철조망을 설치하기 위해 온, 방독면과 방진복으로 무장한 사람들과 원자병으로 살이 내려 초췌해 보이는 진도 군민들의 사이에는 괴리감이 컸다. 그들이 남기고 간 철조망은 그리 높지도 않고 마음만 먹는다면 충분히 허물 수 있을 만한 경계였지만 굳이 나가려는 사람은 별로 없었다. 그들에겐 삶의 의욕조차 없는 듯했다. 그들에게 진도는 더 이상 고향이자 삶의 터전이 아니었다. 그저 자신들을 가둬둔 커다란 감옥에 불과했다.

그들은 선착장에 방치되어 있던 배 하나에 시동을 걸었다. 작년에 원자병으로 죽은 목상리 고 씨의 배였다. 오랫동안 바다와 부대낀 탓에 여기저기 녹이 들어 있었지만 다행히 시동이 걸렸다. 그르릉, 짐승의 울음소리 같은 소리를 내며 잘게 떨리는 배 덕분에 굳어있던 그들의 얼굴에 조금이나마 화색이 돌았다. 푸른 바다 위로 하얀 자취를 남기며 나아가는 배에서 밤하늘을 반짝 비추고 몰락하는 유성의 모습이 비춰졌다.

"근디 홍 씨는 어쩌다 잡힌 것이여?"

"해경한테 잡혔다든디? 아마 부산 쪽으로 가다가 신고라도 먹었을 것이여."

하긴, 녹이 잔뜩 슬어가지곤 낚시를 하는 것도 아니고 바다구경을 하는 것도 아닌, 사람 하나만 덜렁 실어 바다를 떠도는 배가 여간 수상하지 않았을 것이다. 해경은 신고를 받고 와 신분증을 요구했을 것이고 주소 란에 선명히 박혀 있는 '진도군'에 곧장 체포를 했으리라. 이번에도 그런 꼴을 면하려면 최대한 자연스럽게 행동해야했다. 물론 낡은 배로 인해 첫 단추가 잘못 끼워졌지만 지켜보는 이만 없다면 충분히 가능한 탈출이었다. 한밤을 탈출시각으로 꼽은 이유이기도 했다.

다행히도 흔한 고기잡이 배 하나 보이지 않았다. 직접적인 오염 구역은 아니지만 이 인근 바다에서 종종 방사능 피폭 수산물이 나타나기 때문에 배가 잘 다니지 않은 듯했다. 그때 한 남자가 입을 열었다.

"근디 쪼까 이상한디. 지금 우리가 출발한 지가 한참 지났는디 아직까지 배 한 척이 안 보인디야? 아무리 괴기잡이를 안 한다고 해도 그렇지. 좋은 게 좋은 것이라지만 거시기 하지 않어?"

"오메, 속 편한 소리 하네. 없응께 차라리 잘 된 것이지."

배를 타고 나선 지 꽤 됐는데도 배 한 척도 안 보이는 것이 이상하긴 했지만 나머지 사람들은 없으니 차라리 잘 됐다며 안도했다. 남자는 고개를 갸우뚱하며 그저 그런가보다, 하고 말았다.

"무사히 도착할 수 있겠죠?"

서울 대기업에서 일하다가 제 할머니를 모시기 위해 내려왔다 다시 돌아가지 못한 청년의 말이었다. 어릴 적 교통사고로 부모를 잃고 할머니와 살아온 그는 며칠 전 그녀를 백혈병으로 떠나보냈다. 어렸을 때와 같이 김치를 잘게 찢어주던 모습, 집 마당에 작게 있던 텃밭의 고추가 자꾸 시든다며 걱정하던 모습, 자글자글한 눈주름을 보이며 환하게 웃어주던 모습, 동공이 하얗게 변해서는 벽을 더듬거리며 걷던 모습 그리고 머리카락이 다 빠지고 입 주변에 구토자국을 묻힌 채로도 웃으며 할미 없이도 잘 살라며 미소 짓던 모습. 모두 이제는 볼 수 없는 모습이었다.

그녀가 죽고 그의 소원은 딱 하나였다. 그녀의 시신을 오염된 땅이 아닌 양지 바른 땅에 묻어주는 것. 하지만 그의 소원은 그의 생애 동안은 못 이뤄질 것이다. 처음 진도의 상황이 외부에 알려졌을 때 한 전문가는 '진도에 약 10여 년 동안 투기한 핵폐기물의 양은 어마어마해서 방사능 농도가 낮아질 때까지는 100년 이상이 걸릴 것이다.'라고 했다. 100세 시대에 접어든지 한참이 지났지만 그 또한 방사능에 오염된 몸이기에 그때까지 살 수 있다는 보장이 없었다.

"갈 수 있을 것이여. 너무 걱정하지 말어."

"그런 걱정 허덜 말고 좀 쉬어. 아직 좀 남았응께."

70이 넘은 할아버지와 할머니들 사이에서 젊은이라고는 그 밖에 없었다. 그래서일까, 약간의 이질감마저 들었다. 청년은 방 안으로 들어가고자 몸을 돌렸다. 그때 갑판에 앉아 있던 할머니가 눈에 들어왔다.

"오메, 추웅그."

할머니가 옷을 여미며 몸을 덜덜 떨었다. 바닷바람이 유난히 찬 탓이었다. 며칠 굶어 잔뜩 야윈 몸은 당장 쓰러져도 문제가 없어 보였다. 청년은 가만히 제 겉옷을 벗어 건넸다.

"할머니, 이거 걸치고 계세요."

"아따 고맙네잉. 여그 앉어, 진작부터 서 있든만."

청년은 제 할머니를 떠올렸다. 웃을 때 잔뜩 파인 눈주름이 그녀의 얼굴 위로 비춰지는 것 같아 눈시울이 뜨거워졌지만 밤하늘을 바라보는 것으로 대신했다. 까만 밤하늘에는 잔별이 박혀 있었다. 몇 년 전까지만 해도 별밭이었는데, 그가 잠시 중얼거리자 할머니가 옆에서 맞장구친다.

"울 손자도 별 보는 거 좋아했는디. 요새 통 별이 없다고 그러든만……."

그녀가 말을 채 잇지 못한다. 갑자기 끊겨버린 대화를 이상하게 여긴 청년이 하늘로 향하던 두 눈을 그녀에게 돌렸다. 검버섯이 핀 그녀의 볼 사이로 눈물 줄기가 흐르고 있었다.

"어젯밤에 죽어부렀어."

청년은 가만히 그녀의 손을 잡아줄 뿐이었다. 가죽만 남은 손에는 굳은살이 잔뜩 박혀 있었다.

"지 애미가 죽고 내가 울고 있응께 그 째깐한 것이 뭐라 헌지 알어?"

 할머니의 딸은 원체 몸이 약했다. 아이를 무사히 낳은 것만으로도 신기할 정도였다. 겨우 태어난 아들도 아주 작았다. 하지만 아이를 낳고 나서가 진짜 문제였다. 여자는 아이에게 제대로 젖 한 번 물려주지 못하고 꼼짝없이 침대에만 누워 있어야 했다. 의사는 여자의 몸이 회복될 때까지 몇 년은 걸릴 것이라고 했다. 하지만 여자에게는 여윳돈이 없었다. 아이를 낳기까지 일을 쉬어왔던 터라 당장에 돈벌이를 시작하지 않으면 안 되는 일이었다. 그래서 여자가 쉰 시간은 고작 일주일이었다.

 아이가 돌이 됐을 때, 여자는 자꾸만 어지러워지기 시작했다. 아이가 걸음마를 뗐을 때, 여자는 종종 숨 쉬기가 불편했다. 아이가 엄마, 하고 불러올 때, 여자는 머리카락이 빠지기 시작했다. 아이가 장난감 가지고 싶다고 조를 때, 여자는 일어서지 못했다. 여자의 남편은 어느 날 밤, 기척도 없이 사라졌다.

"엄마 많이 아파?"

"으응, 엄마 안 아파."

 하지만 여자의 손은 달달 떨리고 있었다. 그리고 여자의 거친 입술에 아이의 입술이 짧게 닿았다 떨어졌다.

"내가 뽀뽀해 줄 테니까 엄마 얼른 나아서 할머니랑 나랑 같이 놀자. 알겠지?"

 여자는 답이 없었다. 그저 아이의 볼을 살살 쓸어 내렸다. 억지로 올라간 입꼬리와는 다르게 두 눈동자엔 슬픔이 가득했다. 여자의 어머니는 아이에게 사탕 하나를 쥐어주며 무어라 말했다. 곧 아이는 방을 뛰어나갔고 방엔 여자와 여자의 어머니만이 남았다.

"엄마, 미안."

 그 말을 마지막으로 둘 사이에는 대화가 오가지 않았다. 창백하게 질린 얼굴, 퀭한 눈가, 허옇게 뜬 입술, 야윈 몸. 그것이 여자가 가진 전부였다. 여자의 어머니는 물을 적신 수건으로 가만히 여자의 몸을 닦아주었다. 몸을 다 닦을 때쯤 여자는 몸을 일으켰다. 손 하나 들어올리기에도 벅찬 여자가 몸을 일으킨 건 순식간이었다. 비록 몸을 일으키자마자 등을 휘어가며 기침을 해대긴 했지만 다시 쓰러지진 않았다. 그리고 깜짝 놀란 여자의 어머니가 다시 여자를 눕히려고 했을 때, 여자는 조심스레 자신의 어머니를 감싸 안았다. 그렇게 어깨가 흠뻑 젖을 때까지 서로를 안고 있었다. 맞닿은 심장소리는 서로를 확인이라도 하듯 서로에게 맞춰 뛰어댔다.

그리고 다음날 죽을 가져다주러 방을 건너간 여자의 어머니가 발견한 것은 차게 식은 몸뚱이였다. 얼마 지나지 않아 여자의 병세의 원인 중 하나가 방사능 피폭이란 것을 알았을 때, 여자의 어머니는 차라리 아이와 확 죽어버릴까 생각도 했다. 하지만 한참 그 생각을 하고 있을 때 아이가 자신에게 다가와 말했다.

"할머니, 엄마는 안 죽었어. 엄마가 갑자기 엄마가 사라지면 밤하늘에 별이 된 거래. 그러니까 할머니 울지 마."

여자의 어머니는 딸의 침대에 엎어져 오열했다. 이 작은 것을 두고 자신이 무슨 생각을 했던가. 이불을 쥔 손은 파르르 떨렸고 아이는 그런 제 할미의 손을 가만히 쓸어주었다.

하루가 지나고, 이틀이 지나고, 사흘이 지나도 밤하늘의 별은 늘지 않았다. 아이는 할머니, 저게 엄마일까? 하고 매일 다른 별을 가리켰지만 여자의 어머니는 그때마다 응, 하며 넘기곤 했다. 하지만 밤하늘의 별은 날마다 줄어들기만 했다. 아이가 조금 더 자랐을 때부터는 그저 아무 말 없이 밤하늘을 올려볼 뿐이었다.

청년은 그녀의 손자가 했던 대로 가만히 그녀의 손을 쓸어주었다. 자신을 두고 죽어가는 딸과 손자를 보며 무슨 생각이 들었을까, 그는 감히 짐작하지 못했다. 하지만 자신 또한 몇 차례의 죽음을 지켜 본 사람이었다. 많이, 그것도 아주 많이 슬프겠거니 하고 두 손을 꼭 잡아주는 것밖에 할 수 있는 게 없었다.

금세 잠이 든 할머니를 배 안 방에 눕혀드리고 온 청년은 새까만 바다를 들여다보았다. 달빛을 받아 반짝이는 물결 사이로 제 얼굴이 일렁였다.

모든 것은 죽음과 함께 사라지기 마련 아닌가.

-플라톤

곧이어 선장이 선장실 밖으로 고개를 내밀더니 소리쳤다.

"도착했는디요."

"도착한 거 맞어? 이라고 어두운디?"

"뭐시여, 제대로 온 거 맞어?"

이상했다. 아무리 한밤이라 하여도 빛 하나 보이지 않을 리가 없었다. 하지만 어두운 시야에서 어렴풋이 보이는 선착장의 모습이 그들이 육지에 다다랐음을 알려주었다. 혹여나 목포로 오려고 한 것이 항로를 잘못 잡아 근처의 섬으로 온 것일까 의심도 가져보았지만 선장은 그저 고개만 도리도리 저어댔다. 그리곤 배 안에서 손전등 하나를 가지고 나왔다. 밤공기에 스며들어 있는 정적에 모두들 주저하는 것 같았다.

"그럼 일단 몇 명만 내려 보죠?"

청년이 제안했다. 그에 다들 수긍하고는 몇 명이 나가 가볼라, 하고 대충 기대고 있던 몸을 일으켰다. 선두에 선 것은 청년이었다. 손전등을 쥐고 멀리를 비춰보는 그의 손은 약하게 떨리고 있었다.

"이상한 냄새 안 나?"

"음식물 쓰레기라도 버려놨나 보제."

지독히 풍겨오는 썩은 내에 다들 코를 부여잡았다. 뭔가 이상했다. 밤공기 탓인지는 모르겠으나 불길한 예감이 들었다. 청년은 차라리 다시 배로 돌아가 다른 곳으로 목적지를 바꾸는 게 좋지 않을까 생각했지만 한 번 확인해 보는 게 나을 것 같다는 노인의 말에 앞장섰다. 손전등이 비추는 곳에 아직까지 특별한 점은 없는 듯했다. 선착장이 길게 늘어져 있었고 왠지 흐트러진 것 같았지만 신경 쓸 정도는 아니었다. 왠지 모를 익숙함마저 들었다.

그 순간 청년의 발에 무언가가 밟혔다. 무엇인지는 모르겠지만 불쾌한 느낌이었다. 물컹거리면서도 딱딱하게 굳어진 것이 쎄한 느낌이 들었다. 손전등을 들고 있던 오른손은 자연스레 그의 발밑으로 향했다. 회빛이 도는 살구색에 어렴풋이 빨간 얼룩이 져있는 것은 다름 아닌 손이었다. 그의 손에 들려 있던 손전등은 힘없이 바닥으로 떨어졌다. 묵직한 소리를 내며 바닥에 떨어진 손전등이 비추어준 것은 시체였다. 그리고 그의 발밑엔 여일곱쯤 돼 보이는 소녀의 손목이 있었다. 소녀의 새하얀 원피스 한가운데엔 동그랗게 검은 피가 물들어 있었고 눈을 채 감지도 못한 상태였다. 원피스 사이사이로 검은 것들이 히끗히끗 보이는 것이 소녀의 온몸은 이미 벌레들의 집이 된 모양이었다.

그 소녀를 비추던 빛줄기의 끝에는 익숙한 버스 정류장 하나가 있었다. 정류장에 쓰인 글자는 알아보기 힘들었지만 분명 '목상항'이었다, 그들이 몇 시간 전 떠나온 바로 그곳에 도착한 것이다.

"이리 좀 와보세요!"

"뭔 일이여?"

청년의 외침을 듣고 달려온 사람들은 손전등이 향한 곳을 보곤 아무 말도 하지 못했다. 뒤늦게 달려온 선장은 영문도 모르고 멱살을 잡혀야만 했다. 힘줄 하나 불거지지 않은 뼈마디만 남은 손이 때 묵은 셔츠의 깃에 매달렸다. 하지만 당황한 선장의 몸짓에 다시 힘없이 딸려나가야 했다.

"도착했담서, 왜 다시 여기로 온 것인디! 뭔 속셈이여. 어?"

칠이 벗겨진 글씨를 마주한 선장의 얼굴도 더할 나위 없이 구겨졌다. 그도 당황한 기색이 역력했으나 사람들은 의심을 지울 수 없었다.

"어째 대답을 못해. 왜 우리가 다시 온 거시냐고!"

"왜 말을 못하는 겨, 진도 안 나가고 다 같이 디져불라고 이러는 거 아니여?"

"지, 어찌된 일인가 모르겠소. 분명 맞게 왔는디……."

"일단 다시 배로 돌아가 봐요. 선장님이 의도하신 게 아니라면 분명 배에 이상이 있을 거예요."

청년의 말에 모두 수긍하는 듯했다. 선장은 배로 돌아가는 중에도 충격에서 벗어나지 못해 멍했다. 몇몇은 여전히 선장을 의심하며 욕지거리를 내뱉었다. 선장을 못 믿겠다며 다른 사람에게 맡기자는 의견이 나왔고 결국 2차 시도는 배를 운전할 줄 아는 목상리 아저씨가 하기로 했다.

배에는 무거운 침묵이 맴돌았다. 분명 몇 시간 전까지만 해도 약간의 설렘과 희망이 남아 있었지만 지금 그들이 타고 있는 배에는 불신과 의심만이 제 몸집을 불려나가고 있었다.

"잠깐, 우리 지금 앞으로 나아가고 있긴 한 거여?"

선장실에서 나와 손전등을 들고 이리저리 비춰보던 아저씨가 소리쳤다. 배를 띄운 지 십 분도 넘게 지났지만 여전히 선착장이 가깝게 보였다. 처음 배를 띄웠을 때야 다들 불안감과 추억에 잠겨 주위를 둘러볼 겨를이 없었다지만 지금은 달랐다. 사람들은 아저씨의 말을 듣고 주위를 둘러보기 시작했고 그제야 배가 제대로 움직이지 않고 있단 것을 알아차렸다.

잠시 배의 엔진을 끄자 배는 점점 출발점으로 밀려나기 시작했고 얼마 지나지 않아 쿵 소리를 내며 선착장에 부딪혔다. 설상가상으로 배의 엔진마저 연기를 내다 작동을 멈춰버렸다. 배가 아예 뜨지 못할 정도로 해류가 거세졌다는 것은 말이 되지 않았다. 날씨 탓을 해보려 했으나 파도가 조금 심하게 칠 뿐 별다른 이상은 없었다. 하지만 이상하게도 배는 앞으로 나아가지 않았다. 그들은 다시 선착장에 내려 배를 꼼꼼히 살펴보기 시작했다.

"배 엔진에 이상이 있는 거 같은디."

자리를 빼앗긴 후 줄곧 침묵을 지키고 있던 선장이 말했다. 사람들은 여전히 그를 의심하는 것 같았으나 그의 말에는 일리가 있었다.

"그람 이렇게 하세. 우선 배 수리를 할 수 있는 사람들은 요 배 함 봐보고, 나머지는 다른 배가 있는지 찾아보자고."

선장이 말을 끝마치자 몇몇 사람들이 모여 배 근처로 다가갔고 나머지 남은 사람들은 3명씩 무리 지어 배를 찾기 시작했다. 하지만 법원의 판결 후 경계벽을 설치하러 왔을 때 대부분의 배를 폐기시켰기 때문에 남아 있는 것은 얼마 되지 않을 것이라고 다들 지레 짐작하고 있었다. 그렇게 짝지어진 무리는 총 3팀이었다. 그들 모두가 찾은 배는 1척 뿐이었지만 배의 수리가 제대로 이루어지지 않고 있었기에 다들 그 1척이라도 다행히 여기고 있었다.

한편 배를 수리하려고 모인 사람들 사이에선 답이 나오지 않았다. 혹시 하는 마음에 나섰건만 배의 엔진에 대해 전문적인 지식을 가지고 있는 사람이 없었기에 다들 발만 동동 굴리고 있었다. 짙은 어둠 탓에 낡은 손전등 하나론 턱도 없었다. 결국 남은 배는 새로 발견한 1척 뿐이었다.

"이건 제대로 작동을 해야 할 텐데요."

"암, 그렇고말고. 꼭 작동할 것이여."

하지만 결과는 그들의 대화만큼이나 희망적이진 않았다. 시동조차 걸리지 않은 것이다. 진도가 방사능에 오염되고 나서부터 줄곧 배는 쓸모 없는 것이 되었으므로 제 기능도 제대로 못하게 된 것이 분명했다. 새로운 배를 더 만들 것을 바라는 건 허무맹랑한 것이었다. 의사도 없어 병을 치료하지도 못하는 상황에서 배 제작이라니, 터무니없는 소리였다.

"글믄 인자 못 나가는 것이여?"

"재수 없는 소리 하지 말어. 누가 못 나간디야?"

괜한 신경질을 부린 할머니조차도 뚜렷한 해답은 못 냈다. 그저 절망적인 상황에 대한 반항이었다. 결국 그들이 다시 택한 건 첫배였다. 파도가 잠시 잠잠해진 틈을 타 출항하려는 계획이었다. 다행히도 파도가 잠잠해진 것은 오래 지나지 않아서였다.

"퍼뜩 다시 가불자고."

단호하게 한 말과는 다르게 표정은 매우 지쳐 보였다. 사실 모두가 그러했다. 그들의 허기와 고통은 달빛에 잠시나마 가려져 있었지만 달이 물러난 지금, 사람들의 몰골은 초췌하기 그지없었다. 조용하던 밤바다엔 한숨만 깔렸다.

한참을 그러고 있었을까, 어디선가 괴상한 파열음이 나더니 배가 멈춰버렸다. 아무래도 엔진이 완전히 잘못된 모양이었다. 설상가상으로 아까만 해도 거셌던 파도는 잠잠해져 배를 밀어주지도 않았다. 사람들은 저 멀리 보이는 선착장만 허망하게 바라보았다. 적막을 뚫고 잔뜩 갈라진 목소리 하나가 들렸다.

"이럴 줄 알았으믄 그냥 안 오는 것이었는디."

"이것이 다 자네 때문이여! 자네가 애초에 운전만 잘했어도!"

첫 시도에 운전대를 잡았던 선장의 혼잣말을 들은 한 할아버지가 그의 말이 끝나자마자 달려들었다. 진도에 처음 다시 도착했을 때도 선장을 의심하던 사람이었다. 선장은 자신의 옷을 잡고 있던 할아버지의 손을 거칠게 떼어내고 뒤로 밀쳐냈다.

"아니, 지 잘못이 아니랑께 그라네!"

그 순간 중심을 잃고 휘청거리던 할아버지가 그대로 바다로 곤두박질쳤다. 까만 바다는 배 위의 사람들이 무언가를 던져주기도 전 할아버지를 제 품에 감춰버렸다. 잠깐 허우적대던 할아버지는 곧 사라지고 말았다.

배 위에 남아 있던 사람들은 말을 잃었다. 선장은 비틀대다 뱃머리에 주저앉았고 나머지도 아무 말 없이 자리에 앉았다. 바다가 그러했듯 어둠이 사람들을 제 품에 감춰버렸다. 별 하나 없는, 지독히도 새까만 밤이었다.

고령화 사회의 암울한 경고

현재 우리나라의 고령화는 매우 심각한 수준이다. 통계청에 따르면 2017년 8월 기준으로 총 226개 시·군의 65세 이상 인구 비율이 20% 이상인 곳이 93곳이다. 우리나라 시·군의 절반 가량이 초고령 사회에 진입한 것이다.

그리고 그중 가장 심각한 것은 농촌의 고령화이다. 농촌의 65세 이상의 인구 비율은 2005년 29.1%, 2010년 31.8%, 2015년 38.4%로 해마다 증가하고 있다. 그로 인해 향후 30년 내 소멸될 읍·면·동이 1383곳이나 된다. 이는 농촌의 고령화가 얼마나 심각하며 문제가 되는지를 알려주는 적절한 수치이다.

하지만 농촌 노인은 노인 인구의 증가와는 반대로 공공의료서비스의 부재, 독거, 노동력 부족, 빈곤 등으로 인한 문제점을 겪고 있다. 그에 따라 각 지자체나 국회에서 여러 해결 방안을 모색하고 있지만 실제로 효과를 보고 있는 것은 많지 않다. 우리의 먹을거리를 책임지고 있는 농촌의 몰락은 점점 가속되고 있는 것이다.

현재 진행형인 원자력 핵폐기물의 위험성

전기 발전 효율과
폐기물로부터의 안전할 자유의 기로

우리나라의 원자력발전소 밀집도는 세계 1위이며, 보유 원자로 개수와 발전량 모두 세계 6위 규모이다. 따라서 핵폐기물의 양 또한 만만치 않다. 핵폐기물은 원자력발전 과정에서 발생하는 고체, 액체, 기체 형태의 각종 찌꺼기이다. 그리고 이 핵폐기물은 방사능을 포함하고 있기 때문에 제대로 처리되지 않는다면 환경, 사람에게 큰 영향을 미칠 수 있다.

한국원자력연구원의 핵폐기물 무단 폐기 사례가 총 36건에 이르는 것으로 조사됐다. 일반 콘크리트폐기물과 섞어 무단 폐기하거나 허가조건을 위반해 제염·용융·소각시설을 사용하고, 방사능 측정기록을 0으로 조작 기록해 처리하는 등의 방법으로 행해 왔으며, 중요 기록을 조작하거나 누락하기도 했다. 만약 안전의식의 부족으로 인한 무단 폐기가 더 늘어난다면 그것들이 우리 사회를 위협하게 될 것이다.

소설 '유성우'는 노인들의 나라에 던져진 비극을 직설적으로 그리고 있다.

지배와 저항, 끝없는 힘의 파국을 피할 수 있을까

지배 / 저항
Power

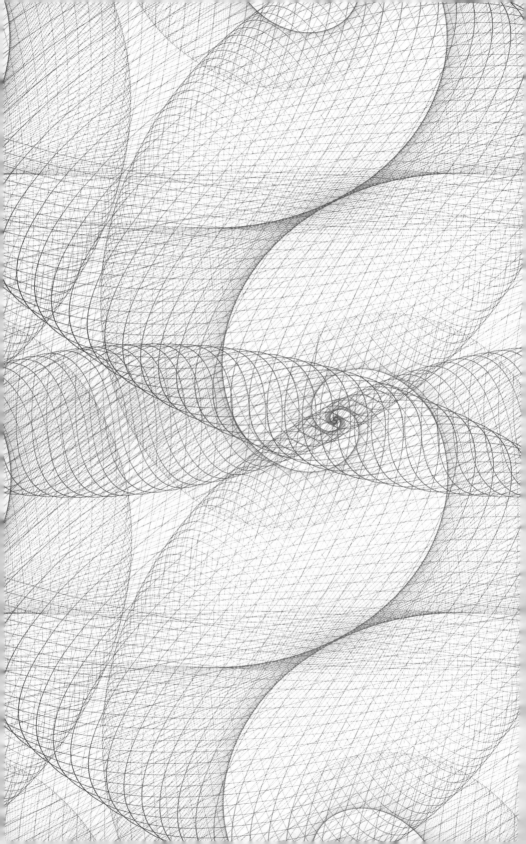

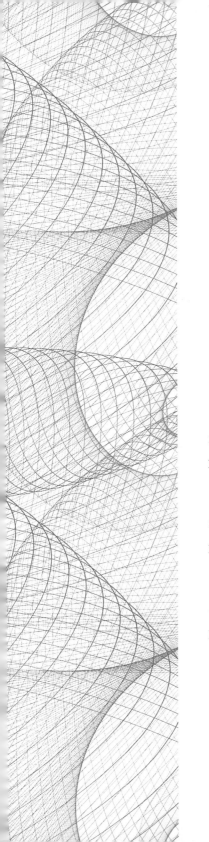

편지

김희창

돌이킬 수 없는 선택 혹은 통제된 선택으로
지독한 운명에 던져진 사람들. 희생 제의.

"도강아?"

집은 조용했으나 텅 빈 것 같지는 않았다. 나는 집안 쪽으로 들어갔다. 집 한 구석에는 빈 술병들이 뒹굴고 있었고 그 옆에는 술에 잔뜩 취한 도강이가 있었다. 나는 부엌으로 가 배급 받아온 물건들을 정리했다.

얼마 뒤 뒤척이는 소리와 함께 왔어 하는 소리가 조용한 방구석에서 들려왔다.

"어. 곧 겨울인데 배급되는 물품이 줄어서 걱정이야. 빨리 너도 나도 다른 일자리를 찾아야 하는데."

창밖으로 그 사건 이후로 좁은 진도 땅에 삶의 터전을 잃고 들어온 많은 난민이 지어서 사는 판잣집들이 보였다. 나와 도강이는 초등학교 때부터 친했던 절친한 친구다. 도강이는 보육원 출신인 내가 학교 친구들에게 괴롭힘을 당할 때 나를 도와주고 같이 다녀준 친구이다. 그런 친구가 술에 찌들어 방구석에 누워 있는 걸 보니 맘이 편할 리가 없었다.

무슨 일일까 생각해 보니 오늘은 지진이 나서 전국의 원전이 연쇄적으로 폭발한 지 7년이 되는 날이었다. 그날에 도강이의 부모님은 결혼기념일을 맞아 도강이를 집에 두고 여행을 떠나갔다가 봉변을 당했다. 도강이는 농부였던 부모님의 재산인 많은 땅들을 물려받았지만, 그 땅도 정부가 사람들의 식료품을 생산하기 위한 스마트팜 공장을 세우려 헐값에 사가고 말았다. 그 돈으로 판자촌 근처에 그나마 집이라고 할 수 있는 집을 살 수 있었다. 도강이는 돈도 집도 없는 나와 함께 살자고 해주었다.

정부는 일주일에 한 번씩 사람들에게 배급품을 받을 수 있는 배급권을 나눠주는데 이 배급품들이 실제로는 일주일을 버티기 힘들어 부유한 사람들 사이에서 사고파는 행위들이 성행하고 있다. 진도로 정부청사를 옮기고 진도읍이 시로 승격된 이후로 식량 안정화 정책으로 진도 전역의 논밭들을 정부 주도하에 스마트팜으로 교체하여 진도로 몰린 수많은 사람들을 먹여 살릴 수 있었다. 하지만 정작 논밭의 주인이었던 진도 군민들은 정부에게 제시받은 금액이 너무 적었지만, 그래도 나라에서 하는 일인지라 울며 겨자 먹기 식으로 땅을 넘길 수밖에 없었다.

자신들의 땅값이 오를 거라 생각했던 군민들은 아이러니하게도 정부에 기술과 자본을 제공한 대기업들에 부를 잃고 도시 하층민으로 전락하고 말았다. 도강이도 그와 같은 경우였다. 다른 지역에서 와서 아무것도 없는 사람들보단 나을 거라 생각하지만 생각해 보면 원래 우리 것이었던 재산을 정부 관계자, 군 관계자들에게 빼앗기니 억울하기도 할 판이다. 그밖에 다른 지역에서 온 사람들 중 재산이랄 것이 없는 사람들은 하루하루를 연명해 살아가고 있었다.

"내일 나랑 같이 아침 일찍 직업소개소에 나가보자."

나는 술에 떡이 되어버린 도강이에게 물을 가져다주었다. 도강이는 여전히 의식이 몽롱해 보였다.

"그래. 겨울을 잘 보내려면 준비를 더 해야 해."

애써 정신을 차린 듯해 보이는 도강이가 말했다.

"웬일로 이렇게 많이 마셨어. 주량도 약한 게."

이 말을 하고 생각해 보니 아까 집에 오면서 들었던 원전사고 7주년 추모식이 떠올랐다. 나는 도강이가 부모님 생각이 나서 그렇게 마셨을 거라고 쉽게 추측할 수 있었다.

"너만 마시지 말고 나도 좀 줘봐."

결국 나도 도강이의 옆에 앉아 서로 술잔을 들었다.

"야. 일어나."

눈을 살짝 떠보니 도강이가 나를 흔들어 깨우고 있었다. 나는 몸을 반대쪽으로 돌리며 잠을 5분만 더 자겠다고 답했다.

"네가 오늘 아침 일찍 나가보자 했잖아."

도강이가 어이가 없다는 투로 말했다.

"아, 맞아. 빨리 준비해야겠네."

서둘러 도강이와 나는 직업소개소로 나갔다. 이른 새벽인데도 일자리를 구하려는 사람들로 가득 차 있었다.

"너 5분 더 잤으면 큰일날 뻔했다."

도강이는 사람들 사이로 줄을 서며 나에게 속삭였다. 나는 조금 머쓱해졌다. 줄을 기다린 지 얼마 후 드디어 우리 차례가 왔다. 사람들이 몰려들고 지진으로 건물들이 많이 부서진 후 아직 덜 된 복구 작업이나 새로운 사람들이 몰려서 새로운 아파트를 짓는 당일 아르바이트생들이 꽤 있었다. 우리는 겨울을 편히 보내려면 돈이 많이 필요해서 가장 시급이 좋은 곳으로 데려가 달라고 했다. 덩치 좋고 인상 좋게 생긴 그 아저씨는 말하기를 꺼리다가 시급이 가장 좋은 곳이 있으나 엄청 힘들고 위험한 일이라고 했다. 하지만 우리는 이것저것 가릴 처지가 아니었던 터이고 좋은 시급에 넘어가 바로 우릴 작업현장으로 데려갈 트럭에 몸을 실었다.

트럭에는 우리보다 더 힘들고 돈이 급한 사람들로 가득 차 있었다.

"야, 그런데 우리 작업설명도 안 듣고 바로 수락했잖아. 이렇게 돈을 많이 주는 걸 보면 분명 힘든 일일 텐데."

"우리가 가릴 게 뭐가 있어 설마 죽기야 하겠냐?"

나의 호들갑스러운 물음에 도강이가 새삼스럽게 왜 그러냐는 듯이 답했다.

"그치? 이번만 조금 힘들게 버티면 이번 겨울은 충분히 날 수 있을 거야."

우리가 걱정은 뒤로하고 서로 떠들며 기대에 차 있는 동안

"자 도착했다 내려!"

하고 운전사 아저씨가 말했다.

그곳에 도착해 보니 거대한 둥근 모양의 건축물이 지어지고 있었다. 나와 도강이를 비롯한 여러 사람은 모두 거대한 건물들을 쳐다보고 있었다. 그러던 중에 저만큼 먼 구석에서

"구경하지 말고 빨리 뛰어와!"

하고 덩치는 곰만 하고 사납게 생긴 아저씨가 호통을 치며 우리 모두를 불렀다.

"시간 없으니까 빨리빨리 시작하자고. 난 이곳 작업반장이고 이름은 김민재다. 직업소개소에서 들었겠지만, 이곳 일은 매우 힘들고 위험하다. 그만큼 돈을 주니 너희가 찾아왔을 것이고 질문 있나?"

"지금 짓고 있는 건물은 농장도 아파트도 아닌 듯한데 무엇을 짓고 있나요?"

같은 트럭을 타고 왔던 마르고 키가 큰 형이 물었다.

"아, 뭐야. 그런 것도 설명을 못 들은 거야? 하긴 들었으면 이렇게 많이 왔으려나?"

"지금 너희 앞에 있는 저 커다란 원통형 건물은 원자력발전소이다. 저번 지진 이후로 정부에서도 건설하지 않겠다고 했지만 이 좁은 동네에서 그 많은 사람들이 살아가는 데 필요한 전기들을 공급하려면 어쩔 수 없어!"

우릴 포함한 작업장의 사람들이 술렁이기 시작했다.

"아니 그날로 나라가 어떻게 뒤집혔는지 알고도 하는 소린가. 사람들이 얼마나 큰 피해를 보았는데 그걸 그새 잊고 어떻게 또 원자력발전소를 지을 수 있는 거지?"

나는 도강이에게로 고개를 돌리며 말했다.

도강이는 고개를 숙이고 조용히 있었다. 나는 속으로 원전사고로 부모님을 잃은 도강이에게 이 일은 무리라고 생각했다.

"도강아. 우리 이 일은 좀 아닌 거 같지? 작업반장에게 말하고 나가자."

"아냐, 우리 이 일 며칠만 하면 이번 겨울은 수월하게 보낼 수 있잖아."

고개를 숙이고 있던 도강이는 덤덤히 말했다.

"아니 그래도 너 불편하잖아. 우리 이 일 말고도 다른 일 하면 돼."

"아냐, 난 괜찮아. 그냥 며칠만 버티자."

겨우 얻은 고수입의 일자리를 놓치기 싫었는지 도강이는 이 일을 하겠다고 했다. 이 일은 몇 달 동안 일터 근처에서 잠을 자며 보내기로 계약을 했다. 대신에 보수도 많고 정부주도의 사업인지라 임금을 떼먹을 일도 없었다. 나와 도강이는 각기 다른 팀으로 배정받았다. 도강이는 몇 년 전부터 지병을 앓고 있어서 몸이 좋지 않은데 다른 사람들 속도를 따라갈 수 있으려나, 하고 속으로 나는 걱정했지만 괜찮아 보이는 도강이의 모습을 보자 안심이 되었다. 나도 작업복에 안전모를 쓰니 제법 공사장 베테랑 인부 같아 보였다. 나와 도강이는 평소에 집 근처의 농장에서 일을 많이 해본 적이 있고 힘든 일들도 많이 해본 경험이 있어서 이런 간단한 노동들을 쉽게 할 수 있을 것 같았다. 하지만 이런 건설하는 분야의 일은 처음인지라 우리는 이미 일을 하고 있던 경험자들을 보조하고 건축자재를 나르는 일을 했다. 늦가을이라 날씨가 쌀쌀해 작업복 안에 얇은 옷들을 입고 입었는데 일을 본격적으로 하기 시작하자 쌀쌀한 날씨에도 땀이 비 오듯이 흘러내렸다. 그리고 또 이런 일의 용어를 몰라 선배들에게 욕을 엄청 들었다.

"야 거기 쇠메 좀 가져와 봐라."

하고 인부들이 일을 시키면 나는 쇠메의 뜻을 몰라 어리바리하게 멀뚱멀뚱 서 있다가 욕을 먹기가 일상이었다. 쇠메가 망치라는 뜻이라는 것은 한참 뒤에 알았다. 또 죽어라 일을 하고 난 후 '이 정도면 3시간쯤은 지났겠지?' 하는 마음으로 시계를 확인해 보면 고작 1시간 남짓 지나있을 뿐이었다.

이렇게 힘들게 일을 하다가 점심을 먹고 저녁을 먹기 전쯤에 주는 새참을 먹으면서 쉬는 게 삶의 낙이 되었다. 도대체 어째서 시간은 이렇게 천천히 가는가? 라는 질문이 머리를 가득 채웠을 때쯤 해가 지고

"자, 오늘은 여기까지 하고 내일 다시 합시다!"

라고 외치는 작업반장의 목소리가 들려왔다. 지칠 대로 지친 나는 식당에서 도강이를 찾아 다녔다. 그리고 한쪽 구석에서 혼자 밥을 먹고 있는 도강이가 보였다. 배식을 받은 후 도강이 옆자리에 앉았다. 인사할 겨를도 없이 자리에 앉자마자 나는 밥을 허겁지겁 먹었다.

"야, 일은 할 만하냐?"

배가 어느 정도 채워진 나는 물었다.

"난 뭐 거뜬하지" 웃으며 도강이가 답했다.

"너무 힘들면 말해. 그냥 그만두고 나가자."

평소에 체격도 좋고 병도 없어 건강한 나도 힘들어 죽겠는데 지병으로 힘들어하는 도강이가 괜찮을 리 없다고 생각했다.

"아, 난 괜찮다니까 그러네."

"아, 뭐 그러시겠지."

우리는 그 다음 작업장 옆에 캠프를 쳐놓은 숙소로 갔다. 나와 도강이는 일하는 곳은 달랐지만, 한방에 배정되었다. 우리 방에는 나와 도강이 그리고 여기에서 일한 지 오래된 베테랑 아저씨인 방요한 씨 그리고 우리와 같은 곳에서 새로 온 이승헌 씨가 같은 방이 되었다. 숙소에서 도강이와 나는 자기가 더 일을 열심히 했다고, 자기의 일이 더 힘들다는 등 이런 식의 자존심 싸움 같은 장난을 치고 있었다. 그러는 중에

"너넨 뭐 하루했다고 벌써 호들갑이냐? 난 벌써 이 일을 몇 달째 하는 중인데."

오늘 일을 처음 시작한 우리와는 다르게 여기서 꽤 오래 있었던 요한 아저씨가 말했다.

"와, 어떻게 이 힘든 일을 계속하세요? 아, 그리고 왜 여기 작업할 때 쓰는 용어들은 하나같이 알아들을 수 없는 말을 써요?"

나는 오늘 하루 동안 일을 하며 느낀 궁금한 점들에 관해서 물었다.

"다 먹고 살려고 그렇지. 다른 이유 있겠니? 또 내가 여기 용어들에 대해서는 알려줄게. 걱정하지 마라."

우리는 밤새 이야기하며 서로에 대해 알아갔다. 이승헌 씨는 원래 서울 사람인데 지진과 원전 폭발로 진도로 이주해 오게 되었다고 한다. 돈을 미처 챙기지 못해서 아이들과 부인과 함께 판자촌에서 산다고 했다. 그래서 이 일로 돈을 벌어서 가족들 따뜻하게 재우고 맘껏 먹이게 해주고 싶다고 했다.

"자식들은 공부 잘합니까?"

나는 아저씨의 가족이야기가 듣고 싶어졌다.

"우리 가족은 나 아내 딸 아들 이렇게 살았는데 이제 곧 있으면 새 아기가 태어나 우리 딸은 11살인데 자기 엄마 닮아서 예쁘고 똑똑하다니까. 이번 시험에서 반에서 일등도 했어. 그리고 우리 아들은 암만 생각해도 영재가 틀림없다니까? 4살인데 말도 잘하고 하는 짓 보면 영재가 틀림없어."

아버지의 마음인가 자기의 자식 자랑이 시작되었다. 딸아이가 공부를 잘한다니 아저씨는 복 받은 게 틀림없다. 둘째는 아직 어리니까 모르겠지만, 영재 같다고 하니 잘 클 것 같다. 대부분 부모들이 자기 자식이 아기일 때 영재라고 생각은 하지만 확신에 찬 아저씨의 말을 들으니 한 번쯤 믿어 줘도 될 법하다.

"아. 아기는 언제 나와요?"

옆에서 나의 말을 듣고 있던 도강이가 물었다.

"다다음달이면 태어날 거야. 이 일을 해서 돈을 집으로 보내줄 수 있었어. 애들 학비도 대주고 있고 전에는 하루 벌고 하루 먹고 살기 바빴는데 이 일 덕에 고생하는 아내와 애들한테도 맛있는 거 많이 사줄 수 있고 곧 태어날 아기용품도 살 수 있어."

그리고 이 일을 해서 돈을 벌어 애들 학비를 대주고 아이를 가져서 고생하는 아내에게 맛있는 음식을 사줄 거라고 했다. 서로 친해지면서 이야기 나누다가 곧 잠이 들었다.

"야. 빨리 일어나."

나는 내 몸을 흔들며 말하는 누군가에 의해 잠에서 깨어났다.

"넌 왜 맨날 늦잠이냐? 너 때문에 아침 늦게 먹게 생겼네! 아저씨들은 이미 다 나갔어."

도강이였다. 내가 늦잠을 잔 것 때문에 아침 배식을 늦게 받게 되어서 짜증이 조금 난 눈치였다.

"어제 너무 무리했나 봐 미안하다. 지금 빨리 가서 줄을 서자."

나는 짜증이 난 듯한 도강이의 눈치를 살피며 비몽사몽 한 상태로 말했다

"어제는 멀쩡하다면서! 역시 운동을 평소에 하지 않으니까 그렇지. 됐어. 어차피 지금 줄 길게 서 있어서 지금 가도 바로 못 먹어. 씻고 오기나 해. 눈도 제대로 못 뜨면서. 어휴, 장난 좀 친 거 가지고 진지해져서는."

꿀 같은 아침 식사가 끝나고 작업이 시작되었다. 아침 식사를 하는 동안 작업반장에게 오늘의 일할 양과 안전수칙 등을 전해 들었다. 작업복과 안전모를 착용하고 다시 작업장으로 나갔다. 다시 또 그 전날과 같은 끝날 듯이 끝나지 않는 일을 하고 막노동 흔히 말하는 노가다의 용어를 아직도 제대로 익히지 못해서 욕을 먹었다. 어제 밤새도록 아저씨들과 공부했건만….

그렇게 땀을 한 바가지 흘리고 나니 점심시간이 되었다. 이번엔 내가 먼저 점심을 배급 받아 도강이를 기다린 지 얼마 지나지 않아 도강이가 나타났고 같이 밥을 먹었다.

"말로는 괜찮다고는 하는데 솔직히 이거 너무 힘들다."

나는 밥을 입에 꾸역꾸역 넣으면서 말했다.

"어제는 할 만하다며. 뭐 사실 나도 힘들어야 근데 이게 봉급이 좋잖아. 어쩔 수 없지. 이 일만 끝나면 편하게 겨울 보낼 수 있을 테니까 열심히 하자."

우리는 그렇게 많은 봉급으로 우리의 몸을 달래며 하루하루를 버텨갔다. 이 일을 시작한 지 많은 시간이 지났고 우리는 어느덧 이 일에 익숙해져 있었다. 이 일에서 쓰이는 용어들을 매일 밤 요한 아저씨에게 배워서 말귀를 알아듣지 못한다고 혼나지도 않았으며 일을 하도 하다 보니 몸에 근육이 붙어서 예전에는 조금만 해도 죽을 것 같던 일들을 수월하게 할 수 있게 되었다. 그 사이에 발전소 건물들의 겉 부분은 완공된 듯이 보였다. 저녁 시간에 밥을 먹고 나올

때 그 건물을 봤는데 사람의 손으로 저 거대한 건물을 지을 수 있구나 하고 감탄했다.

"야, 저걸 처음에 짓는다 했을 때에는 되게 막막했는데 금방 지어진다."

"야, 넌 이게 금방이냐? 난 시간 되게 안 흐르던데."

내 말에 동의할 수 없다는 듯이 도강이는 투덜댔다.

"야, 그래도 이제 건물 외부 공사는 끝이래 내부 공사 시작한다는데. 이 정도면 빠른 거지. 우리 일도 이제 곧 끝나는구나! 내부 공사 조금하고 원자로 짓는 부분은 우리가 안 할테니까."

나는 그 거대한 원통형 건물을 바라보며 말했다.

"이제 더는 이 힘든 일 안 해도 되겠네. 며칠 힘들고 이제 한동안 쉴 수 있겠다. 우리는 다음 주면 일이 끝나니까."

도강이는 개운하다는 듯한 표정으로 숙소로 들어갔고 나도 도강이를 뒤따라 들어갔다. 숙소에 들어와서 쉬고 있는데 도강이의 휴대폰 벨이 울렸다. 전화를 받은 도강이의 표정이 조금씩 어두워졌다.

"왜 그래? 무슨 전화인데? 안 좋은 일이야?"

도강이가 전화를 끊자 내가 물었다.

"우리 집이 철거 대상이래."

"그게 무슨 소리야? 언제까지인데? 내가 알아볼게."

나는 곧장 시청에 전화를 걸어 이 일에 대해 물었다.

그들의 말로는 전국 각지에서 사람들이 몰려들어 진도는 현재 포화상태이고 그래서 불법 주택들을 철거하고 아파트를 짓는 정책을 편다고 하였다. 그래도 겨울은 보내야 하니까 겨울이 끝나고 철거에 돌입한다고 했다.

"아니, 이런 법이 어디 있어요? 통보도 없이 이게 말이 됩니까?"

어이가 없어서 그들에게 따졌다.

"아니, 그래서 이제 통보하잖아요. 이걸 저희가 결정하는 것도 아니고 위에서 그렇게 시키는데 저희보고 어쩌라고요."

시청의 직원은 이런 전화를 수도 없이 받았는지 짜증을 내며 말했다.

"아니, 이게 무슨 말도 안 되는 소리입니까? 그리고 뭔가 착오가 있나 본데 우리집은 불법 주택이 아니라 정당하게 돈을 주고 산 집이라고요."

"그쪽 집이 북산길쪽 가장 높은 곳에 있는 집 아닙니까?"

"맞긴 하는데요. 우리집은 불법 주택이 아닙니다."

"그 집 신고가 안 돼 있는데요? 철거 대상 맞습니다."

"아니 제가 몇 번을 말합니까? 예? 우리집은 아니라니까요!"

"신고가 안 돼 있는 걸 저희한테 어떻게 하란 겁니까? 철거 전에 자진 철거하시면 지원금이 나올 거예요. 그 돈으로 다른 집을 알아보시든가 하세요."

나는 곧 더 이상 이 사람에게 말해 봐야 어쩔 수 없다는 것을 알았다. 다 위에서 시키니까 하는 거지 그리고 저들한테 말해 봤자 어떻게 할 수 있는 것도 아니고 어쩔 수 없이 난 전화를 끊었다.

"우리 이제 어떡하지?"

도강이가 어찌할 줄 모르는 표정으로 날 보고 있었다.

"일단 우리에게 이 집을 팔았던 사람에게 연락을 해보자."

나는 전 집주인에게 연락하려 시도했지만, 연락이 닿지 않았다. 아무것도 못한 채로 집이 철거될 위기에 처했다.

"아직 시간이 있으니까 더 알아보자. 뭔가 착오가 있을 거야."

나는 우선 도강이를 진정시켰다. 그리고 다시 시청에 전화를 걸었다.

"그럼 집이 철거되고 그곳에 아파트가 지어지면 우린 거기 입주할 수 있는 겁니까?"

"뭐 따로 분양을 받아야겠죠. 자세한 가격은 아파트 회사에 연락해 보세요. 연락처 드릴 테니까."

나는 전화를 끊고 전해 받은 연락처로 전화를 걸었다. 알아보니 그 아파트에 입주하려면 보증금 20억 원에 월세가 6000만 원이었다. 사고 후 인플레이션의 결과로 집값도 천정부지인 것이다. 자진철거 지원금 2억 원으로는 턱없이 부족했고 지금까지 둘이서 모은 8000만 원을 합쳐도 부족했다. 철거까지 남은 기간은 한 달이었다. 한 달 안에 18억원을 마련하기란 불가능한 일이었다. 월급으로 2500만 원씩 받고 있지만, 밥값과 생필품 그리고 세금을 내고 나면 저축할 수 있는 돈은 그렇게 많은 편은 아니었다. 이 일도 곧 끝나가고 신용이 부족한 우리는 좋은 은행에서 돈을 빌릴 수도 없었다. 사채를 쓰기엔 갚지 못해서 있는 것을 다 빼앗기고 심지어 신체 포기각서를 쓰게 강요하는 것을 한두 번 본 적이 아니라서 섣불리 쓸 수도 없었다. 앞날이 막막해져 갔다.

"힘들긴 하지만 충분히 마련할 수 있을 거야. 내가 전에 들었는데 원자로 설치 공사를 하면 보너스가 엄청나게 나온대."

패닉에 빠진 나를 보며 도강이가 말했다.

"하지만 너무 위험하잖아. 사고라도 나면 어쩌려고?"

"괜찮아. 지금 일도 충분히 위험한데 우린 사고 한번 안 났잖아. 별일 없을 거야. 내일 아침에 지원하러 가자."

난 솔직히 말리고 싶었지만, 다시 생각해 보니 짧은 기간 안에 돈을 구할 방법이 이 길밖에 없었다. 결국, 나는 도강이의 말에 따르기로 했다.

다음날 우린 평소보다 일찍 일어나 작업반장의 방으로 갔다. 일찍 나갔다고 생각했지만, 막상 작업반장의 방 앞에는 사람들이 꽤 몰려 있었다. 목숨을 잃을 수도 있는 위험한 일이었지만 여기 있는 사람들은 각자 긴박한 사정이 있어서인지 많은 사람이 위험한 작업에 지원하러 왔다. 그중에는 승헌이 아저씨도 있었다.

"어 아저씨! 아저씨도 이 일을 하시려고요? 위험할 수도 있는데 가족 생각해서라도 그냥 쉬세요."

"아냐. 너희도 들었겠지만, 우리 집도 재개발 대상 지역이라서 집이 철거된다나, 뭐라나. 그래서 돈이 조금 필요하거든. 듣자 하니 이거 하면 보너스가 많이 나온다더라. 그래도 우리 아기 보려면 몸조심해야지."

살짝 웃어 보이며 아저씨는 우리에게 말했다.

신청을 모두 마치고 우리는 전문가에게 원자로에 대한 교육을 받았다. 안전사고는 어디서든지 발생할 수 있지만, 이 작업에서 사고가 발생하면 몇 명 다치고 끝나는 것이 아니라 대형사고로 이어질 수 있기 때문에 중요했다. 하지만 원래부터 공부와는 담을 쌓았던 나는 아침 일찍 일어난 덕에 꾸벅꾸벅 졸면서 들었다. 기억나는 것들은 위험하다는 것이었다. 생각해 보면 저번 일로 우리나라는 엄청난 피해를 보았다. 그럼에도 불구하고 이 양날의 검같이 위험한 것을 다시 지어야 하나? 하는 궁금증이 생겼다.

몇 년 전부터 고갈된 석유는 더 이상 쓰이지 않았다. 모든 연료는 전기가 대체했다. 그리고 진도로 사람들이 몰린 덕에 공급할 전기가 부족해졌다는 것은 알고 있었다. 우리집 근처의 가로등이 켜진 것을 별로 보지 못하면서 자연스럽게 알게 된 것이었다. 하지만 예전에 들었던 신재생에너지들로는 부족하나? 하는 생각이 들었다. 교육 내내 들었던 위험하다는 말 때문에 내 머릿속에는 '사고가 나면 어쩌지?' 하는 생각들이 떠나지 않았다. 두꺼운 원자로 건물 내부로 에어록이라고 불리는 문을 통해 들어갔다. 우선 그 큰 건물의 규모에 놀랐다.

우리가 처음 맡았던 일은 수용기에서 나오는 사용된 연료를 받아들이는 장소인 물이 가득 찬 저장고, 사용 연료 폐기실 공사였다. 여기에서 물은 연료에서 방출하는 방사능에 대한 보호벽의 역할을 한다고 한다. 아직 방사능을 내뿜는 물질은 들여놓지 않아서 별로 위험할 것도 없었다.

"봐, 그렇게 엄청 위험하지도 않잖아. 별 탈 없이 돈을 마련할 수 있을 거야."

나에게 생수 한 병을 가져다주며 도강이가 말했다.

"뭐, 아직은 그렇지만 금방 방사성 물질이 들어오면 위험해질 거야. 지금부터 조심해야지."

하지만 내가 보기엔 멀쩡한 척하는 도강이는 나보다 훨씬 긴장하고 있는 것이 느껴졌다.

도강이의 행복을 발전소 사고가 모두 앗아갔으니 그렇게 느낄 만하다.

"뭘 벌써 그렇게 신중해?"

나는 도강이의 긴장을 풀어주려 장난을 걸었다.

"야, 너 그거 안전 불감증이다. 사람 일은 어떻게 될지 모르는 거야."

도강이의 진지한 답에 나는 조금 당황했다. 긴장을 조금 풀어주려 했지만 실패한 것 같다. 결국 조금 서먹서먹한 상태로 일을 시작했다. 이런 쪽의 일은 낯설었지만, 전문가들을 보조하고 배워갔다. 나와 도강이 모두 습득력이 좋은 편이라 금방 간단한 작업 정도는 혼자서 할 수 있을 정도가 되었다. 우리의 빠른 작업 속도 덕에 얼마 안가 사용 연료 폐기실의 공사는 예정보다 조금 일찍 끝났다. 우리가 맡은 일이 빨리 끝난 덕에 우리는 다른 부분의 공사들에 투입되었다. 그날의 저녁에 나는 긴장이 풀린 덕에 간의 침대에 바로 들어가 누웠고 도강이도 옆 침대에 따라 누웠다.

"이번 일만 끝내면 아파트에서 살 수 있어. 집이 철거되는 건 어이없지만 좋게 생각하면 그 덕에 우린 더 좋은 환경에서 살 수 있는 거야."

이 일을 긍정적으로 바라보는 도강이의 말을 듣고 보니 맞는 말이었다.

"그러네. 전에 우리집은 너무 낡았는데 이 참에 새로 짓는 새 건물에 입주하는 거잖아."

그날 우리는 서로를 격려하면서 잠에 들었다. 원자력발전소 내부 공사를 시작한 지 꽤 시간이 지나고 이제 발전소 건물의 대부분이 완성되었다.

"이제 남은 건 가장 중요한 원자로 설치이다. 여기서 사고 나면 큰일 나는 거 다들 알지?"

아침 식사 중에 작업반장이 와서 일을 시작하기도 전에 당부하고 갔다. 우리는 피폭을 막기 위한 특수 방사능 보호복을 받았다. 팔만 초록색이고 나머지 부분이 머리부터 발끝까지 모두 노란색이었다. 나와 도강이는 서로의 우스꽝스러운 모습을 보고 웃었다. 하지만 이 옷을 입고 있으니 7년 전 그 재앙이 떠올랐다. 그날에도 도로와 티비 등에서도 사람들이 이 옷을 입고 돌아다녔다. 옆에 서 있던 도강이도 나와 같은 생각이 들었는지 얼굴에 웃음기가 사라졌다. 다른 사람들도 몇 명은 심각해졌지만 그렇지 않고 태연해 보이는 사람들도 있었다. 이 일을 시작하기 전에 또 한 번의 경고를 했다.

"여러분 중에는 원자력발전소 사고 때문에 소중한 사람을 잃은 경험이 있는 사람도 있을 겁니다. 사고 나면 안 되는 이유도 충분히 아실 테지요. 안전이 제일입니다."

이 말을 들으니 태연했던 아까의 사람들은 조금은 숙연해졌다. 도강이의 표정 또한 어두워졌다. 아마도 부모님 생각이 났을 것이다. 우리는 모두 원자로 건물 에어록을 통해 그 큰 건물에 들어갔다. 두꺼운 방사능 보호복을 입고서 원자로 내부 작업을 시작했다. 여기서 사고가 나면 원자폭탄이 터지는 것과 비슷한 정도의 파괴력을 가진다는 담당자의 말에 저절로 바짝 긴장하게 되었다.

"그전까지는 별로 위험할 것도 없었는데 오늘은 좀 떨리네."

태연한 척했던 나는 조금 심각해졌다. 나는 속으로 '아니 위험하면 짓지 말지' 하고 생각했다.

우리는 원자로를 밀폐하기 전에 원자로에 도입하기 위해 평행으로 간추려 놓은 연료봉들을 압력관에 넣는 작업을 했다. 압력관은 여러 평행으로 놓은 연료봉들을 고정하고 있으며 냉각재를 미리 설정된 압력으로 순환시키는 관이었다. 압력관을 또 원자로 용기로 옮겼다. 원자로 용기는 원자로의 중심부는 관이 뚫려 있는 형태의 공간으로 이루어져 있고 이곳에서 핵분열이 일어나고 냉각재와 감속재가 순환된다.

그럼 이제 또 그 원자로 용기를 두꺼운 콘크리트 구조물인 격납고에 넣은 후 원자로 건물에 집어넣었다. 격납고와 원자로 건물 모두 두꺼운 콘크리트 구조물이고 방사능에 대한 보호벽의 역할을 한다고 들었다. 그 다음 우리가 해야 할 일은 원자로 건물의 뒤에 있는 사용 연료 저장실 공사이다. 그곳은 수조같이 생긴 물이 가득 찬 저장고였다. 사용한 연료를 이곳에서 몇 년 동안 저장했다가 완전히 폐기한다고 했다.

잠시 쉬는 시간에 우리는 제어실에 가보았다. 연구원들이 바쁘게 움직이고 있었다. 우리는 안에 들어가지는 못하고 앞에서 쭈뼛거리고 있었다. 그러던 중에 익숙한 얼굴이 눈에 들어와서 가까이 다가가 보니 고교 동창이었던 용진이었다. 우리 학교에서 톱을 달리던 용진이는 과학자가 되는 것이 꿈이라고 했었는데 그 꿈을 이룬 거 같았다.

"야, 여기서 뭐하냐?"

나와 도강이는 이런 곳에서 친구를 만나니 반가웠다.

"누구시죠?"

용진이는 우리를 알아보지 못한 것 같았다. 하긴 땡볕에서 온종일 고된 일을 하다 보니까 온몸이 다 까만색으로 타버려서 우리 모습이 아주 추해졌으니 그럴 만도 했다.

"야, 설마 못 알아보냐? 나 도강이야"

도강이가 섭섭하다는 듯이 용진이를 툭 치며 말하였다.

"아, 도강이! 넌 대일이고! 이게 얼마 만이냐 너네 여기서 뭐 해?"

"어우, 당연히 돈 벌려고 일하지. 넌 과학자 되는 게 꿈이라더니 이룬 것 같네?"

"뭐, 그렇지. 아직 공부를 더 하고 싶었지만, 이번 공사에 도움이 될 수 있으면 참가해야지."

역시 오랜만에 만나도 나는 용진이를 이해할 수 없었다. 공부가 더 하고 싶다니 공부에 공 자만 꺼내도 질색하는 나였던지라 화제를 돌렸다.

"너 과학자면 이 건물에 대해서도 잘 알겠네? 궁금한데 이거 설명 좀 해주라"

"그 정도야 쉽지. 이 큰 건물에서 에너지를 얻는 방법은 원자로에서는 중심부

302

쪽에 핵연료가 있는데 이 핵연료는 농축우라늄을 가공한 연료 소자를 피복관 속에 구준하게 채운 뒤에 양단을 용접하면서 밀폐하고 연료봉을 모아 다발로 만들어서 사용하고 있으며, 핵연료 안에 들어 있는 성분이 제어된 중성자와 충돌하면 핵분열⋯⋯."

"야, 그만. 뭐가 이리 어렵냐, 역시 과학자는 다른 건가?

나는 공부이야기가 싫어서 다른 이야기 해달라고 했는데 이것도 일종의 공부 같은 기분이 들었다.

"그냥 알아먹기 쉽게 설명해 주라. 우리 머리로 이해할 수 있는 범위를 초과한 것 같아."

"그냥 쉽게 말하면 핵분열 연쇄반응을 통해서 발생한 에너지로 물을 끓여 발생시킨 수증기로 터빈발전기를 돌려 전기를 생산하는 방식이야."

나는 솔직히 아직도 핵분열 연쇄반응이 무엇인지 이해하지 못했지만 여기서 더 쉽게 설명해달라는 것은 좀 아닌 것 같아서 그냥 알아들은 척을 했다.

"아, 이제 이해했네. 쉽게 설명하면 얼마나 좋아 그나저나 넌 일 안 하냐? 우린 개고생하고 왔는데."

옆에서 도강이가 말했다. 솔직히 내가 봤을 땐 도강이도 나와 똑같이 이해하지 못해서 화제를 다른 쪽으로 돌리려는 것 같았다.

"난 뭐 사실 여기 사람들 사이에서는 명함도 못 내밀지. 현재 우리나라에서 가장 똑똑한 사람들이 전부 다 몰렸는데 할 일도 지금은 별로 없어. 할 일도 없고. 너네도 궁금해 하는 것 같으니까 더 설명해 줄게. 이 발전소는 핵발전소 중에 가장 흔한 유형의 원자로인 가압수형 원자로야."

별로 궁금하진 않았는데 용진이는 여기서 할 일도 없어서 꽤 심심했던 것 같았다. 그리고 원자력발전소의 유형이 여러 개가 있는 줄은 처음 알았다.

"가압수형 원자로의 가장 큰 특징은 냉각재로부터 나온 물은 증발하지 못하도록 높은 압력 상태로 유지되는 거야."

"그렇구나. 그나저나 이거 저번처럼 지진 나면 어떻게 해?"

공부를 싫어하는 나의 마음을 알아차렸는지 도강이가 서둘러서 화제를 다시 바꿨다.

"처음에 들어왔을 때부터 이렇게 두꺼운 콘크리트로 둘러싸여 있던데 이 정도면 사고 나도 안전할 것 같은데?"

"이거 내 기억에는 건물의 벽은 두께가 120cm나 되는 두꺼운 콘크리트벽이라서 항공기와 충돌해도 버틸 수 있어. 또 예전 것과 다르게 보통의 원자력발전소는 7.0진도 지진을 버티도록 내진 설계되어 있지만, 저번일 계기로 내진설계를 강화하여 이 건물은 9.0의 진도 지진도 버틸 수 있다고 기억해."

"이 정도면 안전할 것 같은데 이런 걸 우리 손으로 지었다는 게 뿌듯하다."

나는 그 거대한 콘크리트 건물을 보며 말했다.

"그러게 이제 우린 더 좋은 집에서 사는 거야. 월세와 생활비는 계속 드니까 이 일이 끝나면 다른 일도 알아봐야 하겠지만."

"뭘 벌써 미래 걱정? 이번 일 끝나면 나오는 돈이면 집을 사고도 남을 정도니까 한동안은 괜찮을 거야. 온종일 푹 자는 게 내 소원이다."

나는 쉬지 못하고 매일매일 일하다 보니 몸이 피곤했다. 소원대로 하루만 푹 자고 싶을 뿐이었다. 나와 도강이는 숙소로 들어갔고 용진이는 할 일이 생겼다며 남아서 일을 했다. 어려운 일을 해냈다는 그 성취감과 위험한 환경에서 계속 긴장해 있다가 풀린 덕에 그날 저녁에는 스르르 잠이 들어 버렸다.

그렇게 원자로에서 작업을 몇 주째 우리는 역시 능숙해져 있었다. 특히 두꺼운 방사능 보호복을 입고도 피폭될까 조심스럽게 긴장하며 일을 했던 나는 온종일 긴장하지 않고 전보다 수월하게 일을 하고 있었다. 그때 용진이 말에 따르면 이 정도 속도이면 3일 이내에 완공할 수 있다고 했다.

"이제 3일 남았네. 빨리 쉬고 싶다."

도강이가 그날의 일을 끝내고 나오면서 들뜬 상태로 말했다. 마치 학창시절에 방학을 일주일 앞둔 모습이었다.

"월급 받으면 집부터 구하고, 일단 돈을 낭비할 일은 없겠다. 한동안은 잠만 잘 테니."

그렇게 행복한 고민을 하면서 그곳에서의 마지막을 앞둔 밤을 보냈다. 오늘은 드디어 원자력발전소가 완공되고 시험운행을 하는 날이었다. 각자 자기의 위치로 가서 대기했다. 그 거대한 건물이 윙하며 작동되었다. 모든 것이 잘되어가는 거 같았다. 내 위치에서는 할 일이 없어 용진이을 보러 나는 상황실로 갔다. 원자력발전소가 잘 작동하니 모두의 얼굴에 축제 분위기가 감돌았다. 모든 것이 순조로웠던 그때 갑자기 상황실에 사이렌이 울렸다.

"이거 갑자기 왜 이래 사고 난 거야?"

나는 용진이에게 물었다. 용진이도 당황해서 허둥대는 것들이 보였다. 여러 과학자들이 바쁘게 움직이고 혼란스러워졌다. 나는 7년 전의 사건이 떠올라 패닉에 빠졌다. 옆에 도강이를 보니 나보다 더 큰 충격을 받은 것 같았다. 우리는 방해가 되지 않게 한구석으로 물러나 상황을 지켜보고만 있었다.

"뭣들하고 있는 거야! 당장 전원 중단해."

책임자로 보이는 사람이 호통을 치며 상황을 정리하려고 했다.

"원자로 1호 가동중단 완료. 2호 원자로 중단 완료."

원자로 중단만으로 상황이 종료된 줄 알았다. 하지만 사람들의 표정이 너무나도 심각했다. 사고가 난 것은 안 된 일이지만 인명피해도 없었고 큰 사고로 번지지도 않았는데 왜 그 정도로 심각한 것인지 알 수 없었다.

"이거 왜 그런 거야? 이제 괜찮은 거 맞지?"

내가 묻기도 전에 도강이가 먼저 용진이에게 물어보고 있었다.

"확인해 봐야겠지만, 원자로를 식혀주는 긴급 노심냉각장치가 작동을 멈춘 것 같아. 이대로라면 멜트다운이 발생한다든지 수소폭발이 발생할 수도 있어."

"멜트다운? 그게 뭔데?"

"쉽게 말하면 원자로의 냉각장치가 정지되어서 내부의 열이 이상 상승하여 연료인 우라늄을 용해해서 원자로의 노심부가 녹아버리는 거야."

용진이의 이 말을 듣고 머릿속이 새하얗게 되었다.

"이거 도망가야 하는 거 아니야?"

나는 어서 서두르자는 투로 말하였다.

"어디로? 도망갈 곳도 없잖아."

도강이가 말하였다. 생각해 보니 더는 도망갈 곳도 남아 있지 않았다.

"그래도 지하 벙커 같은 곳이 있잖아. 그래 거기로 도망가자 빨리."

"정신 차려 지하벙커에서 죽을 때까지 살 순 없잖아. 용진아 이거 방법이 없는 거야?"

도강이는 용진이의 손을 잡고 말했다.

"호들갑 떨지 마. 아직 수습 못할 정도는 아니야!"

사람들이 모두 패닉에 빠져 있을 때 총책임자가 말했다.

"고장이 난 냉각장치를 대신해 온도를 낮출 수 있는 것이 없나? 우리나라에서 가장 똑똑한 사람들이 모인 자린데 이 정도 일 해결 못 하겠어? 안 그래?"

호통만 치면 답이 나오나? 빨리 해결하라고 야단이었다.

"확인해 보니 가압기가 정상적으로 작동하지 않습니다."

한 연구원이 외쳤다.

"가압기는 또 뭐 하는 거야?"

가압기가 얼마나 중요한 역할을 하는지 알 수 없어 용진이에게 물었다.

"냉각수가 끓는 것을 방지하기 위해 미리 설정된 온도로 유지하는 장치인데 그게 고장이 났으니 이제 냉각수가 끓기 시작할 거야. 냉각수를 구해야 하는데."

"물? 바닷물을 부으면 안 돼?"

"바닷물을 부으면 발전소를 못 쓰게 될 수도 있어."

"지금 그 발전소가 중요해? 다 죽게 생겼는데."

용진이는 상황 회의실로 가서 이야기했다. 잠시 뒤 사람들이 회의실에서 나왔다.

"어떻게 하기로 했어?"

도강이가 용진이에게 물었다.

"대일이가 말한 대로 바닷물이라도 부어서 원자로를 냉각하는 데 사용하기로 했어."

몇 시간 동안 우리는 상황들을 지켜보며 긴장을 바짝 세우고 있었다. 얼마 뒤 상황실에서 용진이가 나왔다. 그의 얼굴은 여전히 어두웠다.

"왜 그래? 상황이 악화된 거야?"

우리가 다가가 물었다.

"가압기의 고장으로 냉각수들은 모두 끓어 높은 수증기압이 형성될 뻔했는데 바닷물로 원자로를 냉각시켜서 그러진 않았어. 그런데……."

"뭐야? 그럼 잘된 거 아니야?"

도강이가 용진이의 말을 끊고 물었다.

"아냐! 말을 끝까지 들어. 핵연료에 의해서 추가적인 폭발이 일어날 수도 있다고!"

"어떻게 해야 하는 건데? 방법이 없어?"

"원전의 냉각수를 빼내야 해."

용진이가 낮은 목소리로 말했다.

"그걸 어떻게 하는 건데?"

도강이가 답답하다는 투로 말했다.

"사람이 직접 지하로 들어가서 방사능에 오염된 물에 잠수해, 펌프를 가동해야 해. 죽으러 가는 거랑 똑같은 소린데 그 일을 누가 하겠어?"

몇 분 뒤에 펌프를 가동하는 사람을 모집했다. 보상이 어마어마했지만, 누구도 섣불리 나서지 않았다.

"제가 하겠습니다!"

어디선가 지원자가 나타났다. 어떤 용감한 사람이 이런 일을 할까 하고 바라보니 승헌이 아저씨였다. 나와 도강이 모두 놀라서 아저씨를 말렸다.

"곧 태어날 아기도 있고 가족들도 있는데 왜 이 일을 지원하세요? 제발 참아요"

"군이 이럴 필요도 없잖아요. 집에서 아저씨를 기다리는 가족들을 생각해요."

나와 도강이의 설득에도 아저씨는 확고해 보였다.

"말은 안 했다만, 아내가 암에 걸렸는데 수술비가 필요해. 그리고 사고나 버리면 가족들을 못 보는 건 똑같잖아. 적어도 아이들은 살아야지. 난 우리 아이들에게 좋은 세상을 물려주고 싶어."

입을 꾹 닫고 있던 아저씨가 입을 열었다.

"지원자 더 없나?"

작업반장이 소리쳤다. 갑자기 도강이는 고뇌하는 듯한 표정을 지었다.

"대일아, 나 말이야. 내가 저 일에 지원할게."

얼마 뒤, 도강이가 낮은 목소리로 말했다.

"아니, 너까지 왜 그래? 우린 이럴 필요까진 없잖아."

나는 도강이의 말에 충격을 받았다. 아무리 보호복을 입는다 해도 방사능에 오염된 물에 잠수하면 피폭될 확률도 너무 높고 위험한 일이었다.

"더는 다른 사람들이 사고 때문에 고통받는 것은 싫어. 나도 사고로 모든 것을 잃었잖아?"

"군이 네가 나서서 할 필요까지는 없는 일이야!"

나의 계속되는 설득에도 도강이는 확고해 보였다.

"승헌이 아저씨를 혼자 보낼 순 없어. 아저씨는 가족들도 집에서 기다리고 있잖아. 그리고 아까 용진이에게 물어봤는데 보호복을 입으면 괜찮을 수도 있다고 했어."

그렇게까지 말하는 도강이를 더 이상은 말릴 수 없으리라는 생각이 들었다.

"좋아. 하지만 너 혼자 보낼 순 없어. 나도 같이 갈게."

나와 도강이, 승헌이 아저씨 그리고 군인인 김 상병까지 지원을 해서 팀이 만들어졌다. 우리는 임무를 위해 받은 특제 고무 잠수복을 입었다. 들어가기 전, 마지막으로 유언장을 쓸 수 있는 시간이 있었는데 아저씨와 김 상병은 가족들에게 할 일이 많았는지 길게 썼다. 하지만 나와 도강이는 유언장을 쓸 가족이 없어서 서로에게 쓰고 난 후 나누어 가지고 있기로 했다.

드디어 작전 시작 시간이 되었다. 원자로 입구에서 한 명씩 들어가기로 했다. 제일 먼저 김 상병이 들어갔다. 그 뒤로 도강이, 승헌이 아저씨가 들어갔다. 마지막으로 내가 들어갈 차례였다. 그때 갑자기 군인들이 들어가지 못하게 막았다.

"아니, 이게 뭐 하는 짓이야. 빨리 나와!"

나의 호통에도 그들은 비키지 않았다. 그러고선 나를 안전지대로 끌고 갔다. 그곳에서 나를 보내주지 않았다. 잠시 뒤에 총책임자가 나타났다.

"이게 갑자기 무슨 짓입니까?"

"자네 친구 도강이가 지원하는 조건으로 자네만은 따라 들어오는 것을 막아달라고 부탁했어."

나는 미친 듯이 상황실로 달려갔다. 거기에서 도강이에게 무전을 걸었다.

"야, 너 미쳤어? 어떻게 나를 빼고 혼자 갈 수 있어?"

나의 화난 물음에도 도강이는 웃으며 답했다.

"넌 더 오래 살아도 돼. 그리고 나 안 죽을 거니까 벌써 울지 말고. 아직 죽지도 않았는데 유언장 미리 펴보지 말고. 알겠냐?"

"그게 무슨……. 나와! 다시 이야기 좀 하자. 나오라고!"

계속되는 나의 부름에도 도강이는 더 이상 답하지 않았다. 지하로 지하로 내려가고 있으니 무전이 닿지 않는 지역에 있거나, 그쪽에서 무선을 끊었거나 둘 중의 하나였다. 내가 할 수 있는 것은 도강이가 무사히 돌아올 수 있도록 기도 하는 것, 그것 말고는 없었다.

나는 한구석으로 가서 쭈그리고 앉아서 결과를 기다렸다. 얼마나 지났을까 사람들의 함성이 터져 나왔다. 도강이가 성공한 모양이었다.

"일이 성공적으로 잘 풀렸어. 다행이야 더 큰 피해는 이제 없을 거야."

용진이가 환호하며 나에게 달려왔다. 어찌 되었든 일이 성공적으로 풀렸다는 것은 도강이가 그곳까지 무사히 도착했다는 것과 같다는 생각이 들어 안도감이 들었다.

"진짜 도강이 나오기만 해봐. 이 자식, 좀 맞아야 돼."

"왜 그래? 도강이가 얼마나 큰일을 했는데."

"아니, 아무리 그래도 나를 두고 저 혼자 맘대로 하니까 그렇지."

긴장이 풀린 나는 용진이와 장난치며 시간을 보내고 있었다. 그러던 중에 상황실 안쪽에서 무전으로 대화하는 듯한 소리가 들렸다.

"우리도 들어가서 상황 좀 보자."

밖에 나와 있던 나를 용진이가 안으로 데려갔다. 들어가 보니 아까까지 환호를 지르며 좋아하던 사람들의 표정이 좋지 않았다. 무전에서는 도강이의 목소리가 나왔다.

"그러니까 쉽게 말하면 해치가 고장 나서 한 명이 남아서 잡고 있어야 한다는 거 아니야?"

"지금으로서는 그 방법 밖에는 해결책이 없는 것 같아요."

"그래 그럼, 한 명이 남아서 열어서 해결했다고 하자. 안에서 잠가야 하잖아. 나갈 수 있는 다른 출구가 있는 거야?"

"그게, 방사능이 새어나갈 수 있는 위험성 때문에 그 문밖에 출입구가 없어요. 결국 못 나온다는 거죠. 그것보다 거기는 방사능 수치가 높아서 오래 견디지 못할 거예요. 빨리 결정해요."

도강이와 연구원 사이의 대화를 듣고 있자니 상황이 결코 좋은 상황이 아니라는 것이 느껴졌다.

"야, 괜찮은 거야?"

나도 모르게 큰 소리가 터져 나왔다.

"어, 뭐 아직은 별일 없을 거야. 걱정하지 마."

도강이는 이 말과 함께 또다시 무전을 끊었다.

"밸브가 열렸습니다!"

한 연구원이 외쳤다. 밸브가 열렸다는 건 그들 중에 남을 사람을 정했다는 것이었다. 무전은 닿질 않았고 누가 남는지도 아직 알 수 없었다. 나는 원전 입구로 가서 사람들을 기다렸다. 얼마나 지났을까? 그 건물 내부에서 인기척이 나기 시작했다. 그리고 그곳에서 엉망이 된 보호복을 입은 사람 2명이 보였다. 얼굴이 정확히 보이지는 않았다. 대충 체격으로 보았을 때 앞에서 오는 사람은 아저씨인 것 같았고 뒤따라오는 사람이 도강이 같아 보였다. 얼마 뒤

그들은 우리에게 가까이 왔고 나는 그들 중 도강이가 없다는 것을 알았다. 다시 상황실로 뛰어갔다. 그러고는 곧바로 무전기를 가져와 통신을 계속해서 시도했다. 혼자 도강이를 부르기를 수십 번 잠시 뒤에 답이 왔다.

"내 이름 닳겠다. 그만 좀 불러!"

거친 숨소리와 함께 도강이의 목소리가 무전기를 통해 나왔다.

"야, 너 미쳤냐? 왜 거기 있냐?"

나는 격양된 목소리로 물었다.

"그러게. 나 왜 여기 있을까? 뭐, 어차피 한 명은 남아야 했잖아. 아저씨랑 군인 형은 기다리는 가족들이 있잖아. 그래서 내가 남은 거지."

도강이는 침착한 목소리로 말했다. 너무도 할 말이 많았지만 정작 이런 상황이 오니 무슨 말을 해야 할지 머리에 아무것도 떠오르지 않았다.

"유언장…… . 그거 이씨, 그냥 대충 썼는데 이렇게 될 줄 알았으면 좀 성의 있게 쓸걸. 그래도 거짓말은 안 썼으니까 한번 읽어봐라. 이렇게 말한다고 나 아직 죽지도 않았는데 읽진 말고 그거 나 죽은 뒤에 읽는 거다."

죽음을 앞둔 걸 알고 있는 도강이의 말을 들으며 눈물이 흘러내리는지도 몰랐다. 남은 시간이 별로 없어서 무슨 말이라도 하고 싶은데 눈물이 계속 나와 말을 할 수가 없었다.

"아까 들어가기 전에 연구원이 약 하나 주더라. 혹시 방사능에 고통스럽게 죽을 상황이 되면 먹으라고. 여기서 더 살아봤자 의미 없으니까 그냥 먹을게. 그동안 고마웠다."

그게 도강이의 마지막 말이었다. 그렇게 도강이를 보내고 나는 집에서 사흘

동안 아무것도 먹지 않고 울기만 했다. 울고 울고 울다가 도강이가 남긴 유언장이 문득 생각났다.

대일이에게

유언장이라고 해봐야 난 여기서 안 죽을 테니 심각한 이야기는 안 쓰고 그냥 편지하나 쓸게. 내가 힘들 때나 기쁠 때나 함께 해주어서 고마워. 힘든 시간이 많았는데 네 덕분에 극복할 수 있었던 것 같아. 오랫동안 같이 지내면서도 편지를 제대로 써본 적이 없네. 그래서 그런지 조금 오글거린다.

그래도 혹시 모르니까 쓰는 건데 나 생각 없이 이 일 지원한 거 아니다. 나 암 말기 판정받았어. 지금 당장 죽게 되지는 않겠지만 얼마 버틸 것 같아서 죽기 전에 의미 있는 일 한번 해보고 싶었어. 운이 좋으면 치료해서 좀더 살 수 있을지도 모르고. 혹시 진짜 내가 죽으면 내 재산들은 너 가져. 좋지?

－도강이가

결국 도강이와 여러 사람의 희생으로 연쇄 폭발이라는 대재앙을 막을 수 있었다. 그 일로부터 10년. 긴 시간 동안 많은 것이 바뀌었다. 정부는 원자력발전소를 완전히 포기하고 신재생에너지 발전에 힘을 기울여, 현재는 신재생에너지만으로도 충분히 진도 내 전 지역에 전력을 공급할 수 있게 되었다. 사람들은 그런 아픈 기억을 잊고 다시는 그 재앙을 반복하지 않도록 조그마한 추모공간을 마련해 기념비를 세웠다. 추모 기념비에는 그날 그들이 선택한 희생에 관해 자세히 기록이 새겨져 있었다. 공원에 가서 비석의 글을 읽을 때마다, 걱정하지 말라면서 조금 이따 보자고 말하는 친구의 마지막 모습이 생생하다.

비석 뒤로 나 있는 길을 따라 산꼭대기로 걸어 올라간다. 수많은 사람들이 모여 사는 진도를 내려다보며 도강이가 이 모든 사람을 지켰음을 다시 떠올린다. 그를 떠나보낼 때의 고통이 이제는 조금 가라앉았다. 그리고 그 자리를 그리움이 대신하고 있다.

빼곡히 들어선 아파트들. 옥상 공원에서는 아이들이 뛰어 놀고 있다. 이 모든 평화는 온전히 도강이로부터 온 것이다. 그립다, 친구야.

원자력발전소라는 양날의 검

우리나라는 1973년 석유파동을 겪으면서 에너지 안보 차원에서 국내 부존자원의 개발과 에너지원의 다원화를 추구하였다.

우리나라 최초의 원자력발전소인 고리원자력 1호기가 1978년 상업운전을 개시함으로써 본격적인 원자력발전시대를 맞이하였다. 석유 등의 자원이 적은 우리나라의 경우 원자력발전소로 에너지 자립에 가까워졌고 화석연료와 다르게 사고가 발생하지 않으면 환경친화적 에너지였다. 또 연료인 우라늄이 세계 전역에 고르게 매장되어 있어서 안정적인 연료공급이 가능해졌고 우라늄이 석유나 천연가스와 비교하면 월등히 싸다는 장점이 있었다.

하지만 원자력발전소 가동 과정에서 발생되는 방사선 및 방사성 폐기물은 지구환경과 인체에 매우 치명적인 독성을 가진다는 치명적인 단점이 있었고 원자력발전소에서 발생하는 안전사고는 지구적인 재앙을 불러올 수도 있다.

결국 이러한 여러 단점들이 제시되었고 소련의 체르노빌 사태와 일본의 후쿠시마 사태로 그 위험성이 주목받아 결국 전 세계적으로 선진국을 중심으로 탈원전으로 돌아섰다.

탈원전의 당위가
무마되는 까닭
화석연료 시대의 종말과
대체에너지의 효율이
화해하지 못한 시대

우리나라에서도 탈원전에 관한 논의는 계속되고 있다. 하지만 화석연료의 매장량이 적은 우리나라의 경우 국내 전력 생산량의 대부분을 차지하고 있는 석탄을 이용한 화력발전과 우라늄을 이용한 원자력발전소를 포기한다면 그 에너지 수요를 대체할 마땅한 수단이 현재로서는 존재하지 않는다.

현재 대체에너지라고 불리는 신재생에너지는 아직 기술이 부족하여 전력 단가가 1kw 당 78원인 원자력발전에 비해 1kw 당 150원으로 약 2배 정도로 경제적인 부담이 클 수밖에 없다. 또 원자력발전소의 장점 중 하나인 경제적인 측면이 이번 고리1호기의 해체 비용만 6,427억 원이 들것이라 추정되어 장점이 무마되는 현상이 나타났다. 이러한 이유로 아직 우리나라는 탈원전의 길을 택하지 못하고 있다.

쩐의 전쟁

이시찬

지구상에 얼마 안 남은 청정의 섬.
그 땅을 사유화하려는 힘의 전쟁을 둘러싼
소란과 파국을 그린 이야기.

Prologue. 30년 뒤의 대한민국

진도는 다른 지역과는 비교할 수 없을 만큼 청정한 공기를 지닌 곳. 거기에다가 진도에 해저터널이 뚫리게 되어 목포역에서 진도까지 고속열차로 20분도 되지 않는 거리에 놓이게 된다. 주변 목포, 남악, 무안, 영암, 광주에서부터 멀리 있는 대전, 천안, 서울 사람들이 주말이나 쉬는 날에 기차를 타고 진도에서 휴식을 취하고 가곤 했다.

진도역에서 10분밖에 걸리지 않는 운림산방에서 옛 화가들의 작품을 보고, 첨찰산에서 흐르는 시원한 공기를 들이마시며 휴식을 취한다. 매년 봄, 신비의 바닷길 축제 기간에는 직접 '모세의 기적'을 경험하기 위해서 무려 수백만 명의 관광객들이 기차를 타고 내려온다.

특히 생지면 모굴리에 있는 자연휴양림은 힘든 일상 속에서 치여 사는 사람들에게 휴식을 제공해 줘, 역에서 먼 거리에 있음에도 불구하고, 많은 사람이 찾는 곳이다. 관광객들의 숫자가 진도의 인구에 무려 300배에 이를 정도로 증가하자, 진도는 관광수입만으로도 다른 군과 다르게 부유한 지방 자치단체 중 하나로 손꼽힐 정도가 되었다. 지역 주민들도 '진도'라는 지역에 대한 자부심이 상당히 컸다. 국민 중 대다수는 연중 한 번은 진도에 가보고 싶어 할 만큼 관광지로서 인정받은 섬이 되었다. 이 시점까지만 해도 진도는 주민과 관광객들이 서로 잘 어우러져 행복한 환경과 문화의 청정 지역이었다.

그러던 중, 진도 사람들로서는 상상하기 어려운 일이 서울에서 발생했다. 서울은 황사의 직격탄을 맞아 많은 사람이 고통을 받고 있었다. 중국 사막에서 날아오는 황사와 사시사철을 가리지 않고 날아오는 미세먼지가 서울 사람들을 숨쉬기 어렵게 했다. 설상가상, 기후 변화의 영향인지 몽골과 중국의 사막화도 날이 갈수록 가속화되었다.

서울은 더 이상 악화되기 어려울 정도로 오염되어 버렸다. 거리 곳곳에서는 '더 이상 못 살겠다. 정부는 환경 관련 대책을 마련하라'라는 시위가 끊이지 않고 일어났다. 그러나 무능한 정부는 어떠한 대책도 내어놓지 못했고, 국민들의 건강은 날이 갈수록 더 악화되었다. 국민들은 또, 당장 대기업에게 온실가스 감축을 강제하도록 요구했으나, 국회나 정부 어느 쪽도 그 요구를 듣지 않았다.

공장에서 배출된 매연은 사람들이 숨을 쉬기 어렵게 만들었다. 기업 역시 국민들의 요구를 무시하고, 자신들만의 이익과 기득권만을 추구했다. 정부와 기업이 국민들의 말을 무시하자, 기후 변화는 더욱 더 악화되었다. 서울에서 봄과 가을이라는 개념의 계절은 사라졌다. 봄 꽃과 가을 단풍의 즐거움은 역사 속으로 사라진 지 오래다. 모든 국민이 옛날의 삶에 대해서는 잊어버렸다. 모두가 아름다운 생활보다는 어떻게 하면 조금이라도 건강하게 살 수 있겠는가라는 고민에 빠져들었다.

돈과 권력을 가진 기득권자들이라 하더라도 지구온난화의 영향에서 자유로울 수는 없었다. 그들이 가진 금력으로 최고 수준의 의료 서비스를 구매한다고 하더라도, 외출을 전혀 하지 않고 공기 텐트에서 살지 않는 한 황사와 미세먼지로부터 완전히 자유롭기는 어려웠다. 부자든, 빈자든 전 인구의 25%가 모여 사는 도시 사람들은 호흡곤란으로 하루하루 힘든 나날을 보내고 있었다.

01. 우리나라 초일류 기업 회장이 진도로

CS 사 직원들이 모두 바쁘게 움직이고 있다. 옆에 있던 회장의 비서실장은 자신의 부하 직원에게 무언가를 시키고 있다.

"야, 빨리 주치의에게 전화해서 회장실로 올라오라고 해."

"예."

대답과 동시에 다른 비서는 빨리 주치의에게 전화하고, 전화한 지 5분이 되지 않아서 주치의가 회장실로 올라갔다. 회장실로 주치의가 올라간 이유는 바로 회장이 호흡곤란을 일으키며 쓰러진 것 때문이었다.

CS 사의 회장은 시민들로부터 지구온난화의 주범으로 지목받아왔던 인물이었다. 그는 CS 화학 공장이 오염물질을 많이 배출한다는 환경단체의 항의방문에도 불구하고, 계속해서 공장을 통해 회사의 이윤만 확대되면 된다고 말했다.

환경단체의 항의에도 불구하고, 정부는 무능하게 대처했다. CS 사가 정부와 긴밀한 관계를 맺고 있었던 까닭으로 환경부의 각종 검사와 시험마저도 아무런 문제 없이 통과해 오염물질 배출에 대한 규제를 피할 수 있었다.

그런 그가 쓰러진 것이다. 그는 계속해서 공장을 가동할 것을 주장하면서 동시에 자신도 공장 가동으로 인해 오염된 공기를 마시면서 생활한 것이다.

비서실장은 주치의에게 물어본다.

"회장님, 건강에는 아무 이상이 없습니까?"

주치의는 비서실장에게 심각하게 말했다.

"지금 당장 적절한 치료를 받지 않는다면 회장님은 돌아가시고 말 것입니다. 빨리 병원으로 갑시다."

비서실장은 구급차를 부르고, 회장의 가족들에게도 전화해서 CS 병원으로 갔다.

응급의학과 의사가 회장을 진찰하며 회장 아들에게 말했다.

"회장님이 참 위험하군요. 회장님이 위험하시긴 한데 저도 그 이유에 대해서 모르겠습니다. 정말 죄송합니다."

회장의 아들이 열불을 내면서 의사에게 분노를 표출했다.

"당신이 그러고도 의사야? 우리 회사 병원 직원이 가장 위에 있는 사람의 병을 못 고친다면 너는 의사 자격 없어. 너 내일부터 병원 나오지 마."

"흥분하시지 말고 제 이야기 좀 들어보십쇼."

"너 따위 이야기는 들을 가치도 없으니까 조용히 해. 아버지가 위급한 상황에 처했는데 비서실장 너는 뭐했어. 너도 아버지를 잘 보살피지 못한 책임을 져야 지. 내일부터 회사 나올 생각하지 마."

아버지가 쓰러지고 난 뒤, 회장 아들은 모든 것을 잃어버린 것처럼 행동했다. 회사도 출근하지 않고, 집에만 틀어박혀 나오지를 않았다. 그러다가 CS 병원 원장으로부터 전화가 왔다.

"여보세요?"

"안녕하십니까? 제가 이렇게 오늘 전화를 드린 이유는 회장님 질환의 원인과 증상을 알려드리고, 앞으로 어떻게 해야 하는지에 대해서 알려드리고자 하는 것입니다."

"빨리 말해 보세요."

"다행히도 회장님은 빠르게 회복 중이십니다. 일주일도 되지 않아서 곧 일어 나시게는 될 것입니다. 회장님 건강이 이 정도까지 이르게 된 것은, 지금껏 오 염된 공기를 너무 많이 들이마신 것이 가장 큰 원인입니다. 조금만 늦었더라면 회장님은 정말 영영 깨어나시지 못할 뻔했습니다. 회장님은 어제 급성 호흡 곤 란으로 쓰러지셨습니다. 다행히 투약만으로도 치료 가능한 상황이라, 회장님 께서 깨어나시는 대로 그 즉시 퇴원조처를 밟도록 하겠습니다. 그렇지만 계속 서울에 머무르신다면, 병이 다시 재발할 가능성이 높습니다. 그렇기 때문에 어 디 청정한 곳에서 남은 삶을 정리하시는 것이 좋을 것 같습니다."

"예를 들어 어느 곳이 있습니까?"

"그런 곳이 아직 남아 있는 지역은 전라남도 정도입니다. 먼저, 장흥에는 편 백나무 숲에 자연휴양림이 있습니다. 거기 공기가 맑아서 회장님의 건강을 회 복할 수 있습니다. 또, 진도에 가본 적이 있었는데 그곳은 정말 차에서 내릴 때 부터 공기가 도시와는 아주 다르더군요. 저는 아무래도 회장님께서 진도로 가 는 것을 추천하고 싶습니다."

"좋은 말씀 감사합니다. 아버지 건강을 회복하는데 더없이 좋은 조언이로군 요."

정말 의사의 말처럼 회장은 머지않아 깨어났다. 후유증 탓인지 회장의 건강은 그리 썩 좋아 보이지 않았다. 아들은 모든 친척을 모아놓고, 중대한 결정을 위해 가족회의를 열었다.

"이번에 가족회의를 연 이유는 다름이 아니라, 아버지의 몸 상태가 매우 좋지 않으셔서 서울을 떠나 지낼 장소를 정하기 위함입니다."

이 이야기를 듣던 회장은 아들의 말을 믿을 수 없다는 듯 호통을 치며 말했다.

"네가 지금 회장이라는 자리에 눈이 멀었구나. 우리 CS 사 회장 자리는 자고로 아무나 앉을 수 있는 자리가 아니야. 지금 내가 몸이 아프다는 이유로 회장에서 물러나게 하려고 하는 것 같은데, 내 건강 내가 잘 안다. 지금 전혀 아프지 않아. 그때는 잠시 피곤해서 그런 것뿐이니까 걱정하지 말고, 모두 돌아가거라."

회장이 아들의 말을 믿지 않자, 아들은 의사와 통화한 내용을 모두에게 들려주었다.

"저는 정말, 아버지를 위해 이렇게 말씀드리는 겁니다. 그러니 제발 오해하지 마세요."

눈물까지 흘리는 아들의 간곡한 이야기에 비로소 회장의 마음도 풀리는 듯했다.

"알겠다. 그러면 어디가 좋겠니? 원장이 말하는 장흥이나 진도는 들어본 적이 없어서 모르겠구나. 누구, 이 두 지역에 대해서 알고 있나? 뭘 알아야 비교를 하지."

긴 침묵이 흐르다, 갑자기 듣고 있던 딸이 이야기를 꺼냈다.

"아무래도 진도가 좋을 것 같아요. 진도는 정말 다른 지역과는 다르게 환경이 오염되어 있지 않아요. 서울에서 거리상 멀리 떨어져 있는 것 같지만 해저터널이 뚫려 있어서 KTX를 타고 가면 1시간 30분이면 진도에 도착할 수 있어요. 그리고 진도에는 대한민국 국민이라면 누구나 알아주는 자연휴양림이 있어요. 요즘은 한국 사람들뿐 아니라 해외에서도 많이들 찾는다고 하더라고요. 자연휴양림을 방문하는 관광객 수가 무려 일 년에 수백만 명이에요. 그런데 이 금싸라기 땅을 아직도 나라에서 소유하고 있다고 하니까 우리가 쉽게 사들일 수 있을 것 같아요."

그러다가 갑자기 회장의 부인이 진도로 가는 것에 대해서 반대하는 이야기를 꺼냈다.

"그렇지 않아도 당신 몸이 안 좋아서 내가 국립휴양림을 하나 더 알아봤어요. 여기는 서울에서 가까워서 급한 일이 있으며 왔다 갔다 할 수 있어서 좋아요. 그러니까 용인에 있는 자연휴양림을 가는 것이 좋을 것 같아요. 아무래도 용인에 있으면 우리 회사 직원들이 와서 신경을 써줄 수 있으니까 좋지 않겠어요."

아들이 듣고 보니, 두 사람의 이야기 모두 맞는 말 같았다. 아무래도 건강상의 이유로 거처를 옮겨야 했기 때문에 회장에게 의사를 물어보는 것이 맞았다.

"아버지는 어디로 가고 싶으시나요?"

"나는 어디든지 괜찮다. 너희들이 정해 주면 거기로 가겠다."

회장의 말을 듣고, 결국 가족 구성원 사이에서 거수로 결정하기로 했다. 그러나 결과가 의외로 진도로 가는 것을 많은 사람이 선호하고 있었다. 이 결과대로, CS 건설의 직원들을 보내, 최대한 빨리 그 땅을 산 다음에 별장을 하나 짓도록 시켰다. 그런데 원하는 땅을 국가 상대로 사려고 봤더니 예상 밖의 변수가 발생하였다. 바로 강적 중의 강적인 애국장학회의 이사장과 이사, 그들의 가족들이 공동지분으로 진도의 자연휴양림을 사고 싶어 했다.

회장이 말했다.

"반드시 진도에 있는 자연휴양림을 내 것으로 만들겠어."

02. 또 다른 실세, 진도로

우리 사회에서 다섯 손가락 안의 드는 돈 많은 애국장학회 이사장의 나이가 무려 90에 가까워지고 있다. 그만큼 이사장의 건강 상태는 많이 나빠졌고, 서울이 아니라 공기 맑은 시골에서 살기를 원했다. 시골에 큰 집을 짓고, 자기와 60년 넘게 친하게 지냈던 장학회 이사와 가족들과 함께 살고자 했다.

서울 집에서 회의하면서 어디로 내려가는 것이 좋은지에 대한 이야기를 하고 있었다.

익숙한 지역에서 살 것이라는 예상으로 한 이사가 이사장에게 물었다.

"아무래도 선친의 고향과 가까운 경상북도 중 한 곳에서 사는 것이 좋겠지요?"

그러나 예상과는 달리 이사장은 경상도로 갈 생각이 전혀 없어 보였다.

"나는 조금 다른 생각을 하고 있어. 경상북도는 그렇지 않아도 공장이 많은 지역이라서 쾌적한 환경이 아니라 많이 오염됐을 것으로 생각해. 또, 그렇지 않아도 경주 부근이 지진이 자주 일어나다 보니까 불안해서 그쪽으로는 못 가겠어. 그러니까 경상도 말고 다른 지역이면 좋겠어. 그래도 한 번 새로운 도전을 해보고 싶어서 말이지."

설마 '전라도는 아니겠지'라고 생각하며, 그나마 친척이 있어 그래도 친숙한 충청도로 가는 것으로 결정할 것이라고 예상해 보았다.

"그래도 전라도로 내려간다면 가서 살기가 힘들 것 같아요. 저희가 전라도에 아무런 지역적인 기반도 없고, 오히려 간다면 주민들로부터 반발만 받을 것 같아요. 그러면 충청도는 괜찮으세요?"

그러나 충청도도 그녀가 원하는 곳은 아니었다.

"충청도, 충청도면 어느 정도 지역 기반이 있기는 하지. 그런데 거기는 왠지 가고 싶지가 않아. 정말 이번에는 새로운 도전을 해보고 싶어. 되도록 한 번도 가보지 않은 곳으로 가고 싶다는 거야. 전혀 낯선 곳에서 아무도 모르게 집을 짓고, 같이 행복하게 살아가고 싶은 것이 소원이야. 예전에는 나도 서울에서 그냥 지금 집에서 살고 싶었는데, 서울에서는 사람들이 많아 복잡하고, 시끄러워서 도저히 살 수가 없겠더라고. 그래서 서울로부터 가능한 한 멀리 떨어진 곳에 가서 살고 싶은 거야. 비록 우리가 전라도에 가면 사람들이 많이 싫어하겠지만 마지막 남은 삶을 행복하게 지낼 수만 있다면 그것은 전혀 문제가 되지 않아. 이왕 전라도에서 한 번 살아보자."

그녀가 전라도로 가자고 하는 말에 이사는 눈이 휘둥그레졌다.

"지금 뭐라고 말씀하셨죠? 제가 잘못 들었죠? 전라, 전라도요?"

그러나 그녀는 아무렇지도 않은 것처럼 대답했다.

"그래. 전라도라고 했다. 뭐가 이상하다는 거니?"

이사는 강하게 반발하며 말했다.

"전라도는 정말 절대로 안 되는 곳입니다. 거기는 워낙 제정신이 아닌 사람들이 많아, 저희만 보면 사람들이 죄다 들고 일어날 것입니다. 그래도 꼭 가셔야 되겠습니까?"

"그래."

이사장이 전라도로 가겠다고 끝까지 주장하자, 어쩔 수 없이 이사회에서도 받아들였다. 이제는 전라도 안에서 그 후보를 찾게 되었다.

이사장이 좋은 장소를 찾았는지 아주 신이 나서 말했다.

"드디어, 우리가 살 곳을 찾은 것 같구나. 서울에서 정말 멀리 떨어져 있는 곳을 찾았어. 바로 진도로 가는 거야. 진도하고도 특히 생지면 모굴리인가, 거기에 자연휴양림이 있다고 하는 것 같더라. 국가에서 직접 운영하는 곳인데 우리가 또 정부랑 친하잖아. 그러니까 거기 땅을 아예 우리 것으로 만들어버리고, 큰 별장을 하나 만드는 것이 어떨까? 좋은 생각이지?"

"그거 참 좋은 생각입니다. 그런데 이사장님에게 진도는 별로 좋지 않은 곳이 아닙니까?"

이사장은 그런 이사의 걱정에 괜한 걱정이라는 듯 말을 이어나갔다.

"그건 다 옛날 일이지 않니? 벌써 30년이 흘렀어. 사람들은 그쯤 되면 다 잊어버리기 마련이야. 우리가 거기에 간다고 얼굴을 알아보는 사람이 몇이나 될 거라고 생각해? 괜한 걱정하지 말고, 국립휴양림 관리소에 전화를 해서 우리가 사겠다고 전화해."

그러나 이들도 변수가 있을 것이라고 예상하지 못했다. 바로 자신과 친밀한 관계를 맺어오던 사람 역시 같은 자연휴양림을 살 것이라고 전혀 예측을 못하고 있었다.

03. 진도 자연휴양림을 갖기 위해 경쟁하다

진도 자연휴양림을 사기 위한 둘의 경쟁이 드디어 시작되었다. 먼저, 진도 자연휴양림을 사기 위해 전화한 것은 이사장이었다. 이사장은 전화로 친분을 강조하며 그 땅을 사겠다고 말했다.

"그동안 잘 지냈나?"

"예. 그런데 무슨 일로 갑작스럽게 전화를 하셨는지요?"

"다름이 아니라, 이제 내 나이가 벌써 90에 가까워지는데 도저히 더는 서울에서는 살기가 힘들 것 같아. 앞으로는 시골로 내려가서 자연에서 살아보려고 하고 있어. 그래서 내가 원하는 땅을 살 수 있는지 알아보려고 전화를 했지."

"왜 서울 큰 저택에서 사시지 굳이 시골로 가시려고 하는 겁니까? 저는 오히려 서울에서 편하게 생활하는 것이 좋을 것 같습니다."

"자네도 알잖아, 서울은 공기가 너무 탁해서 도저히 사람이 살 수가 없는 곳이야. 솔직히 말하면 내가 20년 전부터 몸이 그리 좋지 않았어. 그러다가 지구온난화며, 기후 변화며, 온갖 악재들로 환경도 계속 오염되지, 중국에서 스모그와 미세먼지까지 날아오니 살아갈 수가 있어야지."

"그러면 어디 땅을 사고 싶으십니까?"

"진도 생지면 모굴리에 있는 자연휴양림이 있지, 그 땅을 내가 사보려고 하는데 돈을 얼마 주면 그 땅을 살 수 있을까?"

"그 땅을 사게 된다면 국민들의 반감을 많이 사게 되지 않을까요? 왜냐하면 진도가 국민들의 휴식을 주는 곳이 되어버렸거든요. 관광객들이 수백만 명이 오는 곳이라 관광수입이 어마어마한 곳입니다. 당장 진도군의 수입도 많이 줄어들게 돼서 군민들의 반대도 만만치 않을 겁니다. 그래도 굳이 사고 싶으시면 한 200~300억 정도가 되지 않을까요. 좋은 조건으로 한다면."

"아무리 돈이 많이 들어도, 군민들의 반대를 사게 되어도, 나와 이사가 잘 살기 위해서는 이 일이 가장 좋은 일이야."

"그러면 제가 잘 알아봐 드리겠습니다. 제가 이사장님께 전화로 이제 살 시간이 왔다고, 알려드리겠습니다. 너무 걱정하지 마시고, 건강관리 잘하시기 바랍니다."

"그래, 고맙네. 당신이 있어서 나는 참 든든해."

"그럼, 안녕히 계세요."

"그래, 잘 들어가라."

이미 장학재단의 이사장이 정부와 통화를 했다는 사실에 분개한 CS 사의 회장도 자신이 아는 자연휴양림을 담당하는 사람에게 전화를 했다.

"여보세요, 그래 잘 있었나?"

"예, 회장님. 저야 잘 지내고 있습니다. 무슨 일로 전화까지 주셨습니까? 저에게 무슨 시킬 일이라도 있으십니까?"

"그래, 다름이 아니라 이번에 땅을 사려고 하는데, 혹시 알아봐줄 수 있는가 전화를 했어? 그리고 내가 지금 사려는 땅이 국가가 소유한 땅인데, 너한테 전화하면 쉽게 살 수 있을 것 같아서 전화를 해봤지."

"갑자기 왜 서울에 많은 땅을 놔두고, 다른 땅 뭐 하시려고요?"

"그렇지 않아도, 내가 몇 주 전에 갑자기 호흡곤란을 일으켜 쓰러진 적이 있었어. 그래서 병원에 갔더니 원인이 바로 오염된 공기를 많이 마셔서 병이 됐다고 하더라고. 의사가 치유할 방법으로 시골로 내려가서 깨끗한 공기를 마시면서 살아야 한다고 말을 해서 땅을 하나 사려고 해."

"그러면 어느 땅을 사려고 하시는 겁니까?"

"아무래도 진도에 있는 자연휴양림 있는 곳을 사보려고 하는데, 거기 내 것으로 만들 수 있겠지?"

"예, 아무 걱정 마십쇼. 거기는 한 돈 200~300억만 주면 아주 싸게 구입할 수 있습니다."

"그래, 고마워. 땅에 대해서 정보를 더 알아보고, 나에게 연락을 해주게."

"예, 그럼 안녕히 계십쇼."

"그래, 너도 잘 들어가라."

그러나 두 쪽은 서로 그 땅을 차지하기 위해서 경쟁을 하고 있다는 사실에 대해서 몰랐다. 그러던 중 이사장의 측근이 진도휴양림을 직접 찾아 내려가 땅을 사려고 봤더니 갑자기 어디에서 땅을 사네 마네 하면서 누군가가 목소리를 높이는 것이 들렸다. 마침 다름 아닌 CS 사 기업과 친분을 가지고 있던 휴양림 관리소 직원이었다.

"누가 그 땅을 지금 함부로 사려는 거야. 원래 그 휴양림은 내가 사겠다고, 미리 정해둔 곳이야. 누구 마음대로 그 땅에 손을 대는 거야."

이사장에 부탁을 받았던 직원이 강하게 반발하면서 말했다.

"네가 원래 이 땅을 사기로 했다는데 거짓말을 하고 있는 것 같군. 네가 이 땅에 대한 관심을 가지기 전부터 원래 내가 구입하기로 되어 있었어."

두 사람의 언쟁이 싸움으로 번질 것 같다고 생각한 휴양림 관리소장은 일단 두 사람은 안정시키고, 왜 진도에 있는 자연휴양림을 사려고 하는지에 대해서 물었다. 그랬더니 두 사람이 이렇게 대답했다.

먼저 이사장의 지시를 받았던 직원이 물음에 답했다.

"그 땅을 본래 사려고 하는 사람은 제가 아니라 다른 사람입니다. 그 사람은 소장님과 비교할 수 없을 만큼 높으신 분이에요. 그분 연세가 많이 되셔서, 시골에 새로운 거처를 찾고 있는 겁니다. 그래서 진도에 있는 자연휴양림을 하나 사려고 하는 것입니다."

다음으로 대기업 회장의 지시를 받은 직원이 대답을 이어나갔다.

"저 역시도 마찬가지로 제 땅을 마련하는 것이 목적이 아니죠. 이번에 우리나라의 초일류 기업 CS 사의 회장님이 갑자기 쓰러지셨다는 이야기는 알고 계실 겁니다. 회장님께서 저에게 전화를 직접 하셔서 맑은 공기 안에서 생활할 수 있는 곳에 대해서 물으시더니, 진도로 거처를 옮기고 싶다는 이야기를 하셨습니다."

소장은 이 두 사람의 이야기를 듣고 나서 깊은 생각에 빠졌다.

'이것 누구에게 함부로 팔 수 없겠구나. 한 사람은 일류 대기업의 회장이고 잘 나가는 실세인데, 도대체 누구에게 땅을 팔아야 할까? 또, 만약 이 땅을 팔게 된다면 진도 군민들의 반발이 심하지 않을까? 이 땅을 팔게 된다면 진도의 관광수입이 많이 줄어들지 않을까? 그러면 진도군은 적자로 고생을 하게 될 거야. 그래도 과연 이 땅을 파는 것이 맞을까?'

소장은 하루 종일 고민에 빠져 있었다. 곰곰이 생각을 해보다, 그래도 '우리 사회에서 가장 잘 나가는 두 사람인데 당연히 땅을 팔아야지' 라는 생각을 하게 되었다. 마침내, 땅을 팔기로 결정을 내린 소장은 두 사람을 불러 말한다.

"이번 땅은 두 경쟁자가 너무 강력해서 어쩔 수 없이 경매를 통해서 땅을 팔 것이다. 경매를 한다는 사실은 두 사람에게 잘 알려줘라."

소장의 말이 끝난 이후, 두 사람은 각각 이사장과 회장에게 말했다. 이사장은 이 말을 듣고 분노하며 업무 처리를 맡은 직원을 꾸짖었다.

"분명히 시킨 일은 잘 처리할 줄 아는 사람으로 생각하고 있었는데 그것 하나 제대로 처리하지 못해. 내가 왜 경매까지 해야 하는데. 땅을 사겠다는 사람이 나인데 감히 누가 나를 건드릴 수가 있어? 도대체 일처리를 어떻게 했으면 경매까지 가야 하는 거야. 이런 복잡한 꼴을 만들고 말이야."

직원은 송구스러워하며 아무 말도 이어나가지 못했다. 직원은 이사장에게 입이 열 개라도 할 말이 없었다. 그는 '죄송하다'라는 말밖에 할 수가 없었다. 이 사장은 아직도 분이 풀리지 않았는지 다시 한번 언성을 높이며 말했다.

"이번 경매에서 만약 땅을 사지 못한다면, 그것은 전적으로 네 책임이야. 네가 일을 똑바로 못한 거니까 그때는 각오해라."

역시 대기업 회장한테도 전화를 했다.

"회장님, 일단은 땅을 사지 못했지만, 그래도 유의미한 결과를 얻어냈습니다."

"땅을 사지 못했는데, 뭐가 좋다는 말이냐?"

"바로 이번 땅을 국가에서 파는데 경매를 통해서 팔 것이라고 결정했습니다."

"경매, 그러면 도대체 누가 나 말고 땅을 사려고 하는 것이냐?"

"바로, 애국장학회 이사장입니다."

"애국장학회 이사장이라면 거기도 돈이 만만치 않게 많을 것인데, 무슨 전략이라도 있나?"

"아무리 돈이 많은 사람이라고 해봤자, 회장님만큼 돈이 많겠습니까. 그러니 너무 걱정하지 마시고, '이제 건강 회복하실 날이 얼마 남지 않았다.' 라고 생각을 하십쇼."

"그래, 고맙다."

두 사람의 희비가 교차하는 순간이었다. 한 사람은 땅을 제대로 사지 못했다는 이유로 문책을 당했고, 한 사람은 일단 경매에 붙인 것만으로도 칭찬을 받았다. 그 이유는 애국장학회의 이사장 역시 돈이 많기는 하지만, 그래도 우리나라 초일류 기업의 회장만큼의 많은 돈을 가지고 있지 않기 때문이다. 그래서 경매에서 이길 확률을 계산해 보면 대기업 회장에게 땅이 돌아갈 것이기 때문에 이런 반응을 보이고 있는 것이다.

경매 일주일 전, CS 사의 회장은 상대가 지금 어떤 상태에 있는지 알아보기 위해서 애국장학회 이사장에게 전화를 건다.

"안녕하십니까, 이사장님. 제 목소리 알아들으시겠죠?"

"그래요, 회장님, 참 오랜만입니다."

"다름이 아니라 이번에 제가 먼저 찜해 놓은 것을 뺏으려고 하시더군요."

"그게 무슨 말씀이죠?"

"정말 몰라서 묻는 말입니까? 그렇다면 제가 알려드리죠. 진도 생지면 모굴리에 있는 자연휴양림을 회장님이 사신다고 하셔서 결국 경매까지 가게 되었군요. 회장님의 돈이 얼마나 되는지 모르지 않지만 얼마를 제시하던 저에게는 손톱만큼에 불과합니다. 그러니 그 땅 포기하고, 새로운 곳을 알아보시기를 바랍니다. 결국 승자가 정해져 있는 싸움 아니겠습니까?"

"길고 짧은 것은 대봐야 아는 것 아니겠습니까? 저도 가지고 있는 돈은 만만치 않습니다. 어디 한 번 그날 보시죠?"

"나는 지금 경이 넘는 돈을 가지고 있어요. 나에게 뭐 1조라는 돈은 그냥 낼 수 있는 돈이라는 말씀입니다. 내 재산에서 10조가 줄어들어도 나는 전혀 문제가 되지 않습니다. 지금이라도 늦지 않았으니까 빨리 포기하라고 말하는 겁니다."

"저도 이번만큼은 이사장님께 양보해 드릴 수가 없습니다. 저도 나름대로 이 땅을 사려고 하는 이유가 있습니다. 먼저, 저의 건강 상태가 매우 좋지 않습니다. 계속 서울에 산다면 저는 1년도 채 되지 않아서 죽게 될 것입니다."

"그래요. 그러면 저는 뭐 사정이 없다고 생각하시나 본데 전혀 그렇지 않습니다. 저도 나이가 90살에 가까워지는데 맑은 공기, 깨끗한 환경에서 사는 것이 중요하죠. 그렇다면 우리 둘 다 양보할 수 없으니까 결국 경매장에서 보도록 합시다. 잘 들어가십쇼."

전화가 끝난 후, 일주일 동안 두 사람은 '어느 정도의 돈으로 상대방을 이길 수 있을까?'에 대해서 고민하고, 또 고민했다. 두 사람은 경매 전문가에게 자문까지 구하면서 경매에 대해서 중요하게 생각하고 있었다. 거듭되는 고민 끝에 둘은 경매에서 쓸 돈을 정하게 된다.

먼저, 이사장은 자신이 경이 넘는 돈을 가지고 있다는 거짓말을 회장이 믿고 있다는 생각으로 100억 정도의 돈으로도 충분히 그 땅을 살 수 있을 것이라는 생각을 했다. 반면, 회장은 '설마 경을 넘는 돈을 가지고 있겠어? 아무리 비싸도 1000억은 넘지 않겠지. 그 조그마한 시골 땅에 불가한데.'라는 생각으로 800억의 돈만을 경매에 사용하기로 다짐했다.

마침내, 일주일 지나고 두 사람의 운명으로 결정지을 경매를 하는 날이 되었다. 두 사람 모두 아침에 '반드시 이기리라.'라는 의지를 가지고, 집으로 나섰다. 경매장으로 들어온 두 사람은 서로에게 악수를 건네며 차분한 분위기를 만

들었다. 마침내 사회자가 마이크를 들고, 경매에 대해서 소개했다.

"이번 경매는 특히 특별한 분들께서 참석하셨기 때문에 새로운 경매 방식을 택하도록 하겠습니다. 일반적인 경매 방식과는 다르게 처음에 제시한 금액에서 점점 낮춰가며 입찰을 하는 경매 방식인 내림차순 경매를 시작하도록 하겠습니다. 내림차순은 네덜란드 식 경매로도 잘 알려져 있죠? 두 분 다 준비되셨습니까?"

이사장은 이 말을 듣고, 얼굴에 미소를 띄고 있지만, 반면 회장은 이 말을 듣고, 당혹스러워했다. 만약 '저 사람이 정말 경이 넘는 돈이 있다면 아무리 높은 가격이라도 결국 그녀의 손으로 땅은 들어가게 될 것이다.'라고 생각했기 때문에 처음 경매 시작 전 계획했던 내용을 바꾸기로 했다. '어떤 수를 써서라도 나의 건강을 지켜야겠다. 그 돈이 설령 1000억이 되고, 1조가 넘는다고 해도 나의 목숨만큼 중요한 것은 없잖아.'라고 생각했다.

드디어 사회자의 "시작."이라는 말과 함께 경매가 시작되었다. 먼저 사회자가 말했다.

"일단, 땅의 특성을 고려해서 농촌에 있는 시골 땅이기 때문에 서울 강남에 있는 땅과 다르게 먼저 1500억을 시작 금액으로 하겠습니다. 혹시 여기 있는 사람들 중에서 사실 사람 있으십니까?"

이사장과 회장의 서로 눈치를 살펴보다가 타이밍을 놓쳐 버리고 말았다. 회장이 손을 들려고 하는 찰나에 사회자는 이렇게 말했다.

"네, 1500억 가격으로 이 땅을 사기는 어려울 것 같습니다. 아무리 유명한 관광지라도 진도라는 군에 시골에 있는 땅에게는 너무나도 비싼 가치인 것 같았습니다. 그러면 더 낮은 가격을 부르겠습니다. 다음 제시 가격은 1200억입니다. 사실 사람은 30초 안에 손을 들어주시면 좋겠습니다."

일단 회장은 이사장이 손을 들면 바로 손을 든다는 생각이었고, 이사장은 고민을 하고 있었다.

'과연 저 사람이 손을 들까? 1000억은 쓰지 않는 것이 좋겠지만 그래도 1200억인데 뭐 그까짓 200억 차이가 큰 대수인가?'

한편으로는,

'아니야. 그래도 돈은 있을 때, 아껴 쓰는 것이 좋지. 그러니까 일단은 조그만

참자.'

두 마음이 갈등을 하다가 결국 30초 안에 결정을 내리지 못하고 말았다.

결국, 사회자가 또 가격을 낮췄다.

"1200억도 결국, 이 땅의 가격이 되지는 못했습니다. 그러면 한 번 1100억으로는 살 사람이 있을까요? 이번 역시 30초에 시간을 드리겠습니다."

회장이 이렇게 결심을 한다.

'이번에는 무조건 들어야 해. 아마도 이사장 역시도 이 돈은 무조건 손을 들게 돼있어. 내 건강을 위해서라면 내 재산 중 1/2000밖에 되지 않는 재산이야.'

이사장은 한편 이런 생각을 하게 된다.

'1100억까지 내렸으면 일류 기업의 회장이 돈을 쓸 수 있는 가격대야. 그러니까 이번에는 무조건 손을 들어야 해. 만약 지금 손을 들지 않는다면 나는 정말 좋은 기회를 놓치게 되고 말 거야.'

30초가 되기 0.1초 전 둘은 동시에 손을 들었다. 둘은 서로를 바라보고 안도의 한숨을 내쉬었다. 두 사람 모두 이번에 손을 들지 않았더라면 땅을 사지 못할 뻔 했는데 손을 들어서 일단 위기는 넘겼다는 생각이었다.

그러자, 갑자기 새로운 경매에 대해서 사회자가 제안했다.

"만약 1100억과 1200억 사이에서 범위를 제시하게 된다면 두 사람 모두 가격이 제시될 때마다 손을 들게 될 것입니다. 그러니 이번에는 경매 방식을 바꿔서 밀봉 입찰식 경매로 바꾸도록 하겠습니다. 두 분은 서로 떨어져 있는 장소에서 30분 동안 1100억~1200억 사이에서 원하는 금액을 써서 제출하시기를 바랍니다. 그리고 제출 후 30분이 지나면 그 결과에 대해서 발표하도록 하겠습니다. 만약 지금이라도 포기하고 싶으시다면 하셔도 좋습니다."

둘은 각기 떨어져 '어떤 가격을 쓰면 상대를 이길 수 있을까?'에 대해 고민을 하게 된다. 경매의 달인들에게 전화를 해서 물어보기도 하고, 인터넷을 검색해서 밀봉 입찰식 경매에 대처하는 방법에 대해서 찾아본다. 심리학자들에게도 전화를 해서 상대방의 심리 상태를 분석해달라고 요청을 해서 시간이 25분 흘러서 가격을 적기 시작한다.

둘은 모두 30분 이전에 사회자에게 자신들의 금액을 밀봉해서 제출했다. 사회자는 봉투를 열어보더니 깜짝 놀라 있었다. 둘은 사회자가 깜짝 놀란 이유에 대해서 알고 싶었지만, 이 경매의 특징상 그 이유에 대해서 알지는 못했다. 두 사람에게 30분이라는 시간은 정말 길고도 길었다. 두 사람 뿐만 아니라 경매장에 있는 모든 사람들이 다 긴장하고 있었다. 마침내, 30분이 지나자 사회자가 나오고, 결과를 발표하기 위해서 마이크를 잡았다.

"그러면 여러분이 그토록 기다리셨던 결과를 발표하도록 하겠습니다. 먼저, 박순희 애국장학회 이사장이 써낸 금액을 발표하도록 하겠습니다."

박 이사장은 확신에 가득 찬 눈빛이었다.

"박순희 이사장의 금액은 1199억 9999만 5000원입니다."

이때, 관중들은 다 박 이사장이 승리했다고 생각했다. 그 결과가 발표되자 박 이사장을 응원하는 측에서는 함성을 외치고 춤을 추고 있었다. 그러나 그 상대 측은 이미 풀이 죽어 있었고 낙심해 있었다. 그러나 회장만큼은 그러지 않았다. 그는 이미 결과를 알고 있었다.

"자 모두들, 조용해 주시기 바랍니다. 다음은 이민구 회장이 써 내려간 가격을 발표하도록 하겠습니다. 이 회장이 적어낸 금액은 1199억 9999만 9000원입니다. 이로써 이번 경매의 승자는 단 4000원 차이로 이 회장의 승리입니다."

양측의 희비가 서로 엇갈렸다. 그것도 다름이 아니라 4000원 차이로 결정된 승부인 만큼 그 만감의 교차 정도 역시 컸다. 경매가 끝나자 둘은 선의의 경쟁을 펼친 것에 대해서 만족하며 서로 악수를 건네며 장소를 빠져 나갔다.

이 회장은 회심의 미소를 지으며, '드디어 이 땅을 내가 차지했어.'라는 만족감을 가지고 집으로 돌아갔다.

04. 이 회장의 집 건축과 박 이사장의 방해

이 회장은 CS 기업의 계열사 중 하나인 CS 건축의 직원들을 부르고, 자신을 위한 집을 짓도록 지시한다.

"자, 드디어 여러분이 일 하실 때가 되었습니다. 제가 경매에서 이겼습니다. 일단, 저는 그동안 도시에서만 살아왔기 때문에 시골에서의 삶에 적응하기가 힘들 가능성이 높습니다. 그러므로 일단 도시에서 필요한 시설들을 잘 갖춰 준다면 더 쉽게 적응할 수 있을 겁니다. 그럼에도 불구하고, 자연과는 더불어 살수 있도록 해줬으면 좋겠습니다. 제가 여러분께 약속하겠습니다. 좋은 집을 만들어주셔서 빨리 건강을 회복하도록 도와주신다면 제가 여러분들은 다 승진시키겠습니다. 여기 이 땅에 대한 정보를 담아놓은 문서입니다. 잘 참고하고 저의 상황에 맞게 변형해서 잘 지어주셨으면 좋겠습니다."

"예, 회장님. 회장님이 건강하셔야 저희 회사도 튼튼할 수 있습니다. 꼭 회장님 건강을 회복할 수 있도록 저희가 앞장서겠습니다. 너무 걱정하지는 마십쇼. 한 달 안에 회장님 별장을 만들겠습니다."

그들은 생지면 모굴리에 있는 자연휴양림 땅에 거대한 사저를 정말 한 달 만에 건축했다. 로봇을 이용해서 원하는 건물만을 입력하면 알아서 설계를 해줬다. 건설 현장에 있어서도 직원들은 관리·감독만 할 뿐 일은 다 로봇이 했다. 그렇게 해서 완성된 회장의 사저는 모든 편의 시설을 갖췄을 뿐만 아니라 자연과의 조화도 이루고 있었다. 풍수지리에서 중요하게 생각하는 배산임수의 지형도 갖췄고, 공기 역시 다른 지역과는 비교되지도 않을 만큼 깨끗했다. 정말 회장에게는 낙원이나 다름없는 곳이었다.

그런데 갑자기 문제가 발생했다. 그 문제는 바로 박 이사장과 관련 있었다. 경매에서 진 박 이사장은 자신의 사저 마련을 어디에 할지 고민하고 있었다. 그러다가 생각난 것이 바로 이 회장의 땅 주위에 있는 땅을 사는 것이었다. 박 이사장은 그 마을 주민으로부터 땅을 쉽게 산 다음, 역시 큰 사저를 지게 된다. 그리고 사저를 짓는 과정 중에서 일부러 이 회장 사저의 경계 일부를 침범해버린다.

갑자기 다급하게 회장의 비서가 말한다.

"회장님, 큰일 났습니다. 회장님께서 고소당하셨습니다."

"고소라고? 그게 무슨 이야기니?"

"여기 보십시오. 바로 경계 침범죄로 회장님을 고소한다고 합니다."

"경계 침범죄라니? 그게 무슨 소리야?"

"박 이사장이 자신의 땅 경계를 침범했다면서 고소를 했다고 합니다."

"그래, 일단 알았다. 내가 직접 알아 볼 거니까 너무 걱정하지 마라."

회장은 어찌 된 영문인지 전혀 알 수가 없었다. 또, 이해가 되지 않는 부분은 경매에서 진 박 이사장이 진도에 땅도 없을 텐데 어떻게 자신을 고소할 수 있느냐는 것이었다. 그는 일단, 박 이사장에게 전화를 걸었다. 그렇지만 박 이사장은 전화를 받지 않았다. 자신의 사저 밖으로 나가 머리를 식히기 위해 산책을 하다가 동쪽으로 2km 떨어진 곳에 새로운 건물을 발견하게 되었다. 비록 그 건물이 자신의 것과는 비교도 되지는 않았지만, 자세히 살펴보니 처음 왔을 때는 전혀 보지 못했던 집이었다. 그 집의 대문으로 가봤더니, 동령개길 18이라는 도로명 표지판 아래 『박순희』라는 글자 세 자가 또렷하게 적혀 있었다. 이 회장은 그때서야 지금의 사태가 왜 발생했는지에 대해서 알게 되었다. 바로 박 이사장이 이 근처에 땅을 사들여 자신에게 복수를 하려고 했던 것이다. 이 회장은 급히 회사 변호사에게 전화를 한다.

"김 변, 나 이 회장이야. 요즘 무슨 바쁜 일이라도 있어?"

회장의 전화에 어리둥절해 하며,

"갑작스럽게 무엇 때문에 전화를 하셨습니까?"

"갑자기 오늘 누군가가 나를 고소했어. 경계 침범죄로 말이야. 어떻게 나 좀 도와줄 수 있겠니? 근데 그 사람이 말이지, 박순희라고 저번에 나랑 경매에서 졌던 사람이 있잖아. 그 사람이 아마도 앙심을 품고, 고소를 한 것 같아. 내가 휴대폰으로 고소 내용하고, 토지 지도랑 다 보낼게. 무슨 일이 있으면 빨리 나에게 연락해라. 그리고 아무 문제가 없으면 무고죄로 우리도 맞고소해버리자고. 알겠어?"

"예, 알겠습니다."

김 변호사가 회장으로부터 메시지를 받고 차분히 그 내용을 살펴보고 있었다. 정말, 고소한 내용에는 문제를 발견할 수가 없었다. 이 회장의 사저의 경계가 박 이사장의 땅의 경계를 침범했기 때문에 아무 반박조차 할 수 없는 상황이었다. 그렇지만 김 변호사는 '초일류 기업이 자존심이 있지.'라면서 이 회장을 고소한 박 이사장을 무고죄로 맞고소한다. 고소장을 작성한 뒤 김 변호사는 이 회장에게 전화를 했다.

"회장님, 일 잘 처리했습니다. 회장님 말씀처럼 정말 박 이사장이 앙심을 품고, 회장님을 건들었더군요. 그런 못난 사람이 없었습니다. 그래서 제가 무고죄로 고소했습니다. 너무 걱정하지 마십쇼. 제가 회장님의 무죄를 입증 받고 무고죄임을 밝히겠습니다."

"그래, 알았다. 고생했다. 들어가라."

이렇게 이 둘의 싸움은 결국 법정 싸움으로 번지게 된다.

05. 이 회장의 복수와 군민들의 저항

먼저 고소장이 접수된 경계 침범죄에 대한 공판이 시작되었다. 공판이 시작되자마자 이 회장 측의 불리한 점이 드러나기 시작했다. 토지 문서에서 보면 실제로 경계를 침해했다는 이야기가 알려지면서 이사장은 위기에 처하게 생겼다. 이 재판에서 불리해진 것을 알게 된 회장 측은 무고죄에 대한 고소를 취하했다. 결국 재판에서는 경계 침범죄가 유죄로 인정되어서 회장이 500만원의 벌금을 물면서 결국 재판이 끝나게 되었다. 재판이 끝나도 이 회장의 분은 풀리지 않았다. 회장은 '초일류 기업의 자존심이 무너졌다.'는 생각 때문이었다. 회장은 이 사태를 만든 주요 사람을 건축사 직원들과 김 변호사라 생각하고, 이 둘을 자신의 사저로 불렀다.

"먼저, 이번 사태를 만든 사람들을 회사에서 해고하기로 했어. 해고 사유는 건축사 직원은 집을 지을 때, 아무 문제없이 지었다고 거짓말을 한 것 때문이고, 김 변호사는 질 재판임을 알았음에도 불구하고, 끝까지 이긴다고 하면서 재판을 끌고 갔던 거야. 그러니 이 두 사람이 우리 기업의 이미지에 먹칠을 했으니 스스로 나가주기를 바라네."

이 말을 들은 두 사람은 어떠한 대꾸조차 할 수 없었다. 자신들이 잘못한 것을 알고 있기 때문이다. 회장은 자존심이 많이 상해 '다음에는 꼭 복수하겠노라' 고 다짐했다.

이렇게 두 사람의 싸움이 극으로 치달아 있는 도중, 진도 군민들은 이 둘의 행동에 대해서 반대하며 시위를 하고 있었다. 이 둘의 주요 요구 사항은 '진도의 자연 환경을 망치고 평화를 깨뜨리는 박순희, 이민구는 물러가라.'라는 것이었다. 두 사람의 사저가 자연을 많이 망가뜨린 것은 사실이었다. 먼저 이 회장의 자연 휴양림이었던 곳에 큰 사저를 짓다 보니, 높이가 있는 산들은 모두다 깎아버렸던 것이었다. 또한, 주변에 각종 편의 시설을 지으면서 자연적인 것이 아닌 인공적인 것을 많이 사용하여 오염물질을 많이 배출했다. 그래서 자연환경을 파괴하는 주범이라고 군민들로부터 지적을 받았다. 박 이사장도 군민들의 시위에서 자유로울 수 없었다. 그녀 역시 도시의 편리한 생활에 적응되어있다 보니 각종 편의시설을 사저 안에 지었다. 그 편의시설을 짓는 과정에서도 역시 산을 깎아 만들어 자연환경을 파괴하고 오염물질을 배출했다. 이러다 보니 분노가 쌓일 대로 쌓여 있던 진도 군민들은 둘의 집 앞까지 찾아가서 시위를 하기 시작했다. 시위 모습을 본 비서는 이 사실을 다급히 회장에게 알린다.

"회장님, 큰일 났습니다. 진도 군민들이 지금 시위 중입니다. 빨리 어떠한 조치를 취하지 않는다면 집 안으로까지 파고들 기세입니다."

"뭐라고? 내가 무슨 문제라도 저질러서 그러는 거야? 감히 일류 기업의 회장이 집 한 채 지었다고 그렇게도 소란을 피우고 말이야. 경비원들 동원해서 싹 다 밀어버려. 그리고 계속 끝까지 저항하면 그냥 때려서 기절시킨 다음에 나한테 데려와. 내 집 집사로 한 명 더 만들면 되겠다."

"그래도, 회장님, 이것을 가지고 유혈 사태가 일어나는 것까지는 아니라고 생각합니다. 제발 분노를 가라앉혀 주십쇼."

"뭐, 유혈 사태는 있어서는 안 된다고? 네가 이 상황이라면 화 안 날 것 같니? 한 번 생각을 해봐라. 감히 일류 기업 회장이 한 일을 가지고, 그렇게 소란을 피우면 어떻게 하라는 말이니? 그냥 진압하라고 명령해."

"이것만큼은 안 됩니다, 회장님."

"그래. 지금 내 명령을 거역하겠다는 말이지. 너도 건축사 직원들, 김 변처럼 되고 싶구나. 네 가족들 생각해서 빨리 제대로 명령 내리지 못하겠니?"

회장의 압박의 어쩔 수 없이 비서는 경비원들에게 진압 명령을 내렸다. 이날 이 회장 측의 진압으로 인해 많은 사람들이 다쳤고, 심지어 2명의 사망자까지 발생했다. 뉴스에서는 이와 관련된 내용을 보도했고, 국민들의 이 회장의 갑질에 대해서 큰 불만을 표시하는 사람들이 많았다.

아무리 이 회장이 강력한 진압을 지시한다고 해도 진도 군민들은 전통적으로 강한 농민회나 진도사랑연대 등을 통해 투쟁을 이어갔다. 그들은 계속해서 '보배의 섬을 쓰레기 섬으로 만드는 이민구는 물러가라.'고 외치며 매일매일 시위를 펼쳤다. 군민들은 매일 아침 이른 시각에 이 회장의 거처에 찾아가서 시위를 한 다음, 저녁에는 철마 광장 앞에서 모여 이민구 회장의 행동에 대해서 규탄하는 시위를 개최했다. 그리고 저녁에 늦은 시간임에도 불구하고 무려 생지면에 있는 이 회장의 사저까지 거리행진을 펼쳤다.

군민들의 저항이 계속될수록 이 회장의 대응 역시 거칠어졌다. 아침부터 경호원들이 시위를 하는 군민들을 무자비하게 진압했다. 군민들이 계속 거칠게 저항하면 총을 쏴서 그 자리에서 죽이기까지 했다. 그러나 이 회장은 결코 경찰이나 검찰에 잡혀가지 않았다. 이 회장은 역시 돈의 힘을 이용해서 경찰과 검찰을 매수해서 이번 사건을 덮으려고 시도했다. 아무리 국민들이 이 회장의 행동에 대해서 비판을 한다고 해도, 검찰과 경찰은 돈과 권력의 유혹에 빠져 수사를 시도조차 하지 않았다. 그렇게 이 회장은 더 못된 짓을 하기 시작했다. 그 못된 짓은 다음과 같았다.

그는 다른 사람의 땅을 마구 잡이로 침해하기 시작했다. 그는 자신이 땅을 뺏는데 저항하는 사람이 있으며 여기서도 무자비하게 죽였다. 자신이 박 이사장의 집을 침해해 500만 원의 벌금을 냈던 땅 역시 무자비하게 빼앗아버렸다. 그리고 결국에는 박 이사장까지 죽이면서 자신의 욕구를 채웠다. 그는 제대로 정신이 나갔는지 진도 땅을 모조리 자기 땅으로 만들겠다면서 사람들을 닥치는 대로 죽이기 시작했다. 돈의 힘을 이용해서 약자들은 무자비하게 짓밟고 억압했다. 땅을 사는 과정에서 자연환경을 파괴시키는 일도 서슴지 않았다. 닥치는 대로 때려 부수고, 산은 깎아버렸다. 심지어 감시해야 하는 사람들까지도 매수해서 계속 잘못된 길을 걸었다. 군민들의 시위와 저항에도 자신의 잘못을 인정하지 않고, 상대를 짓밟았다. 그러나 그는 자신에게 어떤 일이 닥칠 지는 예상하지 못하고 있었다.

06. 군민들의 최후의 대응

농민회와 진도사랑연대 회원들이 급히 회의를 하고 있다.

"이대로 가다가는 저희가 다 죽게 생겼습니다. 이 회장은 날이 갈수록 더 무자비하고 폭력적인 방법으로 대항하고, 자연환경은 더욱더 파괴되고 있습니다. 이민구가 산을 깎아버려서 동식물들은 살 곳을 잃었습니다. 더 이상은 두고 볼 수 없습니다. 저희가 이민구를 죽이든지 아니면 저희가 이 현장을 빠져나가는 방법밖에 없습니다. 둘 중 하나를 선택해야 합니다."

이 말을 들은 한 농민회 회원은 이렇게 말했다.

"내 고향, 내가 40년 동안 일구어 놓은 땅을 이민구에게 뺏길 수는 없지. 내가 죽는 한이 있더라도 트랙터를 몰고 가서 이민구 집을 박살내고 말 거야. 그렇게 하는 길이 우리 보배의 섬 진도를 지키는 길이야. 그래서 나는 이민구를 죽여야 한다고 생각해."

그러나 이 의견을 들은 다른 진도사랑연대의 회원은 반대하며 말했다.

"악에 악으로 대응하는 것은 옳지 못한 행동입니다. 아무리 상대가 부정한 방법을 써서 우리에게 해를 끼친다고 해서 똑같은 행동을 하는 것은 옳지 못합니다. 그렇기 때문에 저는 오히려 진도를 떠나는 게 낫다고 생각합니다. 어차피 이민구의 자연파괴 행위는 날이 갈수록 심해져 지역의 황폐화가 더욱 더 촉진될 것입니다. 섬인 진도는 이대로라면 기후변화의 피해로 해수면도 높아지고 있는데, 산마저 마구 깎여 머지않은 장래에 물에 잠겨버릴지도 모를 일입니다. 환경도 황폐해져 가는데 살인마가 날뛰는 상황에서 이제 진도는 더 이상 살 수 있는 곳이 아닙니다. 그러니 떠나는 것이 옳습니다."

이 방안에 대한 사람들의 의견은 제각기 갈렸다. 자신들이 평생 일군 땅을 농민들은 진도를 지키겠다고 결의를 다지고 있지만, 다른 군민들은 이민구에 대항하기란 역부족이라는 것을 깨달았는지 진도를 떠나자고 했다. 계속되는 토론에도 이 문제는 쉽게 결정되지 않았다. 결국 거수를 통해 이 안건에 대해서 결정하게 되었다. 그 결과 모두 다 진도를 떠나기로 결정이 났다.

진도는 이미 산을 깎아 버려 생태계가 파괴되었고, 이 회장의 무분별한 토지 매입으로 인해 농사를 지을 땅조차도 사라지고 있었다. 군민들은 진도를 쉽게 떠나는 것으로 끝내고 싶지 않았다. 보배의 섬 진도를 망가뜨린 이민구 회장에 대한 최소한의 복수를 결정했다. 진도 군민들을 셋으로 나누어 그중 한 그룹은 해저터널로, 또 다른 그룹은 진도대교로, 마지막 그룹은 뱃길을 통해 진도를 빠져나가기로 결정했다.

이 세 그룹은 진도를 빠져나가면서 모두 이 회장 이외의 다른 이들이 진도로 들어가기 어렵게 만드는 계획을 짰다. 헬기 정도는 가능하겠지만 비행기로는 오가기 어려운 진도의 지형을 이용해, 마지막 군민들이 기차로 이동한 후 기차역의 모든 엔진이 파괴되도록 장치하고 진도를 빠져나갔다. 남은 그룹의 모든 이들이 진도대교를 넘어간 후에는, 진도대교의 중앙부를 폭파시켰다. 어민들은 진도에 정박해 있는 모든 배를 가지고 끌고 가, 뱃길조차 끊었다.

　이 회장은 뒤늦게 그 상황을 깨닫고 분통을 터뜨렸다. 복구해야 할 것들이 너무 많아 당장 물자를 구하기도 어려운 상황에 직면했다. 그동안 닥친 일들이 지나친 스트레스가 되었는지 이 회장은 몇 달도 채 살지 못하고 분통이 터져 외롭게 죽고 만다.

　보배의 섬 진도는 그렇게 역사 속으로 사라진다.

자본은 공공선을 우선할 수 있는가

헌법 제 35조 제 1항은 '모든 국민은 건강하고 쾌적한 환경에서 생활할 권리를 가지며, 국가와 국민은 환경보전을 위하여 노력하여야 한다.'고 명시되어 있다. 즉, 헌법에서는 환경권을 국민의 기본 권리로 보장한다고 볼 수 있다.

물론 환경권 역시 사회권의 하나로 열거되어 있지 않은 경우에는 보장받을 수 없다는 한계를 지니고 있기는 하다. 제 4차 산업혁명 시기에는 특히 환경권이 중요하게 다루어질 것이다. 제 4차 산업혁명은 정치, 경제, 사회, 문화 등 우리 생활의 전반을 바꿔놓을 거대한 혁명이다. 그렇기 때문에 복잡함에서 오는 피로가 발생할 수 있다. 이러한 혼란에서 벗어나 휴식을 얻을 수 있는 장소는 비교적으로 덜 개발된 지역이 아닐까.

특히 자연과 어우러지면서 동시에 많은 볼거리를 가지게 된다면 그 가치는 더욱 증가할 것이다. 이 상황에서 개발로 지친 부자들이 건강, 휴식 등의 목적으로 자연환경이 유려한 땅을 사들여 그들의 안식처를 만들 가능성이 크다. 극단적인 경우 지역주민들과 자산가 사이의 갈등이 발생할 가능성이 크다.

제 4차 산업혁명,
환경을 사고 파는 시대

자본은 사회적 자원을 무한히
소유할 수 있는가

주민들은 국가는 국민들의 환경보전을 위하여 노력해야 하는 의무가 있으므로 마땅히 보상받을 수 있다. 그렇지만 자본주의 사회의 막대한 영향력을 끼치는 돈의 국가에게 영향을 끼치게 되면 그 결과는 아무도 예상할 수 없을 것이다.

소설 속에서도 두 명의 부자들이 건강과 휴식의 목적으로 다른 지역에 비해서는 덜 오염된 진도에 거대한 별장을 지으려고 한다. 그들은 자본의 힘으로 국가 권력을 쥐락펴락 할 수 있다.

군민들 역시 여기에 저항하면서 자신들의 환경권을 지키고자 한다. 그렇지만 이 거대한 힘에 좌절하여 결국 진도를 떠나게 되는 결론을 내렸다. 국가와 국민을 위해 해야 할 의무를 다 이행하지 못하는 것은 국가 위에 군림하는 자본에 의해 공공선이 훼손됨을 의미하는 것이다. 제 4차 산업혁명이 자본의 지배를 오히려 더 강화시키는 것이 아닐까?

카타콤

서수미

유전자 조작을 위한 생화학 실험으로
미지의 파국을 맞은 섬을 탐사하고
실상을 알리려는 사람들의 이야기.

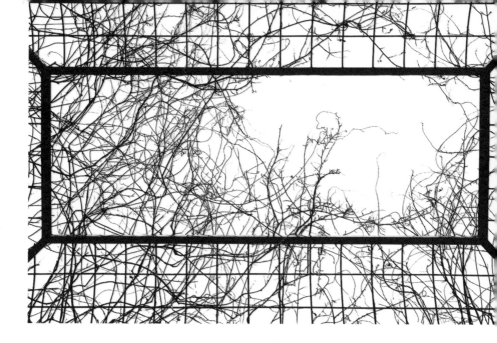

프롤로그

● 실시간 스트리밍

녹화 시작했나요?

아, 네. 시청자 분들 안녕하세요. 금지된 구역을 찾아다니는 BJ 카타콤입니다.

저번 영상 이후에 '포베글리아 섬에 가주세요', '51구역에서 셀카 찍어오면 인정' 등 많은 분들이 신청 댓글을 남겨주셨는데요 많은 응모 가운데 추첨을 통해 ○○○님이 신청해 주신 '뮤턴트 연구소'가 선정되었습니다, 저는 지금 이 폐허된 연구소로 가고 있는데요, 지난주에도 예고했겠지만 이곳에서 괴생물체가 많이 목격되었다고 하고 찌라시도 많이 퍼지고 있는데 지금까지 이 목격담들이 진실인

[piⅡ°°°]
여기가 어디인지용?권지용?

[Oiwoll]
ㅈㅣㄴ도 아님?

[DA RLING]
카타콤 is my everything~

[unit°°°]
요즘 돈 딸려나봄. 맨날 그냥 가까운 데만 찾아다니는듯

[비둘기총 각]
99 9

[비둘기총 각]
99 99 999 99

[비둘기총 각님이 퇴장했습 니다]

[ririsey o°°°]
뭐야 저 닭둘기는

[상큼이]
나만 없어. 다 VR있는데 나만없어

지 아닌지 확인해 보려 합니다.

여러분들은 지금부터 VR기기를 착용하시고 보시면 더 생생한 체험이 되실 수 있을 겁니다. 그럼…

이제 연구소에 도착했는데요, 잘 보이시나요? 2층 건물인데 뭐 그렇게 오래되 보이지는 않네요. 춥지는 않으시죠? 여기가 출입문 같은데 문을 열고 한 번 들어가… 열려 있네요, 들어가 보겠습니다.

여기는 연구소의 로비인 것 같습니다. 좀 희미하긴 한데 저기 비상구 유도등 보이세요? 저게 아직도 켜져 있네요.

방이 몇 개 보이는데 한번 연구실을 찾아보겠습니다. 배양실, 건조실, 약품실.

1층에는 없는 것 같고요 2층으로 가보겠습니다. 엘리베이터는 없네요. 물론 있어도 전기가 끊겨서 작동은 안 되겠지만, 계단으로 올라가겠습니다. 여러분 조심하세요.

2층에도 뭐가 많네요. 소독실, 연구… 여기인 것 같아요 연구실.

어두워서 아무것도 안 보이네요, 전등 스위치가 있을 텐데. 오래돼서 켜질지는 모르겠네요.

(달칵)

으아아아아아아악!!!!------지지지짓직--

● 방송이 일시적으로 중지되었습니다.

[불빨간 무당]
여기 기운이 별론데

[두베)
웅 주작꼼

[나무라상]
여기 아직도 전기공급되나? 저게 켜져 있어…

[Egu a***]
비상 유도등은 원자력의 베타선을 이용하여 만들어지는데 삼중수소기체와 인이 화학적 반응을 일으켜 발광을 하면서 빛이 일어나므로 전기 공급이 따로 필요하지 않습니다.

[스파클링]
설명 자제좀…_

[P.O.T]
저기 거울 앞에 누구 있는데?

[승리리 님이 입장하셨습니다]

[승리리]
뭐 저거워야이씨?!?!!

[v gdom***]
어 진짜다 저기 거울 앞에

[승리리 님이 퇴장했습니다]

[DA RLING]
나만 본거 아니지?!?!

[비둘기통 각님이 재입장 했습니다]

[비둘기통 각]
9999999999991!

[비둘기통 각님이 강퇴 당했습니다]

[두베]
웅 주작

[나무라상]
아씨 이거보고 VR바로 집어던졌ㄴ 네

[상큼이]
아까운 vr 그렇게 쓸거면 나 줘여

[bikba**]
그래서 카타콤님 어떻게 되신거임??

"승현아, 어제 방송 봤냐?"

침대에 거의 기절하다시피 누워 있는 친구의 눈앞에 BJ 카타콤에 대한 기사를 들이밀며 말했다.

[BJ 카타콤, 금지구역 '뮤턴트 연구소' 갔다가 사망]

카타콤은 사이트의 200만 팔로워를 보유하고 있는 인기 BJ이다.

그는 국내는 물론이고 국외까지 구독자들의 추천을 따라 각종 미스터리 장소들을 무려 11년 동안이나 찾아다녀왔다. 그러나 최근 뮤턴트 연구소를 다녀오면서 정신에 이상이 생겼으며 희귀 질병에 걸려 결국 마지막 방송으로부터 일주일 뒤에 사망했다.

뮤턴트 연구소는 진도에 위치한 원전에서 방사능이 유출된 이후 현재까지 출입이 없었던 곳이다. 카타콤의 방송으로 인해 많은 이들의 관심이 집중됐지만 여전히 남아 있는 독극물질과 방사능으로 인해 출입 금지 상태로…   —○○○기획

"몰라, 어제 좀 일찍 자서."

"야, 너는 왜 이렇게 세상 돌아가는 일을 모르냐? 지금 계속 실검 1위하고 있는 사건인데."

"어제 일찍 자서 모르는 거라니까. 그리고 요즘 그런 기사를 누가 믿어? 다 주작이지."

생각해 보니 요즘 워낙 헛기사들이 많이 퍼져 있어서 매스컴을 믿기 어려운 때지만 그래도 이건 실화가 확실하다. 어젯밤 방송을 내가 똑똑히 봤는데.

"궁금하지 않냐?"

"별로."

승현이가 별로 관심 없다는 듯이 딴청을 하며 대답했다.

"우리 같이 한번 가볼래? 우리 옛날에 이런데 같이 가기도 하고 그랬잖아."

"또 그랬다간 아버지한테 잔소리 들을지도 몰라. 매번 사고만 치니까."

"여기서 방송 한번만 하면 바로 BJ탑 차트로 올라가는 거야."

"그런 거 필요 없어."

더 설득할 필요는 없었다. 친구는 이 일이 아니어도 바쁘게 살고 있고 더더구나 요즘 몸도 안 좋으니까. 승현이는 GY기업 회장의 외동아들이다. 회사 후계

344

자로서 밤을 새는 일도 일상이지만 몸도 약해서 자주 병원에 들락거린다. 사실 어제까지만 해도 병원에 입원해 있던 터라 어지간히 피곤한가 보다. 어제 방송을 보고 같이 여기에 갈 생각에 나름대로 기대를 했지만 결국 친구를 설득하는데 실패하고 집으로 돌아왔다.

'혼자서 가지 뭐'

왜 괜히 시무룩해졌는지는 모르겠지만 미련을 떨쳐버리고 진도에 대한 정보나 찾아봤다. 알아보니 진도로 직행하는 교통수단이 모두 운행 정지되어 있었다. 마지막 목적지부터 스스로 이동할 방법밖에 없었다. 창고를 뒤져 마지막으로 탄 게 몇 년 전이지도 모를 자전거를 찾아냈다. '아이'라고 써놓은 드론 카메라도 보였다. 보이는 대로 무작정 배낭에 쑤셔 넣고는 그렇게 별다른 준비 없이 진도에 갈 채비를 마쳤다. 모레 당장 내려갈 생각이었다.

✤ ✤ ✤ ✤ ✤

지하철이 우수영에 도착했다. 어느샌가 지하철 안의 사람도 혼자가 되어 있었다. 진도로의 모든 교통은 이제 끊기고 없기에 여기서부터는 자전거를 타고 가야 했다. 금지된 곳은 진도뿐이었지만 사실 그 주변도 이미 폐허가 되어가고 있었다. 도로 중앙을 달려도 조심해야 할 차 한 대 달려오지 않았다. 그렇게 아무도 없는 거리를 지나다 보니 진도대교 앞에 도착했다. 다리 입구에는 '출입금지'라 쓰인 노란 간판이 붙은 쇠사슬이 길게 늘어져 있었고 붉게 슬어버린 이순신 동상만이 제자리를 지키고 서 있었다. 쇠사슬을 풀러 자전거에서 내렸다. 잠시 그 앞에 멈춰 서서 나란히 선 두 대교를 바라보았다.

'한곳으로 들어가고 다른 한곳으로 나오자.'

결심을 한 채 다시 자전거를 이끌고 제1 진도대교를 건넜다. 발밑으로는 파도가 소용돌이를 일으키고 있었다. 발길질을 한 지가 두 시간이 훌쩍 지나서야 비로소 영상에서 봤던 풍경들이 하나씩 보이기 시작했다. 한쪽으로는 이곳을 은폐시키는 듯 우거진 돌산들, 다른 한쪽으로는 육지를 가로막는 푸른 바다가 뻗어나갔다. 옛날에는 깨끗했을 도로에 거칠게 자란 잡초들이 자전거의 움직임을 방해했다. 뮤턴트 연구소도 점차 보이기 시작했다. 갓길에 자전거를 세워

두고 걸어갔다.

"이리와, 아이."

준회의 드론 카메라가 뒤를 따라왔다. 태양이 수평선에 가라앉으면서 바다가 붉어지고 어두운 안개가 일어났다.

[카타콤 왔다감]

연구소에 가까이 다가가서 보니 입구에 큼지막하게 씌어 있었다. 카타콤이 그랬듯이 나도 연구소의 문을 열고 조심스럽게 발을 디뎠다. 소복이 쌓인 먼지와 어두운 로비. 바뀐 게 하나도 없어 보였다. 주위를 둘러보다 곧 문제의 연구실로 직행했다. 연구실 문틈을 조금 벌려 내부를 들여다보고 약간 놀랄 수밖에 없었다. 밀랍 인형들을 배열해놓은 듯이 사람의 형체를 한 모형이 유리관 안에 담긴 채 벽면을 따라 길게 나열되어 있었다. 적어도 서른 개는 되어 보였다. 어쩌면 카타콤이 놀라서 달아난 이유가 이 형체 때문이었을지도 모른다. 안에 아무 움직임이 없는 것을 확인하고 나서야 연구실로 들어갔다. 그리고 순간 두 번째로 놀라지 않을 수 없었다. 밀랍 인형은 다름 아닌 승현이의 모습을 고스란히 담고 있었으니까. 놀랐지만 가까이 다가가서 인형의 얼굴을 들여다보았다. 자세히 보기도 전에 인형이 눈을 뜨고 내 이름을 불렀다.

"준회야."

'뭐지?'

순간 뒤로 주춤하며 한발자국 물러났다. 놀란 나머지 소리도 나오지 않고 혼자 얼버무렸다.

"오랜만이야."

'로봇인가? 승현이는 여기에 안 온다고 했는데. 그런데 내 이름은 어떻게 알지?'

"이것 좀 열어줄래?"

'뭘 믿고 이걸 열어줘. 나도 카타콤 꼴 당할지도 모르는…….'

"준회야!"

큰 소리에 깜짝 놀라서 허둥지둥 유리관을 열어주었다. 열린 후에도 그 애는 가만히 서 있었다.

"안 나오고 뭐해……요?"

"이 상태로는 못 움직여. 저기 두 번째 서랍 안에 있는 것 좀 가져다줄래? 그리고 어색하게 왜 존댓말이야."

서랍에 다가가면서도 그 애한테서 눈을 뗄 수 없었다. 서랍을 열어보니 USB가 무더기로 들어 있었다. 하나를 집어 들고 유심히 보면서 물었다.

"어느 걸로 가져가야 돼?"

"아마 내건 GSH88-08-18A라고 씌여 있을 거야."

한참을 뒤적거리다 알맞은 시리얼넘버가 적힌 USB를 찾았다. 흠집이 많은 붉은색 USB였다.

"이걸로 뭘 해야 돼?"

"저기 컴퓨터에 연결해서 암호입력이 뜨면 시리얼 넘버를 입력해서 잠금을 해제해 주면 돼."

구석에 내가 쓰던 것과는 조금 다른 컴퓨터가 몇 대 있었다. 아무데나 자리잡고 앉아 컴퓨터를 키고 USB를 끼워 넣었다. 저 애의 말대로 암호창이 떴다.

[암호를 입력하시오 : _ _ _ _ _ - _ _ - _ _ _]

시리얼 넘버를 입력한 후에 엔터를 누르자 관리자 홈페이지가 뜨면서 설정해지 알림이 떴다. 그 애가 기다렸다는 듯이 관에서 걸어 나왔다. 그러고 보니 정신이 없어서 시키는 대로 했는데 이게 나한테 해코지라도 하면 어떡하지? 불안한 생각이 들던 찰나에 그와 눈이 마주쳤다.

"아…… 안녕?"

"오랜만인건 나인데 네가 왜 오히려 굳어 있어? 어제까지만 해도 너는 내 모습을 한 애를 봤을 텐데."

'그래서 너는 누군 거야?'

"승현이지. 물론 일부이긴 하지만."

일부라니 이해가 되지 않는다.

"승현이의 클론 중에 하나야."

'클론. 한 대학 연구팀이 개발 중이라는 뉴스를 본 적이 있다. 그런데 실패했다고 들은 것 같은데?'

혼란스러운 내 마음을 아는지 모르는지 안드로이드인지 클론인지 하는 애는 혼자서 계속 떠들어댔다.

"네가 알던 승현이랑 진짜 똑같지?"

"그래서 진짜 승현이는 어디 있는데?"

"진짜 승현이는 아마 GY기업 사옥 지하 냉동고에 냉동인간 상태로 누워 있을걸. 아마 네가 마지막으로 본 지 8년은 넘게 지났을 거야."

'이건 또 무슨 소리야.'

"어릴 때 승현이가 병원에 실려 간 적이 있었지?"

'맞아. 무슨 유전성 질병 때문이라고'

"사실 그때가 네가 본 마지막이었을 거야. 지금은 살아 있다 하기도 죽어 있다 하기도 애매한 상태라."

'그럼 지금까지 내가 봐왔던 승현이는 누군데.'

"그러니까 지금까지 네가 봐왔던 승현이는 나를 포함한 클론들이었다는 거지."

'아, 헷갈려.'

"그리고 어제까지 너랑 같이 있던 애까지 합하면…… 적어도 서른 명은 될 걸?"

한참을 듣다가 말을 끊었다.

"잠깐만. 처음부터 다시 말해 봐. 아니, 잠시만 기다려볼래?"

● 실시간 스트리밍

[카타콤] 안녕하세요, BJ 카타콤입니다. 아마 제가 어디에 있는지 다들 아실 거라고 예상하는데요. 네, 저는 지금 뮤턴트 연구소에 와 있습니다. 다들 카타콤 사건으로 많이 아실 텐데 아직 해결되지 않은 사건들도 남아 있었죠. 예를 들면 카타콤을 놀라게 한 원인이 무엇인지라든가, 정부가 진도섬 출

입을 금지하는 이유라든가. 제가 여기 와서 많은 정보를 알게 되었는데 여러분께도 공유할 만한 이유가 있지 않을까 해서 방송을 하게 되었습니다. 아까부터 옆에 이분은 누구시냐고 계속 물어보시는데요, 오늘 저를 대신해서 방송을 진행하게 될… 제 친구입니다. 그럼,

[승현] 안녕하세요, 권승현입니다. 제가 방송은 처음이고, 지금 빠른 시간 안에 끝내야 돼서 허점이 많겠지만 양해해 주세요.

먼저 제 소개를 하면 GY기업 회장의 아들?…이라 해야 되나? 뭐 그런 거고요 어떻게 말해야 할지 모르겠지만 저는 클론입니다. 이렇게 목에 각자의 코드 번호가 적혀 있는데요. 'GSH88-08-18A' 이런 식으로 명칭, 태어난 년도, 생일 혈액형 등이 쓰여 있습니다. 네… 이게 설명하기 애매한데 저도 낳고 보니 이렇게 된 일이라. 음, 원래는 아버지, 아니 회장님의 진짜 아들이 있었는데 몇 년 전에 유전적 질병이 발병해서 거의 사망 직전까지 갔었는데 현재는 냉동인간으로 보존되어 있는 상태입니다. 그리고 저는… 사실, 준회야 뒤 좀 한번 비춰줄래?

[카타콤] 어, 여기를 보시면 승현이랑 똑같은 모습을 한 사람이 여럿 보이시죠.

[승현] 아들의 자리를 대신하기 위해서 회장님이 연구팀을 개설하여 클론 개발에 집중 투자를 해왔

고 그 결과 저를 포함해 이 자리에 있는 모든 클론들이 개발되었습니다. 이 사실이 알려지지 않은 이유는 아무리 과학기술이 발전되어도 아직 윤리에 대한 논쟁이 끊이질 않고 있는 상황이기 때문에 감춰진 상태로 진행된 것입니다.

[카타콤] 실제로 인간 배아복제는 윤리적 문제가 해결되지 않아 아직 사회적 합의가 이루어지지 못한 상태입니다. 결국 이 모든 일이 합법화되지 않은 채로 진행되고 있었다는 거죠.

[승현] 회장님은 정부와 비밀리에 계약을 성사시켜 개발의 성공전에 다다르던 진도에 원전을 설치하여 개발을 저지하고, 정상적으로 돌아가는 원전에서 방사능이 새어나왔다는 허위 기사를 퍼트려 진도를 접근 금지구역으로 지정하여 접근을 제지했습니다.

[카타콤] 이 사건으로 인해 진도에 사는 많은 인구들이 주거지를 잃었고 그에 대한 보상도 제대로 해주지 않은 상태입니다.

[승현] 이후에 진도에 뮤턴트 연구소를 설치하여 클론 개발실험 및 완성된 클론의 창고로서 이용해오고 있습니다. 아직 개발 과정이다 보니까 허점들이 있었는데 방수가 잘 안 된 애도 있었고, 알레르기 반응이 일어난 애도 있었습니다. 그런 애들은 정지된 상태로 이렇게 연구실 유리관 안에 배치되어졌고요. 저는 아직까지 별문제는 없었는데 기업 측에

서 지금 제가 말하고 있는 여러 가지 비밀들을 실수로 저한테 누설해서 입을 막기 위해 이곳에 은폐 되었습니다. 그런데 아직까지는 성공한 결과물이라 처리는 하지 못하고 보관해 뒀는데 준회가 다시 재생시켜준 덕분에 이렇게 지금 말을 하고 있네요.

[승현] 그럼 내가 할 말은 여기까지인 것 같은데.

[카타콤] 여러분, 저희가 설명력이 부족하지만 이해되셨죠? 지금 정부가 기업이랑 손을 잡고 법적으로 금지된 사항들은 모두 진행하고 있었던 겁니다. 이런 일이 한두 번 있는 일도 아닐 뿐더러 현재도 이런 비리가 얼마나 진행되고 있을지 상상이 가지 않을 정도일 겁니다. 이번 일도 여러분이 관심을 가지고 널리 퍼트려서 정당한 대책이 이루어지길 바랍니다. 감사합니다.

● 방송이 중지되었습니다.

방송을 마쳤다.

"이제 뭘 해야 되지?"

긴 말을 마친 승현이가 한숨 쉬듯 말했다.

"일단 이 클론 본체들부터 처리해야 되지 않을까?"

"그래, 뭐라도 하고 보자."

둘은 말과 동시에 USB가 담긴 서랍 칸을 가져와 컴퓨터 앞에 쏟아 부었다. 컴퓨터에 USB를 하나하나 꽂아 암호를 하나씩 입력해 나갔다.

[암호를 입력하시오 : GSH8 _ - _ _ - _ _ _]

[암호를 입력하시오 : GSH89 - 0 _ - _ _ _]

[암호를 입력하시오 : GS _ _ _ - _ _ - _ _ _]

[암호를 입력하시오 : GSH91 - 12 - 31A]

암호를 입력함과 동시에 클론들이 유리관 안에서 하나둘씩 나오기 시작했다. 모두 같은 생각 같은 반응이었다.

'여기가 어디지?'

모두 같은 이유로 여기 도착했을 것이다. 평범한 일상처럼 진료를 받으러 가는 줄 알았을 것이다. 그리고 진찰대에 누워서 그렇게 마지막으로 눈을 감았을 것이다. 한창 연구실 안이 클론들로 북적일 즈음에 바깥에서 기척이 들려오기 시작했다.

"누가 온 것 같은데?"

"관리자일지도 몰라. 서두르자."

무슨 대책을 세우기도 이전에 발소리가 커지더니 연구실의 문고리가 돌아갔다. 둘 다 하던 일을 멈추고 문 쪽을 바라보았다.

"…… 승현아!"

❖ ❖ ❖ ❖ ❖

준회를 본 지 이틀이나 지났다. 마지막이 떨떠름하게 헤어진 것 같아서 전화나 걸어볼까 했지만 부재중만 몇 통 늘었다.

'뭐하고 있냐. 심심하게'

오늘따라 할일도 없었다. 황사 기간이라 외출도 못하고 집에만 틀어박혀 있었다. 아무 생각 없이 웹서핑을 하던 도중에 준회의 SNS 알림이 떴다. 사이트에 로그인을 하고 들어가니 준회가 다른 사람 한 명이랑 같이 방송을 진행하고 있었다. 같이 가자고 조르던 진도에는 잘 도착했나보다.

"이게 장난치네."

내 이미지를 옆에 띄워두고 방송을 진행하는 것 같다. 이런 건 언제 또 배웠는지 진짜처럼 잘도 합성했다. 친구의 유치한 장난에 입에 미소를 띠고 영상을 보기 시작했다. 그러나 보면 볼수록 표정이 굳어갔다.

'야, 그만해……'

스피커를 끄고 이어폰을 연결해 조용히 소리를 듣기 시작했다.

'저 애가 지금 뭐라는 거야? 클론이 뭐야?'

나를 닮은, 아니 거의 똑같은 애가 본격적으로 토킹을 하기 시작했다.

'우리 기업이랑, 정부…… 클론?!'

"승현아 뭐하니?"

밖에서 들려오는 아버지의 목소리에 순간 정신이 번뜩 깨어났다. 아직 머릿속이 정리가 되지 않은 상태에서 아버지가 문을 벌컥 열고 들어오셨다. 스크린을 얼른 끄고 뒤를 돌아보았다.

"몇 번을 불렀는데 대답이 없어. 뭐하고 있었니?"

"친구랑 영상통화 하고 있었어요."

"그럼 하던 것 좀 잠깐 멈추고 내려와 볼래? 할 일이 있는데"

"네, 금방 갈게요."

괜히 아버지의 얼굴이 낯설게 느껴졌다. 용무를 마치고 방에 돌아와 스크린을 다시 켰다.

[●방송이 중지되었습니다.]

방송이 끝나 있었다. 확실한 전말을 준회한테 직접 듣고 싶었다. 시간이 늦은 것도 잊고 주차장으로 뛰어갔다.

"음성 인식을 시작하겠습니다. 목적지를 말씀해 주십시오."

"뮤턴트 연구소."

"뮤턴트 연구소. 6가지 경로 중에 4번째 경로를 따라 이동하겠습니다. 목적지 도착 시간을 36분 후인 2시 24분입니다."

텅 빈 도로가 계속되어 막힘없이 의외로 이동이 빨랐다. 진도대교에 다다르니 대교 중간에 쳐진 쇠사슬이 헐거워진 게 보였다. 그곳을 통과해 진도로 진입했다. 도로가 오랜 시간 방치되어 차가 많이 덜컹거렸다.

"목적지에 도착했습니다."

차가운 기계음과 함께 차가 뮤턴트 연구소 앞에 멈춰 섰다. 새벽이라 밖은 어두웠지만 연구소를 바라보니 2층의 창문에서 희미한 그림자가 분주하게 움직이는 게 보였다. 긴장을 하고 차에서 내려 2층 연구실에 올라 문고리를 돌려 잡았다.

"승현아!"

당황한 준회가 내 앞으로 다가오면서 말했다.

"너도 방송 봤구나. 이렇게 늦은 시간에 올 줄은 몰랐는데. 이게 그렇게 심각한 일은 아니고."

친구가 애써 아무 일도 아닌 듯이 둘러댔지만 내 시선은 오로지 방 안에 있는 수많은 나를 향했다. 안절부절 못하는 준회. 나를 바라보는 30명의 승현이. 이 광경을 보고 있자니 내 머릿속에 주입되었을 지난 과거들이 모두 쓸데없이 느껴졌다. 그냥 이참에 나도 이 연구소 안에 폐기되고 싶다는 생각만 들었다.

"나랑 애들도 이제 막 사실을 알던 참이라 어지러울 거야. 너도 마찬가지겠지만."

클론들이 나머지 암호를 해제할 동안 준회가 사건의 내막을 다시 설명해 주었다.

"그럼 나도 결국 진짜 사람이 아니네."

"아니야, 사실 클론도 사람이랑 다를 게 없대. 단지……."

"다를 게 없으면 뭐해. 어차피 사람들은 우리를 이상하게 쳐다볼 텐데."

"……."

"왜 우리가 이렇게 힘들어야 되지? 결국 인간들이 저질러놓은 일인데. 물론 너한테 하는 소리는 아닌 거 알지."

"그러게. 아버지한테는 너가 그럴 정도로 소중했나보지. 물론 이해하려는 건 아니지만."

"그것도 결국 자기 이기심이지. 진짜로 자기 아들을 위했다면…… 놓아줘야지."

어떤 말도 깊이 다가오지 않았다. 지금 상황으로서는 사실조차 믿기 어려울 테니까. 그러던 도중에 쓸데없이 아버지한테서 전화가 걸려왔다. 준회는 어떡하냐는 눈으로 나를 쳐다보고 있었다. 괜히 쓸데없는 자신감이 들어서였을까 전화를 받았다. 말을 꺼내기도 전에 다급한 목소리가 귀에 들어왔다.

"승현아 지금 어디에 있니!"

"다 아시면서 물어요."

"거기가 어디라고 함부로 가니. 지금이라도 당장 나와라."

"아버지, 잠깐만."

폰을 귀에서 떼고 영상통화로 전환했다. 폰의 카메라가 연구실 전체를 비추었다.

"인사해. 아버지 아들들이야."

"나중에 다시 전화하겠다."

뒤에서 아버지의 모습을 본 클론들도 오랜만에 보는 그의 모습에 한층 시끄러워졌다. 아버지는 얼빠진 표정을 하고 전화를 껐다.

"무슨 생각이야?"

얼빠진 건 아버지만이 아니었다. 하지만 안절부절 못하는 준회 앞에서 의외로 나는 아무 기분도 들지 않았다. 이제 곧 아버지와 연구원들이 들이닥칠 거다. 아니면…

❖ ❖ ❖ ❖ ❖

곧 밖이 소란스러워지기 시작했다

"야, 뭔가 사람들이 많이 와있어. 우리 끌려가는 거 아니야?"

승현이는 의외로 차분했다.

"우리가 잘못한 것도 없는데 왜."

"무슨 무죄도 사형 선고받을 판국에. 여기로 올라오는 것 같은데."

사람 둘이 문을 열고 들어왔다.

"준회, 승현님 맞으시죠?"

누구지. 승현이도 모르는 듯한 눈빛이다.

"아, 저희는 생명공학검사원에서 온 감시원입니다. 저희도 방송을 보고 이곳까지 오게 되었어요."

"저 밖에 사람들은 누구예요?"

"아마 두 분의 영상을 보고 온 사람들일 거예요. 연구소 입구에서 통제하고 있으니까 걱정하지 않으셔도 돼요."

"그럼 회장님은⋯⋯."

"울돌목을 건너시다가 검거되어 다시 서울로 연행되셨습니다."

애써 아버지한테 짓궂은 척했지만 승현이도 아직 미련이 남아 있는 듯 표정이 좋지는 않았다. 감시원은 연구실 안을 쓰윽 훑어보았다.

"아마 해결할 일이 많을 것 같네요. 같이 합류해 주시겠습니까?"

감시원이 우리에게 손을 내밀었다.

에필로그

나와 승현이, 그리고 모든 클론들은 검사원으로 연행되었다. 각자 목에 새겨진 시리얼 넘버를 지우고 귀 밑에 삽입되어 있던 칩도 제거했다. 회장님은 한때 뉴스에 떠들썩했지만 이내 사그라졌다. 사옥 안에서 클론들이 거주하게 되었지만 별다른 대책 없이 살아가고 있다. 그리고 승현이. 승현이는 그 뒤로 못 본 지 오래되었다. 아니 오늘도 만났다. 승현이랑.

모든 게 다시 일상으로 돌아왔다.

인간배아 복제는 생명복제 기술인가

생물학에서 복제란 자연상태의 생물 개체가 자신과 동일한 개체를 생산하는 것을 뜻한다. 생물공학에서 말하는 클로닝이란 DNA 조각이나 세포, 유기체를 복제하는 과정을 의미하며, 생물복제, 생명복제는 특별히 후자를 이른다.

Clone이라는 말은 그리스어로 줄기, 가지를 뜻하는 κλώνος에서 유래했는데, 잔가지를 이용해 꺾꽂이를 하는 전통적인 복제 방법을 뜻한다.

2000년 8월에는 황우석 교수가 인간 체세포를 이용한 복제실험에서 배반포 단계까지 배양하는데 세계 처음으로 성공하였는데 시민단체들은 황 교수가 사회적 합의가 이루어지지 못한 인간배아 복제를 시도하였다고 강력히 비난하였다.

이처럼 생명복제 기술이 발달함에 따라 윤리 문제가 제기되어 2000년 대한민국 정부는 인간 복제의 허용여부 및 범위, 인간 유전정보 보호 등 생명공학 윤리 문제를 다루도록 하기 위해 인문·사회과학계·생명공학계, 의학계, 시민단체·종교계로 구성된 생명윤리자문위원회를 발족했다.

출처 : www.wikipedia.org

신의 영역으로
걸어 들어가는 인간
생명의 복제
인간 욕망의 극점

하나의 명작을 바탕으로 많은 모방이 일어난다. 하지만 우리가 가치를 느끼는 작품은 원작뿐이다. 인간에게도 마찬가지이다. 나 하나로서의 가치가 다른 것에 배분되기란 어려운 것이다. 그럼에도 불구하고 개인의 욕구에 따라 생사에 복사 붙여넣기를 실행하게 된다면 어떤 결과가 초래될지 모른다.

생명복제는 특히, 인간복제는 뒤늦게 태어난 쌍둥이에게 심리적 압박감과 피해를 줄 것이다. 앞서 태어난 쌍둥이의 운명을 미리 알았을 때, 정신적으로 나쁜 영향을 미칠 수도 있다. 한 사람에겐 소중한 생명선의 연장 도구일지도 모르지만 모든 것은 다른 이의 희생이 따른다는 것을 기억해야 한다.

이시찬

진도비전 미래의 지도라는 프로젝트를 시작하면서 끝날 때까지 많은 우여곡절을 견뎌왔다. 과연 내가 이 일을 잘 완수할 수 있을까? 라는 고민이 많이 들었고, 중간에는 소재가 잘 떠오르지 않아 포기까지 생각했었다. 그렇지만 어려움을 잘 극복하고, 끝까지 프로젝트를 완수할 수 있어 자기 자신이 자랑스럽고, 어려움을 잘 이겨내도록 조언을 해주신 강은수 선생님을 비롯하여 도와주신 모든 분들께 감사를 표한다.

마수연

진도비전을 통해 상상하고, 상상한 이야기를 글로 쓰는 멋진 경험을 해볼 수 있었다. 재미있었던 만큼 끝나가는 것에 무엇보다 아쉬움이 들지만, 그 전보다 스스로 더 깊이 생각하고 이해할 수 있었던 기회였다고 생각한다. 글을 쓰는 일은 나에게 큰 영향을 끼쳤고 내가 이런 활동을 정말 좋아한다는 것을 깨닫도록 해주었다. 또한 진도비전을 위해 함께하고 도와준 친구들과 선배들, 그리고 선생님께 마음 깊이 감사드린다.

홍솔

처음엔 내가 이 책을 정말 쓸 수 있을까 고민을 많이 했다. 고민이 커질수록 한 문장에 한 시간 동안 매달려보기도 하고 책 이름 하나에 일주일을 쏟아붓기도 했다. 그래서일까, 이 결과물이 뿌듯하기도 하고 잘 믿기지 않는다. 조언과 격려를 아끼지 않고 고생해 주신 강은수 선생님, 소중한 추억과 경험을 함께 나눈 친구들과 선배들에게 감사의 말을 전하고 싶다.

박태웅

'진도비전' 팀에 중도에 합류하여 지금까지 꽤나 멀리 달려왔다. 생각해 보면 벌써 1년 동안의 프로젝트가 끝나가서 아쉬운 마음이 적잖이 든다. 가장 고민을 많이 한 시기이고, 가장 생각을 많이 한 시기였던 만큼 배운 것도 많고, 깨달은 것도 많다. 막막하기만 했던 나의 이야기를 끝맺을 수 있게 도와준 친구들과 선배들 그리고 선생님께 가장 큰 감사를 드린다.

김희창

처음에 미래라는 주제로 소설을 쓰라고 했을 때에는 어느 방향으로 글을 써야 할지 막막했다. 동아리 활동으로 서로에게 조언도 해주고 여러 체험을 하다 보니 평소에 써보고 싶었던 장르인 포스트 아포칼립스의 세계관과 연관지어서 소설을 쓸 수 있게 되었고 이렇게 마무리를 짓게 되었다. 이 소설을 완성하는데 피드백을 통해 도움을 준 친구들과 선배들, 끝까지 인도해 주신 강은수 선생님에게 감사드린다.

김여진

처음으로 쓰게 된 '나만의' 글에 서무 서툴고 부족했지만 곁에서 도와주고 응원해 준 덕분에 무사히 끝낼 수 있었던 것 같다. 1년의 노력의 결과가 이 책 한 권으로 완성된다니 정말 꿈같다. 마지막까지 도와주신 강은수 선생님, 까다로운 부탁도 웃으며 들어줬던 삽화를 도와준 순미, 그 외에도 글을 써가는데 도와준 손길들에 감사하다. 친구들 그리고 선생님 정말 감사했습니다.

안소희

훗날 누군가가 나한테 2017년 중 가장 기억에 남는 일을 물어본다면 진도비전이라고 하고 싶다. 그만큼 나에게 의미 있었고, 이제는 소중한 추억이 되었다. 주제 정하기부터 수정까지 모든 일이 다 막막했고, 잘하고 있나 하는 생각이 들었다. 차라리 포기할까 싶던 때도 있었다. 지금 나는 그때 포기하지 않길 정말 잘했다고 느끼고 있다. 이 모든 건 주위에서 도움을 선생님, 선배들, 친구들 덕분이라고 생각한다.

강초연

아직 오지 않은 미래……. 올해는 주제도 어려웠고 아름답게 완결해야 한다는 부담감도 컸다. 작품을 통해 사회와 인간의 대립을 보여주고 싶었다. 자칫하면 이해하기 어려운 내용이 될 수도 있었지만 주인공 특유의 찌질한 감성을 긍정적으로 풀어 보려고 노력했다. 진도비전이 존재할 수 있도록 이끌어주신 강은수 선생님께 감사드린다.

조민경

나에게 '진도비전'이란, 지금까지 살면서 경험한 가장 크고 의미 있는 프로젝트였다. 두 편의 작품을 창작하며 힘든 점도 많았지만, 우여곡절 끝에 모든 것을 마치고 나니 이 모든 과정과 결과 자체가 벅차고 보람 있게 느껴졌다. 이는 결코 혼자서는 이뤄내지 못할 일들이었다. 해낼 수 있게 도와준 강은수 선생님, 그리고 친구들과 후배들에게 감사를 보낸다.

최지현

내가 작가라니, 이 사실이 가장 충격적인 현실이다. 기쁘다. 1학년 입학과 함께 멋모르고 손을 들어버린 책쓰기. 힘든 점도 많았지만, 다같이 서울 가서 새벽 1시에 엉엉 울며 맘속 이야기를 고백한 일부터, 원고를 완성시키느라 밤새워 고생한 일까지 기억에 새록새록하다. 최고의 추억이다.

박지유

작년 문화의 지도를 끝내고 얼마 지나지도 않은 것 같은데, 벌써 미래의 지도가 막을 내려가고 있다는 게 신기하게 느껴진다. 소설을 쓰기 시작하고, 삽화를 그리기 시작하면서 정말이지 막막했지만 끝을 맺는다고 생각하니 무척이나 뿌듯하게 여겨진다. 이야기를 끝마칠 수 있도록 같이 고민해 준 진도비전친구들, 후배들과 여러 가지 조언과 도움을 건네주신 강은수선생님께 진심으로 감사드린다.

박채린

처음 소재를 정할 때부터 마침표를 찍을 때까지 어려웠지만 재미있었다. 부족한 우리를 이끄느라 수고해 주신 강은수 선생님께 정말 감사드린다. 진도비전의 시리즈는 막을 내리지만 역사는 계속 될 것이다.

서수미

문장 쓰기에 약하기 때문에 삽화만 그렸던 작년으로 돌아가고싶은 생각이 들기도 했다. 하지만 소설을 써가는 과정에서 내가 쓴 글 몇 장뿐만 아니라 보이지 않는 무언가가 쌓여나간 것같고, 그동안의 내 습관을 인식하고 반성하게 된 것 같다. 부담을 드린 선생님께도 완벽한 결과물을 보여드리지 못해서 죄송할 뿐이다. 이런 기회를 언제쯤 다시 만날 수 있을까.

편집자 노트

쉽지 않은 행군이었다. 올해는 4년간의 대장정을 드디어 마감하는 한 해라 마지막 책에 대한 부담이 함께 했다.

진도비전은 각별한 책이다. 이제 막 고등학생이 된 아이들이 태어나고 자란 고향을 배경으로 역사적, 문화적, 사회적 이슈들을 발굴하여 소설로서 스토리를 구성한 것도 놀라운데, 거기서 시각을 넓혀 미래의 어떤 지점을 통찰하고자 하는 시도를 선후배를 이어 4년간 진행한 프로젝트. 그리고 그 결과물이 완성된 시리즈의 책으로서 출간되었으니 전 세계를 통틀어 찾아보기 힘든 사례가 아닌가 한다.

서문에서도 밝혔지만 많은 분들의 호의와 애정으로 어려울 때마다 고비를 넘기며 해나갈 수 있었다. 도움을 주신 모든 분들께 감사할 따름이다. 무엇보다 아이들에게 고맙다. 프로젝트에 대해 확실한 전망을 가진 친구들도 있었지만 본인의 역량으로 부족한 것을 채워내고자 하는 열정어린 노력들이 모이지 않았으면 불가능한 프로젝트였을 것이다.

1권부터 너무 고생한 학생들의 이름을 불러주고 싶다. 많이 보고 싶은 친구들이다. 좋은 소설을 남겨준 지상이, 무엇이든 최선을 다했던 항찬이, 선이, 정인이, 수연이, 승희, 요엘이, 삐딱이 동우, 2기의 천사같이 착한 아이들, 서진이, 지연이, 보람이, 예진이, 봄이, 이제는 다들 대학생이 되어서 있는 힘껏 행복하게 살아가고 있으니 고마울 뿐이다. 너희들이랑 수업할 때 너무 재미있었어, 3기의 독수리 형제들, 준영이, 정선이, 수린이, 채영이, 상훈이, 수정이도 이제 고3으로서의 고생 끝. 행복 시작이다. 어쩌면 대학을 간다고 해서 행복이 꼭 시작되는 것은 아닐 수도 있지만 행복이란 결국 내 자신에 대한 깊은 믿음과 애정에서 오는 감정이니까 너희라면 해낼 수 있을 것이라 믿는다.

교육자로서 교육 프로그램으로 선택한 이 프로젝트에 대한 마지막 질문은 "과연 교육적이었습니까?"일 것이다. 아이들이 평범하든, 특별하든, 열심히든, 대충이든 교실에서만은 교육적일 수 있도록 최선을 다해야 하므로. 돌이켜 보면 아이들이 지적으로나 정서적으로나 인성측면으로나 크고 작은 성취감을 느끼는 현장에 함께 하는 것이 오히려 나를 위한 큰 선물이었다.

마지막을 정리하면서 조금은 더 행복하다. 책쓰기의 아름다운 점을 나누어주신 모든 현장의 선생님들에게 감사드린다. 만나 뵙게 되어 감사했고 즐거웠습니다. 감사드립니다.

'진도비전' 편집자 노트의 마지막 방점을 찍은

강은수 드림

미래의 나침반을 발견하기 위해 떠난 여행,
우리가 마주한 것은 수많은 현재의 그림자들이었다.

지난 일 년간 우리가 찾아낸 나침반의 바늘은
끝없이 가늘게, 가늘게 진동하면서도 일관된 한 방향을 가리켜 보였다.
각자의 이야기는 무수히 변주될지라도, 그 안의 메시지는 두려운 지향점을 보여준다.
아포칼립스(Apocalypse)는 스스로 지형을 드러내기 시작했다.